Astrid H. Roemer

Gebrochen-Weiß

Astrid H. Roemer

Gebrochen-Weiß

Aus dem Niederländischen
von Bettina Bach

Roman

*Mit einem Nachwort
der Übersetzerin*

Residenz Verlag

Ich habe autobiografisches Material verwendet, um einen Roman, also Fiktion zu schreiben, und ich bitte meine Leser, die reale Privatsphäre möglicherweise »wiedererkennbarer Anderer« zu respektieren.
(Astrid Roemer)

Wir danken für die Unterstützung

Nederlands letterenfonds
dutch foundation for literature

Die Arbeit der Übersetzerin wurde im Rahmen des Programms »Neustart Kultur« aus den Mitteln der Beauftragten der Bundesregierung für Kultur und Medien vom Deutschen Übersetzerfonds gefördert.

NEU START KULTUR

Die Beauftragte der Bundesregierung für Kultur und Medien

MIX
Papier | Fördert gute Waldnutzung
FSC® C014496
www.fsc.org

Die Originalausgabe erschien 2019 unter dem Titel »Gebroken Wit« bei Uitgeverij Prometheus, Amsterdam.

Bibliografische Information der Deutschen Nationalbibliothek
Die Deutsche Nationalbibliothek verzeichnet diese Publikation in der Deutschen Nationalbibliografie; detaillierte bibliografische Daten sind im Internet über http://dnb.dnb.de abrufbar.

www.residenzverlag.com

Umschlaggestaltung: Sebastian Menschhorn
Typografische Gestaltung, Satz: Lanz, Wien
Lektorat: Jessica Beer
Gesamtherstellung: GGP Media GmbH, Pößneck

ISBN 978 3 7017 1767 5

Für Mutter H. L. C.

Eins

Großmutter wusste sofort, dass etwas Schreckliches geschah. Hellrotes Blut mit kleinen dunklen Klümpchen. Sie spürte, wie ihr Tränen in die Augen traten, als sie sich den Mund wieder und wieder mit Leitungswasser ausspülte, es in die glänzende Spüle spuckte, bis keine Spur mehr zu sehen war von dem Blut. Sie war doch schon so abgemagert. Niemand hatte etwas dazu gesagt auf dem Flughafen Zanderij. Nicht mal nach dem Abflug ihrer Enkelin. Niemand beachtete sie mehr. Kein Mensch sprach sie noch an auf der Straße. Sie, murmelnd zu der Heiligenfigur, vor der sie so lange kauerte, bis ihre Knie zu sehr schmerzten. Dann stand sie auf, steckte Münzen in den Opferstock, suchte eine Kerze aus, zündete sie an, stellte sie hin, sah in die Flamme und betete hörbar: Lass mein Blut anfangen zu fließen an diesem Ort und nicht mehr aufhören, bis ich gefunden werde. Die Christusstatue blickte auf sie herab. Blut auf der Brust. Blutstropfen an den Füßen. Blutige Wunden an den Händen. Um nicht wieder untröstlich weinen zu müssen, rückte sie weiter zur Statue des Heiligen Antonius von Padua, durch dessen Fürsprache alles Verlorengegangene wiedergefunden wurde. Bei ihm eine brennende Kerze für Heli, dazu ein Stoßgebet, und sie setzte sich auf eine Bank in seiner

Nähe. Sie hörte die Schritte von Anderen, die, genau wie sie, ihre Not und ihren Dank bei einer der Heiligenfiguren abluden. Mit geschlossenen Augen saß sie. Falls ihr Leben an diesem Ort aufhörte, würde alles gut werden. Aber wenn der Tod sie zu Hause ereilte, fiele ihr lebloser Körper in die Hände von Wildfremden, die ihn aus der vertrauten Umgebung wegholen würden und an einen Ort bringen, wo keiner zu ihr dürfte. Und wenn sie dort wieder zu sich käme, weil ihr Körper doch noch nicht aufgab, wäre sie die Einzige, die sich schreien hörte. Und sobald sie diese Möglichkeit schmeckte wie Blut hinten in der Kehle, flossen ihre Tränen: fünf Kinder hatte sie zur Welt gebracht, alles gut geratene Erwachsene, die ihr sogar Enkel geschenkt hatten, warum, in Gottes Namen, saß sie also allein in der Kirche und war so gebrochen?

Dicht neben ihren Beinen stand eine Tasche, darin Brot, Schnittkäse, Butter und Tütchen mit getrockneten Zutaten für Hühnersuppe; Frisches war zu schwer geworden, um es bis zu ihrer Küche zu tragen. Ihr tägliches Leben hatte von jeher mit Essen zu tun gehabt: Lebensmittel beschaffen und ihre Lieben zu Hause versorgen. Es gab eine Zeit, da gingen Hausiererinnen herum mit ihrer Ware, und manche kamen regelmäßig an ihre Tür, um bei einem Glas Wasser einen Moment zu verschnaufen von den staubigen Straßen. Es waren Frauen aus Familien von Gärtnern und kleinen Viehzüchtern, sie wohnten außerhalb der Stadt. Über den Preis für einen *kubi*-Fisch, für ein schweres Huhn, eine Packung Eier wurde verhandelt, aber niemals über Obst, Gemüse, Milch. Große Freude hatte das Backen, Braten, Kochen ihr gemacht, denn alles, was aus ihrer Küche auf den Tisch kam, war jedes Mal wieder ein Fest für ihre Familie. Und dann waren Soldaten durch die Stadt gezogen, kreidebleich vor Erschöpfung oder knallrot von der Gluthitze, die sie nicht vertrugen. Irgendwo stand die Welt in Flammen. Vielleicht war Paramaribo ein Zufluchtsort. Nichts verstand sie vom Krieg, dabei hatte sie mit siebzehn einen Mann im Dienst des Militärs geheiratet. Bei ihr kam der Krieg in Form von Kastenbrot, Schokolade, Tabak ins Haus. Ihr Anton brachte keinen Schnaps von der Garnison mit, aber sie roch seine Fahne, wenn er redete. Sie weiß nicht mehr, wie es angefangen hat mit dem Entzweischneiden von Zigarren, und dann: abends, in der Abgeschiedenheit des Schlafzimmers, den Stumpen mit einem Streichholzflämmchen zum Brennen bringen, zwischen den Lippen daran ziehen, damit die Glut nicht erlischt, einatmen-ausatmen und zur Ruhe kommen. Der Nachttopf aus weißer Emaille war ihr Aschenbecher; ihr Spucknapf, als sie anfing, Tabak zu kauen, und nachts diente er ihnen oft als Pott: Der Vater ihrer Kinder ließ kurz vor Tagesanbruch noch geräuschvoll Wasser in den hohen Topf. Das war der Moment, in dem sie erwachte aus einem tiefen Schlaf und sofort aufstand, um den Nachttopf in die Kloschüssel auszuleeren, in einem abgetrennten Raum neben dem Badezimmer. So begann ihr Tag im Beinah-Morgenlicht der Tropen. Meistens blieb sie nach dem Ausleeren im gefliesten Gang zur Küche stehen, im Morgenmantel wartend, bis die Hähne im Stall krähten und ihre Tauben hingebungsvoll gurrten, und da: Auf dem Muschelsand unter den Kirschbäumen lagen einzelne dunkelrote Früchte. Kurz war sie in so einem Tag, Jahre-Jahre von da, wo sie jetzt vor sich hinträumte, und ein Anflug von Glück legte ihr ein Lächeln aufs Antlitz. Der Pfarrer, der sie ansprach und sagte, ihr Seelenfriede rühre ihn an, konnte nichts ahnen von den Schmerzen, die ununterbrochen an ihr nagten. Der Pfarrer wusste, dass sie dort sitzenblieb, ganze Zeitstunden lang. Er war stehen geblieben, nur kurz, um ihr einen »gesegneten Tag« zu wünschen. Sie hatte genickt, kurz zu ihm aufgesehen, um sich zu vergewissern, dass er es war: der neue Pater Overtoon, über den sich die Messdiener die ganze Zeit lustig machten, sogar bei der Familienmesse am Sonntag, zur schallenden Heiterkeit der Kinder. Er war weitergegangen, um auch anderen Betenden etwas zuzuflüstern, aber das Klappern seiner Holzpantinen auf dem Kirchenboden hallte nach in ihren Gedanken. Sie griff nach dem Rosenkranz um ihren Hals, wollte schon eine Perle fürs erste Gebet zwischen Daumen und Zeigefinger nehmen. Erst kam ihr noch ein tiefer Seufzer über die Lippen, bevor diese wie von selbst murmelten: Gegrüßet Seist Du Maria Voll Der Gnade Der Herr Ist Mit Dir … Das Murmeln würde erst wieder aufhören, wenn die Sirene um zwölf Uhr die Stille zerschnitt. Dann würde sie aufstehen, die Einkaufstasche nehmen, sich aus der Bank schieben und mit dem Gesicht zum Altar tief verneigen, zur Außentür gehen. Dort würde der braune Küster sie erwarten und ihr die Tür aufhalten, um sie hinauszulassen, denn die Kirche bliebe geschlossen für den Rest des Dienstags.

Auf dem Nachhauseweg mied sie die Straßen, die Viertel, wo Bekannte von ihr wohnten. Sprechen konnte schmerzhaft sein und sie zum Bluten bringen. Außerdem war es so heiß, so mitten am Tag, so mitten in der Stadt, dass sie meinte, Dampf vom Asphalt aufsteigen zu sehen. Sie schritt rasch aus, die Tasche fest in der linken Faust, damit sie den rechten Arm wie ein Ruder benutzen konnte. Sie musste quer durch die ganze Stadt und danach noch vorbei an einem feinen Vorort, bevor sie ihren Bungalow sah, margarinegelb, neben anderen ähnlichen Häusern. In ihrer Tasche steckten ein gefalteter breitkrempiger Strohhut und ein in seiner Hülle zusammengeknülltes Regencape aus Kunststoff. Ledersandalen einer bekannten Sportmarke trug sie, ihr zugesteckt von Enkelin Heli, die ins Ausland gegangen war; in diesem Schuhwerk spürten ihre Fußsohlen die Kiesel und andere Unebenheiten auf dem Gehweg nicht. Sie war an geschlossene Schuhe gewöhnt, aber die brannten bei der Hitze und wurden feucht vom Schweiß. Weshalb sie nie einen der kleinen Wilden-Busse nahm, wusste sie selbst nicht. Sie geht lieber ihren eigenen Weg. Früher hatte sie immer andere Frauen getroffen, die auch vom Einkaufen kamen; dann blieben sie kurz stehen, um zu plaudern und die schweren Taschen abstellen zu können. Damals war die Innenstadt noch nicht so gepflastert und asphaltiert und es gab Kanäle, die für Abkühlung sorgten. Außerdem lag das Haus, wo sie ihre Kinder großgezogen hatte, näher am städtischen Fluss und nicht in einem entlegenen Stadtteil. Unter einem Blechdach, wo Obst und Gemüse verkauft wird, bleibt sie stehen. Eine junge Frau mit glattem langem Haar watschelt hochschwanger zu ihr. Sie zeigt auf das, was sie mitnehmen möchte: Mangos mit roter Schale voll schwarzer Pünktchen, Bananen, auch wilden Spinat und zehn Limetten. Die Verkäuferin zwingt ihr kein Gespräch auf, packt unbeirrt Obst und Gemüse in eine Tüte, tritt näher, sieht zu, wie alles in der Einkaufstasche verschwindet, und wartet auf ihr Geld. Als sie sich bedankt und bezahlt, fällt ihr etwas ein: Tochter Louise will bei ihr vorbeischauen nach der Arbeit. Inzwischen ist die Tasche schwer. Trotzdem versucht sie, größere Schritte zu machen, um schneller zu sein. Hunger hat sie, aber keinen richtigen Appetit. Das Schlucken ist immer schwieriger geworden, sogar beim Suppe-Essen. Ihre Kräfte hatten in den letzten Monaten immer mehr nachgelassen, ohne dass sie wusste, was da passierte mit ihrem Körper, außerdem hatte sie keine Worte für ihre Beschwerden, mit denen sie zu einem Arzt hätte gehen können, im Militärspital. Einen Moment blitzt das Gesicht ihres Mannes auf. Es ist eher der Gedanke an das Spital, in dem er, nach kurzem Leiden, als pensionierter Unteroffizier gestorben war. Sie hatte ihn dort nicht besucht. Aber als man sie geholt hatte, als er eingeschlafen war, und sie ihn still, lächelnd sogar, tot liegen sah, hatte sie nach Jahren wieder seinen Namen genannt und war wochenlang krank gewesen vor Reue. Sie waren kein Ehepaar mehr, lebten getrennt in verschiedenen Häusern. Anton, kein guter Koch, ganz allein im ehelichen Heim; sie in einem Zimmer, als Haushälterin bei ihrem Sohn Winston. Das Spital taucht auf. Weiß und hoch. Bekannt für die beste medizinische Versorgung in Paramaribo. KNIL-Witwe war sie geworden, bekam eine Rente von der Königlich

Niederländisch-Indischen Armee und hatte Anspruch auf ärztliche Behandlung bis an ihr Lebensende. Kurz wirft sie einen Blick auf das Gebäude und wendet sich dann wieder ab, um ja gut voranzukommen. Immer mehr Fahrzeuge zuckeln oder sausen an ihr vorbei, und obwohl ihre Augen voller Tränen stehen, gelingt es ihren Füßen, die letzte, vielbefahrene Asphaltstraße sicher zu überqueren zu dem Viertel, wo sie seit vier Jahren ein eigenes Haus hat, und da: Enkelin Imker kommt ihr entgegen, lächelnd, nimmt ihr die Tasche mit den Einkäufen ab. Sie erschrickt. In der Tasche sind nicht nur Esswaren, sondern auch ihr Ein und Alles: ihre eigene alte Bibel und die Taschenbibel aus Leder mit Reißverschluss, in winzig kleiner Schrift, die sie nicht lesen kann, aber beides muss Tag und Nacht zum Greifen nah sein, seit Heli auf Zanderij schluchzend Abschied genommen hat von ihr. Gemeinsam gingen Imker und sie zur Eingangstür. Und Großmutter kramte ihre Schlüssel hervor und sprach heiser: Wo ist deine Mutter?

Imker antwortete nicht. Jemand hatte Mutter Louise erzählt, da laufe ein Hund herum, der genauso aussehe wie ihr verschwundener Wachhund Leika, und Mutter hatte sich auf die Suche gemacht und sie zu Oma geschickt. Eine Handvoll Informationen für später, beschloss sie, und sie griff nach ihrer Einkaufstasche. Mit ihrer Großmutter ging sie ins Haus, zog wie Großmutter die Sandalen aus, und hinter Oma her ging sie durchs Wohnzimmer in die Küche, barfuß, mit den Taschen voller Einkäufe. Die mandelgrünen Fliesen auf dem Küchenboden sprangen sofort ins Auge, wenn man lange nicht da gewesen war, und wie kühl sie sich anfühlten, hatte sie auch vergessen. Besondere Fliesen, die Sohn Winston für seine Mutter in Flur, Küche, Bad und auf der Küchenterrasse hatte verlegen lassen; in den anderen Wohnräumen ließ er teures Linoleum auf den Holzboden kleben, sogenanntes Marmoleum, das manche an Marmor erinnerte, Oma aber an Muschelsand. Großmutter hatte um grüne Teppiche gebeten; Winston war mit orangefarbenen angekommen, damit Oma ja nie vergaß, dass er und seine Frau Lya fortan zum Hause Oranien-Nassau gehörten: ein Scherz, über den herzhaft gelacht wurde. Sie sah sich noch einmal um, als wäre ihr alles neu, und setzte sich dann neben ihre Großmutter ins Wohnzimmer, auf das immer noch in eine Schutzhülle aus Plastik verpackte Zweiersofa. Beide hatten sich Hände und Gesicht mit Seife gewaschen, gebeugt über die Doppelspüle in der Granitplatte. Und statt Antwort zu geben auf Großmutters Frage nach Mutter Louise, sagte sie entschuldigend: Ich koche für dich, Oma, Mama hat mir frisches Hähnchen mitgegeben, Kartoffeln, Erbsen, Tomaten und sogar Djogo-Bier. Großmutter räusperte sich leicht und sagte bedächtig: Ist gut, Imker, und bring mir ein Glas Bier. Erneutes Räuspern, dann leiser: Koch alles richtig weich, ich kann es sonst nicht essen. Sie war schon aufgesprungen zum Bierholen, blieb sofort wieder stehen: Ihr war nicht entgangen, wie abgemagert Großmutter war, und die Berichte über den ungewöhnlichen Abschied zwischen ihrer Schwester und ihrer Oma, die hatten sie nicht mehr losgelassen. Mit dem Rücken zu Großmutter fragte sie: Hast du Schmerzen irgendwo, Oma Bee, oder hast du Probleme mit den Zähnen, du bist nämlich ganz schön dünn geworden, ehrlich. Sie drehte sich um und musterte die Frau vor ihr, als wäre sie nicht ihre Großmutter, sondern eine Wildfremde … Nein, nein, hatte Oma heiser gerufen, und: Mädchen, bring mir doch das Bier! Sie ging schnell in die Küche und blieb vor der Spüle stehen, blickte kurz zur mattverglasten Hintertür; dann schnell ein Trinkglas nehmen, ausspülen, abtrocknen und Bier einschenken mit einer schönen Schaumkrone. Sie war erst siebzehn, aber fasziniert von allem, was mit Essen und Trinken zu tun hatte. Ein Kompliment von Großmutter, die das Bier betrachtete und gierig anfing zu trinken, in kleinen Schlucken. Sie stand daneben und schaute gebannt zu. Sie konnte sehen, dass etwas Unwiderrufliches geschah mit dieser Frau, die als Quelle ihres Seins galt: Sie hatte Großmutter nicht oft besucht, weil ihre Schule zu weit weg war und die Hausaufgaben ihre ganze Zeit beanspruchten, aber ihre neue Ausbildung war nicht so weit von Oma entfernt. Was grübelst du, fragte Großmutter. Sie schüttelte den Kopf: Schmeckt das Bier, Oma? Und im selben Atemzug: Soll ich dir die Füße massieren, du läufst doch so viel, Mama sagt, du nimmst nie den Bus. Massieren, Füße massieren? Das war ihr durch den Kopf geschossen, weil es ihr schwerer gefallen wäre, ihre Gefühle zu äußern: Ich will dich berühren, Oma Bee. Und zu laut sagte sie: Ich kann dir auch die Zehennägel schneiden! Aber Großmutter trank das Glas leer und sagte leise: Mach die Fenster auf, zieh die Vorhänge ein Stück zur Seite und bring mir noch ein Djogo-Bier. Sie tat, worum sie liebevoll gebeten wurde. Es wurde heller im Wohnzimmer und frischer, und sie eilte zum Kühlschrank in der Küche, durch den Flur, wo die Sandalen ihrer großen Schwester standen; so ohne Großmutters Füße darin gehörten sie wieder ganz Heli. Sie hatte gebettelt um die Sandalen, aber Heli wusste genau, was sie wem geben wollte, und die teuren Gesundheitsschuhe waren für Großmutter, zusammen mit Helis Taschenbibel und zwei neuen Baumwollnachthemden. Großmutter hatte das Radio angemacht und die Nachrichten schallten durchs Haus; gut gelaunt nahm Oma das zweite Glas Bier und lächelte. Und während sie die Hähnchenstücke in einer Schüssel wusch, mit einer halben Zitrone als Bürste, kamen ihr die Tränen, denn nirgends war Trost: Ihr ganzes Leben hatte sie neben ihrer Schwester geschlafen, sich siebzehn Jahre lang ein Zimmer mit ihr geteilt, einen Kleiderschrank, einen Schreibtisch. Sie schreckt manchmal aus dem Schlaf auf, weil sie Heli wimmern hört wie beim letzten Mal, als die durch das Haus ging, weil sie nach Holland sollte, und das Auto am Tor wartete mit Großmutter; und mit Mutter Louise, die ungeduldig rief: Heli, komm schon, Heli! Sie hatte sich versteckt nach der Umarmung ihrer großen Schwester: Ich komme bald zurück, Imker, nicht traurig sein, Imker, nicht um mich weinen, Imker! Und Heli selber in Tränen aufgelöst. Wachhund Leika bellte fürchterlich. Schwester Babs und die Nachbarn hatten verbissen zugesehen, wie das Auto schließlich davongefahren war mit dem Mädchen. Sie hatte nicht einmal das übers Herz gebracht.

Sie tupfte die Hähnchenwürfel mit Küchenpapier ab. Fleisch hatte ihr noch nie besonders gut geschmeckt. Die

Familie weiß, dass sie lieber für andere kocht, als selbst zu essen. Ihr Traum: ein kleines Restaurant, wo sie über die Speisekarte bestimmt. Heli hatte versprochen, immer da zu sein für sie, und sie hatte versprochen, den Abschluss als Vorschullehrerin zu machen und danach erst Kochen-als-Beruf. Die Backsteinumfriedung, auf deren Krone Scherben eingemauert waren, glänzte in der Sonne. Niemand käme mit heiler Haut und heiler Kleidung über Großmutters Mauer. Außer den gelben Tagetes beim Tor zur Straße wuchs nichts auf Großmutters Grundstück. Eine dicke Schicht Muschelsand lag auf der dunklen Erde, damit nicht alles Mögliche kreuz und quer aus dem Boden spross, und auch wenn Großmutter immer gegärtnert hatte, in kleinem Maßstab und für den Eigenbedarf, war ihr die Lust darauf gründlich vergangen: Die Tagetes da vorne hielten Mücken fern und hielten die Erinnerung wach an Omas Kinderjahre auf der englischen Seite des Landes. Sobald jemand von ihrem kahlen Grundstück anfing, betonte Großmutter rechthaberisch, was in jedem Garten in der Stadt gut wuchs und stehen sollte: ein Mandelbaum für den Schatten, Limone und Zitrone zur Erfrischung, *birambis* als Essigfrüchte zu pikanten Gerichten, Tagetes gegen Fliegen und Rosensträucher für den Duft und das Glück der Familie! Während sie die Mahlzeit zubereitete, konnte sie es nicht lassen, auch in den Küchenschränken zu stöbern; von allen Dingen, die man unbedingt braucht, fand sie je vier: Trinkgläser, Suppenschüsseln, Tassen und Untertassen, Teller, verschiedenes Besteck und sogar vier leuchtend weiße Leinenservietten neben einem Stapel Geschirrtücher. Sie deckte den

Küchentisch für zwei. Als alles auf dem Herd stand und der Tisch einladend aussah, ging sie zu Großmutter: Nach zwei Gläsern lauwarmem Bier war die auf dem Zweisitzer eingeschlafen, mit angezogenen Beinen wie ein übergroßer Embryo, tief schnarchend und regelmäßig atmend. Zusehen, wie Oma unschuldig und entspannt schläft wie ein Neugeborenes … Radio aus. Nichts durfte ihre Ruhe stören. Sie schlich aus dem Wohnzimmer zur Waschküche, suchte nach einer Aufgabe. Der Wäschekorb war nicht voll. Trotzdem die Maschine laufen lassen, dann alles schön nach draußen hängen an die Trockenspinne, die Großmutter kaum benutzte, weil sie zu hoch eingestellt war für sie. Und als sie die Waschmaschinentür öffnete, sah sie es. Ein blutiges Nachthemd. Sie breitete es auf dem Bügelbrett aus. Das Blut war getrocknet. Auf der Vorderseite. Auf Brusthöhe. Ihr Herz raste. Am liebsten wollte sie das Kleidungsstück sofort wieder so makellos sauber wie möglich bekommen, also steckte sie es wieder in die Trommel, zur anderen Wäsche. Sie wählte ein Programm, wollte gerade die Maschine einschalten, als sie Husten hörte. Schnell war sie mit einem Glas Wasser bei Großmutter. Das Husten hörte auf. Mach die Hintertür auf, sagte Oma. Der Nachmittagspassat brachte Seeluft ins Haus. Wie weit bist du mit dem Kochen? Sie: Es dauert noch eine Weile, bis alles schön weich ist. Großmutter nickte und sie flog in die Küche, drehte die Flammen runter und ließ die Wäsche endlich laufen. Großmutter kam in die Küche, als wollte sie zum Klo. Blieb stehen, als sie die Maschine laufen hörte, sah sie forschend an. Muss das sein, fragte Großmutter schroff, wartete die Antwort nicht ab, sagte, sie wolle sich frischmachen und den Mund mit Minzwasser ausspülen, um den Biergeschmack loszuwerden, ließ sich aber aufs Klo sinken und blieb eine Weile dort sitzen. Dachte Oma Bee an das Nachthemd, hatte sie es beiseitegelegt, um Tochter Louise zu zeigen, was sie dem Tod näherbrachte? Mit frisch gewaschenem Gesicht und feuchtem Haar an der Stirn setzte sich Großmutter an den Tisch. Sie wollte gerade die halbvolle Bierflasche zurück in den Kühlschrank stellen. Tust du mir auf, fragte Oma munter. Sie lachte erleichtert: Ja, Frau Vanta, was hätten Sie gern, nahm einen Porzellanteller und ging zu den Töpfen auf dem Herd. Ein bisschen Kartoffelpüree, ein Stück gedämpftes Huhn ohne Knochen, Bratensaft aus Butter und frischen Tomaten, den pürierten Spinat, den du mitgebracht hast, und für später weiches geeistes Mangomus. Sie zählte alles auf und stellte es hübsch angerichtet vor Oma. Schnell zurück zu den Töpfen für ihre eigene Portion und zurück zu Oma. Sie saßen sich gegenüber an dem schmalen Tisch, an dem Platz war für sechs. Sie konnten einander gut sehen und mit Leichtigkeit berühren. Zuerst ein gemurmeltes, aber verständliches Dankgebet, und auch ihr wurde für die Mahlzeit gedankt. Langsam und ohne zu sprechen, aßen sie. Aufmerksam musterte sie Großmutter, kamen die Blutflecke auf dem Nachthemd von einer Wunde an den Brüsten oder war es Blut aus ihrem Mund? Kummer, der sich mit Blut statt mit Tränen äußerte, war es sicher nicht: Der Sohn, bei dem Großmutter jahrelang gewohnt hatte, war schon vor ein paar Jahren mit seiner neuen Frau ausgewandert, hatte seine Mutter zurückgelassen wie einen

Gebrauchsgegenstand, zu verschlissen, um ihn mitzunehmen in ein neues Leben. So heftig konnte Mutter Louise manchmal wettern, und überhaupt, Großmutter Bee, die hätte ihre Töchter nie wirklich geliebt, nur die Jungs: Augapfel Winston hatte sie sogar dazu gebracht, eheliches Heim und Ehemann zu verlassen, um ihn nach einer verheerenden Scheidung zu unterstützen in seiner Wohnung, und dann, dann hätte er sie zurückgelassen in einem sterilen Haus in einem ihr völlig fremden Viertel, in Zorg & Hoop – und Sorge & Hoffnung, das wäre für Oma doch mehr als nur ein Wahlspruch! Mutter Louise mochte recht haben, aber sie, Imker Vanta, saß einer Frau gegenüber, die ihren ganzen Besitz weggegeben hatte, und dann machte es keinen Unterschied mehr, an wen, fand sie. Die Haare um Großmutters Gesicht lockten sich beim Trocknen und sie wartete, bis sich ihre Blicke trafen: Schmeckts, Oma? Ein Nicken, ein scharfer Blick, direkt in die Augen. Sie verschluckte sich, trank ein paar Schlucke Wasser. Höre ich die Maschine laufen, fragte Großmutter plötzlich. Ja, ich habe die Schmutzwäsche reingetan, um gleich draußen die Trockenspinne auszuprobieren. Und sie fragte sich, ob der richtige Moment gekommen war für die Sache mit dem Blutfleck, jetzt vor den zwei leergegessenen Tellern. Dann hast du sicher mein Nachthemd gesehen? Oma schaute sie nicht mehr an. Trotzdem nickte sie. Du willst wissen, wo das Blut herkommt? Ein schüchternes: Ja, Oma Bee. Großmutter, erneut und entschieden: Erst noch den geeisten Nachtisch und dann will ich lernen, wie meine Trockenspinne funktioniert, liebe Imker. Sie sprang auf und überließ es ihren Händen, die

Eisleckerei aufzutun, weil sie ganz woanders war mit dem Kopf. Beide löffelten das Mangomus und Oma schmatzte freudig. Sie hingegen freute sich nicht. Sie fürchtete den nächsten Augenblick. Sie hatte vorgeschlagen, erst noch abzuspülen und dann die Wäsche rauszuhängen. Großmutter brummelte, die Wäsche dürfe an der Trockenspinne flattern, aber sie müssten in der Nähe bleiben, hier werde so viel gestohlen. Trotz der hohen Mauer mit Glasscherben drauf? Bei Großmutter noch nicht, aber der alte Pfarrer der Zorg & Hoop-Gemeinde, der hätte ihr geraten, immer gut aufzupassen. Mit einem Schlag hielt die Waschmaschine an. Oma rührte sich nicht vom Fleck, blieb sitzen an dem Küchentisch aus Holz, auch als keine Sets mehr auf dem gelben, strahlend sauberen Wachstuch lagen. Soll ich das Plastik von deinem Zweisitzer abmachen, Oma? Durfte sie. In dem Wohnzimmer keine dunklen Holzregale mit glänzenden Messinggegenständen, keine eleganten Beistelltische mit Spitzendeckchen und nicht einmal ein Schaukelstuhl. Trotzdem war der Bungalow jetzt ein Zuhause, in dem Großmutter sich nicht beklommen fühlte: modern, beinah jugendlich. Strahlend vor Vitalität war, in ihrer Erinnerung, Muttersmutter immer gewesen: wunderschön gekleidet und unermüdlich damit beschäftigt, Leckerbissen zuzubereiten für eine hochbetagte Person irgendwo in der Stadt. Dass ihr Letztgeborener Kinderarzt werden wollte und deshalb nach Holland zog, hätte ihrer Eitelkeit sogar geschmeichelt, gab sie zu; aber als vor drei Jahren Sohn Winston weggezogen war, da hätte sie nicht mehr gewusst, wie sie durch den Tag kommen sollte, zischelte Mutter Louise manchmal bissig. Fehlen dir die Jungs, fragte Imker voreingenommen und fast grob. Statt zu antworten, stand Großmutter auf und ging in Hausschuhen zur Waschküche: Oma entriegelte die Waschmaschine, sagte im Befehlston: Imker, hol die Wäsche raus und häng sie auf; gleichzeitig nahm Großmutter aber selbst die gewaschenen Kleidungsstücke eins nach dem anderen aus der Trommel, schlug sie auf und ließ sie in einen leeren Wäschekorb fallen mit einer Schachtel Wäscheklammern darin. Die Trockenspinne? Auch ihr gelang es nicht, die Höhe zu verstellen. Mit ihren eins sechsundsechzig war sie ein ganzes Stück größer als Großmutter. Mühelos hängte sie auf, was ihr gegeben wurde. Neun Sachen, einschließlich einem Laken und zwei Kissenbezügen. Alles hing an bunten Klammern und die Spinne fing an, sich zu drehen. Großmutter sah dem Nachthemd hinterher. Sie auch. Es hatte die Farbe alten Papiers. Es flatterte leicht und unbefleckt. Auf der Terrasse setzten sie sich auf Plastikstühle und die Sonne war heiß, doch der Passat machte es erträglich kühl. Das Meer mochte nach menschlichem Ermessen weit weg sein, aber der Wind erinnerte sie daran, dass ihre Stadt an der Küste lag, an der Mündung eines Flusses, der in den Atlantik floss. Blauer als der Himmel gab es nicht. Stiller als um drei Uhr nachmittags bei Oma auch nicht. Großmutter und sie machten keinen Mittagsschlaf. Sie dösten vor sich hin. Ein kurzes Zögern, dann doch: Das Blut, Oma Bee, wo kommt es her? Großmutter sah zum Himmel, der so furchtbar leer war ohne Wolken. Ist es nachts passiert, hakte sie fordernd nach. Es passiert in den Morgenstunden, Imker. Es kommt aus meiner Kehle, glaube ich. Vielleicht noch tiefer. Ich verstehe das Bluten nicht. Ich habe nie Fieber. Omas Blick schweigend auf ihr. Soll ich mit dir zu einer Untersuchung im Spital? Großmutter hatte die Antwort parat und überfiel sie damit: Kommt nicht infrage, Imker; dann behalten sie mich da und ich komme nie mehr nach Hause; das weiß ich einfach. Ich will auch keine Tabletten. Nichts. Auch kein Rumgeschnippel an mir. Und du darfst keinem erzählen, dass ich blute. Großmutter keuchte unverhohlen. Auch nicht meiner Mutter, Oma Bee? Auch nicht deiner Mutter, Imker, nur ich darf es erzählen! Stille. Schweigender Blickkontakt. Versprich mir das, Kind! Imker sofort: Ja, ja, versprochen, Oma! Das Schweigen zog sich in die Länge. Großmutter hatte sich wieder an den Küchentisch gesetzt und sah ernst zu, wie die Wäsche an der Spinne in Windeseile trocknete. Nicht mehr lange, dann konnte sie als Bügelwäsche wieder ins Haus. Imker ging an der Grundstücksmauer entlang, einmal ganz um den Bungalow herum. Plötzlich wusste sie, was zu tun war. Wieder ins Haus ging sie. Beinah aufgeregt: Oma, ich gehe gleich nach Amora und komme sofort wieder zurück und schlafe dann bei dir. Ich bringe eine Decke mit. Ich lege mich zu dir ins Schlafzimmer auf den Teppich. Ich lasse dich nicht allein die Nacht und den Morgen durchstehen! Und während sie über die Worte stolperte, mit denen sie sich verständlich machen wollte, wurde sie von einem Weinkrampf gepackt. Die Tränen, die sie zurückgehalten hatte, als ihre Schwester nach Holland geflogen war und sie ganz allein die erste Nacht durchstehen musste in dem großen Bett, in einem Zimmer, das plötzlich wieder aus

Ziegelsteinen bestand statt aus Helis Zuwendung. Großmutter sah ihr zu, schweigend, wusste, dass sie nicht aufzuhalten war. Sie machte sich frisch und brach ohne Rucksack auf. An ihren Füßen, dieses eine Mal, Helis Sandalen.

Es war keine Bitte. Es war eine Mitteilung, mit der sie den Mittagsschlaf ihrer Mutter störte: Mama, ich ziehe zu Oma Bee. Mutter Louise blieb liegen und erkundigte sich ernst nach der Gesundheit ihrer Mutter. Bekam keine eindeutige Antwort, außer, dass Oma wirklich nicht allein gelassen werden durfte, vor allem nachts nicht. Und schnell wie der Wind sammelte sie alles zusammen, was sie glaubte zu brauchen; stopfte Bücher, Kleidung, Decken, Waschzeug in einen Koffer von Schwester Babs und hörte Mutter Louise rufen: Lass unsere Zahnpasta und Badeseife da, kauf dir was auf dem Weg zu Oma, die Binden musst du auch dalassen, hörst du, Imker? Sie antwortete nicht. Was meinst du, wie lange du wegbleibst? Sie machte den Koffer zu, rief aus ihrem Zimmer: Ich weiß nicht, erst mal bis zum Wochenende und dann! Sie wusste wirklich nicht, wie es weitergehen würde. Mutter: Dann was, Imker? Es wurde seltsam still in ihr. Mutter Louise hatte oft gesagt, wie ähnlich sie Großmutter sehe: dieselben Gesichtszüge, dieselbe Hautfarbe, sogar dieselben Haare, äußerlich nur ein Größenunterschied. Mit dem Koffer zu Mutter. Sie setzte sich breitbeinig auf den Hocker der Frisierkommode und musterte sich und Mutter im Spiegel. Kann Oma Bee bei uns wohnen, Mama? Es klang aggressiv. Ich weiß, du bist vor langer Zeit ausgezogen aus dem Elternhaus, um auf eigenen Beinen zu stehen, Mam. Mutter Louise fuhr träge fort: Und inzwischen stehen vier fast erwachsene Kinder zwischen meiner Mutter und mir! Ein merkwürdiges Gespräch. Als würde sie an einem großen Wasser stehen und hinüberwaten wollen, ohne nass zu werden. Mam, was, wenn Oma krank wird, so krank, dass sie Hilfe braucht? Mutter war jetzt ganz wach und aufgestanden: Hier bei uns geht das nicht, das Haus ist zu klein, zu voll! Mutter setzte sich auf die Bettkante und sah ihr ins Gesicht. Fehlt dir Heli so sehr, dass du lieber bei Oma schläfst? Mutter gab dem Gespräch eine andere Wendung. Sie sprang auf und umarmte sie: Mam, es geht echt um Oma Bee. Und in der offenen Tür: Du wirst mir fehlen, Mam, aber vor der Dämmerung will ich bei deiner Mutter sein, Wiedersehn! Und weg war Imker. Bloß nicht stehen bleiben, dachte sie, und ihr wurde klar: Vielleicht wird es lange dauern, da in Zorg & Hoop.

Babs sah ihre Schwester mit einem Koffer stehen. Sie hatte sich aus ihrer gebeugten Haltung über einem Lehrbuch erhoben und schaute ihr vom Fenster des Arbeitszimmers aus nach. Sie schaute so lange, bis sie Imker nicht mehr sehen konnte. Ohne zu fragen, hatte Imker ihren roten Reisekoffer mitgenommen, Gott weiß wohin. Sie wusste, sie durfte nicht tun, was ihr sofort in den Sinn kam: zu Mutter rennen und eine Erklärung fordern. Schmollend blieb sie am Fenster stehen. Ihre Sachen interessierten keinen hier im Haus. Keine Streicheleinheiten für sie. Keine Schmeicheleien. Vielleicht dachten sie, sie wäre so verliebt in Aram, dass ihr nichts anderes wirklich etwas ausmachte. Überhaupt nicht. Das würden sie schon noch merken. Sie setzte sich wieder an den großen Schreibtisch und versuchte erneut herauszufinden, weshalb der Zweite Weltkrieg ausgebrochen war und wo: Der Geschichtslehrer hatte ihnen eine schriftliche Aufgabe gegeben. Die Frage hatte mehr Bedeutung für sie, seit sie wusste, dass die Mutter ihres Vaters jüdisch gewesen war. Seither konnte sie leichter akzeptieren, dass sie mit ihrer Hautfarbe auffiel in der Familie, und mit ihrem Mittelschulabschluss in der Tasche ließ sie es sich nicht mehr bieten, dass andere ihr die Leviten lasen. Auch nicht Mutter Louise. Obwohl sie wahnsinnig neugierig war, wo Imker die Nacht verbringen würde – Mutter sollte es ihr erzählen, ohne dass sie danach fragte. Sie stand auf, ging zum Fenster, sah eine Fliege an einer Glaslamelle kleben, nahm ein Papiertaschentuch und fegte das Insekt nach draußen. Sie sah hoch. Ihr kleiner Bruder in seiner Pfadfinderuniform machte das Tor auf. Vielleicht sah er sie nicht, sie lächelte trotzdem. Sie hörte seine Schritte auf dem Muschelpfad knirschen. Die Hintertür zur Küche ging auf und zu. Er war drinnen. Wasserhahn auf. Hände waschen. Erst die Schuhe ausziehen, Audi, rief sie, während sie zu ihm ging. Er sah sie an, lächelte nicht. Seine Augen leuchteten klar und aufgeweckt: Ich habe so einen Hunger, sagte er leise, und: Wo sind alle? Mutter Louise kam zu ihnen, langsam und gedankenversunken. Ich mache euch was zu essen, es ist noch Suppe da, die wärme ich auf, und will noch jemand Brot? Mutter Louise sah erst sie und dann Audi leicht entschuldigend an und sagte, sie hätte keinen Appetit. Sie sah zu Mutter, ärgerte sich: Keinen Appetit, seit Helis Abreise?

Mutter stand am Herd und tat, was sie versprochen hatte. Du bist so still, Mam, sagte Audi. Ja, es ist still, alles steht still hier drinnen, Junge. Ihre Stimme war vorwurfsvoll. Außer der Uhr, Babs, sagte Audi beschwichtigend, und: Mein Magen knurrt wie blöd. Lachen, das sich wie Wiehern anhörte. Mutter lachte nicht mit, sagte aber, seit keiner mehr das Radio anmache, sei keine Musik mehr im Wohnzimmer zu hören. Babs blaffte: Ja, Heli mag Musik und Radiohören, ich kann auf den Lärm verzichten! Mutter kicherte laut: Dann habe ich doch nicht unrecht, wenn ich sage, dass es so still ist ohne sie. Babs hatte keine Lust auf eine Diskussion und verschwand wieder im Arbeitszimmer. Dein Essen steht auf dem Tisch, rief Mutter ihr erstaunt hinterher.

Audi war ins Wohnzimmer gegangen und hatte das Radio angemacht. Die Stimme einer Frau, die eine Kindergeschichte vorlas. Er setzte sich auf den Platz, an dem seine Schwester sonst saß. Zog sein Set und sein Besteck bis dicht vor die Brust. Bei Helis Abreise war er nicht mal dabei gewesen. Er war wie immer zum Fußballspielen gegangen mit Jungen aus der Nachbarschaft. Er konnte sich nicht verabschieden von ihr. Als der Plan besprochen worden war, hatte er neben seiner Mutter gesessen: Heli sollte besser das Land verlassen als weiterhin: einem Mann, der wichtig sei für die Entwicklung des Landes, den Kopf verdrehen! Mutter und er hatten zugehört. Bei zwei fremden Männern mit Krawatte und einer Frau waren sie in einem Bürogebäude gesessen. Die Frau hatte die ganze Zeit das Wort: Heli müsse einen Schlussstrich unter diese Beziehung ziehen und zwar sofort, und notfalls könne Mutter Louise Geld bekommen, um ihre älteste Tochter in die Niederlande zu verfrachten! Auf dem Weg zurück nach Hause, über den Muschelpfad vom Gebäude des Ministeriums bis in die Innenstadt, konnte er seine Mutter weinen hören, leise und vielleicht, ohne eine Träne zu vergießen. Das Flusswasser glänzte und er hörte es plätschern. Kein Wort brachte er heraus. Auch nicht, als seine Mutter ihn bat, vorzugehen und beim Taxistand einen anständigen Wagen auszusuchen für die Fahrt zurück nach Amora. Er machte es mit Handzeichen. Seine Stimme war weg. So still war es in ihm geworden, schon Wochen vor ihrer Abreise. Als seine Mutter und Babs sich zu ihm setzten, fragte er, wie aus einem schrecklichen Traum gerissen: Wo ist Imker? Mutter gab den Topf weiter, hielt die Suppenkelle noch in der Hand: Zu Oma Bee gezogen für eine Weile. Leise war die Mitteilung. Ist Oma krank, fragte Babs. Vielleicht, antwortete Mutter, und gleich darauf lauter: Will jemand noch ein Stück Brot? Das Brot wurde ehrlich geteilt. Jeder am Tisch bekreuzigte sich und wünschte »guten Appetit«. Gerappel am Tor. Mutter ging zum großen Fenster. Wer ist das? Drinnen war deutlich zu hören, wie jemand rief: Frau Vanta, Ihre Tochter lässt ausrichten, sie ist gut bei ihrer Großmutter angekommen. Ich habe sie mitgenommen, wollte ich nur kurz sagen! Mutters Stimme: Danke, Umar! Und ein Moped wurde angelassen, fuhr davon. Es gab Erdnusssuppe. Der Geruch nach frischer Petersilie und gemahlenen Erdnüssen füllte das Wohnzimmer, wo der Esstisch stand. Das Brot wurde gebrochen, in die warme

Suppe getunkt. Wortlos aßen sie. Im Radio die Neunzehnuhrnachrichten. Hörte jemand zu? Audi sah mit vollem Mund zu Mutter Louise und nickte anerkennend.

Ich bin aufgeregt. Als würde sich unsere kleine Welt verändern durch mich. Mutters Augen und ihre Stimme so nah bei mir bringen etwas in Bewegung: Ich bin am Lehrerseminar angemeldet und der erste Tag an der SKS nach viel zu langen und viel zu heißen Septemberferien ist angebrochen. Ich stehe vor dem großen Spiegel. Mein Kleid hat die beste Schneiderin in Paramaribo genäht. Mit Mutter in die Stadt, um Stoff auszusuchen. Mit Mutter zur Näherin, um in der Schnittmustersammlung zu stöbern. Mit Mutter zum Atelier, zeigen, aussuchen, anmessen. Ich betrachte mein Spiegelbild. Mutter steht schräg hinter mir und schaut womöglich mit. Ich bin wie neu. Schuhe, Unterwäsche, Kleidung und zum ersten Mal mein Haar, ein wenig geglättet, in einem Knoten, den ich im Nacken spüre. Mutter Louise hat ihr Parfümfläschchen in der Hand. Sie fragt, ob ich etwas davon möchte. Mit dem Zeigefinger tupft sie mir einen Tropfen auf die Handgelenke, die Ohrläppchen. Wellen aus Glück lassen mein Herz schneller schlagen. Sie schnuppert an meinen Achseln, ob ich das Deo verwendet habe. Ich sperre den Mund weit auf. Sie schaut, nickt auch meinen Atem ab. Auf einem Stuhl steht meine Schultasche, die neu ist und voller neuer Dinge, einem farbigen Kalender zum Beispiel, ein Geschenk von Oma Bee. Mutter strahlt zufrieden: Ich bin erst fünfzehn und zugelassen zu etwas, was in ihren Augen eine Traumausbildung ist, und um meine Zukunft zu sichern, ist Mutter mit Sack und Pack aus Nieuw-Nickerie weggezogen. Das Viertel von Paramaribo, in dem wir jetzt wohnen, ist ein Bauprojekt der Regierung im sogenannten Amora-Bezirk, der noch nicht fertig gebaut ist. Mutter hat eine Stelle an der öffentlichen Nachbarschaftsschule bekommen. Die Ferien gehen langsam zu Ende. Unser Mietkaufbungalow ist eingerichtet mit neuen Sachen. Mutter hat sich sogar einen Wachhund zugelegt und ihn Leika genannt. Für Imker, Babs und Brüderchen Audi geht die Schule erst in zwei Wochen los. Ich bin soweit, ich kann meinen Stundenplan holen gehen, meine Literaturliste, und vielleicht sogar meine zukünftigen Klassenkameraden kurz sehen. Mutter sieht mich an. Im Spiegelbild treffen sich unsere Blicke. Ich drehe mich zu ihr und lächle. Alles Gute, Heli. Ich nicke. In meinem Bauch reißt etwas. Es tut nicht weh. Warm läuft es an meinem linken Bein hinunter. Schon seit Tagen bin ich aufgewühlt. Ich rieche etwas und schaue auf meine Füße. Ein Fleck aus Blutstropfen. Mama, ich blute, flüstere ich. Ja, sagt sie zärtlich, und: Herzlichen Glückwunsch. Aber mir ist gar nicht feierlich zumute, denn aus dem Haus werde ich heute, morgen und übermorgen ganz bestimmt nicht gehen. Ich werde warten, bis das Bluten vorbei ist. Mutter hilft mir aus meinem Kleid. Dabei lächelt sie ein wenig, weil: Stell dir vor, es wäre dir außer Haus passiert. Sie kommt mit ins Bad und gibt mir eine Packung Binden. Sie erklärt mir, wie man damit umgeht und wie ich meinen Unterleib in diesen wiederkehrenden Tagen des Frauenleidens sauber halte. Sie sagt: Eine Frau bist du noch nicht, mein Kind, noch lange nicht! Unter der Dusche stehend, wasche ich mich erneut. Ich weine. Ich will das nicht. Bestimmt kann ich nicht gehen mit so einer Binde zwischen den Beinen, und wie soll ich mich hinsetzen und wie wieder aufstehen? Meine Unterwäsche wird ausgespült und weicht in Seifenwasser. Ich sehe zu. Mutter sagt: Ich gehe selber zum Lehrerseminar und sage ihnen, sie dürfen deinen Platz nicht weggeben, gleichzeitig hole ich deinen Stundenplan und deine Bücher. Aber ich will, dass Mutter bei mir bleibt, um meine Fragen zu beantworten. In einem medizinischen Lehrbuch habe ich über die Menstruation gelesen, sie sei gesund und gehöre zum Frausein, aber ich will mit einer Frau sprechen, die Erfahrung hat damit. Nein, sagt Mutter, und tief in die Augen sieht sie mir, während sie noch etwas sagt. Sie sagt: Ich gehe ein Geschenk kaufen für dich bei einem Goldschmied in der Stadt. Danach zu deiner Schule. Ich gebe nach: Ausbildung, nicht Schule, sage ich schmollend. Deine Ausbildung, stimmt sie nachsichtig zu.

Ich gehe im Wohnzimmer herum. Ich setze mich hin. Ich stehe auf. Ich hüpfe. Ich gehe immer wieder aufs Klo, um zu sehen, ob sich etwas geändert hat. Und ich erinnere mich an Nanda. Und ich sehe wieder vor mir, wie es bei Nanda war: Sie saß in der sechsten Klasse neben mir – sie sollte zur Tafel – sie wollte nicht aufstehen – sie sagte nichts – unsere Lehrerin wartete – die ganze Klasse wartete – trotzdem stand sie nicht auf – sie weinte plötzlich – sie schluchzte, bis die Pausenglocke alle auf den Schulhof scheuchte! Ich war neben Nanda sitzengeblieben. Unsere Lehrerin fragte, ob ich etwas wisse. Nanda gab selbst die Antwort: Ich blute, Frau Lehrerin, an meinem Rock ist Blut. Ich schaute auf die Bank, den Boden, sah kein Blut. Ich wollte raus, aber die Lehrerin bat mich, bei Nanda zu bleiben, und ging aus dem Klassenzimmer. Bist du krank? Nicht richtig, hatte Nanda gesagt, und dass sie sich einfach nicht daran gewöhnen könnte. Unsere Lehrerin, hochschwanger mit ihrem ersten Kind, ist eine Bekannte von Mutter, frisch verheiratet und wie wir aus der Stadt entsendet in den Distrikt, in dem wir mittlerweile schon ein knappes Jahr wohnen. Sie kam zurück, Frau Snow, und nahm Nanda mit. Ein seltsamer Blutfleck auf der Holzbank, und niemand wischte ihn weg! Nanda kam nicht mehr zurück an diesem Tag. Bis wir nach Hause durften, war der Fleck eingetrocknet. Es war ein heißer Freitagnachmittag und ich glaubte, Nanda werde sterben. Ein zwölfjähriges Mädchen, das aus dem Unterleib blutet?

Auf Mutters Bettüberwurf liege ich und denke nach, über meinen eigenen Körper und seine Geheimnisse. Gegen elf Uhr vormittags muss ich tief eingeschlafen sein, denn als ich aufwache, ist es vierzehn Uhr und Mutter Louise immer noch weg. Meine beiden kleinen Schwestern und mein kleiner Bruder waren für knapp zwei Wochen in ein Ferienlager gefahren und kämen vielleicht am Nachmittag zurück: müde, übellaunig, schmuddelig. In einer Woche würde ein Verwandter zu uns ziehen: Mutters jüngster Bruder, der Medizin studiert und lieber bei seiner Schwester wohnt als im elterlichen Haus in der Jacobusrust. Er hatte sich einen neuen Motorroller gekauft. Auch er war beim Campen. Sein Lernschlafzimmer hatte er schon eingerichtet. Durch das, was andere tun, begreife ich langsam, dass es im Leben möglich ist, seinen eigenen Weg zu gehen, und dass ich noch herausfinden werde, wie ich allein zurechtkommen kann, ohne die Hilfe der anderen. Auf Mutters Frisierkommode liegt eine große Bibel. Morgens hat sie einen Bibeltext gelesen mit mir. Mutter Louise sagt unumwunden, dass ihr Leben von Gott gelenkt wird. Und ich glaube ihr das. Mutter hat einen Bungalow zugewiesen bekommen an einer T-Kreuzung. Nicht gerade praktisch, weil abends das Scheinwerferlicht der Autos in unser Wohnzimmer fällt. Es ist keine vielbefahrene Straße hier im Bezirk, aber die Scheinwerfer stören mich. Mutter weigert sich außerdem, die schweren Vorhänge vor zweiundzwanzig Uhr zuzuziehen, wenn jeder von uns im Haus bleiben soll. Und dann gibt es noch halbfertige Straßen, zwischen den Häusern: Sandstraßen ohne Gehweg, dafür dicht an Grasböschungen, in denen es wimmelt von glitschigen Tieren. Der Bauarbeiter, den Mutter beauftragt hat, einen Teil des Gartens zu pflastern, den ganzen Garten zu umzäunen und ein solides Tor anzubringen, ist sehr schwarz und sehr attraktiv. Jedes Mal, wenn er Mutter sieht, macht er ihr schöne Augen. Er hat erzählt, die Kanalisation im Amora-Bezirk sei besonders gut und die Verstopfungen und Überflutungen, die die Innenstadt zur Regenzeit plagen, würde es in unserem Vorort nicht geben. Als Vorschullehrerin sollte Mutter in der Nähe ihrer Arbeit wohnen, hatte der Schulleiter gesagt, der einmal zu Besuch gewesen war, um auch ihre Kinder kennenzulernen. Mutter Louise hätte lieber in der Innenstadt gewohnt, in einem großen Haus mit blühendem Garten. Vielleicht reichen ihre finanziellen Mittel nicht aus dafür. Vielleicht will sie sich die Zeit nehmen, sich mit ihrer Familie von gut vier Distriktjahren zu erholen, in einer ruhigen Umgebung. Es ist eine Tagesreise von Nieuw-Nickerie nach Paramaribo und ich weiß noch, dass der Umzug höllische Arbeit war für eine Frau ohne Mann, mit drei jungen Mädchen und einem nicht mal zehnjährigen Sohn. Nur ein paar Kleider durften mit und andere persönliche Dinge, die wenig Platz brauchten. Keine Bücher. Nicht mein Fahrrad. Ein Blatt Schreibpapier, auf dem die Namen und Adressen meiner Freundinnen in ihrer eigenen Handschrift standen, hatte ich tagelang herumgetragen, tief in der Tasche meiner neuen Jeans. Verlorengegangen. Ich wusste weder wo noch wie. Womöglich in der Wäsche. So sehr ich mich bemühe, von der Straße zu träumen, wo wir in Nickerie gewohnt haben, es klappt nicht. Seit wir wieder in Paramaribo wohnen, beschleichen mich morgens Traumbilder aus der Jacobusrust. Die Gesichter von Familienmitgliedern, von Schwestern und Brüdern und Eltern, die sich bekriegten mit Worten. Und ich, die ich nicht vergessen konnte, was meiner Mutter an den Kopf geworfen wurde von Oma Bee, obwohl ich noch keine zehn war und nicht wusste, was »motyo« bedeutete, außer, dass das Wort weh tat, denn Mutter Louise weinte sehr. Weinen tust du, wenn du viel Blut verlierst, weil du dann vielleicht in Lebensgefahr schwebst. Aber Frauen bluten manchmal auch unsichtbar. Ungehindert laufen mir Tränen übers Gesicht. Meine Mutter kann jeden Moment wieder zu Hause sein. Und die Camper sind bestimmt auch auf dem Weg vom

Ferienlager hierher. Ganze zwei Wochen, nur Mutter und ich und niemand anders als wir beide. Wir haben geredet, geschwiegen, gelacht, wir haben eingekauft, gekocht, gegessen, wir haben gesungen und gefaulenzt. Auch heute fließen die Tränen ungehindert. Mein Koffer liegt offen auf dem Teppichboden. Auf dem seidenen Innenfutter mein Name: Heli Vanta. Es ist mein erster Sonntagvormittag in den Niederlanden, im Gästezimmer von Winston und seiner Frau Lya. Sie wollen mich mitnehmen zur Sonntagsmesse.

Großmutter konnte Enkelin Imker atmen hören, ruhig und tief. Sie selbst konnte nicht schlafen, blieb aber reglos im Bett liegen; ihre Kehle, die setzte ihr zu. Außerdem sehnte sie sich so sehr nach dem Geschmack und Geruch einer Zigarre. In einem Küchenschrank, versteckt in einer Keksdose, lag eine Schachtel Zigarren einer guten Marke. Sie hatte solche Sehnsucht nach so einer großen, wie sie sie jahrelang geraucht hatte jeden Abend, sitzend auf ihrem Schlafzimmerschemel, breitbeinig, gebeugt über den Nachttopf: die Zigarre brachte Ruhe, das Rauchen Trost. Der Rauch, der sich an ihrer Nase entlang nach oben kräuselte und sie in eine Wolke hüllte: Alle Gedanken lösten sich auf und ganz leer wurde ihr Kopf, als wäre sie betrunken. Und dann, wenn ihr Leid nicht gänzlich in Rauch aufgegangen war und von der Zigarre nur noch eine dicke Kippe übrig, dann begann das Kauen. Kauen und Spucken und wieder Kauen und erneut Spucken, bis Zunge und Kehle brannten vom Bitteren des Tabaks. Dann spülte sie sich den Mund aus mit Leitungswasser voller Minzblätter, das in einer Karaffe neben ihr stand. Nichts wurde geschluckt. Alles landete im Nachttopf. Lange Zeit starrte sie auf die dunkle Flüssigkeit, legte dann den Deckel auf den Topf. Meistens gegen Mitternacht. Ehemann Anton schlief und auch die im Haus wohnenden Kinder waren nicht mehr auf. Es war so schwer geworden zu liegen neben dem Vater ihrer Kinder, ohne ihn zu spüren. Und ihn spüren wollte sie nicht. Sie wurde von derselben Unruhe erfasst wie vor vielen Jahren. Imker murmelte im Schlaf vor sich hin. Sie wollte aufstehen. Irgendetwas tun wollte sie, die Bügelwäsche holen, das Bügelbrett aufklappen, das Bügeleisen heiß, und Stück für Stück die trockenen Sachen glätten. Imker würde aus dem Schlaf schrecken, sie mit Fragen überschütten. Ihre Enkelin würde sich Sorgen machen. Sie griff nach der Silberdose, die an einer unzerreißbaren Kordel hing, um ihren Hals. In der Dose waren ein paar Milchzähne ihres letzten Kindes. Die Pillendose hatte er ihr geschenkt, sein Name neben denen seiner Eltern eingraviert. Er war gekommen, um ihr zu erzählen, er müsse in die Niederlande für seinen Facharzt. Sie war erschrocken. Darauf war sie nicht gefasst. Er war doch mit einem Mädchen zusammen, das sicher nicht ihre Familie verlassen wollte, um ins Ausland zu ziehen? Sohn Roger hatte gesagt: Nicht weinen, Ma, ich nehme meine Freundin mit, wir heiraten in Holland und wenn ich Kinderarzt bin, kommen wir zurück, aber dann mit Enkeln für dich zum Verwöhnen! Mit der Pillendose in der Hand hatte sie weiter genörgelt: Dein Vater ist noch kein Jahr tot und schon gehst du so weit weg von mir! Er hatte genickt. Er hatte auch gesagt: Pa hat nicht mehr als zehn Sätze mit mir gesprochen, Ma, er hat nie was gesagt. Er ging zur Arbeit in die Garnison. Er kam pünktlich zurück. Er saß in seinem Sessel. Er hörte Radio. Er aß. Er legte sich in die Wanne. Er las Zeitung. Er ging schlafen. Sie hatte ihn pikiert angesehen und ihm zugehört, geschwiegen, bis er fertig war. Sie hatte gewartet, ob noch mehr käme. Erwartet hatte sie, dass Sohn Roger aufzählte, wie fürsorglich sie immer gewesen war. Aber er war versunken in tiefes Schweigen, das sie nach einer halben Stunde unterbrach: Ich tue die Milchzähne von dir, die ich noch habe, in die Dose und lasse die Dose von einem Goldschmied zulöten, mit dem Gold unserer Eheringe. Ihr Sohn sagte nichts dazu. Gepflegt sah er aus in seinem weißen Hemd, der grauen Hose, den dunkelbraunen Mokassins; gesund schimmernde Haut, kurz geschnittene Haare. Wie alt bist du, fragte sie. Noch keine dreißig, aber jedes Jahr am 16. März werde ich älter, Ma. Fast wäre ihr entschlüpft, dass sie sich manchmal nicht gut fühle und dass das Schlucken ihr manchmal schwerfalle, aber stattdessen fragte sie mit zuckersüßer Stimme, wie ein kleines Mädchen: Warum bist du eigentlich zu Hause ausgezogen? Und er war gleich aufgestanden, ihr Sohn, weil er es nicht aushielt erinnert zu werden an seine Schwester Laura. In zehn Tagen reise ich ab, sagte er streng. Mit dem Flugzeug? Ja, Ma. Mit dem Flugzeug. Und wo wohnst du dann? In Utrecht bei Verwandten von meiner Freundin und später in einer eigenen Wohnung, Ma. Hast du da Geld zum Leben? Ich bekomme ein Stipendium, Ma, Suriname bezahlt für mein Studium. Schniefend: Du nimmst mir alles weg, wofür ich lebe, aber ich freue mich trotzdem für dich, Roger! Er hatte sie in die Arme genommen: Ich komme zurück, ich komme zurück zu dir, Ma, Ehrenwort! Und weg war er, aus dem Wohnzimmer nach draußen, zu seinem Roller. Sagst du mir noch auf Wiedersehen? Natürlich, Ma! Dieses Gespräch ging ihr wieder und wieder durch den Kopf, wenn sie nicht schlafen konnte. Wie versprochen war er gekommen, hatte sie umarmt und ihr sogar gedankt für alles, während seine Freundin beim Roller auf der Straße stand und zusah. Ist sie lieb zu dir? Ihr Vater hat mich gern! Warum bleibt sie da stehen, hatte sie noch gefragt, aber auch auf diese Frage bekam sie keine Antwort. Und sie weiß noch, was sie dachte, als er wegfuhr mit seiner Freundin hinten auf dem Roller, für den sein Vater bezahlt hatte: Sie ist noch schwärzer als dein Vater! Dieser Gedanke hatte sie sehr beunruhigt, und das ging nie mehr weg: das Gefühl, dass ihr Sohn in die falschen Hände geraten war. Tochter Louise fand ihre Angst unbegründet und sogar gemein. Aber ihre Unruhe blieb. Jeden Tag ging sie zu ihrer vertrauten Kirche in der Innenstadt, um eine Kerze anzuzünden für Roger und einen Rosenkranz zu beten für ihn. Nicht einen Tag hatte sie ausgelassen seit seiner Abreise – und sie musste doch eingeschlafen sein, denn als sie aufsah, war es hell und warm im Zimmer. Imker lag nicht mehr auf Teppich und Decken, eingemummt in den Schlafsack eines Freundes. Imker, wo bist du? Und ein fröhliches: Guten Morgen, Oma Bee, schallte ihr entgegen. Die Süße von warmem Kakao drang zu ihr und sie vergaß den nagenden Schmerz im Rachen. Obwohl die Sonne kräftig ins Schlafzimmer schien und es aussah, als tanzten die Sonnenblumen auf ihren Vorhängen – sie roch Blut. Sie schlüpfte in ihre Pantoffeln und lächelte, weil ihre Enkelin die Stelle, wo sie geschlafen hatte, schon von Decken, Schlafsack, Schlafmatte befreit hatte: So aktiv war Imker schon. Was machst du, liebes Kind, rief sie, während sie das Schlafzimmer verließ. Sie konnte es sehen. Imker bügelte die trockene Wäsche vom Vortag und sah hoch. Ihre Blicke trafen sich. In den Augen ihrer Enkelin schienen Tränen zu glänzen. Musst du nicht los? Doch gleich, Oma. Gehst du zurück nach Hause? Nein, Oma, samstags arbeite ich in einem Stoffladen in der Zwartenhovenbrugstraat für gutes Geld. Sie schob die Vorhänge beiseite, ließ noch mehr Tageslicht herein und murmelte: Gut so. Und kommst du zurück zu mir? Imker hielt kurz inne, stellte das Bügeleisen ab, kam näher: Ich arbeite bis um fünf, dann gehe ich ein paar Sachen zum Kochen kaufen, dann komme ich zurück. In Imkers Hand das Kleidungsstück, das voller Blutflecken gewesen war. Aber ihre Enkelin fröhlich: Oma, schau mal, so sauber, Heli hat ein Dutzend Nachthemden gekauft mit dem Aufdruck GEBROCHEN-WEISS und bei uns zu Hause hat jeder zwei bekommen, sogar Brüderchen Audi und die Nachbarin, und auch an dich hat sie gedacht! Sie hatte das Radio angemacht für den Morgensegen. Hast du gut geschlafen, Oma? Sie wusste, Imker wollte eigentlich über etwas anderes sprechen, etwas, was tiefer ging als eine gute Nachtruhe. Gebrochen-Weiß, das ist die Farbe von Bittermandeln und Süßmandeln, wenn du die dunkelbraune Haut abschälst, sagte sie freundlich, und: Ja, ich bin viel besser aus dem Bett gekommen als gestern. Und sie sah ihre Enkelin weiter an, während die das frisch gebügelte

Nachthemd zusammenlegte: Ein Nachthemd habe ich Laura gegeben. Für einen Moment versteifte sie – beim Gedanken an ihr Kind. Lieb von dir, murmelte Imker. Ja, alles ist besser als gestern, Imker, wiederholte sie, ging von der Küche zum Bad, um sich zu waschen, aber vor allem, um Mund und Kehle so gut auszuspülen, dass sie den Geruch nach Blut loswurde. Oma, soll ich draußen harken? Da gab es nichts zu harken auf dem Grundstück, aber am frühen Morgen zu harken war auch eine Art, seine Gedanken zu sortieren, und erneut hörte sie Imker rufen und gleichzeitig sah sie frisches Blut im Waschbecken. Aus ihrer Kehle? Panik. Sie hörte Imker die Tür nach draußen entriegeln. Kühle Luft drang herein. Sie rief nach ihrer Enkelin. Ich blute wieder. Imker sah es. Unkontrolliert brach ihre Enkelin in Tränen aus.

Obwohl das Bluten unvermittelt wieder aufgehört hatte, die Spuren weggewischt waren mit warmem Wasser, Bürste und Seife: Der Samstag blieb blutig. Und obwohl sie langsam, aber entschlossen ein Schälchen Haferbrei ausgelöffelt hatte: Über dem Tisch schwebte weiter die Angst. Imker wurde nach draußen gescheucht zum Harken. Auch wurde ihr erklärt, das Bluten gehöre zu den Morgenstunden. Schon seit Monaten sei das so. Erst mit tagelangen, manchmal wochenlangen Pausen, aber dann plötzlich jeden Morgen. Nur selten habe sie Schmerzen beim Bluten. Starke Schmerzen, fragte Imker. Sie räusperte sich. Sie legte den linken Arm auf die Tischplatte, ausgestreckt ihrer Enkelin entgegen, die flache Hand geöffnet. Imker schaute still auf die flache offene Hand, zuerst ohne zu reagieren, bis sie sagte: Wo bleibst du? Und als sie dann die warme Handfläche des Mädchens auf ihrer spürte, sprach sie heiser: Die Schmerzen haben noch einen anderen Namen, frag deine Mutter, weil ich nämlich keine Mutter hatte zum Fragen, es fühlt sich an wie Feuer in der Kehle, weiter nichts! Und sie ließ Imkers Hand los. Zog ihre eigene Hand zurück. Und Imker trank einen Becher Kakao. Sie selbst trank ein Glas Wasser mit ein paar Tropfen von einem Hausmittel zum Desinfizieren. Langsam ging der Samstagmorgen über in einen Vormittag, prall voll Licht. Mit dem Passat kam eine Brise, die sich um ihren Hals kräuselte, die Wangen, den Kopf, die Beine. Ich bleibe bei dir wohnen, sagte ihre Enkelin leise. Sie wunderte sich: Besprich das erst mit deiner Mutter, Imker. Ihre Enkelin nickte vage. Großmutter sagte das Dankgebet. Imker nach draußen zum Harken, auch sie machte ihres. Eine Stelle aus der Bibel. Die Ave-Maria des Rosenkranzes. Kleider rauslegen. Das Bett machen. Nachdenken. Und gegen neun verließen Imker und sie gleichzeitig das Haus an der Marcussastraat. Imker nahm den Wilden-Bus in die Innenstadt.

Sie ging zur Zorg&Hoop-Kirche, wo sie samstags die Messing-Kerzenleuchter putzte für die Heilige Messe am Sonntag. Zur selben Zeit wie der Kaplan kam sie bei der Kirchentür an. Er hätte ihr Enkel sein können, dieser Hilfsgeistliche, so jung. Er begrüßte sie mit einem Händedruck: Ich will erst lüften, Frau Vanta, bleiben Sie noch kurz draußen an der frischen Luft. Sie nickte und wollte sich gleich setzen, auf die kühle Eingangstreppe, aber der junge Mann brachte ihr einen Klappstuhl und wartete, bis sie gut saß. Er kannte sie. Er wusste, dass ihre Söhne nach Holland gezogen waren. Er wusste von ihrem Kummer bei der Muttergottesstatue, wo er sie weinend angetroffen hatte, und sein Mentor Teloor, seit über zwanzig Jahren ihr Beichtvater, hatte ihn beauftragt, sich samstags um sie zu kümmern und die Messinggegenstände bereitzulegen für sie und Putzmittel und Putztuch dazu. Auf ihrem Klappstuhl dachte sie über ihn nach und über Pfarrer Overtoon: deren Gespräche mit ihr über die eigenen Familien, über ihre Mütter, ihre Heimat, die Dörfer ihrer Jugend in Holland. Die Hausbesuche halfen ihr selbst und ihnen zu ertragen, was unerträglich schien. Der Kaplan holte sie ab, begleitete sie zum Messdienerzimmer in der Nähe des Altars. Möchten Sie eine Tasse Tee? Danke nein. Und sie setzte sich an den Tisch zu den Messingarbeiten. Gut, bis später also, sagte der junge Mann in Schwarz freundlich und verschwand. Unweit von ihr war eine Glocke, mit der sie ihn rufen konnte. Auch waren in dem Zimmer eine Spüle mit Wasserhahn und eine kleine Anrichte, auf der Gläser standen. An Bügeln Gewänder in unterschiedlichen Größen für die Messdiener. Immer der Geruch nach Weihrauch. Irgendwo hoch oben über den Holzwänden Lamellenfenster, durch Gitter geschützt: Die Glaslamellen waren gekippt und frische Luft fiel ihr auf den Kopf. Sie nahm den Hut ab, zupfte ihre Haare ein bisschen zurecht, schob die Sandalen hin und her über den Parkettboden, als trommelte sie mit den Füßen. Sie machte sich an die Arbeit. Ließ den Messingreiniger beiseite, griff nach dem Putztuch und bearbeitete den Fuß eines riesigen Kerzenleuchters. Man gab ihr auseinandergeschraubte Teile schwerer Stücke, die nicht im Ganzen bewegt werden konnten. Sie wusste nie genau, was zusammengehörte. Es machte ihr Spaß, den Messing glänzend zu reiben. Die Wanduhr dicht neben ihr tickte und ihre Gedanken liefen rückwärts mit und rannten zurück in der Zeit und blieben stehen, bei der Verlobungsfeier. Mehr als hundert Eier waren zu Kuchen, Torten, kleinen Imbissen verarbeitet worden von mehr als zehn Köchinnen, die tagelang schlugen, quirlten, schöpften, rührten, um die »kleine Feier«, die Tochter Laura sich wünschte, immer weiter zu vergrößern. Laura hatte Bram das Jawort gegeben: endlich einer, für den sie Feuer und Flamme war. Und wenn Bram die Feierlichkeiten mit ihr und nicht mit ihrem Sohn besprochen hätte, dann wäre alles im Gleichgewicht geblieben, statt so aus dem Ruder zu laufen. Bram war beeindruckt gewesen von Winstons Kontakten und hatte ihm seine zweitausend Gulden in die Hände gelegt statt in die zuverlässigen von Anton und ihr. Kräftig rieb sie das Metall, stellte die Messingarbeit beiseite, griff nach der nächsten. Andächtig putzte sie, und hätte jemand sie bei der Arbeit gesehen, hätte er gedacht, sie wäre mit den Gedanken ganz bei den Kerzenleuchterteilen. Eine Stunde verging und noch eine. Schritte vom Kaplan. Ach nein, es ist der alte Teloor. Er stand neben ihr, noch bevor sie sich hatte losreißen können von den Gedanken an ihre Tochter Laura. Sie sieht Laura vor sich, als könnte sie sie berühren: In ihrem Verlobungskleid steht sie da und ach, wie wunderschön sie doch ist, in dem gebrochen-weißen Seidentaft. Mag sein, dass eine Mutter keine Vorliebe haben darf für eines ihrer fünf Kinder, aber wer könnte ihr schon erklären, wo Gefühle eigentlich herkommen und – ob es das, was Liebe genannt wird, auch wirklich gibt. Ihr alter Beichtvater stand bei ihr. Sie hörte ihn sagen, auch sie würde mit jeder liebevollen Tat – das Böse bekämpfen in der Menschenwelt. Sie erhob sich, holte sich ein Glas Wasser. Sie wusch sich die Hände. Sie nahm ein Glas, Wasserhahn auf, trinken. Beichtvater Teloor fragte, ob er wieder einmal mit dem jungen Priester vorbeikommen dürfe und wie es ihr gehe. Nach Gottes Willen, Pater! Ein Hausbesuch wurde in seinen Kalender eingetragen. Großmutter Vanta setzte den Hut auf. Verabschiedete sich.

Das Haus meiner Großeltern steht nicht mehr. Auch die Wohnungen der Nachbarn sind verschwunden. Ich kann kaum glauben, was ich vor mir sehe. Eine riesige Fläche, bedeckt mit Pflanzen, die am Boden wuchern, tut sich vor mir auf. Steinhaufen, nicht höher als meine Knie. Ich weiß nicht mehr genau, wo unser Haus stand, auch der große Mandelbaum ist verschwunden. Die Wohnungen auf der gegenüberliegenden Straßenseite gibt es noch; Holzhäuser, auch heute noch ordentlich gestrichen. Fast jede Nacht träume ich von dem Haus meiner frühesten Kindheit, das in dieser Straße stand: dunkelbraun gebeizt, mit armeegrünen Türen. In meinen Träumen bin ich nicht das sechsjährige Kind, das dort wohnte; ich bin so alt wie heute. Ich träume, dass ich von der Straße durch den Vorgarten auf die Terrasse gehe und ins Haus. Mehr passiert nicht. Außer, dass ich beim Aufwachen – überwältigt werde – von einem Gefühl heftiger Unruhe. Und ich bin wirklich in der Weidestraat, durch die ich in meinen Träumen gehe, aber da ist kein Haus mehr, in das ich reinkönnte, obwohl die Straße selbst unverändert ist. Das Haus war zu klein für alle, die dort wohnen wollten. Ich erinnere mich an die Wortwechsel *und* an das Totgeschwiegene zwischen meiner Mutter und ihrer Schwester Laura. Ich hielt Mutter Louises Hand, während sie zankten, und schaute meiner Tante Laura ins Gesicht. Auf ihren Mund schaute ich, ihren breiten Mund sah ich, die tiefrot bemalten Lippen. Ich kannte den Grund für ihre Auseinandersetzung nicht. Ich spürte Furcht in den Fingern meiner Mutter. Ich hatte zu viel Angst, um zu fragen, was los war, wenn das Streiten vorbei war und Mutter Louise totenstill in einem Gartenstuhl saß, den Blick auf die Straße gerichtet. Dieser Blick in den Augen meiner Mutter war unheimlich. Wieder sehe ich denselben Blick bei ihr, spüre dieselbe Furcht. Heute wohnt meine Großmutter in einem anderen Stadtteil. Großvater Anton lebt nicht mehr. Mutter will, dass ich ihre Schwester Laura besuche. Zusammen mit ihr soll ich nach Kolèra zum Krankenbesuch, bevor ich wegfliege aus der Heimat. Ich denke nicht dran.

Wie kann Sonnenlicht eine Umgebung doch erstrahlen lassen in den Farben Ozeanblau, Blutrot, Grasgrün und in allen anderen dazwischen. Ein Baum, oben in der Laubkrone orangefarbene Blüten, die sich im Wind wiegen, andere taumeln hinunter, langsam und mit drehenden Bewegungen wie kleine Tänzer. Wo ich auch hinschaue, überall sehe ich junge Menschen, und große Freude erfasst mich. Zum ersten Mal stehe ich auf dem

Schulhof des Lehrerseminars. Muss mich im Direktorzimmer melden, in der Nähe des Sekretariats, und ein paar Unterlagen abgeben. Meine Menarche vor vierzehn Tagen, die hat mich gehindert, dabei zu sein beim »großen Kennenlerntag«. Der goldene Armreif an meinem Handgelenk ist ein Geschenk von Mutter. Ich betrachte es: eine Rosenknospe an einem Stiel, zum Reif gebogen. Forsch suche ich nach Räumlichkeiten, die nicht nach Klassenzimmer aussehen. Der Gebäudekomplex ist überwältigend. Ich traue mich nicht, jemanden anzusprechen. Sehe nirgends einen Klassenkameraden aus den vergangenen Mittelschuljahren: Nieuw-Nickerie liegt weit im Westen, und Mutter hat mich eine Klasse überspringen lassen mit Zustimmung des Direktors der dortigen Mittelschule und in Paramaribo an der SKS angemeldet. Eltern finden es meistens besser, wenn ihre Töchter vorher den Mittelschulabschluss machen und dann erst den Schritt wagen in eine Berufsausbildung. Nicht so Mutter Louise. Und ich wurde nicht gefragt. Ihr Entschluss stand fest, mich nicht länger im Reisdistrikt Nickerie festzuhalten. Eine knapp fünfzehnjährige Tochter ist für sie nichts weiter als ein Kind, auf dem Weg zur Frau zwar, aber doch vor allem unter elterlicher Aufsicht. Und dass ich mich verloren fühle, als unerwartet die Glocke läutet und alle um mich herum sich entschlossen in Bewegung setzen, braucht Mutter nicht zu wissen. Ich bleibe stehen, warte, bis der Schulhof sich geleert hat, gehe zum Hausmeister beim Tor, frage den alten Mann dort nach dem Weg zum Sekretariat. Dreißig Minuten später gehe ich über denselben Hof, diesmal mit dem Direktor der Schule. Er begleitet mich zu den Notbaracken, in denen der erste Jahrgang untergebracht ist: Die Ausbildung platze aus allen Nähten, lässt er beiläufig fallen. Bei einer moosgrünen Tür klopft er an und lässt mir den Vortritt. Mit einem Lächeln zu mir sagt er: Heli Vanta ist auch in dieser Gruppe. Und mit einem Blick auf die Klasse, die mucksmäuschenstill geworden ist, ziemlich herrisch: Irgendwo müssen noch ein Pult und Stuhl frei sein für sie. Ein Junge in Jeans und strahlend weißem T-Shirt steht auf, schiebt einen Schreibtisch und Stuhl heran, sieht mich an und sagt: Komm ruhig, ich bin Umar, und wie darf ich dich nennen, Heli oder Vanta? Der Direktor muss schmunzeln, in der Klasse ruft das eine Lachsalve hervor. Ich setze mich und sehe zu, wie der Mann, der mich vorgestellt hat, quer über den Schulhof zurückgeht, und ich schweige, bis meine Klassenkameraden sich beruhigt haben. Dann schaue ich von der Seite in die Gesichter, die ich gut erkennen kann, und frage frech: Haben wir heute keinen Unterricht? Wenn ich die Unterlagen angesehen hätte, wüsste ich, dass sich eine Verspätung ergeben hat, weil ein paar Lehrer erst noch aus den Niederlanden anreisen müssen. Umar erklärt es mir flüsternd. Da kommt ein blonder Mann schnurstracks auf unseren Klassenraum zu, tritt ein. Er bleibt neben der Tafel stehen und greift nach der Kreide. Sonnenbrille. Hellbraune Kleidung. Krawatte. Schweigend sieht er sich um. Dann schreibt er seinen Namen auf, mitsamt dem Titel, und sein Unterrichtsfach: niederländische Hochsprache. Dann wünscht er uns einen »Guten Morgen« und heißt uns willkommen. Er spricht deutlich. Sein Blick ist eindringlich. Groß gewachsen ist er und drahtig. Er ist unser Klassenlehrer und meint, er hätte uns einiges zu sagen über unsere Berufswahl. Die anderen lauschen ihm alle genauso atemlos wie ich. Seine Augen leuchten blau, und während er die Namensliste vorliest, wirft er jedem von uns einen amüsierten Blick zu: vierzehn junge Frauen und neun junge Männer, sechs Chinesinnen, fünf Hindustanen, vier Javanerinnen, acht Kreolinnen und Kreolen. Jetzt lächelt er breit. Dann sagt er klar, obwohl es gemurmelt klingt: Wer von mir eine schlechte Note bekommt, für den wird das nichts mit dem Unterrichten! Niemand rührt sich. Keiner sagt etwas. Keiner von uns verlässt den Klassenraum aus Protest. Ich starre ihn an. Er schaut zurück. Schleppend fügt er hinzu: In Raum siebenundzwanzig liegen für jeden Bücher und Fotokopien bereit. Er geht wieder. Meine Klassenkameraden tratschen über den Lehrer: Streng sei er und gerecht, aber Hindustanen könne er nicht ausstehen und vielleicht auch keine Javaner und seine Freizeit würde er damit verbringen, tief im Landesinneren Einheimische zu fotografieren. Einheimische? Ureinwohner des Amazonasgebiets? Mir wird bewusst, dass wir Distriktkinder sind und ein zusammengewürfelter Haufen; und auch, dass sich die meisten gut kennen. Ich will nicht hören, was sie alles zu sagen haben über mir unbekannte Lehrer. Ich starre nach draußen. Frage mich, warum sich Großmutter Bees Töchter fürs Lehramt entschieden haben. Umar ermuntert mich, sofort aufzubrechen auf Bücherjagd, es sei nämlich nicht ganz nah. Mit ihm zusammen gehe ich aus dem Klassenzimmer. Von der Wohnanlage, speziell gebaut für Berufssoldaten und ihre Familien, war nichts mehr übrig. Die Zeit hat ihre Spuren hinterlassen. Ich gehe über den breiten Fußweg, die breite Straße entlang, als würde ich auf ein plötzliches Wunder warten. Ein Sickerloch in meine Kindheit. Ich werde von Erinnerungen plattgebombt. Ich hole mein Taschentuch heraus und schnuppere an dem Parfüm, das Mutter und ihre Schwester Laura so lieben. Vielleicht passen meine Erfahrungen in ein Taschentuch, das ich wie bei einem Zaubertrick in einer Hand zusammenknüllen kann und wieder auffalten und die Vergangenheit wetterleuchten lassen, wo immer ich bin: in Paramaribo in der Jacobusrust oder in Holland irgendwo im Nordwind. Beim Gehen summe ich vor mich hin. Laura wird mich schon noch zu Gesicht bekommen, aber ohne Mutter Louise. Mutter kann mir einfach keine Antwort geben auf die Frage, weshalb ihre Schwester nicht reingelassen wurde, als sie flehend vor unserer Tür stand, in der Nacht. Mutter sagt: Das Leben wird dich lehren zu vergessen, zu vergeben auch, Heli.

Großmutter musste durch halb Paramaribo, um ans Ziel zu gelangen. Ihre Füße fühlten sich so wohl in den Sportsandalen, dass sie mehr Risiken einging als sonst. Sie wusste, sie konnte plötzlich aus dem Mund bluten. Sie wusste, sie konnte stürzen von einem Moment zum nächsten. Willenskraft trieb sie voran. Sie lief stramm weiter, aber in dem Wissen, was es heißt, das Ende von allem herbeizusehnen. Vor einer Buchhandlung stehen bleiben, zu Atem kommen. Der Weg war ihr so vertraut, die Ladeninhaber erkannten sie, und immer gelang es ihr, den lockeren Platten auf dem gepflasterten Gehweg auszuweichen. Die Fassaden der Häuser kannte sie auch, wusste aber nicht, wer in ihnen wohnte: Die halbe Stadt war inzwischen ausgewandert nach Holland. Wieder blieb sie an einer Kreuzung stehen. Fußgängerampel grün und sie rüber. Es ließ sie nicht los, dass nicht einmal Sohn Winston, bei dem sie jahrelang gewohnt hatte, sie mitnehmen wollte, als er beschlossen hatte, wegzuziehen. Bestimmt wegen seiner Frau, nörgelte sie fast hörbar. Auch er hatte sich jedes Mal Frauen ausgesucht, die kein gutes Wort fanden für sie. Vor der Auslage eines Autohandels blieb sie stehen, diesmal, um ihr Spiegelbild zu betrachten. Ein Verkäufer stürzte eilig herbei. Erschreckt ging sie weiter. Ihr Spiegelbild war schrecklich, auch wenn man es sich keine fünf Sekunden ansah. Ihr Urteil über den eigenen Körper war tödlich. Trotzdem spürte sie genau, dass der Grund für ihr morgendliches Bluten noch keinen Besitz ergriffen hatte von ihrem Leben. Und gestärkt ging sie weiter, Augen versteckt hinter der Sonnenbrille, Kopf bedeckt von einem Hut mit Sonnenschild, Füße bequem. Weiter, noch weiter. Ihr gestreiftes Kleid hatte zwei Taschen, darin Taschentücher aus Baumwolle. Sie kam zu der Straße, in der sie lange und gern für ihre Familie gesorgt hatte. Eine schmale Backsteinstraße, die unerwartet zu einer breiten Brücke über einen Kanal abbog. Ein schönes Heim hatte die KNIL ihnen zur Verfügung gestellt. Aber als der Jacobusrust-Komplex fertiggestellt war und Ehemann Anton als Unteroffizier nicht mehr wirklich brauchbar, mussten sie von dort wegziehen. Er hätte das schöne Haus kaufen können, schon beim Einzug; guter Vorschlag der Heeresleitung, aber er hatte sich hartnäckig geweigert.

Anton liebte seine Kinder nicht, nein, ihre Kinder liebte er nicht, genau, er liebte die gemeinsamen Kinder nicht! Niemand konnte hören, dass sie selbst ihre Stimme deutlich vernehmen konnte. Als Mutter von fünfen hatte sie ihre Vorlieben, aber sie hatte jedes Kind, das sie zur Welt gebracht hatte, liebgehabt. Von diesem Gefühl war wenig übrig. Eigentlich ist gar nichts übrig von dem vielen Fühlen. Wenn sie an ihre Kinder denkt, muss sie weinen. Sie schaut auf die Straße. Buden glänzen in der Sonne. Davor Frauen in Stadtkleidung, die allerhand kaufen und in ihre Taschen stecken. Sie schaut zu. Übelkeit überkommt sie. Ihr wird jedes Mal schlecht, wenn sie zu der Allee kommt, die geradewegs auf Kolèra zu führt. Ihr Atem wird tiefer, als wäre sie zu Tode erschöpft. Sie weiß genau, was die javanischen Händler unter ihren Vordächern zum Kauf anbieten. Bami mit Brathähnchen. Gebackene Bananen. Nasi Goreng mit Sambal. Orangen, geschält und gekühlt, und Getränkedosen. Auch Zigaretten, Tabakpäckchen und sogar kleine Zigarren. Sie blickt zu den Palmen. Sie fragt sich, ob sie es noch kann. An der Mauer entlanggehen. Zuletzt hatte sie das getan, kurz bevor Winston das Land verließ. Unter Tränen hatte sie ihn angefleht, sie dorthin zu begleiten, sich unbedingt von seiner kleinen Schwester zu verabschieden, angefleht hatte sie ihn, Laura niemals zu vergessen. Und er hatte sie abgeholt, am Mittwochvormittag vor der Fahrt zum Flugplatz, und schweigend waren sie hierhergefahren. So langsam wie möglich nähert sie sich den Essensständen. Bami mit Huhn, das nimmt sie mit, zwei Getränkedosen, zwei Zigarren, eine Schachtel filterlose Zigaretten und eine Traube Kochbananen, für die Abteilungsleitung. Dann geht sie weiter mit erhobenem Kopf, meldet sich beim Pförtner. Der lässt sie rein. Sie macht sich auf die Suche nach dem, was noch übrig ist von ihrem Lieblingskind. Als die Schwestern sie sehen, rufen sie laut den Namen ihrer Tochter: Laura, Laura Vanta, Laura! Eine ruft sogar: Laura Vanta, wo bleibst du denn, deine Mutter kommt dich besuchen! Und dann sieht sie ihr Kind stehen. Das Kleid ist ihr zu weit und hängt an dem mageren Leib hinunter. Laura steht still da und sieht sie an. So viele Monate haben sie sich nicht gesehen. Monate, aus denen Jahre wurden. Ihre krausen Haare sehen aus wie seit Tagen ungekämmt. Tränen auf den Wangen. Sie will ihre Tochter mitnehmen, wenn es sein muss in den Tod, und sie geht dorthin, wo Laura reglos stehengeblieben ist. Mama, Mama, sagt Laura leise und: Komm, setzen wir uns da hinten an den Tisch. Sie geht mit. Zu einem Tisch, der rund ist und ganz leergeräumt. Laura trägt Stühle herbei. Was hast du mir mitgebracht, Mama? Aber sie kann nicht sprechen. Sie setzt sich nicht. An dem runden Tisch stehend, räumt sie die Plastiktaschen aus. Sie breitet auf dem Tisch aus: Bami in Alufolie, Getränke, Kochbananen. Dann bleibt sie stehen, dicht neben ihrer Tochter, und sieht zu, wie Laura mit gierigen Fingern die Mahlzeit auspackt und isst, mit den Händen. Eine Pflegerin stürmt herbei mit Besteck, aber Laura sagt: Ich will nichts von dir und lass mich alleine mit meiner Mutter! Nicht schroff, aber entschieden. Setz dich, Mama, und: Hast du Zigaretten dabei für mich? Sie nickt, schiebt ihr die Schachtel zu. Laura greift danach, steckt sie weg, vielleicht in ihren Büstenhalter. Sie sieht ihrer Kleinen beim Essen zu. Sie öffnet eine Getränkedose, wartet. Mit einem gebügelten Taschentuch wischt sie das Fett von Lauras Mund. Laura trinkt, stößt auf und sieht sie an. Sie senkt den Blick. Eine Frau kommt näher, lächelnder Mund, große Augen: Lehrerin Laura, gibst du mir eine Zigarette, bitte? Und die Frau streckt Laura die offene Hand entgegen. Ihre Tochter hält sofort inne, wischt sich die Finger an dem Taschentuch ab, das ihr hingehalten wird, wühlt in ihrer Oberbekleidung, zieht die Schachtel heraus, beißt sie auf, lässt ein paar Zigaretten in die offene Hand fallen und die Frau entfernt sich sofort wieder. Hast du auch Zigarren, Mama? Sie holt sie aus der Tasche. Für mich? Ja, für dich, Laura, und sie versucht, ihrer Tochter in die Augen zu sehen. Wenn Großmutter Vanta das doch bloß nicht getan hätte, denn in unbändiges Schluchzen bricht ihr viertes Kind aus.

Wieder brauchte Imker nicht lange zu warten. Großmutter kam an mit einem freundlichen: Ich habe deinen Freund wegfahren sehen. Und sie: Ja, er muss zum Zeichenunterricht, und ja, er kann gut malen, Oma. Und weil Großmutter sie weiter ansieht: Umar ist eigentlich ein Freund von Heli aus dem Lehrerseminar, und seit sie weg ist, sucht er bei mir ein bisschen Trost. Oma kicherte hörbar: Und wo suchst du Trost, Kind? Und sie gab ihr die Schlüssel, um die doppelt abgeschlossene Haustür zu öffnen. Großmutter ging vor. Sie nahm ihre Einkäufe und folgte ihr in die Küche. Hände waschen. Gesicht abspülen mit kaltem Leitungswasser. Ich habe ein kühles Bier für dich, Oma Bee, willst du es jetzt? Großmutter war direkt weitergegangen ins Badezimmer und zum Klo. Sie setzte sich an den Küchentisch, müde. Zu viele Probleme zu lösen. Unruhe wegen der Schule. Zweifel an der Berufswahl. Großmutter kam erfrischt zurück und machte die Küchentür weit auf, sah die Bierdosen, nahm sich eine: Holländisches Bier, *baja*? Extra für mich, *baja*? Sie nickte: Soll ich einschenken? Großmutter nahm ein Glas und setzte sich dicht neben sie, sagte: Schenk mir ein, Imker. Beim Öffnen schäumte die Dose über. Imker, was soll aus meiner Tochter werden, wenn ich tot bin? Sie sieht Großmutter zu, wie sie das Glas an die Lippen setzt. Zaghaft versucht sie es mit: Aber sie wird da doch gut versorgt, Oma. Großmutter scheint ins Verkosten des holländischen Dosenbiers vertieft: obwohl ihr das Schlucken schwerfällt, schluckt und schluckt sie mehrmals hintereinander und trinkt die Dose fast in einem Zug aus. Dann stellt Oma das Glas verkehrt herum auf das Tischtuch und starrt auf den hinunterlaufenden Schaum, bis sie sagt: Meine Tochter wird da gefangen gehalten und sonst nichts! So heiser klang es. Und statt weiter zu sprechen über ihren Besuch bei Laura, erzählte Großmutter eine Geschichte über das Beichten bei einem Priester, der alles über dich weiß, außer den Dingen, für die du keine Worte findest. Hast du das auch, Imker?

Sie war nie gut mitgekommen in der Schule. Ihre Gedanken schweiften ab, ihre Schrift war unleserlich und ihre Klage, dass sie kaum lesen konnte, was da geschrieben stand, nahm niemand ernst. Eigentlich verstand sie auch an der neuen Schule nicht, was die Lehrer erzählten. Die meiste Zeit malte sie Strichmännchen, während die anderen mitschrieben, und wenn sie doch mal ein Didaktikbuch aufschlagen musste, dann schienen die Buchstaben wieder zu verklumpen, und nichts war zu erkennen außer Schwarz. Zu Hause sprach sie nicht mehr darüber. Heli und Umar wussten es. Die Schularbeiten, die sie ab und zu machen musste, wurden von ihrer Schwester zusammengeschustert und neuerdings von Umar, auf seiner Schreibmaschine. Sie erntete Komplimente für das, was sie den Lehrern getippt vorlegte, und die leitete sie weiter an ihren Freund. Ihr erstes Jahr der Ausbildung zur Vorschullehrerin hatte gerade angefangen und zu der Aufregung wegen allem, was neu und anders war als an der Mädchen-Mittelschule, kam auch die Angst zu versagen. In ein gebundenes Heft malte sie mit bunten Filzstiften Strichmännchen, die ihre Gefühle ausdrückten, es half ihr, diese ganzen Mädchen und Frauen zu ertragen, die sie völlig verwirrten. Warum wollen so viele Frauen Lehrerin werden? Es ist gut bezahlt, Imker, und wenn du Kinder kriegst, bist du früh zu Hause und hast zusammen mit ihnen Ferien und andere freie Tage; außerdem sind Kinder so niedlich und auch, mit ihnen zu arbeiten, vor allem die Allerjüngsten! Das war das Credo. Und Mutter Louise fügte hinzu: Willst du etwa Krankenschwester werden und Bettpfannen leeren? Ein eigenes Restaurant, Mama, und eine kleine Familie. Aber sie behielt ihren Plan für sich. Zum ersten Mal wurde sie von Männern unterrichtet. Fand sie witzig. Ihr gefielen Aussehen, Stimme, das Flirten mit den Schülerinnen. Als Großmutter von ihrer »eingesperrten Tochter« angefangen hatte, war sie aufgestanden, um die Einkäufe wegzuräumen. Sie hatte sich honigsüß entschuldigt: Ich höre dir zu, Oma, aber frisches Huhn und frischer Fisch müssen in den Kühlschrank. Großmutter erzählte, was sie in der Frauenabteilung gesehen hatte, im Trakt für Geisteskranke, und verschwieg nicht, dass ihre Tochter auch diesmal wieder furchtbar geweint hatte. Die Schwestern hätten gesagt, Laura würde sonst nie eine Träne vergießen, sondern tapfer einen Weg finden, den Tag durchzustehen: wenn sie ihre Mutter sehe, breche sie zusammen. Und tagelang bleibe Laura untröstlich. Großmutter ging ins Wohnzimmer und machte das Radio an: Ruh dich ein bisschen aus, Oma, und sie erklärte ihr, dass sie Hühnersuppe mit Kartoffeln kochen wollte, nichts Abgepacktes, alles frisch. Großmutter war ganz versessen auf Hühnersuppe mit holländischen Kartoffeln. Ihre eigene Unruhe schien ansteckend. Auch Oma lief herum, ging ins Bad, wusch sich, kam im Bademantel zurück, wechselte den Radiosender, blieb in der Tür stehen, starrte auf die Grundstücksmauer und gestand plötzlich, dass sie gerade nicht weiterwüsste. Omas Stimme klang sehr heiser und gepresst. Sie betrachtete Omas Antlitz und ein Schauder lief ihr den Rücken hinunter. Kartoffeln schälen, Oma? Sie versorgte sie mit Schälmesser, Kartoffeln in einer Schüssel, Geschirrtuch für den Schoß. Langsam kehrte wieder Ruhe ein. Im Radio eine Reihe Popsongs. Eine ganze Stunde fiel kein Wort. Oma auf dem Sofa, den Nachrichtenmeldungen lauschend. Die Suppe stand noch nicht auf dem Feuer, konnte noch keinen Trost verbreiten mit ihrem Aroma. Geschnatter im Radio. Wie das Land, in dem sie wohnte, regiert wurde, interessierte sie nicht, und

Meldungen aus dem Ausland ließen sie kalt. Während sie die Zutaten für den Eintopf zusammensuchte, dachte sie an ein eigenes Lokal, vor allem für Menschen mit wenig Geld, damit sie trotzdem gut essen konnten. Keine einzelnen Tische, sondern lange Tafeln, an denen Mütter und ihre Kinder Platz nehmen konnten. Die Radiostimmen von Politikern, die sich am liebsten die Köpfe eingeschlagen hätten, drangen zu ihr durch. Umar war der einzige Mann, den sie nett fand. Ganz vernarrt war sie in Brüderchen Audi. Sie wusch das Huhn in einer Schüssel voll Leitungswasser mit viel Salz und Zitronensaft darin und rief: Ich brauche einen großen Topf mit Deckel, um das Huhn als Ganzes reinzutun, Oma Bee? Schon stand Großmutter bei ihr: Hack das Suppenhuhn in Stücke, Imker, alles hier im Haus soll es einer alten Frau bequem machen! Trotzdem brachte Oma ihr einen breiten Bräter, in den das ganze Huhn passte, sogar mit Deckel. Kein richtiger Suppenkessel? Das wird ein Geklecker, Oma! Der Mini-Suppentopf aus Aluminium kam wieder weg. Mit flinken Fingern schnippelte Großmutter die Kartoffeln in Würfel, Zwiebeln und Knoblauch mühelos in Scheiben; Petersilie, Suppengemüse und alles, was ihr gereicht wurde, kam in den Topf zu dem Wasser mit zwei Brühwürfeln drin. Und während das Hähnchen zum Kochen gebracht wurde, Großmutter Bee herumsprang, als suchte sie noch mehr zum Kleinschnippeln, antwortete Imker auf die Frage, die Großmutter ihr vorhin gestellt hatte: Wer sorgt für meine Tochter, wenn ich tot bin? Sie sagte: Oma, was kann ich von dir übernehmen, wenn du nicht mehr da sein kannst für Laura? Sofort antwortete Großmutter: Als

Erstes musst du heiraten, Imker. Von dem Topf, in dem das Huhn köchelte, stieg der Duft von Petersilie und Koriander auf, und es war nichts anderes zu hören als ausgerechnet *Jesus Man Of Gods Desire*, das die Ankündigung der Todesanzeigen im Radio begleitete. Sie brauchte einen Moment, um ihre Gedanken zu sortieren: Dann musst du noch viele Jahre am Leben bleiben, Oma, heiraten steht nicht auf der Liste. Großmutter ließ nicht locker: Du musst aber heiraten, mein Kind, und sei es einen Trottel! Und Oma schwang sich geschickt das Geschirrtuch über die Schulter. Was Besseres hast du nicht zu bieten, Oma? Ein Räuspern: Doch, einen hübschen Priester aus Holland, aber der darf keine Frau haben. Und Großmutter musste lachen, erst leise, dann lauter und herzhaft. Imker legte die Schürze ab und sah sie belustigt an.

Mutter Louise hatte sich nie damit abfinden können, was ihrer kleinen Schwester zugestoßen war. Sie fand es inakzeptabel, dass Großmutters Enkel Laura nicht kannten. Die Kinder von Bruder Winston verspotteten Laura, und die Ehefrauen beider Brüder schwiegen die Schwägerin tot. Sie selbst wurde ausgerechnet dann nach Nickerie versetzt, als Laura nicht länger bereit war, die Dinge zu tun, die einer Frau in Paramaribo ein normales Leben ermöglichen. Die Dame, die munter jeden Morgen mit einem Packen Schulhefte auf dem Gepäckträger zu ihren kleinen Schülern geradelt war, wurde bedrohlich, unnahbar: Grabenkämpfe. Mutter Louise hätte die neue Stelle ganz im Westen des Landes ablehnen können, aber ihre Kinder hatten den Neuanfang so dringend nötig. Es hatte sie um den Schlaf gebracht. Viermal zwölf Monate mit je dreißig Tagen weg von Laura, die einer Krankenanstalt ausgeliefert war mit einem schlimmen Ruf. Sie hätte sterben mögen vor Kummer, vor Scham, vor Wut: Die Kinder hielten sie im Licht der Sonne. Und weit weg im Reisdistrikt hatte sie versucht, die Niederlage zu überwinden. Die ganze Stadt wusste, dass Laura eingewiesen worden war. Die ganze Stadt empörte sich. Freunde und Bekannte zogen vor das Tor von Kolèra, beschwerten sich, schrien und beschimpften sogar den Direktor des Trakts, »schwarz wie Ruß« wäre er und hätte ihre »reine Perle« gebrochen, denn wer konnte auf Partys die Liebeslieder von Patti Page besser singen als ihre wunderschöne Laura Vanta. Sie aber hatte stillgehalten, mit ihren vier Kindern hetzend von der Arbeit an der Schule nach Hause, dort in das alte Holzhaus in der Dwarsstraat, wo alles außer Kontrolle geraten war. Während sie über all diese Dinge nachdachte, sah sie aus dem Fenster zur Straße. Zur Kreuzung. An der Schule in Amora, wo sie als Vorschullehrerin arbeitete, war an einem Montag – eine Kollegin von ihr spontan in Winti-Trance verfallen. Und in Trance hatte die Frau unter anderem gesagt, »Lehrerin Vanta« müsse umziehen, weil es nichts tauge, an einer T-Kreuzung zu wohnen. Sie hatte gleichgültig mit den Schultern gezuckt bei dieser Aussage und nüchtern klargestellt, ihre Kinder müssten erst alle die Schule zu einem guten Ende gebracht haben, ehe sie ein anderes Wohnviertel in Betracht zog. Die Kollegin hatte sich nicht geschlagen gegeben und belästigte sie weiter mit Lösungen für das Problem, das für sie gar keins war. Das krampfige Gequengel der Frau wirkte albern angesichts von Louises hartem Ringen mit einer Bank und einem einflussreichen Politiker, um ein Haus in Amora zu bekommen und eine Stelle: der Amora-Bezirk war sehr beliebt bei berufstätigen alleinstehenden Müttern. Außerdem, so dachte sie, während sie auf die Sandstraße schaute, kann es unmöglich noch mehr Unglück geben in einem Frauendasein: ein Familienleben ohne Mann, der einen Teil der Verantwortung übernimmt, das war am schwierigsten. Sie beklagte sich nie. Sie rückte der Menschenwelt mit einem Lächeln zu Leibe. Nicht, weil das ihre Art war, mit Rückschlägen umzugehen, sondern weil alle sie, wie ihre Schwester Laura, bewunderten für ihre Schönheit. Selbst wenn sie rasend war vor Wut, blieb sie nach außen hin freundlich, und seit sie das Elternhaus verlassen hatte unter Tränen, hatte sie beschlossen, dass das Schlimmste hinter ihr lag. Weinen war etwas für Babys, für Kleinkinder, für Teenager-Mädchen und junge Männer, die den ersten Korb kassierten. Lebensschmerz war etwas für Erwachsene, und weshalb damit hausieren gehen? Als Heli so schrecklich geweint hatte beim Abschied in Amora und dann am Flughafen von Zanderij, dachte sie – um nicht auf der Stelle tot umzufallen: Gott allein weiß, wieso das geschieht! Heute war der erste Sonntag ohne ihr ältestes Kind. Imker hatte Zuflucht gesucht bei Großmutter. Babs war Mittag essen mit Vater Boys. Ihr Audi lief meistens ein bisschen verloren herum, bis es Zeit war für die Pfadfinder. Es war ihr nicht entgangen, dass die Nachbarin aus einem Wilden-Bus ausgestiegen war und zu dem Fenster, an dem sie stand, schaute. Vielleicht wollte die Frau fragen, ob Heli gut angekommen war bei ihren Verwandten in Holland. Das wusste sie selbst nicht. Sie hatte Vertrauen in ihre Brüder, die ihre Tochter immerhin aufnahmen: Alles war besser für so ein Kind als eine Liebesbeziehung mit einem Kerl von diesem Kaliber! Wut stieg in ihr auf. Da stimmte etwas nicht mit vielen Männern in ihrer Heimat. Über vier Stunden hielt sie schon Ausschau. Wachhund Leika war plötzlich verschwunden, und sie schämte sich zuzugeben, dass ihr goldbraunes Haustier ihr mehr fehlte als ihre Tochter. Sie trat vom Fenster zurück, machte sich ans Kochen. Eines Tages käme Tochter Heli zurück zu ihr. Heli hatte versprochen, ihr lange Briefe zu schreiben. Solange Briefe kamen, kam Mutter Louise fürs Erste gut zurecht, ohne mehr von Heli zu haben als ein solches Versprechen.

Babs war mit Vater Boys verabredet. Sie holte ihn ab und er nahm sie mit ins Lokal. Nur Mitglieder hatten Zutritt. Und während er eine Runde Mahjong spielte mit denen, die es ihm anboten, wurde sie mit verschiedenen Leckerbissen verwöhnt. Er sah sie an und sagte: Iss, iss ordentlich, Babs. Er selbst beließ es bei Suppe mit Fischbällchen. Sie war keine große Esserin, aber bei einem gemeinsamen Mittagessen mit ihrem Vater – da ließ sie sich vollstopfen wie ein verwöhntes Kind. Das Lokal war eigentlich eher eine große Küche mit gedeckten Tischen darin, ein Raum, in den wenig Tageslicht drang und kaum Frischluft. Klimatisiert und künstlich beleuchtet. Kochen. Essen. Spielen. Ein Treffpunkt für Gleichgesinnte. Dass dort auch heftig gewettet wurde, bestritt Vater Boys: Ich nehme doch mein Töchterchen nicht mit in eine Räuberhöhle? Ein Club ist es, Babs, wo wir, die wir Hongkong-Wurzeln haben, machen dürfen, was uns gefällt: kochen, essen, spielen. Er hatte recht. Was Boys sagte, sah sie am Samstag mit eigenen Augen. Der junge Mann, der ihr die Gerichte brachte, sprach kein Wort Niederländisch. Nicht nötig, meinte Vater: Wenn er sich bei der Arbeit bewährt, kommt alles andere von selbst. Der junge Koch lächelte sie an und sie murmelte jedes Mal: Vielen Dank, vielen Dank. Ab und zu sah Vater Boys lächelnd hoch mit immer derselben Frage: Schmeckts, Babsie? Dann nickte sie. Immer suchte er denselben Tisch aus, um ja genügend Platz zu haben für seine Spielsteine aus Elfenbein, in der Nähe eines riesigen Porzellanbuddhas mit einem Bauch, der sie zum Lächeln brachte, immer wieder. Sich mit ihrem Vater zu unterhalten war nahezu unmöglich. Sie schaute auf seine Hände, die blitzschnell das Elfenbein hin und her schoben, umstellten, stapelten. Sie mochte das Klicken der Steine. Die Spieler sprachen nicht miteinander während des Spiels. Später, wenn an den Tischen gegessen wurde, lösten sich die Zungen. Sie liebte ihren Vater. Sie wusste, dass er in einem großen Haus wohnte mit einer Frau und Kindern von ihm. Sie wusste, wo das Haus war. Sie hatte ihn schon mal dort abgeholt. Sie traute sich nicht, über seine Familie zu sprechen. Eines Tages hatte sie trotzdem gefragt: Wie heißen deine Kinder? Und er hatte gleich eine Reihe Namen aufgezählt. Wie viele Kinder hast du denn? Und über diese Frage musste er herzhaft lachen. Die Antwort war er ihr schuldig geblieben. Dieselbe Frage hatte sie noch am selben Samstag beim Nachhausekommen Mutter Louise gestellt. Die aber hatte empört geantwortet, dass nur ihr Vater ihr eine klare Antwort geben könnte. Sie wollte zu ihm ziehen. Sie wollte Teil dieser merkwürdigen Familie sein. Außerdem fand sie, dass sie, zumindest rein äußerlich, mehr Ähnlichkeit mit seinen Kindern hatte als mit denen ihrer Mutter. Und sobald sie ihren Abschluss in Händen hatte, wollte sie Vater Boys einen Brief schreiben und ihn darum bitten. Der Samstagskontakt mit ihm hatte noch einen Grund: Jede Woche trug Vater zu ihrem Unterhalt bei. Bargeld gab er ihr; meistens denselben Betrag, und stets gab er ihr noch etwas dazu, als Taschengeld. Und auch jetzt wieder warf er einen Blick auf die Uhr und sagte: Zeit, nach Hause zu gehen, Kind. Bei diesen Worten gab er ihr den Umschlag mit Geldscheinen. Sie nahm ihn entgegen, machte ihn auf, zählte nach und dankte ihm mit einem Nicken und einem Lächeln. Dann sprang sie auf und verließ das besondere Restaurant. HongKong-Spezialitäten stand auf der Fassade. Mutter gab ihr jede Woche einen Zettel mit, auf dem mit Bleistift geschrieben stand, was sie mitbringen sollte. Meistens waren es dieselben Dinge: Zahnpasta, Waschmittel, Soja-Öl, Butter, Hundetrockenfutter. Jede Woche ging sie in dieselben Läden. Zum Bummeln war es zu heiß. Außerdem war sie ein bisschen schlapp von den asiatischen Leckerbissen. Laut war der Verkehr, staubig waren die Gehwege im Stadtzentrum, lärmend die Kleinkinder mit ihren Müttern. Die Einkaufsliste war schnell erledigt. Ihren Freund anrufen, dass sie frei war, stand nicht auf Mutters Liste, war aber der Grund für ihre gute Laune. Abscheulich voll war es bei den Telefonzellen. Sie kaufte eine Telefonkarte, bekam eine Nummer, wartete, bis sie an der Reihe war. Es gab einen Schalter für internationale Gespräche. Und die Schlange dort war viel länger. Die Menschen waren aufgeregter, ungeduldiger, affektierter. Die Urlauber erkannte man auf den ersten Blick. Sogar, wenn sie stillstanden und kein Wort sagten. Urlauber aus Holland ziehen Aufmerksamkeit auf sich, immer und überall. Sie war an der Reihe und schlüpfte in die Kabine. Karte einstecken, Nummer wählen und rasch mit einem parfümierten Papiertaschentuch den Hörer einigermaßen sauberwischen von Make-up, Hautfett, Schweiß und anderem Schmutz, dann zum Ohr. Aram nahm sofort ab: Ich bin in einer Viertelstunde bei dir. Wie immer am Spanhoek? Sie legte auf. Sah sich um, nahm die Einkäufe und verließ die Telefonzentrale. Ein großes Haus will ich und in jeder Etage ein funktionierendes Telefon, flüsterte sie. Eines wusste Babs Vanta: Armut war nichts für sie.

Audi Vanta wollte die Frage des Religionslehrers nicht mehr aus dem Kopf gehen. Tiefe Stille in einer Klasse von Zwölfjährigen an einer Jungenschule. Er war etwas jünger und hatte es gewagt, sich zu melden. Die Fenster im Klassenraum standen weit offen und ließen den Duft von frisch gemähtem Gras rein. Zehn Uhr morgens. *Koprokanu*, Kupferkanone, wie sie den Religionsmann scherzhaft nannten, weil er dünn, krumm, kupferfarben war und riesige Schneidezähne hatte, wiederholte donnernd seine Frage und sah zu ihm hin: Aufwachen, Jungs, weil Vanta, der weiß es mal wieder?! Kurz zögerte er, aber seine Antwort kam wie aus der Pistole geschossen: Kein Geld zu haben um seine Bedürfnisse zu befriedigen Herr Lehrer!

Blaasbalg stand noch, setzte sich aber auf sein Pult und sah ihn weiter an. Darf ich nach deinen Bedürfnissen fragen? Ein paar Klassenkameraden kicherten spöttisch: Mädchen, Herr Lehrer! Er lachte nicht mit: Herr Lehrer, Armut ist etwas für Erwachsene, nicht für Kinder, meine Mutter sorgt dafür, dass meine Bedürfnisse befriedigt werden! Der Lehrer nickte, zögerte kurz, fragte: Hast du keinen Vater, der für dich sorgt? Dann sah er zu den anderen: Wer von euch hat zu Hause einen Vater, der Mutter Geld bringt, damit ihr etwas zu beißen habt, jeden Tag aufs Neue? Finger wurden gehoben. Seiner nicht. Er sah sich um und fragte sich, was das eigentlich mit Religion zu tun hatte, und schwieg. Plötzlich änderte sich Blaasbalgs Ton: Audi Vanta, du hast recht – Armut heißt, darunter zu leiden, dass man nicht bekommt, was man braucht, zum Beispiel Essen, Kleidung, Bildung, aber auch Liebe, Liebe ja, in Form von Beachtung durch deinen Vater, deine Mutter, Brüder, Schwestern und die anderen in deinem Umfeld. Und weiß jemand, wo diese Liebe herkommt? Fast feindselig schwieg die Klasse. Das kupferfarbene Antlitz des Lehrers hob sich glänzend ab von der dunklen Tafel, seine Zähne blitzten beim Aufschreiben der Antwort in Großbuchstaben: GOTT. Der Lehrer verschwand wieder. Die Klassenkameraden zerstreuten sich. An diesem Tag sagte er kein Wort mehr. Er fragte sich, weshalb sein Vater sich nicht blicken ließ, weshalb er ihm keine Beachtung schenkte. Mit den Mädchen zu Hause konnte er nicht darüber reden. Imker und Babs mit ihren Puppenhäusern. Ihren Puppenfamilien, in denen er Vater spielen durfte, auf Abruf. Das konnte er sehr gut, obwohl die Mädchen ihm zuerst einflüstern mussten, was er sagen sollte und zu welcher Puppe. Die farbigen Puppenhäuser durften beim Umzug in die Stadt nicht mit: die Stoffpuppen schon, und bereits nach wenigen Wochen in Amora, da bekam ein Schreiner von Mutter Louise den Auftrag, zwei neue Puppenhäuser zusammenzubasteln aus Sperrholz und sie farbenfroh zu bemalen. Mit derselben Leidenschaft setzten die Schwestern ihr Spiel fort. Wenn es sein musste, mit ihm. Er kam, wenn sie ihn riefen. Inzwischen dachte er sich selbst Antworten aus auf die Fragen, die sie stellten. Die Mädchen beklagten sich manchmal, er verstehe nicht, was in ihrem Haus vor sich gehe, dann lief er einfach weg. Nach draußen. Zu Leika. Zu den Jungs. An der neuen Schule trat er einem Fußballverein bei und den Pfadfindern, außerdem ließ er sich anwerben als Messdiener. Geduldig stand er die rein männlichen Zusammenkünfte durch. Aber wenn er am Tisch saß bei Mutter zu Hause mit den Mädchen, dann packte ihn manchmal der Trotz, denn sein Nachname war nicht der eines Mannes, der ihm Beachtung schenkte, sondern der von Mutter Louise, die ihn so liebhatte.

Eines Tages, als er für seine Mutter im Laden um die Ecke eine Packung Damenbinden gekauft hatte, schlich er damit ins Arbeitszimmer, wo seine Schwester Heli arbeitete. Sie schaute auf: Was ist? Er legte die Packung KOTEX auf den Schreibtisch: Was ist das? Einmal hatte er Heli zu Umar sagen hören, sie gebe ihr Bestes, damit Brüderchen Audi ein »guter Mann« wurde. Sie nahm die Packung und erklärte ihm freundlich: Es sind Binden für große

Mädchen und für Frauen, um das monatliche Bluten aufzufangen, ja, es fließt in ihre Unterwäsche und das Bluten hat mit dem Kindermachen zu tun. Er nickte: Kann man davon totgehen? Heli wickelte die Packung wieder in das Zeitungspapier: Zu Tode bluten, meinst du? Davon habe ich noch nie gehört; Bauchweh, Kopfweh, Eiterpickel, alle möglichen Wehwehchen vielleicht, aber bei mir muss das erste Mal noch kommen: Mama hat schon eine Packung Binden bereitgelegt. Lächelnd gab sie ihm die Packung zurück: Bring das zu Mama, und sobald du zwölf wirst, bekommst du von mir ein Buch über Jungensachen, ja? Im Haus war seine große Schwester die Einzige, die er ernst nahm. Er war stolz auf sie: Die Lehrer an der Schule ließen ihr »liebe Grüße« ausrichten und die jungen Männer pfiffen ihr nach. Als Heli Jahre später selbst KOTEX benutzte, hatte sie ihn beiseitegenommen, ihm den goldenen Rosenstielarmreif gezeigt, und er hatte gefragt, ob sie Schmerzen hätte. Hatte sie nicht. Lehrer Blaasbalg hatte Fragen gestellt, die ihn quälten, deshalb trennte er sich an diesem Tag nach der Schule von seinen Kameraden und ging schnell nach Hause, um Mutter Louise alleine zu erwischen, ohne seine Schwestern. Sie stand am Gartenzaun und unterhielt sich mit der Nachbarin. Sie schaute auf, als sie ihr Gartentor hörte. Mit glückstrahlendem Gesicht: Wir kriegen ein Hundebaby, sagte sie. Er wollte ihr nicht die Laune verderben. Er winkte der Nachbarin, nickte Mutter zu und ging zum Hintergarten. Für ihn keine Binden zum Beweis, dass etwas in ihm heranreifte. Etwas, was schrecklich weh tat, aber nicht blutete. Auf dem Treppenabsatz vor der Küchentür grübelte er, bis

Mutter zu ihm kam: Ein kleines Hundemädchen wird es, Audi, aber ich lasse sie früh sterilisieren, damit die Rüden Ruhe geben, wenn sie läufig ist. In voller Größe stand sie neben ihm: Audi, schließlich bist du noch zu jung, um unser Haus zu beschützen! Schlüssel ins Schloss. Zweimal rumdrehen. Mutter fuhr fort: Schließlich ist Paramaribo nicht so sicher wie Nieuw-Nickerie! Tür auf. Drücken. Sie stand auf der Fußmatte in der Küche und trat sich die Schuhe ab. Und plötzlich rutschte ihm heraus: Mama, wo ist mein Vater? Mit dem Rücken zu ihm stand sie. Er hatte sie hinterrücks attackiert. Sie stellte ihre Lehrertasche auf einen Küchenschemel. Und während sie sich die Hände wusch und auf den Wasserstrahl schaute: Was soll das werden, Junge? Es war eine Gluthitze im Haus. Er ging an ihr vorbei, öffnete die Fenster. Und während von außen Luft eindrang, dachte er: Nie werde ich meine Kinder verlassen. Niemand sah, dass Audi Tränen in die Augen stiegen.

In Schiphol werde ich von Winston abgeholt. Ich erkenne ihn sofort, obwohl neben ihm nicht Onkel Roger steht, sondern ein unbekannter Mann. Ein moosgrünes Kostüm trage ich, genäht von Mutters Herzensfreundin und Maßschneiderin. Den Stoff habe ich ausgesucht: weiche, seidige Baumwolle, aber knitterfest. Ich warte auf meinen Koffer, schaue zu den beiden Männern; beide tragen dunkle Anzüge und sie reden nicht miteinander. Auch sie schauen die ganze Zeit zu mir. Mein Koffer taucht auf und mit dem Gepäck gehe ich erst zu der Glaswand, hinter der mein Onkel auf mich wartet. Er gibt mir zu verstehen, dass der Ausgang auf der anderen Seite ist. Meine Absätze sind ein paar Zentimeter höher als sonst, und die Schuhe drücken. Um mich herum Landsleute, die Bemerkungen machen in Sranan, der Sprache, die in unserer Heimat zum Verhandeln dient. Überall weiße Reisende. Ich weiß, ich habe alles hinter mir gelassen, was mir lieb ist und vertraut. Ich weiß auch, warum. Winston steht beim Ausgang, beugt sich etwas runter, um mich umarmen zu können. Dabei flüstert er Worte, die mir die Sprache verschlagen: Ich bin mit Gordon hier, deinem Vater. Hinter meinem Onkel her gehe ich mit meinem Koffer. Der Mann, mit dem er jetzt redet, sieht mich an und lächelt. Ich lasse euch kurz allein, schmeichelt Winstons Stimme, und er verschwindet in der Menschenmenge. Stehe ich da. Steht Vater da. Ich weiß nicht, was ich sagen soll. Vater Gordon auch nicht, er schweigt. Dann sehe ich mir sein Gesicht gründlich an, um mir seine Züge einzuprägen. Auch seine Stimme will ich hören. Ich denke mir etwas aus: Meine Mutter wird sich bestimmt freuen, wenn sie erfährt, dass wir uns gesehen haben. Es dauert einen Moment, bis er reagiert: Vergib mir diese Vaterschaft. Ich war so jung. Hatte haufenweise Freundinnen. Ich habe mich wie ein Schurke benommen, auch deiner Mutter gegenüber, aber vergib mir. Und ohne meine Reaktion abzuwarten, fragt er, ob ich einen »guten Flug« gehabt hätte, und teilt mit, er arbeite für die Gesellschaft, die für Schiphol zuständig ist. Schweigend höre ich ihm zu. Winston kommt zurück. Wir verabschieden uns von meinem Vater. Kaum stehen wir draußen auf dem Parkplatz, sagt Mutters Bruder: Hat dein Vater dir ein bisschen Geld gegeben? Ich murmele etwas und Winston brummelt: Gordon war immer schon ein Geizhals. Die Frau meines Onkels kommt auf uns zu. Sie lächelt und umarmt mich wirklich herzlich. Mein Onkel liebt hübsche Frauen, und diese ist eine Schönheit, an die fünfzehn Jahre jünger als er: dunkelbraune Locken um ihr weißes Antlitz, in dem helle Augen strahlen, sie passen gut zu ihrer hellen Stimme: Schön, dass du da bist, Heli. Bei ihrer Hochzeit war ich Brautjungfer. Ich nicke: Herzliche Grüße von allen. Dann sitzen wir im Auto. Winston am Steuer. Hat Heli ihren Vater gesprochen, fragt sie ihren Mann. Ja, sagt er laut. Ich sehe mich um. Die Niederlande? Er fährt an. Plötzlich fehlt mir meine Mutter sehr.

Das Haus meines Onkels und seiner Frau Lya hat einen Vor- und einen Hintergarten. Nicht tropisch groß, eher briefmarkenklein, aber gepflegt bis in den letzten Winkel. Weit und breit kein hohes Gebäude. Eigenheime für Familien, millimetergenau aufgereiht, sie markieren den Wohlstand der Bewohner. Heute ist ein Wochentag, und meinetwegen haben sich meine Verwandten einen »freien Tag« genommen bei der Arbeit. Es ist September und unwirtlich. Im Haus könnte man eine Stecknadel fallen hören, so still ist es. Das große Wohn-Esszimmer ist geschmackvoll eingerichtet. Lya begleitet mich zu dem Gästezimmer, das für die nächste Zeit auf meinen Aufenthalt eingestellt ist. Onkel trägt mein Gepäck nach oben und ins Zimmer. Lya ist lieb zu mir und ich sehe Tränen in ihren Augen, als sie sagt: Ich weiß, wie das ist, Heli, zum ersten Mal so weit weg von deiner Mutter, ich kenne das auch, aber du hast dein ganzes Leben vor dir und die Niederlande sind ein gutes Land. Sie nimmt meine Hand, zieht mich mit sich, zeigt mir den Rest der Wohnung: die anderen Zimmer, Bad und Klo und auf dem Weg zur Küche, ein kleines Stück von ihrem Ehemann entfernt, flüstert sie: Wenn du Liebeskummer hast, komm zu mir, den kenne ich auch. Und sie wischt mir und sich selbst die Tränen vom Gesicht und lässt mich allein. Zurück im Gästezimmer schaue ich aus dem großen Fenster: ein grauer Himmel, die Gartenterrassen der Nachbarn mit verlassenen Liegestühlen. Eine Frau, die ihre Weißwäsche aufhängt an einer Trockenspinne. Großmutter geht mir durch den Kopf. Sie und ich, wir hatten mit Hilfe des neuen Kaplans der Nachbarschaft ihre Trockenspinne aufgebaut an einer für sie leicht zugänglichen Stelle in ihrem Hintergarten. Ach ja: Großmutter hatte mir Geschenke mitgegeben für ihre Jungs. Mir gab sie für mich allein eine Literflasche Mandelsirup, sie wusste, wie versessen ich war auf ihren selbstgemachten Orgeat. Ausgemergelt hatte sie sich angefühlt, als ich sie in die Arme schloss, sie an mich drückte und ihr dankte für alles, was sie für meine Mutter und mich getan hatte seit dem Tag meiner Geburt, und sie küsste auf den Kopf, die Ohren, Wangen, Nase, Mund. Und dann hatte ich sie losgelassen und war mit einem letzten Blick auf Mutter Louise ohne eine weitere Träne zur Abflughalle gegangen. In der Abflughalle standen zwei Kerle, die ich nicht erwartet hätte dort. Derik. Umar. Ihren hartnäckigen Blicken war ich lieber ausgewichen. Jetzt starre ich weiter zu der Frau, die ihre Bettwäsche vom Wind trocknen lässt, denke an meinen Niederländischlehrer und dass ich mich – überwältigt von Scham – nicht verabschiedet habe von ihm, nicht mal, nachdem er mir ein Geschenk geschickt hat: einen Gedichtband, in den ich mich noch nicht getraut habe, reinzuschauen. Auf das Einpackpapier hatte er geschrieben: *Holländer sind nicht die schlechtesten Menschen, liebe Heli Vanta*. Unten höre ich die aufgeregte Stimme von Mutters Bruder Roger, der eine Ausbildung macht zum Kinderarzt. Er ist zur Mittagszeit aufgekreuzt, um mich zu sehen, und ruft voller Begeisterung meinen Namen. Ich löse mich von der Vergangenheit und gehe die zwei Treppen runter zum Wohnzimmer, wo meine Verwandten mit Kaffee und Kuchen auf mich warten.

Bei Großmutter wurde es Abend und ihr Haus erstrahlte im künstlichen Licht. Die frische Hühnersuppe roch so stark, dass sie ganz munter wurde davon. Und dabei hatte sie noch keinen Löffel gegessen. Auf dem Sofa lag sie und lauschte dem Radio, das so leise war, dass kaum etwas zu ihr durchdrang. Auch wenn Enkelin Imker bei ihr war – im Haus hatte immer das Radio ihr geholfen, nicht einzugehen an einem Mangel an sozialen Kontakten. So hatte es Enkelin Heli zusammengefasst, als sie ihr eigenes teures tragbares Radio angeschlossen hatte bei ihr. Dabei hatte Heli ihr geduldig und genau erklärt, wie man die Sender einstellte, wie man an- und ausmachte, wie man die Lautstärke regelte, und sogar, wie man das Radio verriegelte. Mach die Fenster und Türen gut zu, wenn du aus dem Haus gehst, Oma. Sie hatte geantwortet: Ja, du gehst ins Ausland, wie meine beiden Söhne, und so vermisse ich immer mehr liebe Menschen, die mich am Leben halten. Enkelin Heli hatte zugestimmt. Und hatte sie daran erinnert, dass Großvater Anton die ganze Zeit Radio gehört hatte in der Jacobusrust. Und als man ihm erst seine Frau weggenommen hatte und dann sein Radio, war er innerhalb eines Jahres gestorben. Heli hatte Anton sehr geliebt und ihn täglich besucht im Elternhaus, wo er auf seinem Polsterstuhl saß und zum Tor starrte. Heli hatte ihm jeden Tag warmes Essen gekocht, ihm die Nägel geschnitten, seine Kleidung und Bettwäsche gewaschen, gebügelt und bei Bedarf ausgebessert und das Haus sauber gehalten. Und Großmutter Bees Entschluss, zu ihrem Sohn zu ziehen, hatte Heli zutiefst missbilligt und kein Wort mehr sprechen wollen mit Winston, der in ihren Augen die Verantwortung trug für die Vereinsamung von Opa Anton Vanta. Radio weg. Messinggegenstände verschwunden. Antike Möbel mitgenommen. Heli war außer sich gewesen vor Wut. Erstattete Anzeige wegen Diebstahl. Nannte die Namen der vermutlichen Täter. Aber die Trennung von Tisch und Bett hatte einen tieferen Grund, als ihre Enkel je erspüren könnten. Dort auf dem »tieferen Grund« waren so einschneidende Dinge geschehen zwischen Anton und ihr, dass ein Bruch im Lauf der Zeit unvermeidlich geworden war. Sie richtete sich auf, um einen Blick zu erhaschen auf Enkelin Imker, die den Tisch deckte für die Suppenmahlzeit. Sie hörte sie in den Küchenschränken stöbern, rief: Imker, unter meinem Bett steht ein Pappkarton mit dem restlichen Tafelservice! So viele Wörter in einem Atemzug auszusprechen fiel ihr allmählich schwer. Sie schluckte einen Pfropf hinunter. Sie hatte Schmerzen. Sie war abgemagert. Zu Tode bluten wollte sie trotzdem nicht. Sie schwang sich vom Sofa auf und trippelte in die Küche. Imker mit dem Geschirrkarton. Auf einem Stuhl. Klebeband ab. Deckel hoch. Teller und Suppenschalen wurden aus dünnem Papier gewickelt. Schönes Service, Oma Bee. Ein Hochzeitsgeschenk für Winston und Lya, wie ein paar andere Geschenke sei es nie ausgepackt und vor der Abreise bei ihr eingelagert worden. Imker begriff, dass sie nicht mehr erfahren würde, und schweigend deckte sie weiter den Tisch für zwei. Imker hatte sogar ein hellgelbes Tischtuch herausgekramt, aber sie hielt ihre Enkelin davon ab, es zu benutzen, weil auch nagelneue Dinge erst gewaschen werden mussten. Und als sie sich endlich gegenübersaßen am Tisch, eine Suppenterrine voll Hühnersuppe mit holländischen Kartoffeln zwischen sich, lächelten sie. Die Zutaten hatten genügend Zeit gehabt, sich zusammen die Bezeichnung Kartoffel-Hühnersuppe zu verdienen, und so abgekühlt war das Gericht, dass es schmackhaft war und so weich wie möglich. Imker wusste als Enkelin, dass Großmutter immer noch eine Feinschmeckerin war, und sie als Großmutter wusste, dass ihre Enkelin mehr als ihr Bestes gegeben hatte, um dem Genüge zu tun. Dankgebet. Sie wollte selbst auftun und war sich bewusst, dass Imker sie dabei nicht aus den Augen ließ, denn die Suppe war vor allem für sie da, um sie zu stärken und ihren Hunger wirklich zu stillen. Sie aß langsam. Sie konnte alles gut herausschmecken. Träge sagte sie: Imker, sollen wir morgen zusammen eine Schüssel Suppe zu deiner Tante Laura bringen? Imker nahm sich keine Zeit nachzudenken. Sie nickte bloß heftig und bemühte sich zu lächeln. So gut war die Mahlzeit gewesen, dass sie ihre Freude darüber teilen wollte mit ihrem Mädchen in Kolèra. Lächeln. Nächster Mundvoll. Schmatzen. Und sie freute sich mit Imker. Ist genug da? Imker rief: Mehr als genug, Oma, hol dir noch was! Sie stand auf, um genau das zu tun, und sagte resolut: Wenn du nämlich für meine Tochter sorgen willst, wenn es mich nicht mehr gibt, dann musst du sie lieben lernen in meinem Beisein. Imker gleich mit der richtigen Antwort: Ja, Oma, ja, lass es dir schmecken! Beruhigt hatte Großmutter Bee sich wieder an den Tisch gesetzt.

Imker war die Einzige aus dem Haus, die nicht mitging zur Sonntagsmesse. Sie war gläubig, fand es aber unpassend für sich, Dinge zu tun, die sie nicht verstand. Mutter hatte nichts erzwingen wollen, aber gesagt, hoffentlich werde sie eine Gemeinde finden, wo der Gottesdienst verständlicher sei für sie. Auch wie die Welt tickte, interessierte sie nicht die Bohne. In Nickerie hatte sie Scharen an Freundinnen gehabt und selbst nicht verstanden, weshalb ausgerechnet sie immer zu Geburtstagsfeiern eingeladen wurde. Aufgeputzt hatte Mutter sie gehen lassen und ein paar Stunden später wurde sie wieder zu Hause abgeliefert, dann erfuhr ihre Familie alles über das Fest, viel mehr, als man von so einem Kind erwarten konnte. Der Baustil des Hauses, die Inneneinrichtung, die Familienbeziehungen, die Gerüche, Farben, Geschmäcker, die das Fest geprägt hatten. Als wollte sie die anderen trösten, die nie eingeladen wurden. Damals hatte sie einen Kopf voller Korkenzieherlocken gehabt und leichte O-Beine, die alle zum Lachen brachten. Mit neun war sie dann in die Höhe geschossen und alles hatte sich zurechtgebogen, und noch bevor sie zurückgingen nach Paramaribo, hatte sie sich ihre Locken abschneiden lassen, so dass sie eine Weile fast aussah wie ein Junge. Nach der Abendsuppe hatte sie das Bedürfnis nach einer Dusche und nach Kleidern, die nicht nach Petersilie, Zwiebeln und Knoblauch rochen. Die Küche war aufgeräumt. Der Topf mit der Suppe im Kühlschrank. Will Oma noch duschen? Ja? Und Großmutter war sofort aufgestanden, um sich im Badezimmer zu säubern nach einem Tag voll aufgewirbeltem Staub. Sie schaute wieder still zur Mutter ihrer Mutter, den Kopf voller Fragen, die vielleicht nur noch von ihr wahrheitsgemäß beantwortet werden konnten. Aber das Sprechen fiel Großmutter schwer. Sie hörte das Wasser plätschern, weil die Badezimmertür offen stand. Aus Angst? Das war nicht nötig, sie blieb mit der Aufmerksamkeit bei Großmutter. Angenommen, es ging schief: Sie könnte Hilfe rufen und würde sowieso nah bei Oma bleiben! Sie hatte sogar beschlossen, künftig bei Großmutter zu wohnen. Sie ging von einem Zimmer zum anderen und zog die Vorhänge zu. Sie musste Mutter Louise sagen, sie könne nicht mehr in Amora bleiben, weil Heli weg war, und auch, weil Großmutter sie brauchte. Seltsam, wie sich manche Dinge fügten. Sie bekreuzigte sich, streckte aufsässig dem Kreuz an der Wand die Zunge raus und ging in Großmutters und ihr Schlafzimmer, um es herzurichten für die Nacht. Als sie den Schlafsack in Händen hielt, musste sie an Umar denken. Wie er auf sie gewartet hatte neben seinem Moped und sie gefragt, ob es nicht schöner wäre, zusammen auf den Markt zu gehen statt allein. Imker wurde einen Moment ganz warm, sie lächelte.

Im Süden von Paramaribo saß Mutter Louises unvollständige Familie vor dem Fernseher. Sie hatte mit Babs und Audi den Zwanziguhrnachrichten gelauscht und dann ohne Ton amüsiert zugesehen, wie ein Prediger sich unumwunden an die Zuschauer wandte, und das nicht einmal in der offiziellen Landessprache. Der Mann war bekannt für seine Direktheit. Er, der Nachkomme eines wohlhabenden Geschlechts, machte sogar Politiker nieder. Seine Familie besaß Apotheken, eine Privatschule speziell für seine eigenen Gemeindekinder. Er war der schwärzeste Herr der Stadt. Dazu der schwärzeste Anblick im staatlichen Fernsehen, und geriet bei einer Panne sein Antlitz vor einen dunklen Bildschirm, dann sprachen eben seine Augen noch Klartext. In Deutschland war er ausgebildet worden und mit seiner deutschen Frau hatte er sich niedergelassen in seiner Heimatstadt. Er sprach klar, langsam, eindringlich. Nach einer halben Stunde verabschiedete er sich und sie sagte: Gut so. Dreh wieder laut, Audi! Das Gerät diente als Fenster zur Welt und neuerdings – vor allem auch dazu, die Nachrichten aus Holland zu verfolgen. Der Prediger hatte über Gemeinschaftsbildung gesprochen und darüber, dass man Mitglied werden musste, für ein paar Groschen, wenn es sein musste, von einer Vereinigung, einer politischen Partei oder einer Glaubensgemeinschaft, das musste sein. Sie wollte ihre Kinder ganz im Gegenteil lieber fernhalten von Gruppen, aus Angst, Gruppenzwang könnte schwerer wiegen als elterliche Autorität. Sie hatte ihre Vorlieben, was die Herren Politiker betraf. Es war kein Geheimnis, wer ihr schnell zu dem Haus, in dem sie wohnten, verholfen hatte.

Babs sah sich die Werbung an. Audi holte etwas zu trinken. Alle warteten auf die Serie, die sie sich gern zusammen ansahen, jede Woche wieder. An ihrer Schule kannten die Kinder kein anderes Thema, und sogar in ihrer Vorschulklasse wurde von nichts anderem geredet. Audi brach das Schweigen, indem er eine Erinnerung auskramte von vor vier Jahren. Er wollte wieder über ihren Wachhund sprechen, der einfach verschwunden blieb seit Helis Abreise. Angespannt lauschte sie. Seine Stimme klang nervös: Eines Tages gab es einen Mund mehr zu füttern in der Familie, weil Mama ein Hundebaby ins Haus holte und es Leika nannte. Und Babs fuhr fort: Ich bin durch die ganze Stadt gerannt auf der Suche nach einer Tierhandlung, um gutes Futter zu finden und eine Kette mit Halsband. Sie schwieg, wartete. Hörte amüsiert dem Zwiegespräch zu. Ihre Kinder wollten möglichst schnell ein neues Hundebaby für sie zum Trost. Noch nicht, sagte sie jedes Mal: Bald ist Leika wieder bei uns und du kannst weiter samstags Hundefutter kaufen, Babs! Aber Babs weigerte sich: Erst mal nicht, Mam, die Packungen sind ganz schön schwer. Sie sah zwischen ihrer Tochter und ihrem Sohn hin und her. Wussten die beiden mehr über Leikas Verschwinden als sie? Sie dachte daran, was einmal nachmittags vorgefallen war zwischen Audi und ihr. Mit tonloser Stimme: Ich kann nicht glauben, dass Leika nie mehr nach Hause kommt; es ist, als hätte ich nicht ein Kind verloren, sondern zwei: Auch der Hund ist unersetzlich. Die Serie fing an und Lassie sprang elegant ins Bild. Und mit Blick auf den Fernseher sagte Babs gerührt: Mam, ich kaufe dir einen Rassehund, du erziehst ihn zu einem guten Wachhund und dann besorge ich wieder Hundefutter, ja? Sie antwortete nicht, beobachtete nur weiter, wie der Collie ins Bild sprang: lechzend danach, gestreichelt zu werden. Sie stand auf, öffnete die Vorhänge. Die Abendbrise drang durch die gekippten Klappläden herein. Sie sah weiter zur Straße ins Nichts und sagte: Wie es Imker wohl geht bei Oma? Aber in Gedanken blickte Mutter Louise noch ihrer anderen Tochter hinterher, in Zanderij, in der Abflughalle.

Zwei

Am Dienstag ist Großputztag in der Innenstadtkirche. Der Gemeinde von Beichtvater Teloor, wo ihre Kinder – als Erwachsene – wieder katholisch geworden waren. Zum Messingputzen geht Großmutter in die Kirche in ihrer Nachbarschaft, aber ihr Herz und ihre Seele wohnen in der Innenstadtkirche. Dort will sie aufgebahrt liegen, wenn es so weit ist. Und nach Wochen saß sie nun wieder dort. In der Antonius-Kapelle, da hatte sie sich niedergelassen: linker Seitenflügel, zweite Reihe, erste Bank. Die Putzkolonne machte diese Kapelle an Wochentagen immer als Erstes, weil die Besucher vor allem dort hingingen – für eine Geldspende, ein Gebet, eine Kerze. Der Heilige Antonius von Padua verrichtet Wunder und bringt Verlorengegangenes zurück. Außerdem ist der heilige Mann der Schutzpatron von Frauen und Kindern, Verliebten, Verheirateten, Seeleuten, Armen. Wieder und wieder las sie die eingemeißelten Worte. Sie war aber nicht die Einzige, die hier Trost suchte: überall brennende Teelichter und das Spendenglas beinah voll. Hinter ihr saßen vereinzelt vier weitere Frauen und ein Mann. Die Putzkolonne war undeutlich zu hören. Nach den sechs Heiligen Messen am Sonntag ist gründliches Putzen angesagt, auch weil Menschen alles Mögliche versehentlich liegen lassen auf und unter den Bänken. Auch mit Absicht legen manche Leute Dinge hin, die sie loswerden wollen – am liebsten anonym. Sie hatte vor Jahren einmal einen Geldbeutel gefunden; auch die Juwelen einer Frau. Beide Male war ein handgeschriebener Brief dabei gewesen mit einer Bitte. Das kommt aber nicht oft vor. Die Putzkolonne gibt alles, was sie findet, dem Pfarrer. Und die Kirche schweigt. Auch bei den Predigten werden die »Fundsachen« mit keinem Wort erwähnt. Hat man etwas aus Vergesslichkeit liegengelassen, kann man es jederzeit abholen. In seltenen Fällen wird etwas wirklich Unerhörtes gefunden: einmal ein totes Baby. Dann wird die Polizei gerufen. Alle in der Putzkolonne stehen unter Schweigepflicht. Sie lächelte, denn sie konnte sie deutlich miteinander reden hören. In der Kirche soll man flüstern und nur im Notfall dürfen Stimmen deutlich hörbar sein. Am Dienstagnachmittag kommt ein Chor, um sich auf die bevorstehende Messe vorzubereiten, und zwischen zwölf und zwei kommt der Organist, ein dicker, brauner Mann, der immer lacht und mit allen Scherze macht. Fast ohrenbetäubend laut bringt er die Kirchenorgel zum Dröhnen. Alle hier kennen sie. Die meisten kennen auch ihre Kinder. Vor allem Winston und Roger. Winston und seine Frau waren immer am Sonntagmorgen gekommen; und Roger hatte manchmal seine Freundin mitgebracht zur Abendmesse. Beim Heiligen Antonius kann sie alles, was ihr fehlt, in Gedanken wieder zurückholen. Flüsternd bat sie den Holzheiligen mit dem dunkelbraunen Mantel um den Schultern, ihren Vater zurückzuholen, und während die lebensgroße Figur auf sie herabschaute, schloss sie die

Augen und wartete. Dann steht Vater Julienne neben ihr. Immer wieder kommen dieselben Fragen auf: Warum hast du mich mit diesem schwarzen Jungen verheiratet? Vater antwortet nicht. Dann fragt sie: An welcher Krankheit ist meine Mutter gestorben? Keine Antwort von ihrem Vater. Sie geht hinter ihrem Vater her durch das Haus, in dem sie nicht mehr wohnen darf, weil Mutter nicht mehr zurückkommen und Mutters Bruder, Mr. Cru, ein mürrischer Schlosser, ins Haus einziehen würde zu den Jungen. Ein kleines Mädchen hat nichts zu suchen in einem Männerhaushalt, und Vater brachte sie zum Internat im Nonnenkloster. Die Schwestern kannte sie schon von der Schule her, und es wohnten auch andere Mädchen dort. Sie war noch zu jung, aber ihr Vater hatte doppelt bezahlt: ein Holzbett geschreinert und bemalt, und auch eine Holztruhe für alle ihre Sachen. Für seine Arbeit war er viel unterwegs und oft monatelang verreist. Eine neue Stelle mit neuen Möglichkeiten, in Französisch-Guyana zwar, aber bei Männern aus seiner Heimat. Er wollte seine einzige Tochter so gut wie möglich versorgt wissen. So oft er konnte, besuchte er sie. Er brachte ihr Geschenke. Er erzählte, das Haus würde neu gestrichen werden von Bruder Scott, der heiratete. Die Truhe in ihrem Zimmer füllte sich mit bunten Federn, Puppen aus Kautschukholz, Eckzähnen wilder Tiere, einem Holzbecher, einer Panflöte und gewebten Läufern. Die Schwestern ließen das alles zu, solange sie den anderen Internatsmädchen nichts davon erzählte. Machte sie nicht. Bis sie das Kloster verließ, teilte sie sich ein großes Zimmer mit einer Nonne. Sie weiß heute noch nicht, ob die Nonne jung war oder eher älter.

Die anderen Mädchen schliefen im Schlafsaal, alle in den gleichen schmalen Betten mit Schubladen. Zusammen essen. Zusammen spielen. Zusammen zum Gottesdienst am frühen Morgen. Auf einmal war sie sechzehn, und Vater Julienne hatte einen Ehepartner für sie. Der junge Mann war groß und schlank wie ihre Brüder, aber deren Haut hatte die Farbe von Pfannkuchenteig, während er dunkel war wie eine Korinthe. Ein schmales Gesicht mit weit offenen Augen hatte er und sein Augenweiß glänzte so hell, dass alles Schwarz darin aussah wie Dämmerlicht; wie etwas, was nicht feststand. Er sprach wie die aus der Hauptstadt, leise und deutlich und viel. Trotzdem konnte sie Mutter-Oberin nicht wiedergeben, was er alles gesagt hatte. Vielleicht war sein Tropenanzug etwas zu weit. Vielleicht waren seine Schnürschuhe etwas zu glänzend. Vielleicht war sein Gebiss etwas zu schön und sein Mund etwas zu breit. Aber als die Nonne fragte, ob sie bereit wäre, den jungen Mann zu heiraten, sagte sie klar und deutlich »Ja«: Ja, Schwester Oberin, ich will! Was sie sich im Kloster erhofft hatten, trat nicht ein: Sie wurde nicht Nonne. Die Ehe musste innerhalb eines Jahres geschlossen werden. Vater traf Vorbereitungen für eine Reise in eine große Stadt in Frankreich, weil sein Gehör immer schlechter wurde und er einen Arzt in seiner Heimat konsultieren wollte. Er hatte eine gut bezahlte Stelle in Cayenne, wo er Arbeiter anwarb für ein großes französisches Bauprojekt in Französisch-Guyana. Nie ist Vater Julienne zurückgekehrt zu seiner Arbeit und zu seinem Haus in Nieuw-Nickerie. Seine Briefe brauchten viel zu lange, um seine Söhne zu erreichen mit Nachrichten, die wichtig waren. Es war kaum auszuhalten. Eines Tages machte sich ihr jüngster Bruder Napo auf die Suche nach ihm und auch er kehrte nicht zurück in die Gouverneurstraat. Mutters Bruder Mr. Cru, ledig und schweigsam, hielt warm, was von der Familie übrig war, und das riesige Holz- und Backsteinhaus nach Kräften instand, bis einer der Jungen dort eine neue Familie gründen wollte. Kam nicht dazu. Das schöne Haus wurde immer blasser, leerer. Für sie hatte Vater Julienne ein Ehehaus eingerichtet mit Möbeln, die er auf Auktionen gekauft und schön aufgearbeitet hatte. Nach der Einsegnung der Ehe, da wurden Anton und sie mit einem hupenden Automobil nach Hause gefahren: in eine von der Armee zur Verfügung gestellte Mietwohnung. Da erst ging ihr auf, dass ihr Mann Berufssoldat war. Schließlich nahm Vater sie mit, um Blumen zu legen auf das Grab ihrer Mutter. Und weinend reiste er noch am selben Abend ab, nach der Hochzeitsfeier, mit einem Nachtschiff in das Land, das er, wie er ihnen erzählt hatte, als Siebzehnjähriger auf Nimmerwiedersehen verlassen hatte, weil seine Eltern dort so viel Blutvergießen gesehen hatten und überzeugt waren, es würde sich wiederholen. Sie schreckte hoch. Orgelklänge dröhnten durch den Raum. Sie dankte dem Heiligen Antonius für die Erinnerungen. Als Reden noch nicht schmerzhaft war, konnte sie den lieben langen Tag plappern; selbst wenn sie allein war, nörgelte sie vor sich hin, und meistens ging der Wortschwall über in Lobgesänge. Eines Tages hatte Ehemann Anton ein großes Radio angeschafft, ein Radiomöbel und zwei Polsterstühle – mit Armstützen und Rückenlehne – und die ordentlich aufgestellt im Wohnzimmer in der Jacobusrust mit den Worten: Bee, meine Sachen, Finger weg, aber ein Stuhl ist für dich! Und ohne sie zu fragen, hatte er die beiden Schaukelstühle, die, als sie schwanger war mit Roger, in ihrem Zwischenquartier gelandet waren, in den Hintergarten getragen und zu Brennholz gemacht. Du willst mich ja nur nicht reden hören, hatte sie gewettert, und er: Bee, ich bin ein Mannsbild! Damit meinte er, er sei nicht wie die Frauen aus ihrem Quasselclub, die zum Kochen kamen und zum Backen und Tränkebrauen und dabei ununterbrochen redeten und lachten. Anton war zweiundzwanzig, als er sie zur Frau nahm vor dem Gesetz und vor der Kirche und hatte noch nie ein Mädchen angerührt. Vater Julienne hätte keinen besseren Menschen finden können für sie.

Es war Dienstag und am Tag davor hatte sie Laura zusammen mit Imker lauwarme, aber herrliche Kartoffel-Hühnersuppe gebracht. Sie suchte sich einen Platz, wo keiner sie sehen konnte. Gott würde sie finden an der vergessenen Stelle, wo keine Statue stand. An diesem Platz hatte sie einmal den Organisten ertappt mit einer Putzfrau: Was sie da gesehen hatte, war ihr immer noch unbegreiflich. Und das, obwohl sie fünf Kinder zur Welt gebracht hatte. Bald wäre es übrigens vorbei mit dem Erinnern an ihr ganzes Leben: Erinnerungen erkranken auch, und sie würden zusammen mit ihr sterben. Sie hatte Laura gefragt, weshalb sie immer so weinen musste nach ihrem Besuch: Weil du mich liebhast, lautete die Antwort. Und ihre Tochter hatte das die ganze Zeit wiederholt, wie um deutlich zu machen, was für sie zählte: Weil du mich liebhast, Mama! Und auch Imker hatte genickt. Und Laura hatte erklärt: Ich mache meine Mutter so traurig, verstehst du? Es war viel los gewesen. Viele Besucher am Montagnachmittag und mehr Personal als an anderen Tagen. Ihre Enkelin hatte sich solche Mühe gegeben, ihre ganze Aufmerksamkeit auf Laura zu richten und Kontakt aufzunehmen zu ihr. Aber von Lauras Aufenthaltsort durfte sie nicht mehr sehen als die Besucherhalle. Was meinst du, darf ich dir die Haare bürsten? Sie war erschrocken. Würde das Laura nicht aus dem fragilen Gleichgewicht des Augenblicks bringen? Vorwurfsvoll sah sie zu Imker: Finger weg von den Haaren meiner Tochter! Es kam keine Antwort. Was meinst du, darf ich dich ohne Oma besuchen? Mit ihrem schönsten Lächeln hatte Laura geantwortet: Bring Zigaretten mit für mich. Und ein schönes Kleid. Schweigender Blickkontakt. Freust du dich über ein schönes Kleid? Aber dann schwieg Laura nicht mehr und sie wusste genau, was jetzt kommen würde. Und es kam. Mit einer Stimme, sanft wie die Abendbrise, sang Laura: *I am glad that you're happy with somebody else but I am sorry it could not be me …* Und weiter bis zur letzten Note, zum letzten Wort. Imker standen Tränen in den Augen. Flüsternd fing ihre Tochter ein Gespräch an, als säßen mehr Menschen am Tisch, und es ging um Dinge, die nicht gedacht waren für diejenigen, die wirklich bei ihr saßen: Brams Verwandte sind alle von den Deutschen umgebracht worden, pst, flüsterte Laura und legte den Finger an die Lippen. Das Blut stieg ihr zu Kopf: Du kränkst sie mit deinen Fragen, Imker. Ihre Stimme hatte gefiept vor Anstrengung: Laura hat andere eingeladen und schweift ab, weg von uns, verabschiedet sich, will allein sein mit ihren Erinnerungen und sich aufführen wie eine Verrückte! Auf einmal Schritte und die Stimme des Organisten, die Putzfrau, die lachte. Schnell stand sie auf. Schnell die Tränen abwischen. Leise verließ Großmutter die Kirche.

Der Regenmantel, den Lya mir leiht, ist braun wie alte Mandelbaumblätter. Im Spiegel sehe ich mich stehen. Der Flur ist breit, und ermutigend nickt Lya mir zu. Weil ich mich weiter betrachte in dem Kleidungsstück, das ich nicht ganz durchschaue, sagt sie: Sobald dein Geld auf deinem Konto ist, gehen wir in die Stadt und kaufen dir ein paar Kleider und so. Ich nicke und knöpfe den Mantel zu, weil es regnet und der Wind weht. Die Frau meines Onkels begleitet mich zur Bushaltestelle. Kapuze auf. Schal um. Stiefel an. Ich bekomme eine Busfahrkarte und die Wegbeschreibung. Sie wartet so lange, bis der richtige Bus an der Haltestelle steht, und: ach, je, sie wischt sich eine Träne weg und sagt: Viel Erfolg, du machst das schon! Ich steige ein, konzentriere mich auf das, was ich zu tun habe. Der Fahrer wird die Haltestelle ausrufen, wo ich aussteigen muss. Also setze ich mich so nah wie möglich zu ihm auf einen Einzelsitz. Das Verkehrschaos fasziniert mich, und so viele Holländer zugeknöpft, hochgeschlossen und manchmal auch bunt eingemummt in Herbstkleidung. Und dann plötzlich die goldfarben wippenden Bäume: Na so was, sie verlieren wirklich alle Blätter? Bei der nächsten Haltestelle müssen Sie raus! Die Stimme des Busfahrers. Danke, sage ich und stehe schon mal auf, schaue zum ersten Mal in den gedrängt vollen Bus, zwänge mich zu den Türen. Bus hält. Fahrgäste steigen aus. Ich auch. Zur Bildungsanstalt »Oranje van Nassau« brauche ich meine Wegbeschreibung nicht: Landsleute gehen neben mir her, bestimmt auch Studenten. Van Nassau, frage ich. Komm mit, sagt jemand, auch für uns ist es der erste Tag. Ich schließe mich an und es wird geschwiegen, bis ich den Gebäudekomplex sehe. Das Gespräch vom Vortag mit meinen Verwandten über ein von Nonnen geführtes Mädcheninternat irgendwo im Süden des Landes geht mir kurz durch den Kopf. Onkel Roger meint, ins Internat zu gehen und danach an die Universität, das wäre am besten für mich; er kennt mich gut und hat eine Weile bei uns zu Hause gewohnt. Sein Bruder Winston sieht das anders: »Kost und Logis« für mich im Tausch gegen gutes Geld hilft ihm bei seinen Bridge-Abenden. Was habe ich schon für eine Wahl? Ich falle auf eine abgekartete Sache rein. Zwei Stunden nach dem Verlassen des Wohnviertels »Oog in Al« sitze ich mit vierundzwanzig Wildfremden in einem Unterrichtsraum. Ich bin erst eine knappe Woche weg aus Suriname. Ich sitze vorne. Neben mir ist noch ein Platz frei. Meine Landsleute haben hinten Stellung bezogen; da hat man den Überblick, wenn man von weither kommt. Dass ich im Ungewissen gelandet bin, liegt nur an dem Mann, den ich liebe. Ein Dozent tritt mit einer Liste ein. Er sagt etwas, aber ich höre nicht richtig zu. Der Mann, den ich liebe, ist ganz nah bei mir. Mutter Louise hat mich – so weit, wie ihre finanziellen Mittel reichen – von ihm entfernt. Aber woher hatte ich die Kraft genommen, mich so gegen ihre Erwartungen zu stemmen? Ein

Ozean liegt zwischen uns. Der Dozent ruft auch meinen Namen auf: Heli Vanta. Anwesend, sage ich zu laut. Ich weiß nicht, warum alle lachen müssen.

In der Pause stehen sie zusammen. Ein Junge mit einem breiten Gesicht und ein anderer in einem zu weiten Herrenanzug: In Zeist waren sie im Internat der Herrnhuter Brüdergemeine und einer der beiden weiß schon, dass er Prediger werden will. Ein bildhübscher junger Hindustani, der mir bekannt vorkommt. Ein Muslim mit auffällig tiefer Stimme. Und die Mädchen. Zwei, die sich die ganze Zeit unterhalten, und eine andere, die immer schweigt. Ich stehe bloß daneben. In meinem Reisekostüm mit dem Regenmantel einer anderen über den Schultern. Ich weiß nicht, was ich sagen soll. Sehe mich ein bisschen um. Kann meine holländischen Kommilitonen nicht von den anderen unterscheiden. Ein knappes Jahr noch, dann hätte ich die »volle Lehrbefähigung« und könnte zurück nach Paramaribo und dort Schulleiterin werden an einer Volksschule. Niemand geht zurück: Nach einer so langen und teuren Flugreise nach Holland, da gibt es kein Zurück! Der Junge mit dem breiten Gesicht erklärt gerade, dass er erst Prediger werden will, dann wendet er sich an die anderen: Und du? Nicht jeder hat einen so genauen Plan. Ich habe gar nichts. Er lacht mir voll ins Gesicht. Auf der Busfahrt zurück zum Wohnviertel »Oog in Al«, wo meine Verwandten wohnen, wird mir klar: Mit meinem Aufenthalt in Holland ist es ernst. Ich habe einen Stapel Lehrbücher bei mir. Einen Studienführer. Eingekeilt bin ich von meinem Stundenplan und den Regeln, an die ich mich halten muss als immatrikulierte Studentin. Als ich von der Bushaltestelle zur bereits bekannten Adresse gehe, bleibt ein Radfahrer neben mir stehen. Ein Kopf voller Locken. Eine Brille mit dunklem Gestell. Er hat mir beim Zusammensuchen der Lehrbücher geholfen: Hans heißt er. Darf ich dich begleiten, fragt er. Ja, sage ich. Und bin so froh, als er kein Wort sagt. Wir gehen schweigend. Rostbrauner Mantel. Mausgrauer Mantel. Winston steht deutlich sichtbar am Fenster, wartet vielleicht auf mich. Hans stellt keine Fragen. Er sagt auf Wiedersehen und fährt davon. Es ist ernst, denke ich die ganze Zeit. Ich wohne in einem fremden Land und alle, die ich liebe, sind außerhalb meiner Reichweite. So drücke ich auf die Klingel, mit schweren Gedanken.

In einer Notbaracke etwa fünfhundert Meter vom Haupthaus entfernt lauschten wir dem Pädagogiklehrer. Gegen zwölf Uhr mittags war es brütend heiß. Ich habe lieber in diesen Käfigen Unterricht als woanders. Der Wind weiß uns aufzutreiben, und in Bodennähe – da weiß ich, ich bin in Sicherheit. Gepflegte Mandelbäume stehen auf dem Platz in der Nähe und auf dem Boden liegt frischer Muschelsand. Ich kann das Meer riechen. Ich lausche den Stimmen auf der Straße und höre meinen Dozenten sprechen. Plötzlich sehe ich sie kommen: knallgelber Tellerrock, leuchtendweiße Spitzenbluse, weinrote Lippen, Haare streng nach hinten zu einem »javanischen Knoten« gebunden und die kräftigen, langen Beine in gelben Pumps. Noch bevor ich den Anblick verarbeitet habe, steht sie in der Tür des Klassenzimmers. Umar ruft, das sei doch meine Mutter. Es gibt kein Entkommen. Lächelnd zeigt sie ihr makelloses glänzendes Gebiss. Für einen Moment kommt der Tag ins Stocken. Der Dozent sieht mich an, geht zu der Dame in der Tür, sagt: Guten Tag, was kann ich für Sie tun? Und sofort antwortet meine Mutter: Wenn man eine Teenie-Tochter hat und die findet einen ihrer Dozenten besonders nett, tut man als Mutter gut daran, ihn mal genauer in Augenschein zu nehmen! Meine Klassenkameraden brüllen vor Lachen. Mein Herz rast. Der Dozent ist wie erstarrt. Ich weiß nicht, wie lange es dauert, bis er so etwas rausbringt wie: Heli Vanta ist Ihr Kind? Ich habe Mutter Louise gelegentlich an diesen bemerkenswerten Schulbesuch erinnert, weil ich nämlich bei Weitem die Jüngste in der Klasse war, dazu noch weit kindlicher als meine Klassenkameraden. Und dann verteidigt sie sich mit einem entschiedenen: Genau deshalb bin ich gekommen! Habe ich damals nicht verstanden. Sie hätte von meinem Dozenten beleidigt werden können. Ich frage ihren Bruder, wie das geht mit der Briefpost in unsere Heimat, und denke gleichzeitig nach – über den ersten Satz meines ersten langen Briefes an Mutter Louise.

Louise Vanta wurde aufgeregt im Lehrerzimmer begrüßt. Nach ein paar Tagen Urlaub, um ihrer »ältesten Tochter« beizustehen bis zur Abreise, ließ sie sich wieder blicken. Der Schuldirektor beorderte sie zu einem Gespräch unter vier Augen in sein Büro, sagte, er finde sie tapfer: Louise, die Niederlage, die Heli dir zugefügt hat, die hast du verwandelt in einen Sieg! Sie war nicht froh über das Kompliment. Zuvor hatte er öfters behauptet, ihre Tochter treibe es mit einem Mann aus seinem Freundeskreis, der ihr überhaupt nichts zu bieten habe. Nie hatte sie ihn zurechtweisen wollen, weil sie sich auch persönlich angegriffen fühlte von ihm. Außerdem sollte er besser seinen verheirateten Freund ansprechen und nicht die Mutter der Jungfrau. Denn für sie blieb Tochter Heli ein unbeschriebenes Blatt, kreideweißes Papier, himmelblau rein. Ihre Tochter und Sex, da lagen Lichtjahre dazwischen. Woher sie das so genau wissen wollte, hatte eine Kollegin gefragt. Die Frau belegte einen Abendkurs bei dem umstrittenen Dozenten, das wusste Mutter, und ihr fiel kein vernünftigeres Argument ein als: Gott beschützt meine Tochter! Es klang wie ein Gong. Die Frau hatte sich verzogen, aber die Unruhe war geblieben. Und auch an diesem sonnigen Arbeitstag, mit einer Tochter, die sie mit Klauen und Zähnen verteidigt hatte und schließlich ihren Brüdern anvertrauen musste, im fernen Holland, hatte ihr Ärger sich nicht gelegt. Vielleicht wäre sie besser nie Mutter geworden. Quer über den Schulhof steuerte sie auf ihr Klassenzimmer zu. Zum ersten Mal hatte sie Angst, die Tür aufzuschließen. Vor der Tür wartete sie auf die Schulglocke. Sie wartete, bis ihre Kleinen ordentlich in einer Reihe standen. Sie wartete, bis sie still waren. Sie wartete, bis ihre Kleinen anfingen, unruhig mit den Füßen zu scharren. Dann schloss sie die Klassenzimmertür auf. Ihr wurde schwindelig. Sie stürzte nicht. Sie klammerte sich an die Türklinke. Sie machte die Tür des Klassenzimmers weit auf. Die Kinder stoben hinein und machten, was eigentlich ihre Aufgabe gewesen wäre: Stühle vom langen Spieletisch heben und zur richtigen Stelle tragen, an ihre Pulte. Ein bisschen Gepolter, aber es ging glatt. Sie saßen. Sahen auf zu ihr. Sie müsste mal ihren Blutdruck überprüfen lassen. Könnte auch an ihrer Menstruation liegen. Die ihr anvertrauten Kleinen starrten erwartungsvoll auf ihren Mund, der ihnen eine Geschichte erzählen musste, weil sie noch nie gefehlt hatte und die Kinder sich ein paar Tage hatten begnügen müssen mit einer fremden Lehrerin. Sie musste etwas richtigstellen. Sie begann mit einer Frage. Und zu ihrer Bestürzung gingen so viele Fingerchen hoch. Auch ihnen hatte Holland einen lieben Menschen genommen und Lehrerin Vanta konnte ohne allzu große Scheu mit dem Klassengespräch anfangen.

Die Schulärztin kam ihrer Bitte nach und meldete, ihr Blutdruck sei nicht besorgniserregend hoch. Sie kannten einander, die beiden Frauen, und die Ärztin ließ beiläufig fallen, es sei »wirklich ein Jammer«, dass Heli in die Niederlande habe ziehen müssen. Sie zuckte nicht mit der Wimper, ihre Entscheidung ließ sich ja nicht mehr rückgängig machen. Und während die Ärztin ihr eine Packung Antibabypillen gab und sie diese sofort in ihrer Handtasche verstaute, murmelte sie, die Beziehung zwischen Heli und ihr wäre sehr schlecht geworden: Zwischen meiner Tochter und mir war kein Gespräch mehr möglich, erklärte sie. Die Ärztin schwieg, sie hatte nur ein Kind, ein zehnjähriges Mädchen. Ein in Gold gerahmtes Porträtfoto des Mädchens stand in ihrem Sprechzimmer. Sie gingen hin und betrachteten es: Als Mutter wünscht man sich manchmal, dass sie so klein bleiben. Die Ärztin lachte über ihre eigene Bemerkung, aber Mutter Louise, die vier

Kinder in ihrer Obhut hatte, spottete: Ich wünschte mir manchmal, sie wären nie geboren! Sie verabschiedete sich mit einem Lächeln und schlug die Tür des Sprechzimmers etwas zu fest zu. Draußen auf der Straße stand Tochter Imker. Sie ging ihr entgegen: Bist du nicht reingekommen? Imker nickte, fragte nicht, weshalb sie bei der Ärztin gewesen war. Die johlenden Schulkinder, die sich ihren Weg nach Hause bahnten, und das viele Gehupe, um Unfälle zu vermeiden, sorgten für ein solches Chaos, dass es besser war, gut aufzupassen, außerdem redete sie nicht gern im Gehen. Dicht nebeneinander gingen sie weiter auf dem Fußgängerweg. Sie wusste, wo lockere Platten lagen, sie kannte die Aussicht auf Baumwipfel und Häuserfassaden, an denen sie jeden Tag vorbeiging. Sie hatte keine Freunde in der Nähe. Keinen Kurs, den sie besuchte am Nachmittag. Sie lebte für ihre Kinder und der Weg, hin in der frühen Morgensonne und zurück in der brütenden Hitze, machte ihr nichts aus. Hätte sie Heli nicht gehen lassen dürfen? Tränen schossen ihr in die Augen. Nein, sie hätte ihre Tochter einfach zu Hause behalten sollen. Imker neben ihr. Schweigend bis zur Haustür. Sie wusste genau, was Imker jetzt wollte. Aber ohne zu klagen würde sie ihre Tochter gehen lassen. Sie sah, wie Imker alles zusammensuchte, was sie glaubte zu brauchen, um bei Großmutter einzuziehen. Ihr fiel auf, wie zierlich Imker war. Isst du auch genug? Imker hatte ein bisschen gelacht: Mama, ich koche jeden Tag frisch und ich esse zusammen mit Oma. Sie nickte. Imker war beim Essen schon immer mäkelig gewesen, und es tat ihr gut, ihre Tochter so resolut über ihre Entscheidungen sprechen zu hören. Und Geld? Großmutter komme gut zurecht mit der Witwenrente von der KNIL und den zusätzlichen Vorteilen wie »mit Rabatt einkaufen« im teuersten Kaufhaus der Stadt. Oma macht davon keinen Gebrauch, Mama, aber das wird sich bald ändern, sagte Imker ausgelassen. Geht es Oma gut? Ihre Tochter zuckte zusammen und sah sie angstvoll an: Nein, Oma geht es nicht sehr gut, deshalb will ich doch bei ihr sein. Stille. Und meine Mutter geht in der Hitze der Stadt noch jeden Tag zur Kirche? Imker bejahte. Es wäre besser für Oma, bei uns zu wohnen, aber das geht nicht für dich und das geht nicht für sie! Und so fand das unbehagliche Gespräch ein Ende, kurz bevor Babs und Audi hereinstürmten. Ziehst du in die Stadt, fragte Babs empört. Imker schüttelte entschieden den Kopf: Ich helfe Oma, sie hat niemanden mehr, und ihr besucht sie ja auch nicht! Imkers Heftigkeit brachte alle zum Schweigen. Isst du mit uns? Aber Imker schnappte sich den Rucksack mit ihren Sachen und fragte: Ist Heli gut angekommen in Holland? Und ihr kleiner Bruder rief: Frage ich mich auch schon die ganze Zeit! Alle drei sahen zu Mutter Louise. Natürlich wusste sie es auch nicht. Sie hatte noch keine Nachricht erhalten. Deine Schwester hat versprochen, uns lange Briefe zu schreiben, ich warte darauf. Imker umarmte sie flüchtig und ging nach draußen. Audi ging in sein Zimmer. Babs Richtung Bad. Mutter Louise stand plötzlich allein im Wohnzimmer und sie trat ans Fenster und sie sah ihrer zweiten Tochter hinterher.

Imker ging mit geradem Rücken, spürte aber die Last von Mutters Sorgen und auch, was in Mutter vorging. Sie fragte sich, was sie noch tun konnte, um Mutter das Leben leichter zu machen, abgesehen von dem, was sie schon tat: zu Oma zu ziehen. Die Ausbildung zur Vorschullehrerin war ihr immer noch zuwider. Mutter wollte aber ein Diplom sehen und Imker war fest entschlossen, sie nicht zu enttäuschen. Frauen, die nicht auf eigenen Beinen stehen, werden in Paramaribo zu Gebrauchsgegenständen. Sie wusste, was Mutter mit dieser Warnung meinte, und sie wollte auf keinen Fall Leuten, die sie ausnutzten, in die Hände fallen. Dass Mutter Louise immer schweigsamer wurde seit Helis Abreise, war offensichtlich, aber beim ersten Brief mit guten Neuigkeiten würde sich Mutters Stimmung sofort aufhellen. Sie hätte Derik, der seit Jahren hinter Heli her war, in Stücke reißen mögen. Wieso bloß konnte sich ihre Schwester nicht den Blicken entziehen von diesem Nimmersatt? Sie hatte ihn wochenlang kommen und gehen sehen bei ihrer Vorschullehrerinnen-Ausbildung und zugeschaut, wie er mit anderen Dozentinnen schäkerte unter den Augen der Studenten. Umschwärmt? Am liebsten wäre sie zu ihm gegangen und hätte ihn angefleht: Mann, lass doch unsere Heli in Ruhe! Die Auseinandersetzungen. Die Spannung im Haus. Die Verzweiflung von Mutter und Heli. Angst hatte sie gehabt davor, wie das ausgehen würde. Das Zimmer, das sie sich mit Heli teilte, sollte eine Oase der Ruhe bleiben: Sie verwehrte Mutter den Zutritt: Mam, lass doch einen Ort übrig im Haus, wo Heli nicht angegriffen wird! Solche Angst hatte sie gehabt, dass ihre Schwester eines Tages einfach nicht mehr nach Hause käme. Sie schlug sich weder auf die eine noch auf die andere Seite. Sie lag schlaflos im Bett und wartete, bis ihre Schwester spätabends zurückkam von ihren Verabredungen mit diesem Kerl. Sie sah zu, wie sich Heli ruhig das Gesicht reinigte, mit Wattebäuschen und etwas Duftendem, sich Hände und Füße sauberrieb mit dem Waschlappen, wie sie sich die Zähne putzte und gurgelte, die Haare bürstete und gleich darauf neben ihr in ihrem Nachthemd schlief wie ein Stein. Heli roch nach Blumen ohne Namen. Natürlich verguckte sich so ein Mann in sie, aber wenn er gewusst hätte, wie elend es in Helis Innerem aussah, hätte er von ihr ab- und sie freigelassen. Aber Umar hätte Heli gut heiraten können, und Imker hatte ihm zugewinkt aus dem Wilden-Bus, in den sie gestiegen war, und er hatte ihr hinterhergesehen, als der Bus anfuhr und beschleunigte. Heute mied sie Umar. Sie war bei der Medizinischen Schule verabredet mit einem guten Studienfreund von Onkel Roger, der in Verbindung stand mit ihren Verwandten in Holland. Er machte einen vertrauenswürdigen Eindruck: Jemand musste Roger sagen, dass seine Mutter schwer krank war, obwohl sie einen halben Marathon lief jeden Tag. Mutter hatte ihr beigebracht, nie einen Mann um einen Gefallen zu bitten, aber für Großmutter Bee würde sie alles tun. Sie bat den Fahrer, die Musik etwas leiser zu stellen. Er weigerte sich. Der Bus war brechend voll. Sie war auf alles gefasst.

Albert war der bestaussehende junge Mann in ihrem Bekanntenkreis und das fiel ihr wieder auf, als sie ihn warten sah vor dem Eingang des Landeskrankenhauses. Er hatte erzählt, er mache dort ein Praktikum bei der Geburtshilfe, weil er mit seinem Fach etwas tun wolle für die Frauen in seinem Land. Lächelnd kam er ihr entgegen. Hallo, schöne Frau, sagte er gewinnend, und: Kommst du mit in die Klinik oder willst du draußen reden? Kurzes Zögern. Draußen bleiben, sagte sie verstohlen, und auch: Es geht nicht um mich. Er nickte, nahm sie bei der Hand, führte sie in den Schatten eines riesigen Tamarindenbaums. Erzähl, forderte er sie auf. Und sobald sie versuchte, Großmutters Gesundheitszustand in Worte zu fassen, fiel es ihr schwer, die Tränen zurückzuhalten. Albert ließ sie ausreden. Er stellte keine Fragen. Er versprach, sofort Verbindung aufzunehmen zur Familie in Holland; und als er endlich ihre Hand losließ, sagte er: Willst du nicht eine Ausbildung machen bei uns, Pflegepersonal fehlt hier immer und man bekommt schon in der Ausbildung ein bisschen Geld. Verwirrend für sie, so eine Frage aus heiterem Himmel. Lass es dir durch den Kopf gehen, Imker, und weg war er in seinem weißen Arztkittel. Im Schatten der Tamarinde stand sie. Sie hatte ihre Großmutter verraten. Sie hatte einen jungen Mann um einen Gefallen gebeten. Sie hatte das Haus ihrer Mutter verlassen. Auf der Straße hatte sich der Verkehr zu einer langen Reihe Autos verdichtet, zwischen denen sich Fahrräder ihren Weg bahnten und Mopeds. Lärm. Sie hatte sich immer mehr an Paramaribo gewöhnt, vor allem an die Innenstadt. Sie stand vor dem Krankenhaus, in dem sie geboren war. In Gedanken nahm sie Kurs auf Großmutters Haus. Sie stieg nicht in den Bus. Sie wollte durch die Stadt »trotteln«, wie Oma es nannte und regelmäßig machte. Den Rucksack spürte sie deutlich, aber Albert hatte angemerkt, sie sehe kerngesund aus; und auch wenn sie im Beisein von Ärzten meistens in Panik geriet: Eben deshalb konnte so ein Fußmarsch äußerst entspannend sein. Auch das hatte Albert angemerkt, als die Rede war von Großmutters langem Weg quer durch die Innenstadt. Und er musste es ja wissen. Imker ging los.

Die Ruhe im Schlafzimmer hatte Großmutter früher aufgesucht als an anderen Tagen. Vielleicht, weil es in der Dämmerung angefangen hatte zu schütten. Das Prasseln des Regens auf dem Dach drang in ihren Kopf. In die Zimmer brachte der schnelle Temperatursturz einen Schwall kalter Luft. Solche Regengüsse schwächten sie. Mit ihrer Enkelin nah bei ihr brauchte sie nicht im Hausmantel durchs Haus zu streifen und brauchte nicht allerhand Gebete zu murmeln, um Gottes Nähe zu erzwingen. Imker hatte sie verwöhnt mit Bohnensuppe, die sie leicht runterbekommen hatte. Die Sorge ihrer Enkelin hatte sie auf jeden Fall gestärkt. Und gewärmt. Auch das morgendliche Bluten blieb aus. Im Bett unter einer warmen Decke lauschte sie atemlos dem »Vollmond-Regenguss«. Nah bei ihr Imker auf dem robusten Klappbett, das ein Freund von Sohn Roger vorbeigebracht hatte mit dem Auto. Er habe mit Imker gesprochen, sagte er, und es so verstanden, dass sie einen guten Schlafsack hätte, aber noch kein Bett. Interessiert hatte er nach ihr gefragt und ob er als Arzt und Hausfreund der Familie etwas tun könnte für sie. Im Notfall werde sie sich an ihn wenden, hatte sie gesagt. Imker hatte das Bett in Betrieb genommen und lag nicht weit von ihr entfernt. Sind die Fenster und Türen gut geschlossen? Ja, Oma. Hast du gut mit deiner Mutter reden können? Ja, Oma. Tut es dir gut, bei mir zu sein? Ja, Oma Bee.

Ganz still wurde es. Weil der Regenguss stark nachgelassen hatte. Es war nicht sehr dunkel im Zimmer. Das Licht einer Hofleuchte schlich herein. Ich muss dir was erzählen, Oma. Imkers Stimme klang hohl. Mir was erzählen? Kind, bist du schwanger von Umar? Ein lautes: Nein, nein, was ich dir erzählen will, hat mit meiner Mutter zu tun und nicht mit mir! Ihre Enkelin schien die Luft anzuhalten, als fürchtete sie sich vor diesem Augenblick. Du sollst es auch wissen, Oma. Sie hielt still. Sie wollte jetzt nichts hören, was ihr Kummer bereiten konnte. Bei Helis Abreise hatte sie Tochter Louise zum letzten Mal gesehen. Da war so ein Gedränge gewesen am Flughafen. Sie hatten kaum miteinander gesprochen. Im Beisein von Albert, der sie hingefahren hatte, fühlten sie sich unbehaglich. Furchtsam waren sie. Krank vor Kummer. Völlig verschlossen. Sie sagte: Imker, gib deiner Mutter Zeit, sich an ein Haus ohne deine Schwester zu gewöhnen. Diese Worte waren ihr stoßweise aus dem Mund gekommen. Aber Imker würde verstehen, dass sie sich vor dem schützen wollte, was jetzt möglicherweise käme. Es ist etwas passiert, vor Jahren, Oma, ja, es geht um Laura. Und weil sie anfing zu husten, lenkte Imker sofort ein: Schon gut, schon gut, Oma, nicht jetzt, ich bin müde, gute Nacht! Sie blieb eine ganze Weile still, bevor sie leise sagte: Schlaf ruhig, Mädchen, Gott wacht. Und doch konnte sie selbst nicht einschlafen. Sie starrte zur Decke. Sie starrte auf das Nachtlicht. Erleichtert war sie, Imker ruhig atmen und leise schnarchen zu hören. Sie wurde von einem Unwetter überrascht, zusammen mit Blitz und Donner. Ihretwegen hätte es den ganzen Abend und die ganze Nacht weiterregnen können.

Morgens war sie keuchend aufgewacht. In Atemnot. Ihre Enkelin fuhr hoch: Nicht sterben, Oma! Imker half ihr auf. Zusammen ins Badezimmer, vielleicht? Aber sie bekam schon wieder Luft. Sie hatte so scheußlich geträumt. Sie hatte schwarze Menschen tanzen sehen auf einer Lichtung im Wald, tanzen und singen, bis zum Umfallen, Anton war auch da und schaute zu, in einem weißen Tropenanzug und mit einem Tropenhelm, ein Kind in den Armen, so schaute er zu einer Frau, die er glaubte zu erkennen: die Großmutter seiner Mutter, die in Wirklichkeit freigekauft worden war, aber in diesem scheußlichen Traum – sang die Frau Lieder in einer unverständlichen Sprache und fächelte mit Tüchern den Tänzern frische Luft zu und sah Anton nicht, obwohl er schrie nach Aufmerksamkeit. Imker lauschte. Das klingt wirr, Kind, aber Träume, hat Roger immer gesagt, sind unzusammenhängende Schlaferinnerungen. Dein Großvater trug den weißen Anzug von unserem Kennenlernen, war aber alt und ausgemergelt. Sie holte tief Luft. Jahrelang war ihr Ehemann nicht aufgetaucht in ihren Träumen und jetzt plötzlich, so echt: Sie hätte ihn berühren können. Und das weiße Kind in seinen Armen? Sie ging zu der Kommode, in der sie ihre Rauchdose aufbewahrte. Eine Zigarre würde den Traum abrunden. Sie nahm die Dose und setzte sich an den Küchentisch. Du darfst nicht rauchen, Oma. Imker hatte recht. Sie musste versuchen, sich fernzuhalten von Zigarren. Draußen brach das Morgenlicht durch. Ihre Enkelin blieb bei ihr. Ich rauche, um nicht zu weinen. Imker nickte und setzte sich ganz dicht zu ihr: Wein lieber, Oma, bis es vorbei ist. Sie schüttelte den Kopf: Es wird nie vorbei sein.

Sie öffnete die Dose, griff nach einer Zigarre, betrachtete sie lange Zeit. Es war eine dicke Zigarre. Sie griff nach den Streichhölzern, steckte die Zigarre zwischen die Lippen – anzünden. Ihre Enkelin blieb bei ihr sitzen und rieb über den Rand des verschließbaren Messingaschenbechers. Der Rauch kam in kleinen Wölkchen aus ihrem Mund. Anton rauchte manchmal Selbstgedrehte. Anton konnte so schnell dünne Zigaretten drehen. Sie versuchte, nicht zu inhalieren und das, was sie nicht tun durfte, trotzdem zu genießen. Sie dachte an ihr Eheleben in dem Ehebett. Damit war nach Lauras Geburt Schluss. Er war dabei gewesen, als sie ihre Tochter aus ihrem aufgeschnippelten Bauch geholt hatten. In einem weißen Arztkittel, um bei ihr sein zu können, weil alle glaubten, sie werde sterben und das Kind am Leben bleiben. Als sie die Augen aufschlug, stand er am Wochenbett mit tränenüberströmtem Gesicht. Sie wusste, was er dachte. Weißt du, was dein Großvater dachte, Imker? Er dachte: Kein einziges Kind kann *das* wert sein! Und nach einem ganzen Menschenleben konnte sie sich endlich vorstellen, wie sie dort gelegen haben musste und zu ihm aufgeschaut hatte und geflüstert: Nie wieder will ich das, Anton. Und sie hatte die Hebamme gebeten, ihrem Mann das Neugeborene in die Arme zu legen. Da stand er, Imker, mit dem Mädchen, das mich fast das Leben gekostet hätte. Und überall hatte ich Schmerzen. Sex war verboten. Erinnerungsfetzen, die sie, zum ersten Mal in ihrem Leben, ausspie. Zigarrenrauch waberte um ihren Kopf. Imker war aufgestanden, hatte die Küchentür zum Hintergarten aufgeschlossen, um Tageslicht hereinzulassen. Sie sah, wie ihre Enkelin sich die Lunge vollsog mit der kühlen Luft nach dem Regen. Imkers Stimme war tonlos, ihre Mitteilung ohne jeden Zusammenhang: Im Haus meiner Mutter gibt es keinen Sex! Großmutter räumte den Zigarrenstummel weg. Und während sie an Imker vorbeiging, um die Asche im Klo runterzuspülen, sagte sie scheinheilig: Deine Mutter sollte sich besser darum kümmern, euch zu verheiraten, wie es auch die anderen Bevölkerungsgruppen tun. Die Spülung rauschte, aber Imker rief laut: Was soll das, Oma! Sie kam zurück und ging langsam zum Radio, machte es an, leise, ging zurück zu Imker und sprach heiser: Weil ihr es allein nicht schaffen werdet, gute Ehemänner zu finden. Imker heuchlerisch: Ich werde es Mama ausrichten, Oma, vielleicht hat sie ja jemand Besseres für mich als deinen holländischen Pater? Es hatte wie eine Frage geklungen. Imker stürmte noch im Nachthemd auf die Terrasse, ihre Schritte waren auf dem Muschelsand zu hören. Großmutter hörte ihre Enkelin harken, dabei lag da weit und breit kein trockenes Blatt.

Mein erster Brief an Mutter. Liebe Mama. Aber während ich das Luftpostpapier auffalte, überlege ich es mir anders. Darling Derik. Der Stift fliegt übers Papier. Es wird mehr als ein Liebesbrief. Ich berichte Derik, dass der Aufenthalt in Utrecht keine Zukunft hat für mich. Ich berichte ihm, dass das Wohnen bei Winston und Lya mir schlaflose Nächte bereitet. Ich will zurück nach Hause und ich schließe mit einem unterstrichenen: *Ich liebe dich, aber du darfst es niemandem verraten!* Das wird der Schlusssatz aller weiteren Briefe an ihn. Ich falte das Luftpostpapier zusammen und stecke es in einen Luftpostumschlag. Die Briefmarken, die Winston mir für einen Brief an meine Mutter gegeben hat, befeuchte ich wollüstig und klebe sie auf den Umschlag, auf dem ein Postfach steht und Deriks vollständiger Name und Titel. Ich weiß nicht, was ich über ihn denken soll, weiß nicht genau, was er mir eigentlich bedeutet, und finde keine Antwort. Mein Onkel und seine Frau sind nicht da. Bridgespielen bei Freunden. Es ist acht Uhr abends. Ich bin seit gut zwei Wochen weg von Mutter, und als ich ihr schreibe, erzähle ich als Erstes, dass ich die Tochter werden will, die sie sich wünscht, und dass ich dafür Zeit brauche. Ich schreibe, dass ich noch weiß, wie gerührt sie war, als ich mit meinem ersten Gehalt zu ihr kam und ihr den Umschlag in die Hand drückte. Ich schreibe, dass ich ihr mit allem, was ich tue, meine große Dankbarkeit zeigen will. Auch, dass ich Landsleute getroffen habe bei der Ausbildung. Ich erwähne, dass es ein christliches Bildungsinstitut ist. Es ist nur ein kurzer Brief. Ich kann ihr nicht erzählen, wie aufgeregt ich bin, dass Derik im Dezember kommt, um Silvester mit mir zu feiern – irgendwo in Europa, wo uns keiner sehen kann. Ich füge hinzu, dass ich dem Unterricht leicht folgen kann und dass ein Studienjahr schnell vorbei ist. Ich schreibe nicht, dass ich mir oft keinen Rat weiß in der Situation, in die ich geraten bin. Und auch der Brief an Mutter kommt in einen blauen Umschlag. Dann die Texte lesen, die morgen in der Studiengruppe besprochen werden. Dann duschen. Im Bett denke ich über die Ausbildungsförderung nach, die mir zuerkannt und zum Teil an mich überwiesen wurde. Und dass dabeistand, es gebe die Möglichkeit, an der Universität weiter zu studieren, mit einer Förderung. Boden unter den Füßen, nennen das meine Landsleute, und eine »schöne Geste« der Niederlande ihrem überseeischen Gebiet gegenüber. Mein Zimmer ist geräumig und hell, hat große, doppelt verglaste Fenster mit Blick ins Freie und auf bunte Sonnenuntergangsstreifen. In diesem Viertel ist es auch am Abend ruhig. Im Zimmer ein großes Bett, Schrank mit Spiegel, Schreibtisch und passender Stuhl. Teppichboden und Vorhänge in demselben Hellbraun. Ein zu stilvolles Gästezimmer für einen längeren Aufenthalt. Echte Schönheit gehört ins Museum, hatte der Dozent für Kunstgeschichte neulich gesagt, als er uns drei große Werke holländischer Meister zeigte, in einen Film. Aber es gibt doch auch die Art Schönheit, die bei der Berührung mit dem Blick aufblitzt und gleich wieder verschwindet und sich nicht festhalten lässt. Richtig, hatte der Dozent gesagt: Die alten Meister haben versucht, auch diese Art Schönheit für uns festzuhalten. Meine Gedanken wandern zu Umar. Er hat noch ein Ölporträt gemalt von mir – um mich im Land zu behalten, sagte er. Während ich Stunde um Stunde in seinem Wohnzimmer posierte vor seiner Staffelei, äußerte er, den Blick auf mich geheftet, seine Angst, mich womöglich nie wiederzusehen. Er gestand: Ich habe sein Auto vollgeschmiert, seine Autoreifen zerschnitten, ihn strahlend hell angeleuchtet, wenn er irgendwo im Dunkeln parkte, und fast hätte ich sogar sein Auto angezündet. Umar hatte gefragt: Liebst du diesen Mann? Und ich hatte ihm nicht antworten können. Die Erinnerung kommt nicht willentlich hoch. Was bei Umar zu Hause geschah, ist so greifbar wie die noch unausgepackte Flasche Mandelsirup meiner Großmutter auf dem Schreibtisch. Vielleicht wunderte sich mein Philosophiedozent deshalb über mein Interesse für etwas, vor dem die meisten Studenten zurückschrecken: die Phänomenologie und Edmund Husserl. Und dabei bist du noch ein Kind, hatte er hinzugefügt. Die Landsleute in meiner Gruppe hatten hämisch gelacht. Und sie konnten nicht einmal wissen, dass ihr ehrenwerter Direktor an der SKS mich, auch als ich nicht mehr seine Schülerin war, weiter mit »liebes Kind« anredete. Um ein Haar hätte er mich zur Frau gemacht.

Derik hatte gefragt, ob ich ihm in seinem Büro helfen wolle. Die Sekretärin war im Urlaub, die neuen Bücherregale waren gekommen, die alten abgeholt worden, und die Bücher mussten eingeräumt werden, in einer bestimmten Reihenfolge. Das alles sollte eine knappe Woche dauern. Ich dürfe meine Klassenkameradin mitbringen und er werde uns bezahlen. Ich will kein Geld von ihm, sage ich, und sie sicher auch nicht. Nolda und ich treten an und ackern uns durch die Bücher. Jeden Tag fährt Derik zuerst meine Freundin nach Hause. Dann nimmt er die große Straße Richtung Amora. Er spricht wenig. Ich schweige. Aber als wir fertig waren mit dem Einräumen, wollte er essen gehen, am liebsten nur mit mir. Ich starb vor Hunger und behauptete, ich hätte keinen Appetit. Er sagte, ich werde ihm furchtbar fehlen überall, auf dem Hof, in der Klasse unter den Schülern des Lehrerseminars. Ich habe mich auf den ersten Blick in dich verliebt. Ein Schauer überlief mich. Und ich dachte, nach diesem Geständnis sehe ich ihn nie wieder. Aber Tage später. Derik will mich abholen. Ich saß im Arbeitszimmer von Mutters Bruder und blätterte in einem medizinischen Lehrbuch. Das Zimmer ging zur Straße. Mein Herz schlug mir bis zum Hals, als ich sein Auto vor unserem Gartentor anhalten sah. Er stieg aus. Ich rannte zu Mutter: Bitte, sag, ich bin nicht zu Hause! Ich warte in ihrem Schlafzimmer und höre seine Stimme. Mutter lachte herzhaft. Ich hörte ihn mit Vollgas anfahren. Mutter sagte: Er hatte Frau und Kinder im Auto, dieser Mann! Ich schrecke aus dem Schlaf. Unten wird die Eingangstür aufgeschlossen. Zankend kommt das Ehepaar rein. Ihr Gezanke ist spielerisch, nie feindselig. Mein Onkel liebt sie sichtlich sehr. Sie mag seine zänkischen Avancen. Lya sagt gelegentlich: Du und ich müssen mal reden, aber Winston darf nichts davon wissen. Und reißt ihre großen Augen weit auf und sieht mich an. Sie sind im Haus, zu Hause. Ich bekreuzige mich, streiche die Bettdecke glatt. Mutters Gesicht dämmert auf. Und weg bin ich. Das Postgebäude, wo ich meine beiden Briefe hinbringe, ist erschreckend groß, und die vielen Menschen, die überall Schlange stehen, schweigen und ich weiß nicht, welches die richtige Schlange ist, und ich fürchte, dass meine Briefe nie ankommen. Erneut schrecke ich aus dem Schlaf. Eine Kirchenglocke schlägt dreimal. Jemand ist im Badezimmer und duscht. Lachen. Huch, sie haben im Ehezimmer unter mir Liebe gemacht. In meinem Unterleib regt sich etwas.

Ganz unten aus ihrer Tasche kramte Mutter Louise die Streifen mit Antibabypillen hervor. Nicht alles war für sie, Babs hatte einen unregelmäßigen Zyklus und die Ärztin hatte ihrer Tochter dieselbe Pille verschrieben. Aber Babs würde nichts davon abbekommen. Viel zu jung und sinnlos. Ihr Muttergefühl revoltierte. Außerdem hatte der Freund von Tochter Babs ihr ein extrem großformatiges Kamasutra geschenkt zu ihrem fünfzehnten Geburtstag. Ihre drei Mädchen hingen täglich über den Illustrationen mit feuchten Augen; das hatte Audi ihr gesteckt, der nicht dabei sein durfte. Entschlossen hatte sie das Buch eingefordert und es ohne Weiteres bekommen. Aber anstatt es dem jungen Mann, der ihr so etwas ins Haus geschleppt hatte, zurückzugeben und ihn zu tadeln, war das Bilderbuch bei ihrem Freund gelandet. Der lachte leise und spottete: Deine Töchter machen solche Bilder also heiß, und was machen sie mit dir? Nicht viel, sagte sie abwehrend. Er nahm das Kamasutra mit in die Kaserne, angeblich, um die Jungs von den Huren fernzuhalten. Es war ihr ein Rätsel, aber sie war froh, dass dieses Sexbuch nicht mehr bei ihren Töchtern war. Und Babs wollte sie im Blick behalten. Aber bei einer Menstruation, die sich nicht an die Regeln hielt, war das nicht gerade einfach mit dem Im-Blick-Behalten. Gesprächen über intime Dinge wich Mutter Louise nicht aus. Seit Heli eine Beziehung hatte mit so einem durchtriebenen Mann, verging kein Tag, ohne dass ihr im Beisein ihrer Tochter eine neue Variante ihres Gebots über die Lippen kam: Bei mir im Haus ist nur eine reif für Sex, und die bin ich! Die Mädchen reagierten nicht, starrten sie nur an. Dann musterte sie eine nach der anderen und fragte sich: Woher soll ich wissen, wann eines meiner Kinder reif ist für eine sexuelle Beziehung?

Und manchmal, wenn sie zu tief in die Whiskyflasche, die Freund Lester bei ihr einlagerte, geschaut hatte, kam die Geschichte. Die Geschichte vom Hindustani in Nickerie, der um die Hand ihrer ältesten Tochter angehalten hatte für seinen Sohn, der in dieselbe Klasse ging wie Heli. Der Sohn kam aus einer Familie von Reismillionären und würde Agraringenieur werden. Und nachdem alle Details wiederholt waren, fügte sie gedankenversunken hinzu: Das war verflixt noch mal das erste Mal in meinem Leben, dass ich einen Mann gebraucht hätte an meiner Seite, um die Vaterrolle zu übernehmen. Und eine solche Situation hatte sich also wieder ergeben nach Helis Abreise. Sie blickte als Mutter nicht durch bei ihren Kindern. Eine Mutter will ihre Tochter nicht verheiraten. Dafür ist der Vater da! Vor lauter Warten auf eine Nachricht aus Holland war sie zu nichts anderem mehr imstande als zum Warten-auf-eine-Nachricht-aus-Holland. Sie war nicht offen für Treffen mit ihrem Freund und schickte Audi mit einem Brief zur Garnison. Darin stand, sie brauche Ruhe, um über einiges hinwegzukommen: Sie fühle sich eher belastet als befreit. Geld hatte er ihr geschickt für etwas Schönes, und Grüße. Er war ein ruhiger Mann. Musiker von Beruf. Berufssoldat wie Vater Anton früher. Sie steht auf große Männer in Militäruniform. Sie liebt diese Kleidung. Die Kleidung verweist auf Sicherheit und Kraft, auf Selbstbeherrschung und Ordnung. Nie hat sie sich zu Beamten hingezogen gefühlt, zu Lehrern, Ärzten, Polizisten, Politikern, Unternehmern und was es sonst noch so gibt. Das alles überdachte sie in ihrem Bett, während Audi und Babs das freigewordene Zimmer zum zweiten Wohnraum umbauten. Dann könnte sie mit ihrem Freund im Wohnzimmer sitzen, ohne dass andere dabei waren. Babs' Freund hatte sich einen Farbfernseher gekauft und wollte sein Schwarzweißgerät bei ihr unterbringen. Eigentlich hatte sie sagen wollen, das Zimmer dürfe zwar einen anderen Zweck bekommen, müsse aber weiter zur Verfügung stehen für Heli und Imker. Sie ließ es bleiben. Es hatte keinen Zweck. Ihre beiden Töchter hatten das Amora-Haus für immer verlassen. Sie fiel in tiefen Schlaf. Ihr Sohn saß bei ihr, als sie Stunden später aufwachte. Er saß bei ihr, las ein Buch. Schlug es zu, als sie anfing zu gähnen. Er sah sie an und kniff die Augen zusammen: Mama, ich ziehe nicht weg von dir! Es war zu gut gemeint, um sich dagegen zu wehren, obwohl sie ganz andere Pläne mit ihm hatte. Sie schuldete ihm wirklich viel Verantwortung. Ihren Töchtern konnte sie folgen. Ihrem Sohn nicht. Sie traute sich nicht mal, etwas aus dem Bad zu holen, wenn er unter der Dusche stand. Sie kennt seine Stimme. Seine Art, sich zu bewegen. Sie kennt sein Gesicht. Trotzdem hat er etwas Unergründliches und sie versucht nicht einmal, ihn zu durchschauen. Manchmal fragte sie Freund Lester um Rat, aber der sagte immer dasselbe: Lass deinen Sohn frei und lass ihn spüren, wie sehr du ihn liebst, Louise Vanta. Sie sagte: Audi, wenn Heli in Holland an die Universität geht, schicke ich dich zu ihr nach der Mittelschule, ja? Audi wusste nicht, was er darauf sagen sollte, und fragte, ob sie ihm die Haare nachschneiden könnte. Ja, sagte sie. Und sie dachte, wie eigenartig es doch war, dass er mehr Haare auf dem Kopf hatte als seine drei Schwestern zusammen. Dickes, dunkles, krauses Haar, das rasend schnell wuchs. Konnte Mutter Louise mit ihm über seinen Vater sprechen?

Audi wusste, dass Mutter seine Fragen nie wirklich beantwortete. Mutter sagte einfach irgendwas, um ihn sich vom Leibe zu halten. Dabei hatte er bei ihr im Bett geschlafen bis zu seiner Erstkommunion. Keins der Mädchen hat sieben Jahre lang Mutters großes Bett geteilt. Er wurde auf Händen getragen von ihr. Und wich ihr nicht von der Seite. Wo sie war, war auch er zu finden. Als sie drei Monate nach seiner Geburt wieder anfing zu arbeiten, nahm sie ihn mit in ihre Klasse an einer Privatschule in der Innenstadt für Kinder aus reichem Hause. Ab da wurde er immer mitgeschleift in ihren Unterricht und, als er älter wurde, zu dem ihrer Kollegen. Stundenlang konnte er sich die Fotos anschauen, die Eltern gemacht hatten von ihren Kindern, zusammen mit dem Sohn der Lehrerin. Schwarzweißbilder. Klein. Mollig. Gut angezogen. Ein hübsches Kind. Ein Junge wurde er erst, als er an einer Jungenschule in eine Jungenklasse kam. Und begriff, dass der Unterschied zwischen seinen Schwestern und ihm in seiner Unterhose steckte. Das machte ihn zu einem eher »stillen Männlein«. Als Onkel Roger eine Zeitlang bei ihnen gewohnt hatte, durfte Audi sich zwar ein Zimmer mit Babs teilen, hatte sich aber weiter als Außenseiter im Haus gefühlt. Er saß bei Mutter und sah sie an, während sie schlief. Er kennt ihr Gesicht so gut. Er hat es sich so oft angesehen. Er liebt dieses Antlitz, auch wenn sich die Augen öffnen und die Lippen sofort anfangen zu plappern. Das Buch, das er inzwischen auf den Boden gelegt hat, ist von Heli, die reingekritzelt hat, er sei das beste Mannsbild der Menschenwelt. Das Buch: Aufklärung für Jungen an der Schwelle zum Erwachsenwerden. So weit war er noch nicht. Er hatte es ausgelesen und las es immer wieder von vorn. Mutter sah ihn an und gähnte ein bisschen. Spöttisch sagte er: Aram ist bei Babs und sie schauen im Hinterzimmer fern. Es sollte ein bisschen vorwurfsvoll klingen. Und du sitzt bei deiner Mutter rum, konterte Mutter. Er sagte: Ja, und dann leise: Ich habe keinen Vater, mit dem ich was unternehmen kann. Das sollte ein Scherz sein. Mutter ließ sich nicht provozieren. Sie setzte sich auf und betrachtete ihr Spiegelbild in der Kleiderschranktür: Audi, was würdest du denn jetzt machen wollen mit deinem Vater? Um diese Uhrzeit sind die meisten Väter gar nicht zu Hause bei ihren Kindern, und die Väter, die zu Hause sind, sehen fern. Sollen wir fernsehen? Und Mutter schwang sich aus dem Bett, streckte die Arme in die Luft und räkelte sich. War das eine Antwort auf die Frage, die ihn immer mehr beschäftigte? Um sie seinen Ärger spüren zu lassen, sagte er: Ich werde meine Kinder nie sitzen lassen! Mutter griff in seinen üppigen Haarschopf und sagte quälend langsam: Junge, manchmal wird ja der Vater sitzen gelassen, aber nicht von seinem Kind, sondern von der Frau, die sein Kind im Bauch trägt! Sie war so nah. Hinter ihm. Audi lehnte den Kopf an ihren Bauch und kniff die Augen zusammen. Bereit, sich die Haare schneiden zu lassen.

Imker hatte das Gefühl, dass sie eher wütete als das tat, was sie Mutter Louise und Großmutter so oft hatte tun sehen: langsam und bedächtig Striche ziehen in den Muschelsand.

Sie sang auch nicht dabei wie Oma Bee noch wisperte sie einen Psalm wie ihre Mutter. Als wäre ihr Kopf voller Seifenblasen, die zusammenstießen und eine trübe, schlierige Flüssigkeit hinterließen. Sie musste sich konzentrieren beim Harken, denn sie hörte Großmutter herbeischlurfen. In einiger Entfernung blieb Großmutter stehen, schaute zu ihrer Enkelin, der sie etwas gesagt hatte, was nicht gut angekommen war. Oma trug einen langen Morgenmantel, fast so blau wie der Himmel. Ruhiger, viel ruhiger harkte sie weiter, aber Oma ignorierte sie. Großmutter verschwand im Haus, um etwas Warmes zu trinken zu machen; sie hatte es vergessen. Mit Absicht? Sie war zu früh aus dem Schlaf gerissen worden von Omas verängstigtem Keuchen, dem aufsteigenden Qualm des Zigarrenrauchs und den Worten, die Oma von sich gegeben hatte. In Zorg & Hoop wurde in aller Frühe Großmutters Grundstück geharkt. Musste sein. Die Lehrbücher hatte sie nicht angerührt. Keine Lust hatte sie, jeden Tag vor einer Vorschulklasse stehen zu müssen. Und sie hörte Mutters erhobene Stimme: Meine Töchter sollen mindestens eine Lehrbefähigung haben für die Vorschule! Und weil sie gedroht hatte zu schwänzen und lieber Ladenmädchen zu werden bei einem Portugiesen, hatte Heli sie einmal mitgenommen zu einem Hausbesuch. Ein Hinterhof mitten in Paramaribo. Zur Straße hin Holzhäuser, sie wirkten nicht verwahrlost. Ein Tor. Ein tiefer Innenhof, so mitten in der Stadt, eine Art Platz mit kleinen Baracken drumherum. Überall Frauen, Kinder, bellende Hunde und gackernde Hühner vielleicht auch. Es hatte geregnet und der Boden war pechschwarzfeucht, rutschig, und irgendwo musste ein Brunnen sein, denn junge Mädchen schleppten Eimer, aus denen Wasser schwappte. Heli suchte nach einer Schülerin, die schwanger geworden war und deshalb nicht mehr zur Schule kam. Und Heli Vanta rief in ein offenes Fenster hinein. Ein Kopf tauchte auf, der des Mädchens. Heli bat, ungestört reden zu können mit ihrer Schülerin. Anwohner sahen feindselig zu, und ihre schwarzen Antlitze glänzten in einem Kranz aus mattschwarzem Kraushaar. Paramaribo sei nicht nur das Sichtbare, sondern vor allem das Verborgene. Also dürfe sie, Imker Vanta, sich als so privilegiert betrachten wie die heilige Jungfrau Maria: Ohne Diplom in der Tasche und ohne feste Stelle warte auch auf sie ein solches Loch, irgendwo hinter einer gepflegten Fassade, mitten in ihrem Heimatort. Mutter und Heli hatten ihr einen Schrecken eingejagt. Ladenmädchen würden dreist begrapscht vom Chef und seinen Söhnen und noch dazu zusammengestaucht von den Mädchen und Frauen in der Familie, damit die Angestellten wussten, wer auf welcher Seite stand, falls es mal zu einem Konflikt kam. Aber eine Stelle im Krankenhaus heißt doch nicht nur Bettpfannen leeren?

Mit der Harke in der Hand stand sie in der Tür. Oma nippte drinnen am Küchentisch an einem warmen Getränk. Sie atmete das süße Aroma der Zigarre ein. Wenn »eine Zigarre rauchen« das Allerschönste war für ihre Großmutter, dann war das auch in Ordnung. Die ganze Familie wusste, dass Großmutter Bee verheiratet worden war. Weil sie nie die Möglichkeit gehabt hatte, sich ihren Lebenspartner auszusuchen, war Ehemann Anton der Mann ihrer Träume geworden. An den Geburtstagen, wenn Kinder und Enkel zusammensaßen im Wohnzimmer, wurde die Geschichte ausgekramt von dem Franzosen, der die Tochter eines Engländers geheiratet und ihre gemeinsame Tochter, die eigentlich Nonne werden sollte, verheiratet hatte mit einem Jüngling von einer Sklavenplantage irgendwo an einem Nebenfluss. Großvater murmelte dann: Aber in unsere Entscheidung füreinander hat sich kein Holländer eingemischt, oder Bee? Mindestens einmal im Jahr wurde das Territorium abgesteckt, und der Stammbaum wurde kurz entwurzelt. Und dann kamen die Erwachsenen immer wieder zu dem Schluss, dass sie alle, auf welche Weise auch immer, gebrochen-weiß waren. Und darauf wurde angestoßen. Irgendwie auch traurig. Vater Julienne schickte seinen Kindern Briefe mit dem Schiff und sogar Lebensmittel, aber die Reise von Paris nach Paramaribo war unsicher und alles kam zu spät. Auch der letzte Brief aus Frankreich, eine Todesurkunde und die Mitteilung, seinen Nachlass habe sein Sohn Napo abgeholt: zwei Seemannskisten mit Inhalt. Sie schaut zu Großmutter. Oma schaut zu ihr. Sie will sich waschen. Saubere Sachen anziehen. Ich frage mich, wo meine Tochter Ethel ist. Großmutters Stimme. Denkst du oft an sie? Keine Antwort. Sie ab ins Bad. Auf viele Fragen im Leben findet man nie eine Antwort. Sie rief Großmutter zu, sie werde jetzt duschen. Sie ließ sich von den Wasserstrahlen überspülen wie von Oma Bees Erfahrungen, über die sie nachdenken muss. Als Ethel gleich nach der Geburt Großmutter gezeigt wurde, wäre die beinahe in Panik ausgebrochen: Das Neugeborene war fast kohlrabenschwarz und hatte Haare ohne eine einzige Locke, die fast schon gelb waren. Die

Hebamme, die alle ihre Geburten betreut hatte, nannte das Baby: eine Perle, hervorgeholt aus der tiefsten Tiefe des Blutsverwandtschaftsnetzwerkes unterschiedlichster Personen. Sie waren in dem kleinen Militärkrankenhaus. In Militäruniform meldete Anton die Geburt seines neuen Kindes auf dem Standesamt von Nieuw-Nickerie. Ethel Vanta, sagte er stolz. Der Vorname der Hebamme und sein Nachname, der »schwarz« bedeutete auf der Plantage, wo seine Mutter herkam. Über die Geburt dieses dritten Kindes muss er besonders glücklich gewesen sein, denn er spendierte mehrere Runden Bier in der Kantine der Kaserne. Gar nicht erfreut waren dagegen die Verwandten seiner Frau, als sie zum Wochenbettbesuch kamen. Sie beugten sich über das Kind, betrachteten es aus nächster Nähe und schüttelten bestürzt den Kopf. Die Kinder Winston und Louise waren nicht allzu braun geraten, aber diesmal hatte das Pendel doch nach dem unerwünschten Ende ausgeschlagen. Großmutter war auch erstaunt darüber, was sie neun Monate lang im Bauch getragen hatte, und warf sich vor, womöglich etwas zu viel genascht zu haben von diesem oder jenem: Zuckerrohrstängel, auf die war sie ganz versessen, vor allem auf die dunkellila Sorte, die kaute sie am allerliebsten. Und so nahm sie ihre Tochter denn auch liebevoll in den Arm und legte sie zufrieden an ihre ingwerfarbene Mutterbrust. Und Ethel war so ein braves Kind. Es tat Anton gut zu sehen, wie seine Frau den Neuling verwöhnte. Für ihn verwies das Kind auf die Geschichte und die ursprüngliche Herkunft seiner Vorfahren. Er hatte versucht, seinen englischsprachigen Schwagern und allerlei Nichten und Neffen zu erklären,

Ethel sei sein Meisterwerk: Ihr seid alle gebrochen-weiß, aber in ihr wird das gebrochen-weiße Licht gebündelt, ja, unsere Ethel ist vollkommen! Ob sie seine Erklärung verstanden? Die Verwandtschaft blieb bei ihrer Ablehnung: Ja, Anton, vollkommen schwarz ist Baby Ethel! Es war kein leichtes Jahr für die Familie, und als Laura vierzehn Monate später zur Welt kam im richtigen Farbton, besserten sich die verwandtschaftlichen Beziehungen wieder; aber Anton beharrte stur darauf, dass Lauras Geburt schrecklich tragisch war und seine Frau bei der Entbindung fast gestorben wäre. Hatte er zu viele Kräuterbitter intus, schwor er manchmal, in seinem Haus werde nie wieder ein Kind geboren werden nach Laura! Seine Kameraden in der Kaserne lachten ihm ins Gesicht. Sie kannten Soldat Vanta durch und durch und zu den Huren zu gehen oder seine schöne Frau mit einer anderen zu betrügen war nichts für ihn. Sie sagten voraus, er werde eines schönen Tages wieder am Wochenbett seiner Frau stehen, wieder voller Selbstmitleid. Und so war es auch gekommen. Nach Laura kam es Jahre später noch mal zu einer Schwangerschaft, diesmal nicht in der Nähe von Großmutters Blutsverwandten und den KNIL-Kameraden, sondern in Paramaribo im prachtvollen Haus einer jüdischen Familie auf der Flucht vor Hitler. Mit dem Handtuch rieb sie sich trocken und fort von dieser kalten Vergangenheit. Duftendes Jasminöl auf ihre Haut. Und Imker meldet sich gewaschen und gekleidet und gut duftend wieder bei Großmutter.

Am Freitagmittag wartet Lya auf mich. Ist was? Schweigend gehe ich neben ihr zum Parkplatz, wo ihr Auto steht.

Kein Onkel Winston in Sicht. Die gute Neuigkeit, mit der sie gleich herausplatzt, ist, dass meine Ausbildungsförderung eingezahlt wurde auf mein Konto, aber – sie sagt es zögerlich: Oma spuckt Blut und ist nur noch Haut und Knochen. Sie öffnet die Tür und lässt mich einsteigen. Es ist einer dieser warmen, windstillen, hellen Herbsttage. Die Innenstadt ist postkartenschön. Ich falle in die Lieblichkeit der Natur, meine Schwächen nagen an mir. Lya setzt sich ans Steuer, steckt den Schlüssel ins Zündschloss und sagt: Ich konnte zwei Briefe abfangen von einem gewissen Billboard. Ich erschrecke. Sie öffnet das Handschuhfach und gibt mir zwei geschlossene Umschläge mit Inhalt. Ich nehme sie entgegen, fürchte mich vor dem, was jetzt noch kommt. Bedankst du dich nicht, fragt sie. Schnell hole ich das nach. Dann erklärt sie mir, ihr Mann Winston wisse nichts von diesen Briefen und dürfe auch nichts davon erfahren. Sie lässt den Wagen an und fährt langsam vom Parkplatz, mit den Worten: Ich fühle mit dir, Heli, auch ich bin von meiner Mutter nach Holland geschickt worden, weil ich eine Beziehung hatte mit einem älteren, verheirateten Mann, der Kinder hatte, dabei habe ich im Krankenhaus bei den Katholiken gearbeitet. So still wird es im Auto, dass ich durch den Stadtlärm hindurch höre, wie der Wind die Blätter aufwirbelt. Lya bringt mich nicht nach Hause. Zur Stadtbibliothek? Und sie kommt sogar mit rein, damit alles glattgeht bei der Anmeldung. Als ich meine Bibliothekskarte in Händen halte, sagt sie freundlich und entschieden: Geh in den Lesesaal, um deine Briefe zu lesen und ihm zu schreiben; zerreiß seine Briefe und wirf alles weg! Ihre Augen mit der glühenden kupferfarbenen Iris:

Nimm nie jemanden mit hierher! Ich verstehe, dass sie mir eigentlich rät, meine Abenteuer mit Derik weder mitzunehmen zu ihr nach Hause noch andere ins Vertrauen zu ziehen. Ich nicke. Und sage dann: Vielleicht sollte ich doch lieber ins Internat? Beschwichtigend antwortet sie: Warten wir ab, wie es im ersten Halbjahr läuft, und vergiss nicht, dass ich für dich da bin, Heli. Durch das Glas der Drehtür sehe ich ihr hinterher und muss lächeln, weil sie so leicht zum Ausgang findet. Ob sie jemals hergekommen ist, um Liebesbriefe zu schreiben? Der Lesesaal ist gut besucht. Ich schlendere ein bisschen herum. Ein Stuhl wird frei. Ich setze mich an den Zeitungstisch.

Ich weiß noch, wie es war, als ich zum ersten Mal in Deriks Augen sah. Es war im Gang vom Hauptgebäude, er kam mir entgegen in weißem Hemd und Krawatte, dunkler Hose, schwarzen Schnürschuhen aus Lackleder, und ich trug ein enganliegendes Samtkleid mit Tigerprint. In Rogers medizinischem Lehrbuch hatte ich gelesen, die Augen wären bloß Linsen, die wesentliche Informationen zusammentragen fürs Gehirn, das dann mit den Bildern machen würde, was es will. Ich war wie trockenes Holz, das in Flammen aufging durch die Funken, die aus Deriks Augen sprühten. Es lag an dem Licht, das auf mich fiel, und an der Verkettung von Umständen in einem für unsere beiden Hirne unerwarteten Moment. Jahre später, das erste Mal, seine Hand auf meiner Haut und seine Stimme, die sprach von einem unentrinnbaren Verlangen nach mir, seit diesem Moment im Gang bis zum ersten richtigen Kuss in seinem Auto irgendwo am Straßenrand.

Erst nach einer Weile nahm ich die Umschläge aus der Tasche: seine Schrift, mein Name. Ich vergewissere mich, dass mich niemand beobachtet. Reiße die Umschläge auf. Beide auf einmal: seitenweise eng beschriebenes Luftpostpapier. Ich möchte schreien vor Glück. Meine Augen tragen zusammen, mein Hirn verarbeitet, mein Körper bekommt alles, was er braucht, um den Herzschlag zu beschleunigen. Ich schwitze vor Wonne. Ich fühle genau, was Derik mit mir vorhat zur Jahreswende. Es prickelt an Stellen in meinem Unterleib, die mir heilig sind und über die ich zärtlich wache. Mir läuft das Wasser im Mund zusammen. Ich schlucke. Und dann habe ich plötzlich Großmutter vor Augen: rein, zäh wie eine Liane, ausgemergelt. Ich schnappe nach Luft. Ich muss die Briefe zerreißen und wegwerfen in den schmutzigen Straßenmüll. Trost bietet die Überzeugung, dass die größte Schönheit sich ein einziges Mal zeigt, in meinem Hirn aber einen unverwüstlichen Stempel zurücklässt, an dem jeder Liebesbrief in der Zukunft gemessen werden wird. Ich lese den Brief nicht noch einmal. Ich zerreiße ihn. In kleine Schnipsel. Dann stehe ich auf. Mit meiner Umhängetasche nach draußen. Manteltasche voller zersplittertem Genuss. Strahlender Nachmittag. Ich will ein Lied hören. Die Stimme, die sich mir aufdrängt, ist die meiner Patentante und das Kirchenlied, das sie gesungen hat bei meiner Erstkommunion: Ihre Stimme ist leicht wie das Flattern eines Kolibris, der tief in mir nach Nektar sucht. Alle haben geklatscht, aber in meinen Augen standen Tränen. Meine neuen Schuhe drückten furchtbar. Ich solle lächeln, sagte der Fotograf, aber ich wollte nicht. Tante Laura kam zu mir, nahm mich in die Arme, und auf dem Foto strahlte mein Gesicht vor Zärtlichkeit. Keine drei Jahre später verschwand sie in Kolèra. Zögernd bleibe ich stehen, atme die Stadt ein. Horden von Schulkindern, die nach einem herrlichen Schultag hungrig und ausgelassen den Weg zu ihren Müttern suchen. Das Stadtzentrum hat sich gefüllt mit Kindern. Bunte Jacken, Taschen, die auf dem Rücken baumeln, Mützen auf dem Kopf und Haare, die im Herbstwind flattern. Ich treffe bestimmt niemanden, den ich kenne. Langsam gehe ich zum Busbahnhof. Eine breite Einkaufsstraße, wo unaufhörlich Busse hin- und herfahren: Ich kann kaum bis zur anderen Straßenseite sehen. Dann taucht ein riesiges, dunkles Eckgebäude auf. Die Post? Eine schwere Drehtür. Eine Theke mit Postkarten und anderen Briefsachen. Mutter Louise hat mir zweihundert Gulden Taschengeld mitgegeben; die wurden umgetauscht in vierhundert niederländische: Ich habe noch genug für einen Kalender, Luftpostpapier, Umschläge, Stifte, Briefmarken, Postkarten, Klebeband. Ich stelle mich in eine lange Warteschlange. In der Schlange schreibe ich Postkarten von Utrecht voll mit netten Worten für meine Lieben in Paramaribo. Auch Laura bekommt eine Karte, mit Leierkastenklängen. Sind meine Briefe an Derik und Mutter ausreichend frankiert? Ja, junge Frau. Und man gibt mir gratis Luftpoststicker mit für Eilpost. Zum Mülleimer mit einer Handvoll Schnipseln. Und dann erneut ins Tageslicht.

Für Mutter Louise konnte ein Mann alles haben, was eine Frau sich von einem Ehemann wünscht, und trotzdem nicht in Frage kommen als Lebenspartner. Bohr Libretti hatte mit jeder ihrer vier Herzensfreundinnen eine Affäre gehabt, aus der ein Kind entstanden war. Er wolle niemals heiraten, sagte er offen; zusammenzuleben mit einer Frau finde er beängstigend. Das hatte ihn nicht daran gehindert, während er seinen Facharzt machte in New York, eine Afroamerikanerin zu heiraten, die um keinen Preis und für keinen Mann in Suriname bleiben wollte. Er hatte sich bald von ihr scheiden lassen und war wieder eingezogen ins Haus seiner Eltern. Auf der Suche nach Knoten fuhr Mutter Louise Audi durch die Haare. Bohr war irgendwo in Europa geboren worden, in Italien oder Polen – keiner weiß es, weil er herumdruckst –, mit seinen Eltern nach Brasilien geflüchtet und schließlich in Paramaribo gelandet, in einem luxuriösen Haus am Fluss direkt neben dem Hotel der Eltern von Babs' Vater, und die Jungen waren aufgewachsen wie Brüder. Laura und Louise kannten ihn von der Medizinischen Schule. Immer umgeben von jungen Frauen und immer scherzend, dass er süchtig wäre nach Kreolinnen, weil ihm nie ein lieberer Mensch untergekommen sei als die Haushälterin in seinem Elternhaus; ihr hatte er sein Diplom gewidmet. Aber während Mutter Louise, in Gedanken versunken, ihrem Sohn weiter durch die Haare wuschelte, verschloss sich ihr Gesicht, verspannten sich ihre Lippen zu einer Schnute. Jahrelang war Bohr hinter ihr her gewesen, ohne Erfolg. Er kam zur Einweihung in das »große gelbe Haus«, in dem sie mit Babs' Vater lebte; und eines Tages, in einem unbeobachteten Augenblick, treibt er sie in die Enge in ihrem eigenen Schlafzimmer und fickt sie. Mein Gott, was hat sie erbrochen am Morgen und geweint. Eine Schwangerschaft, die mit der Wucht einer Handgranate ihr kleines Lebensglück zerstörte. Aber als die Hebamme rief: Es ist ein Junge, Louise, hatte sie begriffen, dass ein männliches Wesen in ihr Leben gekommen war, um zu bleiben! Und bedingungslos würde sie ihn lieben. Mit den Fingern kämmte sie das dicke Haar ihres Jungen. Audi gab keinen Mucks von sich. Nie wurde beim Haareschneiden geredet, und er hatte sich so hingesetzt, dass die Spiegel in Mutters Zimmer nichts zeigen konnten von ihrem Zusammensein. Sie wusste, es war ihm egal, wie seine Haare hinterher aussahen, solange er die Hände seiner Mutter gespürt hatte auf seinem Kopf. Kurz hatte sie sich von ihm gelöst, war ins Wohnzimmer gegangen und hatte sich mit Nachdruck geräuspert, um Babs und ihrem Freund Aram, die außerhalb ihres Blickfelds fernsahen, ihre Autorität kundzutun. Bist du noch da, rief sie, weil es so still blieb. Lachen von Babs, als würde das ausreichen, um ihr zu zeigen, dass nichts geschah, was sie verboten hatte. Aram plötzlich im Flur, sein munteres »Wie geht es Ihnen, Frau Vanta?« war genug, auch wenn sie keine vernünftige Antwort geben konnte auf seine Frage, ob Heli sich gemeldet hätte. Mit Handzeichen gab sie ihm zu verstehen, dass sie Audi gerade die Haare schnitt. Sie blickte hinaus auf den anstürmenden Abendhimmel und sah noch Himmelsschmutz aus ihrem Blickfeld verschwinden wie farbige Lichtstreifen. Ihr Blick fiel auf Arams Sportwagen. Sie holte tief Luft. Mit Schere, Haartrimmer, Haarschneideumhang ging sie wieder zu Audi, der zu Boden rutschte, damit sie sich setzen konnte. Sie legte ihm den Haarschneideumhang um. Er zappelte und grummelte: Ich merke genau, dass du an meinen Vater denkst, Mama. Geräuschvoll und übertrieben seufzte sie: Heikle Themen sollte man lieber meiden, wenn man jemandem, der einen scharfen Gegenstand in der Hand hat, ausgeliefert ist! Audi klopfte sich auf die Schenkel vor Lachen. Es konnte losgehen mit dem Schneiden, und als sie nach der ersten Strähne griff: Jeder hält dich für verrückt, wenn du hochschwanger einen so weichherzigen Mann verlässt, um dich bei deiner Familie zu verkriechen, in einem Elternhaus, das platzt vor knallharten Standpunkten. Sie beugte sich weit vor, um das Gesicht ihres schönen Jungen zu sehen. Dann fiel die erste Strähne zu Boden. Mutter Louise summte das Lied, das ihr durch den Kopf ging, an dessen Text sie sich aber nicht erinnern konnte.

Babs bewahrte schon jahrelang ein kleines Schwarzweißfoto, auf dem jeder aus der MutterLouiseFamilie aussah, als hätte ihn das Blitzlicht des Fotografen in die Augen getroffen. Ein quadratisches Stück Papier mit gezacktem Rand, so groß wie ihre Handfläche. Sie sah sich als Vorschulkind. Sie konnte Imker als Siebenjährige sehen. Sie musste herzhaft lachen über die Schreckensmiene von Heli, die ihren zehnten Geburtstag feierte; aber was sie aus der Fassung bringt, ist Mutter mit Baby Audi auf der Schulter. Der Fotograf hatte unwillkürlich die Zerrüttung des Augenblicks festgehalten: Es war der tiefste Punkt in Mutters Leben. Und das weißblonde Mädchen zwischen den Cousins und Cousinen und allen möglichen Kindern aus der Nachbarschaft? Das war Josje. Das Lieblingskind eines holländischen Ehepaars, das eine beliebte Bäckerei-Konditorei in einer schönen Einkaufsstraße hatte. Heli und Josje gingen zusammen zur Schule und waren unzertrennlich, hatte Mutter erklärt, und dass es Josjes Vater gewesen wäre, der alle mit dem Blitzlicht erschreckt und den Ehrentag festgehalten hatte. Die Konditoren hatten allerhand Leckereien mitgebracht. Für Aufsehen sorgte die riesige Geburtstagstorte aus Schokolade mit Sahne und brennenden Kerzen, die das Geburtstagskind mit einem Mal auspusten sollte: das Geschenk von Josje und ihren Eltern. Heli war außer sich vor Freude, aber Mutter, die Sorgen plagten, war froh, als die Kinder zufrieden nach Hause gingen mit dem, was sie gebastelt hatte für Helis Geburtstag: Tüten aus buntem Pergamentpapier, gefüllt mit Süßigkeiten und sorgfältig verschlossen mit einem schönen Band. Ein Leierkastenmann hatte Musik gespielt und auch Zauberkunststücke vorgeführt, über die die Kinder furchtbar lachen mussten. Getränke im Überfluss. Das Fahrrad, das Mutter Louise Heli versprochen hatte, musste warten. Babs hing an Mutters Lippen, wenn es um Mutters Ringen mit dem Leben ging. Sie war bekannt für dreiste und direkte Fragen, und bei ausweichenden Antworten quengelte sie so lange herum, bis es zum Streit kam. Im Bett weinte sie dann, aber nicht, weil sie ihren Willen nicht bekommen hatte; eher, weil sie den Kontakt verloren hatte zu jemandem, zu dem sie sich zugehörig fühlen wollte. Manchmal schien ihr, sie wäre wie vom Himmel gefallen in ein Haus, in dem sie sich nie zuhause fühlen würde. Sie würde sich immer querstellen und sei stur. Unfreundlich und gemein. Das sagten andere über sie, und sie hatte keine Chance, dagegen anzukommen. In der Schule stampfte sie auf den Boden, wenn sie neben ein »schwarzes Mädchen« gesetzt wurde. Als sie eine »schwarze Klassenlehrerin« bekam, weigerte sie sich, weiter zur Schule zu gehen. Vater Boys persönlich meldete sie in einer Privatschule an, wo alles anders war als in ihrem täglichen Leben. Und das brachte mehr Abstand mit sich, mehr, als sie ertragen konnte. Zu Hause hatten alle ein bisschen Angst vor ihr und sogar ihre Schwester Heli hatte Abstand gehalten, obwohl Heli auch für sie gleichbedeutend war mit Trost. Also hatte sie das freigewordene Zimmer ohne jedes Schuldgefühl mit Beschlag belegt und nach ihren Wünschen umgebaut. Sie verabschiedete sich von Aram und winkte ihm nach. Dann zum Schlafzimmer, wo Audi die Haare geschnitten wurden. Sie kam nicht rein. Die beiden hatten sich in der Tür breitgemacht. Babs sah zu. Ihre Augen wurden feucht. Sie hatte fragen wollen, ob sie etwas abhaben wollten von den holländischen Äpfeln, den blauen Trauben, die Aram mitgebracht hatte für sie, und vielleicht auch vom Gouda, aber sie brachte keinen Ton heraus. Sie ging zum Wohnzimmerfenster und starrte nach draußen, wo der Abend langsam zur Nacht wurde. Babs dachte: Irgendwo muss doch jemand sein, den ich liebhaben kann? Jemand, mit dem ich wirklich zusammen sein kann?

Großmutter konnte sich nicht lösen vom Gedanken an ihre Tochter Ethel. Und zum ersten Mal hatte sie dann auch keine Lust, zur Kirche zu »trotteln«. Ihre Enkelin wunderte sich, begriff aber, dass schweigen und bei ihr bleiben mehr bringen würde als alles andere. Manchmal habe ich das Gefühl, sie schaut mich an, Imker. Mein Beichtvater sagt, es wäre mein Gewissen, das mit mir spricht. Vielleicht ist das so. Obwohl sie an Ethel gehangen habe, nachgetrauert habe sie ihr nicht lange. Immerhin sei noch ein Mädchen geboren worden, das ihre Aufmerksamkeit ablenkte von der kleinen Ethel und den anderen. Die Kinder wuchsen schnell. Als Mutter hatte sie alle Hände voll zu tun, und Anton schlug vor, eine seiner Nichten in den Distrikt zu holen, um im Haushalt zu helfen und bei der Versorgung der vier Kinder. Als hätte er nicht gewusst, dass sie sich weigern würde! Das führte zu Wortwechseln. Ein Streit brach aus, den sich Winston, Louise und vor allem Ethel und die kleine Laura mit offenem Mund ansahen und dem sie lauschten mit angstgeweiteten Augen. Das muss der Tag gewesen sein, an dem Anton einen Entschluss fasste. Er entschloss sich nicht nur, in Zukunft auf dem Dachboden zu schlafen, weit weg vom Ehebett, sondern auch, sein Lieblingskind zu befreien aus einer Lage, die seine Kräfte überstieg. Und die Gelegenheit ergab sich schneller als gedacht. Sie hätte nicht geglaubt, dass ihre Worte ihn so tief getroffen hatten, dass er keine Grundlage mehr sah für ihre Ehe. Voller Selbstvorwürfe schüttelte sie den Kopf. Was hast du Opa an den Kopf geworfen, Oma Bee? Ihre Enkelin war so nah wie möglich zu ihr gerückt. Sie holte tief Luft und packte aus: Sklave, Negerviech, Schwarzfratze, Teufelsbrut, Satan! Und er hat gesagt, er wäre nichts von alledem, und vor den riesigen Wohnzimmerspiegel habe ich ihn gezerrt und gefragt, ob er einen Menschen sieht, wenn er auf sein Spiegelbild schaut. Aus Verzweiflung. Imker hatte ihre Hand genommen und geflüstert, mit einem Blick voller Abscheu: Du musst meinen Opa Anton um Vergebung bitten Oma und zu seinem Grab gehen und ihm sagen es tut dir leid! Aber Oma zog ihre Hand weg: Sie hatte ihn aus dem Haus gehen sehen am frühen Morgen in Militäruniform, ohne Frühstück, und abends, wenn die Kinder schliefen, war er wieder reingeplatzt, Soldat Vanta, halb betrunken, weil er die Zeit totschlug in Kneipen, wo Goldsucher hingingen und Fischer und wo gesoffen wurde und gespielt. Er ließ das Essen stehen, das sie ihm warmgehalten hatte. Er antwortete nicht auf ihre Fragen. Eines Nachmittags hatte er Ethel abgeholt. Großmutter ging zum Wasserhahn und trank, ohne ein Glas zu nehmen. Und Imker sagte: Du dachtest, holt Opa das Kind ab, das ihm am ähnlichsten ist, um mit ihr zu seinen Blutsverwandten auf der Plantage Lustoord zu fahren, und dann ist er heimgekommen zu seiner Familie, ohne Ethel!? Großmutter antwortete nicht und rückte etwas von Enkelin Imker ab, um ihre eigene Geschichte erzählen zu können, und fuhr dann kraftvoll fort. Dein Großvater hat so oft gesagt: Frau Bee, einen Sklaven verkauft man, ein Negervieh misshandelt man, einen Satan verflucht man, einen Unmenschen tötet man! Er hat sein Kind weggegeben, weil er ihm ein besseres Leben gönnte, als das, was er ihr bieten konnte in unserer Familie. Um sie zu strafen für ihre »Großsprecherei«, hielten alle vor ihr geheim, wo Tochter Ethel war. Und um Imker nicht noch mehr zu verletzen, verschwieg Oma Bee ihr, dass sie, aber auch andere aus ihrer Familie, Vater Julienne vorgeworfen hätten, seine »einzige Tochter« verheiratet zu haben mit dem Niedrigsten der Niedrigen: einem direkten Abkömmling von Sklaven. Bluten solle sie für das, was aus ihrem Mund komme! Ein Mal hatte Anton ihr das ins Gesicht gesagt und danach kein Wort mehr über die Ethel-Frage. Obwohl er ihr Ehemann blieb. Obwohl er sie noch liebte. Auf seinem Totenbett hat er Enkelin Heli zugeflüstert: Ich habe nur deine Großmutter geliebt, grüße sie von Anton Vanta. Wenn das kein Vergeben ist? Imker nickte: Und trotzdem haben Großvater und du nach so vielen hässlichen Worten noch einen Nachzügler machen können, Oma? Keine Antwort mehr von ihr. Todmüde war sie. Hungrig. Sie aß ein gekochtes Ei und sonst nichts. Schlafen wollte Großmutter lange und tief.

Imker zog die Vorhänge ganz auf, ließ Licht und Luft rein. Ihren Kram wegräumen. Sie sah, wie Oma sich streckte und das Kopfkissen packte und es umarmte. Trotz ihrer Probleme hatten ihre Großeltern das Jacobusrust-Haus zu einer Küste gemacht, wo es ein Sicheres-Ankommen gab, fand sie. Auch ohne klare Erinnerungen daran zu haben. Die Häuser, in denen Oma Bee und Opa Anton gewohnt hatten, gab es nicht mehr, und auch im Distrikt Nickerie war es den Vorfahren aus Großmutters englischer Familie nicht gelungen, ihre Plantagen zu schützen vor der zerstörerischen Gefräßigkeit des Ozeans. Für Imker war dieses Stück Vergangenheit zusammen mit den Sklavenhaltern für immer verschwunden. In ihrem Äußeren und in ihrem Blut ließen sich die Spuren nicht leugnen, aber in ihrem Kopf wucherten Träume, die frei waren von Gewalt. Sie starrte weiter zur Frau auf dem Bett. Sie war überzeugt, dass vor allem angestautes Leid Oma in den Tod trieb. In einer Gesellschaft, die geboren war aus fremder Gewalt, musste es für eine junge Frau schrecklich schwierig gewesen sein, einen Ausweg zu finden. Sie faltete das Klappbett zusammen. Sie hörte Großmutter atmen, schnarchen, als stünde ihr Mund offen. Sie schaute zu ihrem Körper auf dem Bett, für den sie Sorge trug, weil es nicht anders ging. Es hatte keinen Sinn, Zukunftspläne zu schmieden, denn im Moment war der Drang in Großmutter Bees Nähe zu bleiben, übermächtig. Schlafsack und Decken trug sie zum großen Schrank in der Waschküche. Das hereinfallende Sonnenlicht brachte sie zum Lächeln. Topfblumen kaufen mit Blütenknospen und sie neben die Küchentür stellen. Einen Strauß Sonnenblumen fürs Wohnzimmer. Resolut band sie sich eine saubere Schürze um. Erst Bad und Klo, dann die Küche und danach einen ordentlichen Teller Brei für die Patientin. Das musste eben sein. Und wenn Gott ein gesegneteres Leben unmöglich machte, dann sollte Oma Bee ihretwegen gemütlich im Bett liegen bleiben, statt wieder so einen weiten Weg zurückzulegen zu einem Gotteshaus. Sie nahm ein Putztuch, um den Staub wegzuwischen von den Kruzifixen hier und da an der Wand. Was, wenn Ethel eines Tages plötzlich vor dem Tor steht? Vor manchen Gedanken flüchtet man sich besser in den Schlaf. Kichernd wischte sie das kleine Wandkreuz aus Messing mit dem Leib Christi glänzend. Wäre das etwas für sie, Nonne zu werden? Kruzifix mit der Schlaufe zurück an den Haken. Als sie sich streckte, sah sie die Gesundheitssandalen im Flur stehen. Sie setzte sich kurz aufs Sofa, dachte an Heli. Aber die schlief bestimmt gerade irgendwo in Holland. Und wenn eine junge Frau ins Kloster ging, wurde davon nur ihre eigene Zukunft besser? Großvater hatte Ethel den Herrnhutern mitgegeben, das wusste sie. Eines Tages stünde Ethel vielleicht vor dem Tor, abgemagert und zerfurcht vom Verkünden des Evangeliums, mit Augen, die brannten vor Sehnsucht, ihre Eltern wiederzusehen. Nichts als Grabsteine würde Ethel finden, zwischen struppigen Grasbüscheln. Sie wollte ihre Großmutter ans Grab von Unteroffizier Vanta zwingen. Oder war er Feldwebel gewesen, ein Einfacher-Soldat? Sie ging zum Fenster, riss die Vorhänge auf, um den neuen Tag auch ins Wohnzimmer hereinzulassen. Eine ungreifbare Stille überall. Nur Großmutters Atem war zu hören und Imkers Schritte auf dem Marmoleumboden in Omas Bungalow.

Ein kleines Kind kann einen Erwachsenen härter treffen, als ihm bewusst ist. Mutter Louise hatte das Ergebnis oft gesehen, Vorschulkinder, misshandelt wegen nichts und wieder nichts von einem erwachsenen Verwandten: Das Kind hat eine Frage gestellt, eine Bemerkung fallen lassen, will den Mund nicht aufmachen. Sie hält nichts von körperlicher Züchtigung und versucht, wenn man sie um Rat bittet, in erster Linie klarzumachen, dass niemandem – auch keinem Kind – gedient ist mit einer Tracht Prügel. Aber Kinder können einem auf die Nerven gehen, Audi zum Beispiel mit seinem jahrelangen Gequengel über seinen Vater. Und Kinder treffen zielsicher die Schwachstellen ihrer Eltern. Sie hatte die Haare ihres Sohnes zu seiner

Zufriedenheit geschnitten und war danach erschöpft auf dem Sofa eingeschlafen. Sie schreckte aus dem Schlaf, als sie die Hunde der Nachbarin laut bellen hörte und gegen das Tor rammen. Der Nachbar, der aus einer Gärtnersfamilie kam, hatte ihr einmal, um sie zu beruhigen, gesagt, seine Wachhunde bellten manchmal bloß wegen ein paar Lichtblitzen und Schatten. Das hatte sie nicht überzeugt, aber aufzustehen und das Außenlicht anzuschalten, um zu sehen, weshalb die Viecher verrücktspielten, traute sie sich nicht. Sie hatte vier Kinder zur Welt gebracht und allein großgezogen, aber vor der Nacht hatte sie noch genauso viel Angst wie als dreizehnjähriges Mädchen. Die Hunde bellten, knurrten, sprangen ans Tor. Ihr Herz raste und der Schweiß brach ihr aus. Sie schaute bei Babs nach, aber die schlief seelenruhig; ins Zimmer von Audi ging sie, aber auch bei ihm herrschte große Ruhe. Angst übermannte sie und energisch schaltete sie das Außenlicht an. Die Hunde beruhigten sich. Sie hatte sich noch in die Wanne legen wollen, aber der Schreck war ihr in die Glieder gefahren. Ins Bett, endlich. Die abgeschnittenen Haare hatte Audi zusammengefegt, sie lagen in der Kehrschaufel. Die Hunde konnte sie noch hören, aber sie bellten nicht mehr. Ob ihr Wachhund Leika vielleicht doch zurückgekommen war? Im Dunkel der Nacht badete ihr Haus im künstlichen Licht, und sie müsste die Fragen von Nachbarn und anderen Leuten beantworten: Ach, Frau Vanta, ist Ihre Leika wieder zurück?! Trotzdem hatte sie keine Lust, das Licht auszuknipsen. Gesicht waschen mit Leitungswasser. Zähne putzen. Zunge schaben. Gurgeln. Ausspucken. Nachtcreme auftragen. Sie zog die Kittelschürze aus und hängte sie auf, schlüpfte ins Bett. Ihre Füße taten weh vom Stehen in Slippern mit Korksohle. Slipper, die Heli zurückgelassen hatte. Schrecklich, nachts hellwach zu sein und dann überfallen zu werden von dem, was man nicht wissen will: von abscheulichen Erlebnissen. Dass ihr bei der Arbeit schwindlig geworden war, kam vom unaufhörlichen Denken an ihre Tochter in Holland, bei Wildfremden. Heli fand es schrecklich, bei anderen zu übernachten, und hing an Mutters Haus wie ein Embryo in der Gebärmutter. Wie hatte sie nur dem Druck nachgeben können und ihr Kind brutal entwurzeln? In Nickerie hatte sie erlebt, was es heißt, nirgends-heimisch zu sein. Sie nahm die Bibel, die neben dem Kopfkissen lag, und knipste die Leselampe an. Die kleine Glühlampe ging an und sofort wieder aus. War die Glühlampe genauso ausgebrannt wie sie? Sie durfte nicht erlöschen. Ihre Kinder zählten auf sie, auch Heli, die jetzt unerreichbar war. Sie wusste nicht warum, aber sie stand doch auf, um das Außenlicht auszuschalten. Und falls die Hunde wieder anfingen zu toben, würde sie im Bett liegen bleiben und auf den Morgen warten. So wollte sie einschlafen, mit der linken Hand auf der Bibel. Auf der rechten Seite lag sie, den Rücken zur Straße. Wenn sie Heli verheiratet hätte mit dem Sohn dieser reichen hindustanischen Familie, dann hätte sie sich endgültig in Nieuw-Nickerie niederlassen können, dann wäre ihr Schwiegersohn nach Wageningen gegangen, um Landwirtschaft zu studieren, dann hätte Heli erst die Mittelschule abschließen können und in der Firma des Reishändlers bei der Verwaltung aushelfen, und vielleicht hätte das Imkers, Babs' und Audis Leben mehr Sicherheit gegeben. Heli Vanta als Hindumutter? Damals hatte Gott ihr den Weg gezeigt, um ihren eigenen Beschränkungen zu entkommen. Und so war Mutter Louise eingeschlafen, voll Vertrauen in ihren Himmlischen Führer.

Drei

Wir wohnen noch keine Woche im Amora-Bezirk, als meine Mutter unerwartet Besuch bekommt von einem Mann, der behauptet, ein naher Blutsverwandter zu sein von ihrem Vater Anton Vanta. Er trägt einen schicken Anzug, Lederschuhe und einen Filzhut. Ernst sagt er, gekommen zu sein, um ein Gespräch unter vier Augen zu führen mit Mutter Louise. Ich stehe neben ihr in der Eingangstür. Ich spüre ihren Ärger, als sie antwortet, kein Gespräch unter vier Augen zu führen mit einem wildfremden Mann: Weil Sie behaupten, ein Verwandter zu sein, lasse ich Sie kurz rein, aber meine älteste Tochter hört mit! Wir lassen ihn ein und Mutter bietet ihm einen Platz an auf ihrem nagelneuen Sofa, wo die Sitzkissen noch in Plastik verpackt sind. Es fiel Herrn Vanta nicht leicht, mit dem Gespräch zu beginnen, und Mutter hatte offenbar keine Lust, ihm zu helfen. Wir sehen uns an. Wir schweigen, bis der Mann seine Position im Blutsverwandtschaftsnetzwerk meines Großvaters deutlich gemacht hat: Mein Großvater hat eine Schwester, keinen Bruder, und von dieser einen Schwester sei er ein Sohn und habe selbst fünf Töchter; er wäre also Mutters Blutcousin. Aber Mutter protestiert: Von wegen Blutcousin, mein Vater Anton hat nicht denselben Vater wie deine

Mutter! Als ob der Mann das nicht selbst wüsste. Er nickt, wirft aber vorsichtig ein: Louise, Kinder, die aus derselben Gebärmutter kommen, sind echte Blutsverwandte, weil man nicht beweisen kann, wer der Vater ist! Mutter lässt ihm seine Überzeugung, gibt aber nicht nach. Und weiter? Plantage Lustoord konnte aufgekauft werden durch die gemeinsame Anstrengung der ganzen Familie Vanta, ja, auch Anton Vanta hat damals dazu beigetragen, und jetzt soll dort etwas Großes stattfinden. Was denn? Alle Blutsverwandten werden aufgefordert, zu einem tagelangen Fest zu kommen mit allem Drum und Dran. Ein Winti-Ritual? Ich sehe Mutters schlanke Gestalt vom Stuhl aufstehen: Woher hast du eigentlich meine Adresse? Von deinem Vater, sagt er. Hast du mit meinem Bruder Winston gesprochen? Ohne zu zögern: Ja, Louise. Cousin Winston macht mit! Mutter setzt sich wieder, aber so, dass sie den Mann von Weitem mustern kann, und streng: Womit verdienst du eigentlich dein Geld? Er sieht auf, lüftet kurz den Hut und brummelt: Dies und das, ich verdiene mir mein Brot auf ehrliche Weise, Cousine Louise! Dann kommt das Gespräch zu einem abrupten Ende, als Mutter ihm zu laut eine Antwort entgegenschleudert: Ein bisschen Geld kannst du kriegen von mir, aber mein Haus ist nicht dabei bei eurem Treffen! Der Mann springt auf und ruft: Das wird euch teuer zu stehen kommen, Cousine Louise, mach dich drauf gefasst, die Götter wollen nämlich alle sehen mit Vanta-Blut in den Adern! Er sieht meine Mutter angriffslustig an. Nichts da, sagt sie stur. Ich sitze daneben, habe nichts zu sagen, aber trotzdem versuche ich es: Darf ich unser Haus vertreten bei euch? Mutter erschrickt, sieht mich mit Schreckensaugen an. Der Mann merkt sofort, dass bei seinem Besuch nicht mehr rauskommen wird als ein bisschen Geld von meiner Mutter und meine Bereitschaft, dabei zu sein auf ihrer Plantage. Mutter bringt ihn zur Tür. Ich kann hören, wie sie zu ihrem Cousin sagt, er solle nicht wiederkommen, weder in ihr Haus noch zu ihrer Arbeit, und Onkel Winston raushalten aus ihren Angelegenheiten; Nachrichten für sie könnten, wenn nötig, hinterlassen werden bei Vater Anton. Tür zu. Sie stürmt zu mir und hält mir eine Standpauke, die ich nie vergessen werde. Ohne die Stimme zu heben, sagt sie, und ihr Blick bohrt sich wie eine Ahle in meine Hirnmasse: Heli, bei einem Gespräch mit anderen bist du immer auf der Seite deiner Mutter! Ich nicke. Und was ist mit dir, frage ich. Ich weiß noch, dass es an die zwei Tage dauerte, bis ich eine Antwort bekam auf meine Frage: Heli, auch wenn ich bei einem Gespräch mit anderen nicht auf deiner Seite bin, sollst du wissen, dass das immer zu deinem Besten ist! Fünf Jahre später dann der Beweis in Form einer »einfachen Reise« nach Holland. Vorher hatte sie mir die Gelegenheit gegeben, in Paramaribo das Lehrerseminar zu absolvieren. Der Holländer, der jahrelang Direktor der Mittelschule in Nickerie war, hatte ihr bei jedem Elternabend versichert, ich sei klug, aber zu hübsch, um mich aus den Augen zu lassen. Letzteres hatte sie auf die leichte Schulter genommen, bis Derik mich herausgepickt hatte aus so vielen anderen. Aber das war Jahre später und wir alle waren inzwischen Städter geworden.

Ich nehme Imker mit zu einem Aufklärungstag über JUNGFRÄULICHKEIT. Das stand in schwarzen Großbuchstaben auf roten Plakaten in der Stadt. Ich war Lehrerin an einer Mädchenschule und Kollegin Cate hatte gefragt, ob ich mitgehe. Die Veranstaltung ist an einem Samstagvormittag und nur elf Frauen sind gekommen, um sich das anzuhören. Der Raum ist zu groß und wir beschließen, uns zusammen an zwei große Tische zu setzen. Ventilatoren an. Fenster zu. Die »Erste Interessensvertretung für die Surinamische Frau« bekommt etwas Geld von der Regierung, also gibt es sogar kostenlos Limonade. Die Frau, die eintritt mit einer holländischen Dame, kommt mir bekannt vor. Ohne sich vorzustellen, überlässt sie der weißen Frau sofort das Wort. Die zieht uns gleich alle in ihren Bann. Die Ventilatoren rasen, aber kein Wort entgeht mir. Sie zeigt uns ein großes Farbbild von Vulva & Vagina. Elf Paar Frauenaugen starren darauf. Die Surinamerin lässt die Hebamme-Gynäkologin-Sexologin mit uns allein, womöglich aus Gründen der Privatsphäre, denn auch wir müssen uns nicht vorstellen. Die Referentin hat eine Frage an jede von uns, nämlich: Bist du in einer Beziehung und wie alt ist dein Partner? Sie fragt nicht, wer noch Jungfrau ist und wer schon Sex hatte. Anscheinend hat sie keine Lust auf Lügen. Ich sage, dass ich einen Freund habe und wie alt er ist. Sie zwinkert kurz. Sie lächelt sogar. Sie sagt: Bleib lieber nicht zu lange in so einer Beziehung, egal, wie romantisch sie ist, weil bis du verstanden hast, was dein Körper braucht, ist er zu alt, um dich zu befriedigen und zu befruchten. Ich schweige und bei mir steigt die Spannung. Willst du wissen, weshalb ich dir dazu rate, fragt sie. Ich nicke. Weil sein Penis dann nicht mehr zu einer festen Erektion imstande ist und sein Sperma nachlässt in Qualität und Menge. Verstanden? Nicht ganz. Viel mehr habe ich von diesem Nachmittag nicht mitgenommen. Ich habe mit den anderen geklatscht und mich mit einem Händedruck bedankt bei der Frau aus Holland. Draußen beschließen wir, alle zusammen auf ein Eis zum Spanhoek zu spazieren. Imker und ich und meine Kollegin Cate gehen untergehakt hinter den anderen Frauen her, schweigend. Dann sagt Imker leise: Die, die uns die Ärztin vorgestellt hat, das ist Deriks Frau, sie hat sich die Haare geglättet und gefärbt, aber ich kenne sie von der SKS, sie ist Handarbeitslehrerin. Ich schweige immer noch. Und du hast Unterricht bei ihr? Kollegin Cate honigsüß. Ja, flüstert meine Schwester. Du Arme, sagt Caatje und zwickt mich in den Arm, fest und schmerzhaft. Ich muss etwas sagen zu Imker, weiß aber nicht was. Und plötzlich sagt meine Schwester laut und deutlich: Ich habe dich lieb, Heli, egal, was du machst! Ich reiße mich los und umarme sie mitten auf der Straße. Da hatte ich mir vorgenommen, alles, was ich für mich kaufe, mit ihr zu teilen, solange ich lebe. Von diesem Gedanken ist, seit ich von Regierungsgeld studiere und lebe, wenig mehr geblieben als ein Versprechen. Ich muss mir etwas überlegen, um meine Abwesenheit für Imker erträglich zu machen. Da gibt es noch jemanden, der mich vermisst. Ich spüre es. Und verstehe nicht, wieso es mir so schwergefallen ist, mich von ihr zu verabschieden. Lieber Rotz und Wasser heulen vor Kummer, als Laura sitzen zu lassen mit der Frage: Was ist nur mit Heli?

Großmutter fand ihr Leben klein und ihre Sorgen groß. Es klang lächerlich. Körperlich war sie nur ein kleines Frauchen, wurde aber mit einem einsneunzig großen Jüngling verheiratet. Auch dieser Unterschied bestimmte ihre Weltsicht. Geheimnisvoll sagte sie, meistens in einer Mischung aus Französisch und Englisch: Ein Zimmermann braucht eine Wasserwaage, damit die Wände nicht schief werden. Eine Wasserwaage? Und eine Kochfrau ohne gesunde rosarote Zunge ist zu nichts gut in der Küche. Schon verständlicher! Sie war wie gemacht dafür. Sie konnte Tränke brauen, die beschwipst machten, Säfte gegen Husten und allerlei Tropenkrankheiten; sie rührte Breie zusammen zu Salben gegen Warzen, Wunden und allerlei Pickel; und backen und kochen konnte sie wie keine Zweite. Nach Lauras Geburt heilte sie sich vom Blutverlust mit spezieller selbstgekochter Nahrung. Was sie mit Kochlöffeln, Kochtöpfen, Feuer zustandebrachte, erregte allmählich Aufmerksamkeit, sogar bei den älteren Frauen. Sie war noch nicht mal dreißig, aber wenn sie über den Markt ging in der Achterstraat ihres Heimatdorfs, standen selbst Männer auf, um mit ihr zu sprechen, Frauen, um ihre Produkte zu preisen, Mädchen, um sie um Rat zu bitten. Vater Julienne hatte den Brüdern und ihr ein Herrenhaus hinterlassen mit einem tiefen, aber auch dunklen Hintergarten, in dem riesige Bäume wuchsen, die Saisonfrüchte trugen. Als Kind erlaubten ihr die Jungs nicht, dort hinzugehen, und sie wartete geduldig, bis die Ernte in der Küche abgegeben wurde. Und obwohl sie nur einen Kopf größer war als der Herd, in der Küche durfte sie tun und lassen, was sie wollte. Mutter war federweiß und fragil wie ein

Baiser und erlosch nach und nach. Genau dann, als Vater Julienne für seine Arbeit oft nach Französisch-Guyana musste. Sie kam zu den Nonnen. Deren Gemüsegarten an der Klostermauer, er war ihr Ein und Alles. Hatte Ehemann Anton sich gut gemerkt, denn nicht lange nach ihrer Heirat ließ er einen Hindustani kommen, um einen Küchengarten anzulegen für sie. Sie stand daneben. Sie durfte bestimmen, was er anpflanzen sollte. Und wenn sie in den Abendstunden im Badezimmer stand mit Anton, nackt, um einander besser betrachten zu können, musste er sich hinknien, um sich den Rücken einseifen zu lassen von ihr. Das machte sie dann und erzählte ihm währenddessen, wie dieses oder jenes wuchs und dass der Gärtner ganz erstaunliche Gartenkräuter herbeischaffte. Zu sexuellem Verkehr waren sie beide noch nicht imstande. Zusammen zu baden war ihr größter Genuss. Und das blieb lange so. Vielleicht war sie noch im Dämmer eines Morgenschlummers, als Anton sie körperlich zur Frau nahm. Im Lauf der Zeit war er ihr einziger männlicher Ansprechpartner geworden. Vater Julienne kam einfach nicht zurück; Mr. Cru zog nach Schottland und ihre Brüder verstreuten sich einer nach dem anderen, und nicht in Richtung Paramaribo, nein, zum Französischen hin, zum Britischen. Winston senior, nach dem sie ihren ältesten Sohn benannt hatte und der im Herrenhaus geblieben war, auch um in der Nähe seiner kleinen Schwester zu sein, verliebte sich schließlich Hals über Kopf in eine ältere Frau aus Demerara. Nichts konnte ihn noch in Nickerie halten. Er verabschiedete sich von ihr, als sie sich gerade erholte von dem schrecklichen Laura-Wochenbett, und hinterließ eine Adresse. Und Geld, denn das Herrenhaus hatte er verkauft an einen Chinesen, der es umbauen wollte zu einem Handelshaus. Sie lag auf dem Rücken und sinnierte. Hätte sie nicht ihre Enkelin rumoren hören in der Küche, hätte sie an ihrer Existenz gezweifelt. Sie, die »Bee« genannt wurde: Bernadette Vanta, geborene Julienne, sie, die Kleider von der Stange trug mit Spitze und stoffbezogenen Knöpfen, meistens in Gebrochen-Weiß, um sich möglichst kühl zu halten: Existierte sie noch? Ihr Bruder ließ sich keine Gelegenheit entgehen, ihr Kleidung und Schuhe zu schicken aus Georgetown. Er und seine Dame machten in Tuchwaren und waren gut im Geschäft, erzählten die Boten. Anton bekam weiße Oberhemden von ihm, Socken, Krawatten und sogar ein Herrenrad. Sie bekam einen Kinderwagen, so schön gearbeitet, dass man ihnen hinterhersah auf der Straße. Sie schickte ihrem Bruder Gläser mit Guavenmarmelade, sauer eingelegten *birambi* und Limetten, Orgeat. Mit Anton und dem Gärtner hatten sie ab und zu beim Herrenhaus vorbeigeschaut, um *birambi* zu pflücken und Orangen, Limetten, Oliven, Stachelannonen, Quenepas und kleine hellgelbe Mangos. Während die Männer die Früchte ernteten, schnitt sie Sonnenblumen, für einen großen Strauß für zu Hause. Bei den Rosensträuchern konnte sie sich nur mit Mühe auf den Füßen halten; sie waren ungepflegt, wild, aber nicht verblüht. Über ein Jahr hatte es gedauert, bis der Chinese ein paar Verwandte aus seiner Heimat hergeholt hatte für sein Handelsvorhaben. Und als sich die Chinesen im Herrenhaus installiert hatten und im Hintergarten Baumaterial gelagert wurde, hatte der Priester bei der Sonntagspredigt einen Text gelesen über »jedes Ding hat seine Zeit«; und die Heilige Messe widmete er im Namen der Gemeindemitglieder der »Familie von Vater und Mutter Julienne selig«. Ihre Vergangenheit war etwas geworden wie der Blick aufs Meer jeden Tag beim Aufwachen und manchmal, da machte sie einen ernüchternden Kopfsprung hinein. Sie stand auf und schleppte sich mühsam vom Bett zum Küchentisch. Glaubst du an Gott, Kind? Imker sah ihr in die Augen, während sie langsam eine Antwort fand: Ja, Oma, und heute liebt er uns wieder mal nicht besonders! Beide brachen in Lachen aus. Zeit für Großmutters Frühstück mit ihrer Enkelin.

Imker erinnerte sich nicht an Mutter Louise als schwangere Frau; und weil sie Helis Erinnerungen nicht wecken konnte, weil Heli nicht da war, beschloss sie, sich an Menschen zu wenden, die Zugang hatten zu bestimmten Erfahrungen. Durch den täglichen Kontakt mit Großmutter faltet sie sich auf wie eine Landkarte, die man ausbreitet; und von einigen Stellen auf der Karte hatte sie vergessen, dass es sie gab. Mutter überließ Oma Bee ihrem Schicksal, fand sie, denn: Mutter kam nicht vorbei und fragte auch nicht nachdrücklich genug, wie es lief in Zorg & Hoop. Altes Leid? Bevor die Rede war von Nickerie, hatte Mutter Louise tagelang mit ihr und den anderen im Hotel gehaust; Heli, Babs und sie mussten im Zimmer bleiben, und mit Babybrüderchen Audi in der Trage machte Mutter sich morgens auf die Suche nach passendem Wohnraum. Tränen schossen ihr in die Augen bei dieser Erinnerung. Mutter war so still gewesen. Obwohl sie damals gerade erst sechs war – sie konnte Panik spüren bei ihren Schwestern, eingeschlossen in einem Zimmer mit zwei Betten, einem Klo mit Dusche und großen Fenstern, die sich nicht öffnen ließen. Es waren grüne Fenster und das Tageslicht fiel herein durch Glasscheiben über den grünen Jalousetten. Sie redeten nicht miteinander. Es war in der Hitze der großen Schulferien im September. Nie sah sie Mutter weinen, aber wie Mutter in ihrem Beisein herumlief in dem kleinen Zimmer war schlimmer. Heli sagte einmal, Großmutter hätte Mutter Louise vor die Tür gesetzt. Die Frau, die am Tisch saß ihr gegenüber, aß einen Teller Maisbrei und trank kleine Schlucke Holunderblütentee. Blickkontakt, und Oma sagte: Ich hoffe, meine Tochter Ethel lebt irgendwo bei guten Menschen und ist verheiratet mit einem lieben Mann! Wieder war es Großmutter, die auf ein schwieriges Thema zu sprechen kam. Und warum hast du meine Mutter vor die Tür gesetzt, ein Jahr nach der Geburt von meinem kleinen Bruder? Großmutter machte große Augen und schenkte sich etwas Tee nach. Imker, Kind, das ist so lange her, wie alt ist Audi jetzt? Sie bereute ihre Attacke sofort und sagte entschuldigend: Oma Bee, wenn du es nicht mehr weißt, brauchst du mir nicht zu antworten. Großmutter schüttelte die ganze Zeit den Kopf, sogar während sie heiser antwortete: Ich weiß genau, dass es holterdiepolter ging. Da waren gerade Wahlen in der Stadt und Laura, die Probleme hatte mit ihrem Freund, kam unerwartet aus Saramacca zurück, wo sie arbeitete und eine Wohnung hatte, und wollte ihr Zimmer wiederhaben, genau! Sie ließ Großmutter Luft holen, und dann: Aber konntest du Laura nicht klarmachen, dass es besser ist, wenn sie ins Hotel geht, weil Mama sich erholen musste nach der Geburt und bei euch war mit ihren Kindern? Sprachlos über ihre eigene Unverschämtheit musste sie selbst tief Luft holen. Jeder wusste das: Mit den Konflikten ihrer Kinder untereinander kam Oma Bee gar nicht zurecht! Großmutter war nicht mit streitenden Schwestern aufgewachsen, und sie störte sich an dem vielen Gezanke, weiter nichts; und sie mischte sich auch nirgends ein: Auch Feuer, die unbeabsichtigt entzündet werden, erlöschen irgendwann. Eine Weile blieb es still. Großmutter nahm die Frage offensichtlich ernst. Sie sah sie nachdenken und vielleicht nach weiteren Worten suchen, um keinen der Beteiligten zu verletzen. Imker, ich habe deine Mutter gebeten auszuziehen, weil Laura wie vom Teufel besessen war und trank, und deine Mutter dagegen – sogar unter den schwierigsten Umständen bleibt sie nüchtern und findet einen Weg, um weiterzumachen. Abrupt verstummte Großmutter und fing laut zu jammern an: Ach, und was ist nur aus Laura geworden! Sie blieb sitzen. Großmutter auch. Sie sagte, trotz allem etwas weniger angespannt: Ja, nach einer Woche hatte Mama eine Wohnung in der Dwarsstraat; Onkel Winston hat ihr beim Umzug geholfen, und Oma, da in der Wohnung ist etwas richtig Schlimmes passiert! Sie spürte Omas scharfen Blick, der sich einkerbte in ihre Haut: Ich kann es nicht erzählen Oma weil es unaussprechlich schrecklich ist und Mama fast gestorben wäre vom vielen Erbrechen! Sie legte einen Finger an die Lippen: psssst. Großmutter nickte, als hätte sie verstanden, was nicht ausgesprochen werden konnte. Die Teekanne war leer. Sie kam auf die Idee, eine Einkaufsliste zu erstellen, um sich und Großmutter auf andere Gedanken zu bringen. Großmutter rief: Einkauf Nummer eins, ein neues Kleid für Laura, neue Unterwäsche, obwohl die ihr jedes Mal geklaut wird, und … Aber sie unterbrach ihre Großmutter: Einkauf Nummer zwei, Sonnenblumen für meine Großmutter! Sie hatten wieder einen Zugang gefunden zur Außenwelt. Auch das Radio sollte an, und laut. Zufrieden gehorchte Imker Großmutter.

Babs wusste, dass sie die Abschlussprüfung bestehen würde. Was sie nicht wusste, war, was sie mit ihren sechzehn Jahren anfangen sollte mit einem Mittelschulabschluss. Mutter wollte eine Lehrbefähigung sehen, aber seit es den Konflikt gab zwischen ihr und dem Direktor des Lehrerseminars, war das nicht mehr selbstverständlich. Mutter bekam Schnappatmung, sobald das Thema zur Sprache kam, also gab es keine Lösung. Nur sie allein wusste, dass Umar Mutter als Erster erzählt hatte von Helis Affäre. Und sie allein hatte miterlebt, wie Mutter im Haus getobt hatte. Und als sie Mutter am nächsten Tag gefragt hatte, ob sie sich trotzdem einschreiben könnte, sagte die, keine Verantwortung übernehmen zu wollen für eine zweite Tochter »in Ausbildung bei diesem Mann«. Und wieder einmal hatte sie allein dagestanden. Stundenlang lag sie im Bett und zerbrach sich den Kopf über Fragen, auf die es keine Antwort gab. Bei Aram ließ sie nichts raus über die Dinge, die sie beschäftigten. Er kam aus einer Familie, die unzertrennlich wirkte und stark wie ein Klosterorden, außerdem war sein Stammbaum umfangreich und alt. Vater Boys wollte sie nicht belasten mit Mutter Louises Angelegenheiten. Außerdem war Boys keinen Deut besser als Derik. Boys hatte zwei Familien versorgt, in zwei verschiedenen Häusern. Vater hatte zwei Frauen. Mit keiner der beiden war er verheiratet, aber seine anderen Kinder trugen seinen Namen. Sie nicht. Mutter hatte das verweigert. Mutter wollte nicht sagen, ob auch Audi ein Kind von Boys war, und Vater Boys hatte geschwiegen, als sie ihn zur Rede stellen wollte. So quälte sie sich weiter mit Bildern aus ihrer frühesten Kindheit in dem »großen gelben Haus« in einer Straße – unweit der Garnison der holländischen Jantjes. Laut Großmutter war ihre Geburt ein Segen gewesen für Mutter, denn Boys war »weiß und reich«. Er hatte Mutter erlöst von ihren Eltern. Onkel Winston hatte ihn ins elterliche Haus mitgebracht, um ihm seine Schwestern vorzuführen, und Boys kannte beide zwar schon von früher, soll aber angeblich auf der Stelle hin und weg gewesen sein von Louise? Vielleicht hatte er ja eigentlich Laura gewollt und musste sich für Louise entscheiden? Mühelos erkannte sie Zusammenhänge und bedachte versteckte Interessen und benannte sie ebenfalls mühelos. Woher willst du das so genau wissen, Babs, zogen Imker und Heli sie immer auf: Du warst nicht dabei und Mama war noch nicht mal schwanger mit dir! Das Geschnüffel in der intimsten Intimsphäre von Mutter Louise fanden ihre Schwestern einfach nur schmierig. Sie lief dann nörgelnd weg, um einen Vorwurf reicher; aber dieses Stück Vergangenheit blieb bei ihr wie der Mond bei der Erde. Wie dem auch sei, ihre Ankunft hatte ihnen das Leben gerettet: Ihr Vater hatte ein herrliches Haus gekauft, es schön einrichten lassen und Mutter

Louise eingeladen, dort zu wohnen, und so war sie seine Frau geworden! Mutter hatte zwei javanische Mädchen, die ihr im Haushalt halfen, und als sie geboren wurde, kam für ein paar Monate eine ältere Frau als Wochenpflegerin dazu. Wenn Mutters Leben je ein Vergnügen gewesen war, dann dort, in dem »großen gelben Haus« ihres Vaters. Sie kaute sich die Nägel ab. Schließlich hatte sie sich doch bei Derik im Lehrerseminar angemeldet, aber auf seine Gunst war sie nicht angewiesen. Sie hatte doch angefangen, die Antibabypille zu nehmen, um ihren Zyklus unter Kontrolle zu haben während der Ausbildung. Aram hatte ihr versichert, er werde das nicht ausnutzen: Um mich herum sind genügend Mädchen und Frauen, die ich ficken kann, wie und wann ich will! Bestürzt und beruhigt zugleich war sie, denn ihre Jungfräulichkeit war etwas für eine Hochzeitsnacht irgendwo in einem fernen Land. Sie allein wusste, dass Aram eher ein »geliebter Freund« war als ein »zukünftiger Ehemann«. Sie war privilegiert und daran würde niemand etwas ändern. Sie war fast so weiß wie ihr Vater, und für sie war die Hautfarbe der Gradmesser für Lebensglück. Den Beweis dafür lieferte ihr ihre eigene Gesellschaft tagtäglich, vom Rest der Welt ganz zu schweigen. Trotzdem hatte Mutter dem Luxus bei Boys eines Tages den Rücken gekehrt, fast schon hochschwanger, um in der Jacobusrust zu hocken mit ihr auf dem Arm und Heli und Imker an ihren Rockzipfeln. Vater Boys wollte ihr den Grund nicht nennen, hatte aber versichert, dass von seiner Seite nicht die Rede gewesen war von einer dritten Frau. Empört hatte er erklärt: Ich hätte deine Mutter niemals verlassen, ich bin kein Mann, der eine Frau ins Unglück stürzt, ich habe große Hochachtung vor meiner verstorbenen Mutter! Und sie stellte keine weiteren Fragen mehr, in dem Wissen, dass seine Mutter jüdisch war – und ihrer »Sabbatfeiernden-Verwandtschaft« als sechzehnjähriges Mädchen davongelaufen, um unverheiratet zusammenzuleben mit seinem kreolischen Vater. Die Wärme und der Passat machten sie träge. Und die Lehrerin konnte ihre Aufmerksamkeit nicht fesseln. Aufmüpfig wurde sie von den aufgestauten Gedanken in ihr. Sie lehnte die Hypothese ab, dass ein Kind geboren wird als »unbeschriebenes Blatt«: Sie als Produkt ihrer Eltern sei schon gehörig vollgeschrieben, und einen Weg zu finden, um trotzdem »neu« zu sein, bereite ihr Kopfzerbrechen. Davon bekomme sie geradezu Lust, ein Mittagsschläfchen zu halten auf so einem Pult der SKS. Die Lehrerin ließ ihre Sichtweise gelten, weil ein Gelehrter sich diese Theorie ausgedacht hatte und nicht sie. Babs, du darfst den Kopf hängen lassen, spottete Deriks Kollegin. Mutter hatte auf den Elternabenden immer nur zu hören bekommen, ihre Tochter sei »vorlaut, aber helle«, und mein Gott, wer könnte dem widersprechen? Nicht mal Babs selbst!

Audi konnte nicht verstehen, warum so oft betont wurde, er sei »so gutaussehend«. Es machte ihn ganz aufmüpfig, aber er konnte nichts dagegen tun. Er hatte sich öfters vor den Spiegel gestellt, um sein Äußeres zu betrachten und zu begutachten. Es hatte nichts gebracht. Die Komplimente ließen ihn kalt, und wenn sie von einem Mann kamen, wurde er sogar ausfällig: *Mapima*, höhnte er, ohne zu wissen, was das Schimpfwort bedeutete. Den Namen seines Vaters hatte Mutter ihm nicht genannt, aber erzählt, sein Pa sei einer der begehrtesten Männer der Stadt. Wie sollte er seinen Frieden machen mit etwas, das nur mit dem bemerkenswerten Äußeren seines Pas zu tun hatte? Für ihn gehörte Schönheit zu seiner Mutter. Sie hatte Verehrer. Sie ging durchs Leben als »alleinstehende Frau mit Kindern«, aber zur Weihnachtszeit wurde sie überschüttet mit Geschenken von Kerlen, die sie bewunderten und scharf auf sie waren. Die Aufmerksamkeit für seine Ma war in Ordnung, solange die Kerle sich fernhielten. Meine Mutter ist in festen Händen, rief er einmal einem Mann-im-Auto zu, der ihr zum x-ten Mal »herzliche Grüße« ausrichten lassen wollte. Ab und zu richtete er die Nachricht aus, meistens nicht. Beim Spielen mit den Puppenhäusern hatten Imker und Babs ihm beigebracht, dass Mütter nur einen Mann haben und dass dieser eine Mann auch der Vater ihrer Kinder ist. Bei den Nachbarn sah er Beispiele dafür, aber in Mutters Haus herrschte definitiv ein anderer Standard: Mutter Louise hatte einen Freund, der nicht der Vater war von ihren Kindern, warum auch nicht? Sie hatte sich Leika als Welpen geholt und zum Wachhund ihres Hauses trainiert. Ihre Familie fühlte sich: komplett, vollständig, rund und ganz! Und dann sagt Lehrer Blaasbalg alias *koprokanu* etwas, was alles zerpulvert. Es war, als wäre ein Leck entstanden in seinem Kopf. In Nieuw-Nickerie hatten sie in einem Haus gewohnt mit einem riesigen Dachboden voller Fledermäuse. Das machte nichts, bis sich an einem unseligen Tag am Dachboden eine Diele löste und dem, wovor sie geschützt gewesen waren, einen Weg öffnete ins Innerste ihres täglichen Lebens. Er war noch ein kleiner Knirps, aber das Loch hatte Mutter und die Mädchen in Angst und Schrecken versetzt. Die Schwestern erinnern sich nicht mehr daran. Mutter und er wissen, wie es war an den Tagen mit dem Loch, denn der Fußboden des Dachspeichers war ihre hohe Schlafzimmerdecke, und es war schwierig, rasch einen Zimmermann zu finden, der den Schaden rasch behob. Der Mann, der das Loch schließlich abdichtete, beruhigte sie damit, dass er sagte, Fledermäuse würden ins Draußenlicht der Nacht fliegen und nicht ins Drinnenlicht und dass die Tierchen sich zu Tode fürchteten vor Menschen, weil die zu groß wären als Beute. So ein Loch war in seinem Kopf entstanden, es ließ Gedanken rein, die immer größer wurden und ihn verschlingen könnten. Als kleiner Junge wollte er immer eine Fledermaus haben zum Spielen, angeleint und mit einem Käfig im Flur. Wenn er doch nur seine Gedanken an die Leine legen könnte. Das Loch wurde ordentlich abgedichtet von dem Fachmann und Mutter erfuhr, dass das Rumoren auf dem Dachboden nachts von Eulen kam und nicht von Fledermäusen. Hörten wir denn nachts nicht die schönen weißen Eulen rufen? Doch, hatte Mutter gesagt: Aber im Laden um die Ecke wird gemunkelt, dass es Geister sind, die da stöhnen! Eulen, bloß harmlose kleine flatternde Nachtgeschöpfe, die keinem etwas zuleide tun! Und während jeder im Amora-Haus nach einem Weg suchte, das Loch von Helis Abwesenheit zu füllen, sah er den Moment gekommen für eine Trotzreaktion: Mutter Louise zu erzählen, dass ihr geliebter Wachhund Leika – nicht weggelaufen und verlorengegangen war, sondern überfahren worden, von einem

Wilden-Bus am Tag von Helis Abreise. Leika war dem Auto hinterhergerannt, in dem Heli saß, auf dem Weg zum Flughafen. Seine Fußballfreunde hatten Audi an jenem Nachmittag abgeholt und ihn mitgenommen zur großen Straße, wo es passiert war. Sie hatten den Kadaver schon zur Böschung geschleppt. Er hatte danebengestanden und hätte schreien mögen aus Todesangst, aber im Beisein der Kameraden brachte er nur ein Keuchen zustande. Einer hatte einen Jutesack geholt bei dem chinesischen Laden um die Ecke. Zusammen hatten sie Leika reingehievt und zu einem Grasplatz gebracht, ein tiefes Loch gegraben mit einer Schaufel, Leika reingelegt samt Sack und allem. Und er hatte Sand darauffallen lassen. Feuchten, schwarzen Sand. Er wusste, dass Mutter manchmal das Nachtlicht draußen anmachte gegen Mitternacht, in der Hoffnung, dass Leika das Haus erkennen würde und angerannt kommen und freudig-bellen, wie immer, wenn sie Mutter Louise von der Arbeit zurückkommen sah. Er träumt oft von Mutter; dass er sie umgibt mit allem, was ihr Herz begehrt! Die Tage gingen vorbei. Keinen Zugang zu ihr fand er für die Wahrheit über ihren Hund. So sehr er das wollte, bei ihr brachte er kein Wort heraus über den Hund. Vielleicht etwas zum Besprechen mit einem Berufssoldaten: Tod durch Gewalt, das ist und bleibt Männersache; Frauen bringen Leben hervor, fand er. Audi beschloss, Mutters Freund Lester in der Garnison zu besuchen.

Der Kontakt zu meinen Landsleuten in der Studiengruppe bleibt oberflächlich. In der Innenstadt treffe ich keinen, den ich kenne. Die Schwarzen, die ich sehe, haben es eilig. Ich eigentlich auch, obwohl ich so langsam gehe. Lya hat mir wieder zwei Briefe gebracht aus Paramaribo: einen von Mutter und einen von Derik. Ich habe die Post am vereinbarten Ort gelesen. Mutter Louise schrieb, ich fehlte allen und alle würden voll Vertrauen in die Zukunft blicken. Sie fragt, ob ich sonntags in die Kirche gehe, sie erinnert mich daran, weiter meine Pflichten als junge Katholikin zu erfüllen. Als drittes Gebot legt sie mir ans Herz, zu beten. Im Kiosk bei der Kantine habe ich eine Taschenbibel gekauft. Ich benutze sie nicht, aber sie ist in meiner Handtasche. Genau das antworte ich Mutter, und auch, dass ich keine Lust habe auf Kirchenkram. Onkel Winston hat mich am Sonntag überredet mitzukommen, aber ich habe mich so fehl am Platz gefühlt unter all den aufgeputzten Kirchgängern, dass ich nicht mehr hinwill. An Mutter schreibe ich in aller Ruhe im Gästezimmer. An Derik schreiben würde ich am liebsten kurz vorm Schlafengehen, aber ich reiße mich zusammen: Derikkram ist für die Bibliothek. Meine tägliche Routine habe ich gut im Griff. Manchmal wartet Hans auf mich bei der Bushaltestelle. Er begleitet mich bis zur Haustür, und jedes Mal fragt er: Gefällts dir in Holland? Jedes Mal antworte ich: Von Holland habe ich noch nicht viel gesehen! Dann lacht er. Und damit er nicht denkt, das heißt, er soll mich zu irgendetwas einladen, füge ich flüsternd hinzu: Ich brauche dieses Jahr sehr gute Noten, um ein schönes Stipendium zu bekommen, verstehst du? Er versteht und will selbst Religionswissenschaft studieren. Wofür ich mich entscheiden soll, weiß ich nicht. Winston hat beim Essen fallen lassen, Hans sei ein »netter Junge« und ich dürfe ihn ruhig mal ins Haus einladen, zu einer Tasse Tee und einem Keks. Dabei lacht Winston. Lya schaut skeptisch. Ich lächle dümmlich. Onkel fragt, ob es gut läuft mit der Ausbildung. Ich nicke. Dann frage ich ihn, wie es steht um die Gesundheit seiner Mutter. Nicht gut, sagt er, und dass meine Oma mit kleinen Schritten auf den Tod zugehe. Warum er sie nicht nach Holland mitgenommen hat, frage ich. Er lacht laut und hohl. Sagt: Lya hat auch eine ältere Mutter zurückgelassen in Paramaribo. Ich nicke, als wäre alles klar, und denke: Meine Großmutter ist noch nicht mal siebzig. Seine Frau kocht gut und nach jeder Mahlzeit mache ich ihr ein Kompliment. Dann bekreuzige ich mich, danke für die gemeinsame Mahlzeit und biete ihnen an, beim Aufräumen und Abspülen zu helfen. Aber das wollen sie beide nicht. Sie verbringen gern Zeit miteinander. Zusammen übernehmen sie das Abdecken und das Abspülen und setzen sich danach nebeneinander auf die Couch. Er schaut fern, sie liest. Und manchmal ruft er: Schau mal, Schatz! Und manchmal ruft sie: Hör mal, Schatz! Dem Ehepaar fehlt es an nichts, und mein Urteil, dass keiner der beiden seine Mutter vermisst, ist ungerechtfertigt. Überhaupt geht mich das nichts an. Oben auf einen der Küchenschränke haben sie, eigenmächtig, die Flasche Orgeat hingestellt, die Großmutter Bee mir nur für mich mitgegeben hat. Ohne Küchenschemel kommt niemand ran. Der Trunk hebt sich von den hellgrünen Schränken ab, von den Wänden, der Decke. Jedes Mal, wenn ich in die Küche komme, schaue ich hoch und murmle: Gebrochen-Weiß! Um durch die Kälte zu kommen, will ich einen Mantel exakt in dieser Farbe. Und keinen dunklen

Wintermantel, zu dem Lya mir rät. Ich will meine Großmutter nah bei mir wissen.

Ein Bekannter von Bekannten von Bekannten und so weiter hat mich am Sonntag mit meinen Verwandten beim Gottesdienst gesehen. Ein kurzer Anruf hier, einer da, und eine Stunde später wusste sie, wo ich war an welchem Wochentag. An einem Donnerstagnachmittag wartet sie auf mich. Mir fallen die Augen aus dem Kopf. Ich bin auch abgereist, zwei Tage nach dir, erzählt sie und ihr Lachen schallt durch die Kantine von »Oranje van Nassau«. Wir umarmen uns und setzen uns an einen Tisch. Ich wohne auch in Utrecht, in Overvecht, bei einem Ehepaar, der Mann hat dich als kleines Mädchen herumhüpfen sehen in Nickerie. Ich schmiege mich in ihren Blick und lausche wohlig ihrer Stimme. Die Kinder an der Fatima-Schule werden uns furchtbar vermissen, sagt sie, und: In zwei Wochen gehen die Schulferien in Suriname zu Ende und dann …! Sie unterbricht sich abrupt. Ich sage nichts und hole Tee für uns beide. Hast du Derik den Laufpass gegeben, fragt sie mit dunkler Stimme. Nein, sage ich sofort und: Cate, bei jedem Lidschlag sehe ich meine Schulklasse, die Köpfe, die Arme, die schmalen Körperchen am Pult, ihre Zöpfe, die dünnen langen Beine und wie ihre scharfen Blicke mir überallhin folgen! Sie nickt. Lächelt. Derik hat Urlaub beantragt, um bei dir zu sein in Holland. Cate kann den Mund nicht halten: Er will sich scheiden lassen, wieder heiraten, eine neue Familie! Cate ist ein paar Jahre älter als ich und Vorschullehrerin, wie Mutter. Willst du hier studieren, frage ich nervös. Nein, nein, platzt sie heraus: Ich will mein ganzes Leben mit Vorschulkindern arbeiten, auf Arbeitssuche bin ich! Ist es gut bezahlt hier? Sie zwickt mich in die Wange: Heli, zehnmal besser als bei uns, und mit kleinen Klassen, weißen Kinderchen, fürsorglichen Eltern. Ich seufze. Sie sieht mich aus ihren hellen Augen an: Ohne dich wäre das neue Schuljahr zu Hause auch kein Spaß für mich! Ich schreibe ihr meine Adresse auf. Bekomme ihre. Sie steht auf: Komm, lass uns zusammen in die Stadt gehen, am Donnerstagabend haben die Geschäfte lange auf und ich brauche dringend einen warmen Mantel. Ich auch, denke ich, aber nicht in einer winterlichen Farbe. Auf dem Weg zur Bushaltestelle, ein paar Landsleute starren uns nach, flüstert sie im Stakkato: Abserviert habe ich diesen Flegel, der wollte nicht kapieren, dass eine Frau wie ich heiraten will, Kinder, ein schönes Haus und jahrelang zusammen sein und nicht dieses Gockelgehabe! Ich lache nicht, obwohl sie es darauf angelegt hat. Ich weiß, dass »dieser Flegel« ihr viel bedeutet. Nachdem sie wieder mal eine Nacht mit ihm verbracht hatte, sagte sie morgens auf dem Schulhof zu mir: Er hat einen kurzen, aber wahnsinnig drallen Penis, Heli, zum Süchtigwerden, also bleibe ich in seinem Stall, bis ich tot umfalle! Schweigend stehen wir an der Bushaltestelle. Wenn ich eine feste Stelle habe, kaufe ich mir als Erstes ein Auto. Und dann plötzlich: Kriegst du Geld von deiner Familie, Heli? Ein Bus kommt zur Haltestelle und beim Einsteigen antworte ich: Ausbildungsförderung! Mühsam finden wir einen Platz, wo wir nah beieinanderstehen können. Hast du gehört, was ich gesagt habe, frage ich. Sie nickt. Grinst über beide Backen. Das wird hart, Heli, das wird jahrelang echt hart, außer, du schickst Derik nicht zurück zu seiner Frau! Letzteres sagt sie in der Lingua franca unserer Heimat. In den zwei Jahren, als wir Kolleginnen waren, hat sie diese Sprache nie verwendet, und ich lache mich kaputt. Das Stadtzentrum blitzt und blinkt uns entgegen. Caatje summt einen Popsong. Nach dem Aussteigen sagt sie: Weißt du noch, Heli, was sich reimt auf »draller Penis«? Wie an der Schule in Paramaribo antworte ich: »Pralle Venus!« Sie hakt sich bei mir unter und wir dringen ins Unbekannte vor.

Im Wohnzimmer versuchte Imker, ihre Großmutter dazu zu bewegen, zu Hause zu bleiben, statt mitzugehen zum Einkaufen. Es hätte geregnet. Zu viele Pfützen auf der Straße. Oma Bee könnte nassgespritzt werden. Ausrutschen auf den glatten Gehwegplatten? Sie hatte gemerkt, dass ganz allein zu Hause zu sein – Großmutter Bee immer schwerer fiel. Oma Bee wollte unter Menschen sein und ihre tägliche Flucht in die Kirche hatte nicht nur religiöse Gründe. In zwei Stunden bin ich wieder da, versuchte sie es, aber Großmutter wollte mit in die Stadt. Willst du nicht allein sein? Großmutter zögerte, wie gekränkt durch die Frage. Ihre Antwort lautete aber: Willst du nicht gesehen werden mit mir? Sie erschrak bei dieser Bemerkung und musste zugeben, dass es Unsinn war, Großmutter zwingen zu wollen, zu Hause zu bleiben. Großmutter will mit in die Stadt, eigene Einkäufe machen, und fertig! Warum sollte mehr dahinterstecken? Zu Fuß, Oma, oder mit dem Bus? Mit dem Taxi ausnahmsweise? Keine Antwort. Großmutter zählte auf, was sie brauchten, um die Vorräte aufzufüllen. Als alles notiert war, setzte sie sich zu ihr. Kurz glaubte sie, jetzt kämen Fragen über das, was passiert war im Haus in der Dwarsstraat, aber Großmutter sagte: Ich weiß, dass es bergab geht mit mir, ich will nicht zum Arzt, verstehst du, wieso? Und gab selbst die Antwort: Ich will so leben, als würde ich nicht bald sterben! Wie bedrückend. Woher willst du wissen, dass du bald stirbst, Oma? Sie hätte besser fragen sollen: wie sie Oma helfen konnte zu leben, als gäbe es keinen Tod, dachte sie. Die Frau so nah bei ihr galt seit Jahren als jemand, der sich einigermaßen auskannte mit dem menschlichen Körper, auch das wurde ihr klar. Gut, gehen wir zusammen einkaufen, Oma, du kennst die Innenstadt ja auch besser als ich bei jedem Wetter. Großmutter zwickte sie in die Hand und ging weg, zum Radio, um die Familienanzeigen zu hören. Genau rechtzeitig. Bachs traurige Klänge füllten das Wohnzimmer und Großmutter summte mit. Geklapper und Gerufe von der Straße her. Die Post. Am Tor nahm sie auch eine Postkarte entgegen vom Briefträger. Ein überraschter Aufschrei. Helis Handschrift. Worte ihrer großen Schwester: *Liebste Oma Ich Liebe Dich Sehr.* Sie wusste nicht, woher die Tränen kamen. Sie legte Oma Bee die Post in den Schoß und kehrte zurück zu dem, was sie zuvor getan hatte in der Küche: sich zusammenraffen. Sie sah, dass Großmutter sich bequemer hingesetzt hatte und die Postkarte dicht vor die Augen hielt, an ihren Wangen rieb, unablässig streichelte. Würden Omas beide Söhne in Holland – oder deren Frauen – sich jede Woche einmal die Mühe machen, eine Postkarte zu schicken an Bernadette Vanta geborene Julienne, dann könnte der Tod vielleicht aufgeschoben werden. Den weißen Umschlag mit dem Logo der Gemeinde hatte Großmutter aufs Sofa gelegt für später. Mit den Händen im Schoß, darin die Postkarte, starrte sie vor sich hin, als sähe sie tief in der Vergangenheit die Zukunft geboren werden. Mutter Louise konnte auf ihre Imker verzichten, weil Oma Bee eine Enkelin brauchte. Mutter Louise hatte gesagt, Oma würde in ihren Enkeln Teile von sich selbst erkennen und wie heilsam das wäre. Sohn Winstons Kinder waren, bevor sie überhaupt richtig sprechen konnten und etwas verstanden von ihrer Welt, nach einer harten Scheidung – endgültig nach Aruba gezogen mit ihrer Mutter; und ihr jüngster Sohn Roger hatte sich eigenmächtig für eine Frau entschieden mit einer Hautfarbe dunkler als die Nacht, oder, wie Oma klagte: Schwärzer noch als sein Vater Anton! Sie, Imker, hatte eine eigene Meinung: Sie selbst, ihre beiden Schwestern und ihr Bruder waren die Kindeskinder, die Großmutter berühren konnte, sogar auf einer Postkarte aus einem fernen Land.

Großmutter war nicht bei Helis Geburt dabei gewesen, bei Wochenbett-Imker hatte sie zum Rufnamen beigetragen, bei Babs war sie nicht dabei und auch nicht bei der Geburt von Audi. Obwohl sie beim Durchtrennen der Nabelschnur unbedingt dabei sein wollte – die Umstände ließen das meistens nicht zu. Und ihre älteste Tochter bedeutete ihr doch so viel. Nicht umsonst hatte Louise den Namen von Omas zu früh gestorbener, rein englischsprachiger Mutter bekommen: so froh war sie gewesen, selbst eine Tochter auf die Welt gebracht zu haben nach

Winston, der, wie sie lachend bemerkte, im Babybad lag mit einem Pimmelchen, das ihr Gänsehaut machte. Nein, sie freute sich nicht über die Entbindungen ihrer Tochter, denn mit jeder weiteren Schwangerschaft vergrößerte sich der Abstand zwischen ihnen noch mehr. Als Mutter hatte sie gehofft, Louise würde es bei einem Kind belassen. Bei Heli. Vielleicht auch, weil sie herausgefunden hatte, dass Helis Vater aus einer genauso überheblichen englischsprachigen Familie in Nickerie stammte wie ihre Mutter. Ihre Hand streichelte die Postkarte und niemand war nahe genug, um die Tränen fließen zu sehen, die Nase entlang zu den Mundwinkeln, wo ihre Zunge das letzte Salz des Herzens aufleckte, das den kommenden Tagen seinen Geschmack verleihen würde. Es hatte etwas Beunruhigendes, wenn längst vergangene Ereignisse viel später wieder hochkamen, und lieber hätte sie geschrien, statt zu weinen. Sie stand auf, legte den Gemeindebrief auf den Wohnzimmertisch, ging mit der Postkarte in der Hand zum hohen Küchentisch, wo Reden und sogar Nachdenken besser gingen, mit viel Morgenlicht und einem kühlen Seepassat. In der offenen Hintertür stand ihre Enkelin wie ein Strich, ein grüner Stängel im Licht, und sie wusste, dass die Amora-Jungs Imker hänselten und ihr auf der Straße zuriefen: *fintjoles*, Bohnenstange, *fintjoles*, Bohnenstange. Mädchen mit großer Oberweite und prallem Po pfiffen sie hinterher. Ihre Enkelin konnte sie sehen als Neugeborenes, als Baby, Kleinkind, Vorschulkind, dann war Louise mit Imker und den anderen weggezogen in ihr eigenes Heimatdorf ganz im Westen des Landes. In Gedanken hörte sie Anton sagen: Wir müssen uns selbst erlösen von den Beschränkungen, die den Namen Suriname tragen, denn die Europäer haben ihre überseeischen Plantagen verlassen, aber vergessen, ihre überseeischen Arbeiter zu erlösen aus der Hölle, in der sie leben, nein, nicht nur die Sklaverei war unlebbar, auch der drückende Regenwald am Ozean! Anton Vanta liebte seine Heimat nicht. Sie sagte: Imker, hat mein Sohn Winston etwas mit dem zu tun, was du mir noch nicht zu Ende erzählt hast? Sie saß neben ihrer Enkelin, hatte die Postkarte auf den Esstisch gelegt und versuchte, den weißen Umschlag aufzureißen, den Imker aus dem Wohnzimmer geholt hatte. Ja, Oma. Eine einfache und direkte Antwort. Und willst du es mir jetzt erzählen, Kind? Ihre Stimme hatte kaum noch Klang. Und Imker fing an zu reden, durch die Küche gehend, ohne zu ihr zu schauen. Und sie als Großmutter verfolgte die Bewegungen ihrer Enkelin und sah, eigentlich zum ersten Mal, wer Imker wirklich war.

Louise Vanta sieht den Briefträger über den Schulhof gehen. Ihr Herz dreht durch. Der Mann kommt auf ihren Klassenraum zu. Er lächelt. Holt etwas aus seiner Posttasche und gibt ihr zwei Postsendungen in Blau. Sie dankte ihm und setzte sich wieder vor ihre zweiunddreißig Kinder, die konzentriert zugange waren mit Kleber und farbigen Papierschnipseln. Ein Tier, vor dem sie schreckliche Angst hatte, sollte es werden. Es war mucksmäuschenstill. Zwei Briefe aus Holland. Erst den ihrer Tochter lesen? Aber das geht nicht. Sie will dabei nicht unterbrochen werden von wem oder was auch immer. Winstons Brief kann auch warten. Sie ging zu einem tiefen Schrank in der hintersten Ecke des Klassenraums und tat etwas, was sie immer ordinär gefunden hatte: den einen Brief steckte sie in ihr Linkes-Büstenhalter-Körbchen und den anderen Brief in ihr Rechtes-Büstenhalter-Körbchen. Bei einer Hemdbluse war es leicht, an die Unterwäsche zu kommen. Die Post kribbelte und fühlte sich unangenehm an. Aufgeregt wartete sie auf die Pause, und wenn es auch dann keinen sicheren Moment zum Lesen gab, würde sie eben warten bis zu Hause. Die Zeit strich schleichend langsam vorbei. Die Briefe an ihrer zarten Haut waren kratzig. Der Schulleiter kam, um zu fragen, ob es »gute Neuigkeiten« gäbe. Sie sei noch nicht zum Lesen gekommen, gestand sie, weil sie mit der Aufmerksamkeit ganz bei den Kindern sein wolle: Dafür werde ich schließlich bezahlt, oder? Sie hätte als junge Frau weiterstudieren können und die Spitze der Unterrichtsleiter erklimmen mit ihrer Einstellung, das wusste der Direktor und auch, dass Louise Vanta zu eigensinnig war dafür. Sie wusste es immer besser. Während sie in die Gesichter ihrer Vorschulkinder schaute, drängten sich Gedanken auf und holten Dinge an die Oberfläche, die sie lieber vergessen hätte. Sie hatte sich so oft freikämpfen müssen und ihr Leben auf eine Weise gestaltet, wie sie es ihren Töchtern nicht wünschte. Auch wenn sie eigentlich immer noch nicht wusste, was eine Frau wie sie für ein dauerhaft »gutes Lebensgefühl« brauchte in dieser Welt. So ein Brief von Tochter Heli brachte ihr Blut zum Kochen. Und obwohl sie aufmerksam ihre Tagesroutine absolvierte, war die Aufregung immer noch da, als sie ihre Sachen zusammenpackte, Kinder zu wartenden Eltern auf den

Schulhof begleitete, das Klassenzimmer abschloss, die Schlüssel einsteckte und dem Direktor »Guten Heimweg« zurief. Sie holte ein paarmal tief Luft vor ihrem eigenen Nachhauseweg.

Unmittelbar nachdem Bruder Winston ihre Mutter weggeholt hatte aus dem Haus von Vater Anton, damit sie zu ihm zog und zu seinem zerbrochenen Eheleben, hatte sie Tochter Heli freundlich gebeten, gleich nach dem Unterricht an der SKS vorbeizuschauen bei ihrem Großvater in der Jacobusrust. Ohne zu fragen, hatte ihre Tochter die Aufgabe akzeptiert, sie ohne zu klagen erledigt. Es war, als wüsste ihre Erstgeborene aus unerklärlichen Gründen genau, dass Großvater ein Mann war, dem das Wohlergehen seiner Kinder und Kindeskinder mehr am Herzen lag, als man annehmen würde. Sie wollte sich erkenntlich zeigen für seinen Schutz an dem Tag, als er seinen Sohn Winston fast zu Tode geprügelt hatte in dem Zimmer, in dem auch das Kinderbettchen stand von Heli, die weinte, und sie selbst, die der Szene halbnackt und schreckensstarr zusah. Es war nicht das erste Mal, dass ihr Bruder über sie herfiel: Aber es war das erste Mal, dass jemand sie von ihm befreite. Vater Anton hatte seinen Sohn nicht nur blutig von ihr weggetreten, er hatte ihm auch die Tür gewiesen ein für alle Mal. Bei der Rückkehr vom Markt war das Einzige, was Mutter Bee von ihrem Mann erfuhr, das wirklich Wichtige: Ihr Sohn Winston dürfe, solange er, Anton, noch lebe als Vater, keinen Fuß mehr ins Elternhaus setzen! Monate später wurde Imker geboren. Sie sieht sie noch zusammen spielen auf der Terrasse ihres Elternhauses: Heli auf dem Dreirad und Imker, die hinter ihr herkrabbelt. Und sie ganz in der Nähe. Der Abstand zwischen ihren Eltern schien nach dem Vorfall nicht mehr zu überbrücken, und Mutter Bee war ihrer ältesten Tochter seitdem mehr oder weniger in Feindschaft verbunden. Schwierige Zeiten, auch weil der Mann, den sie wirklich liebte, bald auswandern sollte mit einer anderen jungen Frau und einem anderen kleinen Kind und – nicht einmal verabschiedet hatte er sich von seiner Tochter Heli und von ihr. Und sie weiß noch, wie sie ihren Blick über die Jacobusrust schweifen ließ und dachte: Wie um Himmels willen komme ich mit meinen Mädchen weg von hier? Inzwischen hatte sie die Briefe von ihrem Körper entfernt und auf den Wohnzimmertisch gelegt. Widerwillen hielt sie davon ab, den einen Umschlag zu öffnen. Erinnerungen wie plötzliche Regengüsse, gegen die sie sich nicht anders zur Wehr setzen konnte, als zu warten, bis wieder bessere Zeiten kamen. Erst Audi nach Hause. Danach Babs. Warten, bis sie zu dritt am Tisch saßen für die warme Mahlzeit aus braunen Bohnen mit Pökelfleisch, weißem Reis und reifen Kochbananen. Ein Lieblingsessen. Und statt ein Dankgebet zu sprechen, öffnete sie Helis Umschlag, faltete das Luftpostpapier auf und las ihren Brief laut vor. Es waren drei vollgeschriebene Seiten und für jeden Hausgenossen stand eine Passage darin. Wie oft hatte sie ihre Kinder gezwungen, etwas gegen ihren Willen zu tun? Keine Reaktion von Babs und Audi auf das Schreiben aus Holland? Schweigend wurde gegessen. Während sie zusammen aßen und ihre Kinder zufrieden nickten, tauchte nach dem, was nie ausgesprochen worden war, etwas auf wie die Taube-mit-Ölzweig; etwas, was sie ihnen erzählen wollte. Ohne jeden Einzelnen von ihnen – hätte sie es nicht geschafft in der Familie, nicht in der Stadt, nicht im Land und vielleicht auch nicht im täglichen Leben. Babs und Audi hörten ihr zu, schwiegen aber. Erst muss sie ihrem Bruder Winston in einem Brief klarmachen, dass ihre Tochter Heli wirklich noch ein Kind ist und ihr Juwel. An Heli wird sie schreiben und ihr danken, dass sie die Aufgaben, die sie in ihren Kinderhänden abgeladen hatte und die ihr selbst zu hoch waren, übernommen hatte: ohne Furcht ein Haus zu vertreten bei einem Winti-Pré, einem Familienritual auf einer Plantage unter wildfremden Verwandten, und davor – notgedrungen zu helfen beim Versorgen ihres kleinen Babybruders, weil sie selbst zu geschwächt war nach einer ärztlichen Abtreibung; dazu hatte ihre Kleine Bruder Winston unerbittlich ferngehalten von ihrem Haus! Bei Tisch hatte sie nicht in allen Details erzählt, was und wie, trotzdem war ihr Bekenntnis angekommen. Bedrückend war die Stille, die darauf folgte. Als sie die Hände zum Dankgebet faltete, sagte ihr Sohn mit belegter Stimme: Mama, ich verstehe nicht, wie Heli dich noch so liebhaben kann! Louise Vanta gab ihm den Brief, den sein Onkel Winston an sie geschrieben hatte: Ihr Bruder hatte sich endlich schuldig bekannt, sich entschuldigt und sie um Vergebung gebeten.

Bei Hausbesuchen in der Jacobusrust hatte Pfarrer Teloor versucht, Großmutter ein paar Dinge deutlich zu machen. Kinder seien abhängig von den Erwachsenen in ihrer Umgebung und hätten keine Ahnung von Liebe, und zu sagen, die eigenen Kinder hätten einen lieb, wäre also töricht, weil man andere Menschen nur liebhaben kann mit einem erwachsenen Herzen, in das Gott sich ergießt. Sie hatte Teloor eingeschaltet nach dem Konflikt zu Hause zwischen Vater und Sohn und Tochter, um ihr Heim zu segnen. Anton hatte nichts dagegen, solange er schweigend anwesend sein durfte, nichts tun musste und Sohn Winston fernblieb. Die damals siebzehnjährige Laura hatte gemeldet, Besseres zu tun zu haben um diese Uhrzeit. Louise saß scheu daneben mit ihrem Töchterchen auf dem Schoß und dem sechsjährigen Roger an sie gelehnt. Großmutter Bee war die Oberchristenfrau im Haus. Nach der Segnung gab es die »schwarze Brüderkirche« der Herrnhuter nicht mehr für sie. In dem Brief mit Gemeindestempel wurde sie an eine Verabredung erinnert: Teloor wollte am Wochenende vorbeikommen zu einem Gespräch unter vier Augen. Es klang streng. Sie hatte sich ein paar Tage nicht blicken lassen in der Innenstadtkirche bei Pfarrer Overtoon, und sie hatte nicht einmal das Messing geputzt beim Kaplan in der Nähe. Am Ende war sie doch nicht mit Imker in die Stadt gegangen zum Einkaufen. Sie hatte sich entschuldigt, hatte gesagt, sie müsse ihre Kräfte schonen für den Sonntagsbesuch bei Laura. Und Imker war losgegangen mit Einkaufszettel und Einkaufstaschen. Sie hatte ihr hinterhergeschaut und wollte noch rufen: Bleib nicht zu lange weg! Aber ihr kam kein Wort aus der Kehle, als sie sah, wie ihre Enkelin, kaum auf der Straße, kurz stehen blieb und sich besorgt umdrehte zu dem Haus, das sie für kurze Zeit verlassen würde. Sie hatte es gespürt. Es war ein Blick der Liebe.

Imker hatte ein »erwachsenes Herz« und auch Heli mit ihrer Karte: *Oma Ich Liebe Dich Sehr.* Ihr Beichtvater war überzeugt, dass die Liebe von Gott ausgeht und dass kein Mensch dazu imstande ist, aber auf einen Versuch könnte man es ja ankommen lassen. Das hatte sie so manches Mal entmutigt. Und wenn ihr Beichtvater fragte: Lieben Sie Ihre Kinder und jedes gleich viel, dann sagte sie sofort: Ja, Hochwürden, alle gleich viel! Aber wenn sie nach dem Bußgebet die Kirche wieder verließ, murmelte sie auf dem Nachhauseweg: Gibt es *ein* besonderes Kind, das ich nicht missen möchte? Ethel war mit Fremden ins Ausland verschwunden und niemand nannte noch ihren Namen, auch Anton nicht. Aber gleich danach war still und leise so etwas wie ein Riss entstanden im Boden unter ihren Füßen; ein Riss, der mit der Zeit immer breiter wurde. Je besser es der Familie von Jahr zu Jahr ging, desto öfter machte Anton ihr klar, dass der Tag käme, an dem sie aufbrechen würden und nach Paramaribo ziehen. Sie wohnte in einem schönen Haus mit herrlichen Dingen darin. Sie hatte einen Gemüsegarten voll blühender Pflanzen. Ihre Kinder waren gesund und ihre Verwandten und guten Bekannten wohnten in der Nähe. Sie kannte den Weg zum Nonnenkloster, um ihre Gedanken zu sortieren und die Frauen, die sie großgezogen hatten, zu verwöhnen mit selbstgemachten Leckereien. Ihre Brüder konnten auf einen Sprung vorbeischauen. Sie war gemacht aus dem Lehm der Gegend. Sie dachte über ihre Stellung in Nieuw-Nickerie nach, verglich sie mit den Erfahrungen der Frauen aus dem Volk, und eben diesen Frauen hatte sie erzählt, ihr Ehemann wäre zufrieden, so, wie sie lebte.

Soldat Anton ging zur Arbeit im Militärstützpunkt in seiner flaschengrünen Militäruniform, in der Garnison verbrachte er seine Zeit hauptsächlich mit Administrativem und, wann immer möglich, mit Kartenspielen gegen andere Militärs, um ein paar Münzen. Manchmal trank er einen über den Durst. Manchmal war er unfreundlich. Samstags war er zugange mit einem selbstgebauten Rundfunksender. Sonntags zur Kirche mit den Kindern. Sie waren alle so gut gekleidet allzeit, dass gemunkelt wurde, ihr verstorbener Vater wäre in Wirklichkeit ein abenteuerlustiger Spross gewesen aus einem gut betuchten französischen Geschlecht. Sie konnte sich nichts darunter vorstellen, aber jedes Wort über ihren Vater spendete Trost. Ihre Brüder Scott und Léon etablierten sich gerade als Kleine-Selbstständige, und Winston senior war der Geißel des Holzfällens, des Balata-Baumsaft-Zapfens, des Golderz-Schürfens im Amazonas-Regenwald endgültig entkommen und machte, fein gekleidet, gute Geschäfte in Britisch-Guyana. Es gab keinen Grund zur Panik. Außerdem kamen Damen zu ihr, um sich ein Rezept zu holen, um etwas aus dem Gemüsegarten zu ernten oder um mit ihr zu backen – englischen Kuchen, Hefezopf, Hähnchenpastete. Das niederländische Heer war der Brötchengeber ihres Mannes und die Familie lebte unter der Autorität des Heeres und im Genuss der Vorrechte eines solchen Status: wöchentlich Brot, Butter, Käse und jährlich Nikolausgeschenke und Spekulatius für die Kinder. Für Tränen gab es keinen Anlass. Sie brachte Winston und Louise zur Schule in der Nachbarschaft und ging schnell wieder nach Hause, wo sie Ethel allein zurückgelassen hatte im

Laufstall, und sie holte ihre Kinder wieder ab mit Ethel in einem Beutel auf dem Rücken. Und nach dem Drama von Ethels Wegbringung bewies Gott, dass Er ihre Familie unvermindert liebte, denn Laura wurde immer hübscher und sang wie ein Engel die Familie wieder in Freuden zusammen. Großmutter Vanta hatte kein schlechtes Leben in ihrem Heimatdorf.

Louise Vanta wusste, was für den Umbruch gesorgt hatte: die Zeit, der unaufhörliche Wandel von allem. Sie steckte mittendrin, war sich aber nicht bewusst, wie ihr anfangs neutraler Leib immer persönlicher wurde. Ihr Körper wurde immer mehr Teil von ihr, oder schlimmer: Ohne ihren Körper existierte sie nicht. Sie war ihr Leib. Sie war gerade einmal zehn, aber für die kleinen Schwestern Ethel und Laura wurde sie allmählich zu jemandem, mit dem sie am langen Tisch auf der Veranda zeichneten, ausmalten, schnitten, klebten. Die weichen Gummistücke, die die Cousins mitbrachten von wochenlangem Holzfällen und Balata-Baumsaft-Zapfen, verwandelten sich in Louises Händen in Puppen, Tierfiguren, Bälle und andere Spielsachen. Vater Anton schaute manchmal zu und nahm ihre Kreationen in die Hand, um sie besser zu betrachten. Er sagte: Schön, Louise! Und nickte ihr ermutigend zu. Mutter Bee brachte Stoffreste für Kleider, Samen für die Augen, Schnurstücke für die Haare, Knöpfe und ein Nähkästchen. Für die Küchengeheimnisse ihrer Mutter konnte sie sich nicht erwärmen. Scheinheilig verbreitete die, ihre Tochter habe vor allem Geschick fürs Anfertigen von Kleidern. Mehr kam Mutter nicht über die Lippen, außer, dass Winston ruhig auch für die Jantjes arbeiten sollte, bis der Krieg vorbei war. Vater Anton hatte den Kopf geschüttelt. Als Mutter fragte, was dieses ganze Kopfschütteln zu bedeuten habe, hatte er sich auf die Verandatreppe gestellt und gesagt, mit Blick zur Straße: Voorstraat, Achterstraat, Gouverneurstraat und alles dazwischen macht aus einem Dorf noch keine Stadt, und meine Kinder sollen Beamte werden in Paramaribo: Büromenschen, keine Kasernenmenschen! Es klang wie ein Todesurteil. Und der Krieg hatte noch nicht einmal angefangen. Mutter Bee brach in Tränen aus. Er hatte die Grenzstadt verflucht, die englischsprachig blieb und nie holländisch werden würde. Hindustanisch vielleicht, javanisch, sogar chinesisch, aber nicht holländisch. Vater Anton sah mit geweiteten Pupillen seiner Frau beim Jammern zu. Sie war dabei gewesen mit Bruder Winston und der kleinen Laura, und sie hatte verstanden, dass etwas Wertvolles kurz davor war zu zerbrechen. Was, wusste sie in diesem Moment nicht, außer, dass Schwester Ethel wirklich nie mehr nach Hause zurückkäme und dass Laura das Maß aller Dinge geworden war. Sie selbst war braun ausgefallen, wie Winston. Milchkaffeebraun. Eine Cousine mütterlicherseits hatte ihnen einreden wollen, schuld an dem »Braunen« wäre eine »schmutzige Gebärmutter«, als ob diese Frau … Vater Anton gar nicht sehen würde mit seinem leuchtend schwarzen Pelz.

Sprich nie über den Umzug von Nieuw-Nickerie nach Paramaribo in Großmutters Beisein. Selbst nach Dutzenden Jahren konnte sie plötzlich Atemnot bekommen. Die

Mitteilung, dass Unteroffizier Vanta samt Familie innerhalb eines Monats vorstellig werden sollte in Paramaribo, hatte auf dem Küchentisch gelegen. Gebrochen-weiß war das Briefpapier, der Text in schwarzen Druckbuchstaben. Winston war aufgeregt. Für ihn als Sechzehnjährigen war die Stadt sehr verlockend. Louise wurde von Unruhe gepackt, weil sie sich einen Job beim Militär vorstellen konnte, vor allem, wenn Vater über Frauen in Uniform sprach – als Telegrafistin, als Fahrerin. Vertrieben wurde Vater Anton auch von den Mücken, die Tag und Nacht über ihn herfielen. Wenn in der Dämmerung Rauchwolken ums Haus aufstiegen, um die Stechmücken zu verscheuchen, atmeten alle auf, nur er nicht. Ich bin schwarz und sie haben es auf mein Blut abgesehen, klagte er; und nach Jahren der Quälerei hatte er genug und wollte weg. Außerdem, sagte er nachdenklich, sind die beiden Ältesten fertig mit der Distriktschule: reif für Kurse in Stenografie und Maschinenschreiben, Recht und Buchhaltung. Höchste Zeit, die Moskitoküste zu verlassen. Es gab keinen Streit zwischen Mutter und Vater; Mutter fand keine Worte mehr für ihre Gefühle. Sie weinte. An Packen war für sie nicht zu denken. Mutter Bernadette konnte sich kein »anderes Leben« vorstellen. Vater Anton hatte frei bekommen für einen Monat, und die Garnison würde dafür sorgen, dass sein Hausrat in Kisten geladen wurde und unbeschadet per Flusspost – im Hafen von Paramaribo anlangte. Winston half mit. Louise räumte Kleidung, die Küchensachen und andere zerbrechliche Dinge in Pappkartons. Mutter blieb im Bett liegen, auf dem Bauch, mit dem Rücken zu ihren Hausgenossen. Laura blieb in ihrer Nähe und spielte umsichtig mit einem Set von neun bunten Gummibällen, die Vater mitgebracht hatte, damit »das verwöhnte Gör« ihnen nicht vor die Füße lief. Aber das Haus, in dem sie geboren war, zu verlassen, fiel ihr schwerer als erwartet, und als sie Bruder Winston fragte, wo er Trost finde, hatte er seine Blue-Black-Hose runtergezogen und seine Unterhose und sie durfte zuschauen, wie er sein Glied hin und her schwingen ließ und er forderte sie auf, es in die Hand zu nehmen, bis es sich nicht mehr regte. Und das machte sie. Und es wurde ganz fest und es schoss ein Klecks von etwas Weißem raus. Sie fand es wunderbar, mit beiden Händen so an seinem Pimmel. Sie machten es öfters, und bald verlangte es sie so sehr danach, dass sie nicht mehr darauf verzichten konnte: Es war das schönste Gefühl überhaupt. Es hätte auch länger als ein paar Tagen gedauert, wenn Winston ihr nicht die Hand in die Unterhose hätte stecken wollen. Da war sie so erschrocken. Das ging wirklich nicht. Sie könnte anfangen zu bluten. Und mit einem Schlag war die Lust weg, den Penis ihres Bruders zu packen, kräftig zu reiben, zuzubeißen, ihn in den Mund zu nehmen, zu saugen, bis er fast schrie vor Lust, sich loszureißen. Manchmal hielt er sie fest, drängte sie an die Wand, presste seinen Unterleib an sie, aber sie blieb totenstill stehen, wenn auch manchmal leicht keuchend. Sie begriff, dass sie sich von ihm fernhalten musste, sonst bliebe sie eines Tages noch an ihm kleben, wie sie es gesehen hatte bei Straßenhunden. Erst in der Woche ihres Aufbruchs ließ sich Mutter Bee wieder blicken und hören. Bruder Winston senior war mit seiner Frau aus Georgetown gekommen, um sich zu verabschieden, und das verliebte Paar hatte mehr Geschenke mitgebracht, als sie annehmen konnten. Reisekleidung nach Maß und bequeme Schuhe für alle. Süßwaren. Bettwäsche. Unterwäsche. Sie versprachen, einmal das Schiff nach Paramaribo zu nehmen, und luden die ganze Familie zu sich ein nach Demerara. Das Elternhaus wäre verkauft, aber Schwester Bernadette solle wissen, dass sie bei ihnen in Georgetown wohlbehütet und willkommen wäre mit ihrer Familie und auch ganz allein mit Anton in der *holiday season.* Als Ältester würde Winston senior den Kontakt aufrechterhalten, auch zu den Brüdern Scott und Léon, und vielleicht tauchte ja auch Napo wieder auf eines Tages. Ihre Mutter und ihr Vater wären zu jung gestorben und sie könnten nichts dafür, dass sie die Kinder wären von Eltern, die vor allem verwurzelt waren in einem Europa, von dem sie nichts zu sehen bekommen hätten – nur jüdische Flüchtlinge, Prediger und Missionare, Soldaten und verwahrloste Plantagen. Das viele Englisch- und Französisch-Reden hatte Mutter Bee geholfen, standzuhalten bis zum Tag des Umzugs.

Am Samstag standen der Pfarrer und der junge Doktor Albert gleichzeitig vor dem Tor bei Großmutter. Sie hatte den alten Teloor erwartet und machte gleich die Haustür auf. Einen Moment lang war sie beunruhigt, ihn zusammen mit Hausfreund Albert zu sehen. Freundlich bat sie die Männer herein und führte sie – nicht ins Wohnzimmer, sondern an den Küchentisch. Sie hatte schon Tee gekocht und frische Maiskekse gebacken. Ihr Beichtvater war beinah achtzig, aber noch fit. Pfarrer Teloor sprach denn auch am meisten: Du fehlst uns, Frau Vanta, und wir fragen uns, wie es dir wirklich geht? Sie sah zum Studienfreund von Sohn Roger und unwillkürlich schossen ihr Tränen in die Augen: Ich vermisse meine Söhne, vielleicht sehe ich sie nie wieder! Und sie sprach weiter. Ihr Besuch ließ sie reden, trank Tee und lehnte die Kekse nicht ab. Albert fragte, ob sie vielleicht auch körperliche Beschwerden hätte. Sie erschrak. Sie stand auf, um frischen Tee aufzusetzen, und als sie wieder saß, die Hände auf dem Tisch zusammengelegt wie zum Gebet, antwortete sie: Mit meinem Körper geht es bergab, aber ich wehre mich nicht dagegen, ich fühle mich, als würde ich seit Jahrhunderten leben. Nochmals brachte sie den Männern das Schälchen mit Keksen, gebrochen-weiß vom Maismehl; sie nahmen jeder wieder einen, verputzten ihn bis zum letzten Krümel und spülten die klebrige Kekssüße an ihren Zähnen weg mit englischem Tee. Großmutter erzählte, Imker sei gerade bei ihrem Samstagsjob als Verkäuferin, und dass ihre Enkelin ihr wie ein Engel zur Seite stünde bei allem Möglichen. Der Pfarrer fragte, ob ein Arztbesuch und eine gründliche Untersuchung im Militärspital sinnvoll wären, um Klarheit zu bekommen über ihre Gesundheit. Noch bevor Albert etwas sagen konnte, sagte sie: Ja, aber mir ist überhaupt nicht danach; wenn meine Söhne mich noch lebend sehen wollen, müssen sie eben zurückfliegen in die Heimat! Ihre Stimme hatte zornig geklungen und entschieden. Ihr war vollkommen klar, dass die Besucher ihr etwas aufdrängen wollten: kam nicht infrage – und sowohl Albert als auch Teloor sah sie dabei fest in die Augen. Der junge Arzt reagierte als Erster: Ich bin immer für Sie da,

Frau Vanta. Und der alte Pfarrer fügte hinzu, beide, sowohl die Gemeinde in der Innenstadt als auch die Zorg&Hoop-Kirche, würden sie sehr schätzen und jeden Tag beten für ihre Genesung. Sie dankte ihnen. Dann wurde am Tisch ein Vaterunser gebetet und auf ihre Bitte hin noch ein: Gegrüßet seist Du Maria, voll der Gnade … Albert hatte Termine im Krankenhaus und eilte davon mit einem: Herzliche Grüße an Imker! Der Pfarrer blieb sitzen und fragte, wie es um ihre beiden Töchter stehe. Er lauschte aufmerksam und konnte sich ein Lächeln nicht verkneifen, als sie verschmitzt bemerkte, der junge Hilfspriester aus seinem Kloster, der gäbe einen guten Ehemann ab für Enkelin Imker und dass das Zölibat doch abgeschafft werden sollte eines Tages. Dass sie manchmal zu Späßen aufgelegt war, wusste der Pfarrer. Trotzdem ließ er es sich nicht nehmen, zu fragen, ob sie noch zur Kirche gehen könne ohne Hilfe. Nein, eigentlich nicht? Und schließlich: Falls du plötzlich stirbst, Frau Vanta, und nicht mehr sprechen kannst, ich meine, hast du noch besondere Wünsche? Ein Lächeln erhellte ihr Antlitz. Sie holte die Plastikschachtel mit den Maiskeksen, für ihn zum Mitnehmen. Und sie beantwortete seine Frage in einem langen Atemzug: Lass mich dunkel sein wie eine Weihnachtsnacht mit Kerzenlicht das langsam erlischt und einen Haufen Wachs zurücklässt das dann in einem Müllsack verschwindet! Der Pfarrer staunte: Hast du bestimmt lange darüber nachgedacht, Frau Vanta! Sie nickte ernst und während sie die Haustür öffnete für ihn, murmelte sie noch: Die Menschenwelt ist ein Müllhaufen und sonst nichts! Und Großmutter sah ihrem Beichtvater hinterher, sogar als sie ihn nicht mehr flattern sehen konnte in seinem strahlend weißen Gewand.

Cate so nah bei mir ist fast so, wie wieder in meiner Heimatstadt zu wohnen. Sie weckt auch Erinnerungen an das Schmusen mit Derik. Es war bei ein bisschen Geknutsche und langen Autofahrten durch dunkle Gegenden am Rand unserer Hauptstadt geblieben, ich so dicht wie möglich bei ihm, weil ich solche Angst hatte vor der Finsternis. Immer wieder nahm er Wege, auf denen das Auto in Schlammlöchern stecken blieb. Dann raste mein Herz, weil die Scheinwerfer wenig mehr beleuchteten als Finsternis und unwegsame Pfade. So sah mein Abenteuer mit Derik aus, etwa zweimal die Woche. Und es war Cate, die mir während unserer Pausenaufsichten einschärfte, dass dieser Mann zuschlagen würde eines Tages und mich ficken, mit oder vielleicht sogar ohne Kondom. Ohne Umschweife fragte sie, ob ich darauf gefasst wäre. Meistens antwortete ich ausweichend, etwa, dass ich noch nicht gefickt werden wollte und erst recht nicht in einem Pkw irgendwo mitten im Nirgendwo. Dann lachten sie und ich ein bisschen und kauften uns einen Becher Ingwerbier und ein Streuselgebäck bei der Bäckersfrau, die auf dem Schulhof saß mit ihrem geflochtenen Korb. Wer hätte damals gedacht, dass in einer nicht allzu fernen Zukunft – Cate täglich auf mich warten wird irgendwo mitten in den Niederlanden? Wir holen uns etwas Warmes zu trinken aus der Kantine, gehen zur Bushaltestelle, steigen zusammen in den Bus und zusammen wieder aus. Sie bringt mich auf den neuesten Stand ihrer

Bewerbungen – aber auch in Kontakt mit einer Welt, mit der mein Onkel und seine Lya nichts zu tun haben. Ich erfahre, dass es in der Stadt nur so wimmelt von Landsleuten und dass die überall wohnen, hauptsächlich aber in bestimmten Vierteln. Und was machen sie da? Cate lacht meine Dummheit weg: Sie arbeiten, sie studieren, sie suchen Arbeit, ja, sie leben einfach wie in der Heimat. Sie nimmt mich mit zu einem Lokal in der Innenstadt. Da drin wird nicht nur Niederländisch gesprochen. Das Menü ist erstaunlich abwechslungsreich. Die Kellnerin, die Gäste, die Kochleute: Surinamisches Allerlei! Ich sitze Cate gegenüber an einem kleinen Tisch und fühle mich wie ein Kind auf einer schönen Geburtstagsfeier. Ich verschlinge meine Portion Pom-Auflauf mit Reis, kleingeschnittenen Spargelbohnen und Pökelfleisch und ich trinke Passionsfruchtsirup. Cate scheint in dem Lokal ein und aus zu gehen: Sie scherzt mit den Köchen und mit der jungen Javanerin, die das Essen serviert – und die mir lächelnd eine Visitenkarte vom Lokal zusteckt. Zum ersten Mal seit meiner Landung auf Schiphol geht es mir gut; als wäre alles, was zu zerfallen drohte, plötzlich wieder zu einem stabilen und starken Ganzen geworden. Wie geht es dir, Heli? Und ich antworte: Schmeckt deine Manioksuppe auch nach mehr? Auch Cate strahlt. Dann beugt sie sich zu mir und flüstert: Wir sind hübsche Mädchen, du und ich, wir finden bestimmt einen guten Mann in diesem Land von emanzipierten … Aber sie unterbricht sich mitten im Satz. Sie starrt zum Ausgang, hinter mir. Ich drehe mich um. Er ist ihr nachgereist und findet sie im LokalSrananSani. Pralle Venus, flüstere ich. Aber ich will nicht mehr, sagt sie eiskalt, und: Ich habe einen Ozean überquert, um ihn nie mehr zu sehen, Heli Vanta! Sie bleibt sitzen, nimmt eine Serviette aus einem Glas und wischt sich den Mund ab. Ich wage es nicht, mich umzudrehen, spüre die Spannung. Ich will zurück zu dem Haus, wo ich zur Untermiete wohne bei Verwandten. Willst du wissen, was der Kerl mir angetan hat, Heli? Ich schüttle den Kopf. Komm, wir zahlen, sage ich und die Kellnerin hastet herbei: Die Rechnung für euch? Ich nicke. Cate hat sich eine Zigarette angezündet. Macht keine Anstalten mitzugehen. Ich zahle für uns beide und verabschiede mich und gehe. Ich beeile mich zur Bushaltestelle, um so schnell wie möglich an einem Ort zu sein, wo es gut läuft zwischen Mann und Frau. Auch ich habe den Atlantik überquert. Auch in mir würde etwas zerbrechen, wenn Derik unerwartet vor mir stünde. Ich bibbere im kalten Herbstwind. Um mich herum tost die Stadt. Ich will noch nicht gefickt werden, schon gar nicht im Winter.

Mutter Louise hat nichts von mir zu lesen bekommen über den Schiphol-Kontakt zwischen meinem Vater und mir. Die Begegnung hat keinen großen Eindruck hinterlassen. Außerdem war er meiner Meinung nach eher ein Verhältnis meiner Mutter, und ich ein Nebenprodukt davon, als ein Anwärter auf Vaterschaft. Nicht der leiseste Vorwurf steckt in mir, schlimmer: Ich kenne diesen Mann einfach nicht und habe keine Träume, die auch nur das Geringste mit ihm zu tun haben. Mutter könnte meine Haltung verletzend finden, also verschweige ich ihn ihr lieber. Und allmählich taste ich mich heran an den Inhalt der Vorlesungsskripte, wenn ich so weitermache, bin ich in drei Monaten durch mit meinem ganzen Lernstoff. Ich habe etwas gefunden, was mich fasziniert, ohne mich buchstäblich zu fesseln. Cate hat sich schon ein paar Tage nicht blicken lassen. Ich bin dann wieder täglich, nach dem Unterricht, in der Bibliothek, lese, schreibe Derik Briefe, kritzele Postkarten voll mit Nettigkeiten für meine Mädchen an der Fatima-Schule in meiner Heimatstadt. Und wenn ich an der Bushaltestelle aussteige, steht Hans da mit seinem Herrenrad. Wir gehen zusammen zu meiner Adresse. Reden leise über unwichtige Dinge. Trotzdem erzähle ich ihm von Caatje, die bei mir war und mich tagelang glücklich gemacht hat. Er freut sich für mich, sagt er, und dass er mich auch einmal mitnehmen möchte auf ein schönes Fest. Ich reagiere nicht darauf. Umar hat mich einmal eingeladen zum Zuckerfest bei seiner Familie in Moengo. Gleichzeitig feierten seine Eltern da irgendein Hochzeitsjubiläum. Ich hatte den Abschluss an der SKS mit besonders guten Noten bestanden und er bat Mutter Louise um Erlaubnis, mich mitnehmen zu dürfen in das Bauxitdorf im Osten des Landes. Im Kleinbus zu dem Fest saßen auch eine ältere Schwester von ihm und ein Bruder, die bei uns am Lehrerseminar gewesen waren. Mutter mochte ihn gern und hoffte, er werde sich in eine ihrer Töchter verlieben, ich wurde ihm anvertraut und durfte sogar in ihrem Haus übernachten. In der Nacht vor dem Zuckerfest machte er Annäherungsversuche auf eine Weise, die mir nicht passte. Er war beleidigt. Ich war gekränkt. Im Nachhinein hat er sich entschuldigt für sein

Ungeschick, mit mir knutschen zu wollen, noch bevor wir zusammen waren. Ich war noch überhaupt nicht reif für etwas Nasses, das auf Sex verwies. Mit einem Jungen auszugehen kann leicht außer Kontrolle geraten, finde ich. Auch in Utrecht. Hans drängt mich nicht. Er schenkt mir ein Fotobuch über die Geschichte der Stadt, in der wir wohnen.

Das Verlangen nach Geborgenheit kann so tief sitzen, tiefer noch als Hunger, und es ist sehr körperlich. Das erzählte ich Derik, als er fragte, was ich genau wolle im Leben. Geborgenheit! Er hatte behauptet, es wäre befriedigender, wenn man einem solchen Verlangen konkrete Züge verleihe. Fühlte ich mich bei ihm geborgen? Darauf hatte ich keine Antwort, weil ich nicht wusste, was er von mir wollte in seinem ausgefüllten Leben. Er fand, die Zeit werde es weisen. Mutter war gleichbedeutend mit »Geborgenheit«. Und doch kann etwas passieren, was auch eine solche Beziehung infrage stellt. Zum Beispiel. Ich entscheide mich für Derik. Mutter lehnt Derik ab. Mutter verfrachtet mich nach Holland. Ich will in Paramaribo bleiben. Mein Verlangen nach Geborgenheit ist zu einem Raumschiff geworden, das mit hochintelligenten Instrumenten an Bord – fern der Erde auf der Suche ist nach ebenbürtigem intellektuellem Leben, weil der Erdenmensch es nicht ertragen kann, auf sich allein gestellt zu sein, nach so anhaltender blutiger Gewalt. Eines Nachts im Dwarsstraathaus, da wachte ich auf von einem tiefen Stöhnen, es kam aus Mutters Schlafzimmer. Ich spitze die Ohren und aus dem Stöhnen wird Weinen, Jammern, weil etwas weh tut. Ich schlüpfe aus dem hohen Stockbett. Auf Zehenspitzen zu Mutters Zimmer, wo die Tür offen steht wie immer und das Mondlicht durch das Fenster auf das Bett fällt, wo Mutter liegt mit einem Mann auf ihr drauf und er brüllt, und ganz still wird es dann: Mama, Mama, rufe ich laut und renne zu ihr. Der Mann, der aufspringt, ist nackt und ich kenne ihn und ich will seinen Namen sagen aber. Vielleicht hat jemand mich fest geschlagen, denn als ich wieder aufwachte, lag ich im Bett. Mutter sagte, ich wäre aus dem Bett gefallen und hätte mir den Kopf gestoßen. Sie sagte, ich hätte bestimmt einen schlimmen Traum gehabt. Aber wie sieht eine Mutter ihr Kind an, das etwas weiß, was sie selbst vergessen will. Mein Kommen war eine Staubwolke in Louise Vantas klarem Dasein.

Dabei hatte Mutter Louise sich schwergetan, eine Wohnung zu finden, in die sie sofort einziehen konnte mit all ihren Kindern; nicht zu teuer und doch in einer anständigen Gegend, jedenfalls bis Tochter Heli hinter der flaschengrünen Fassade den Hinterhof entdeckte mit den winzigen Wohnungen, und die Leute sah, die dort wohnten. Aber immerhin war sie ausgezogen aus der Jacobusrust und brauchte sich Lauras Gezeter nicht länger anzuhören. Sie musste Imker und Heli an einer neuen Schule anmelden. Babs konnte auf der Privatschule bleiben, bezahlt von Boys. Schuluniformen wurden gebraucht und andere Dinge. Audi war noch zu klein für den Fahrradsitz und in der Wohnung gab es eine steile Treppe zum Dachboden, so steil, dass sie die ganze Zeit rief: Wenn ihr von der Treppe fallt, seid ihr sofort tot! Und für sie roch dieser Tod nach verdorbenem Blut und Erbrechen am Morgen. So große Angst hatte sie, eines ihrer Kinder zu verlieren. Er war aufgetaucht, nachdem er ein Jahr lang unsichtbar geblieben war. Er hatte von Mutter Bee gehört, dass sie in eine eigene Wohnung ziehen würde. Er brachte ihr Spitzbrötchen mit herzhaftem Belag. Er sorgte dafür, dass unverzichtbarer Hausrat aus dem »großen gelben Haus« gebracht wurde zu ihrer Adresse in der Dwarsstraat. Küsschen gab er ihren Kindern nicht, dafür Schokolade. Er fragte nicht mal, weshalb sie ihren Mann Boys verlassen hatte. Nebenbei erfuhr sie, dass seine Frau sich hatte scheiden lassen von ihm und eine Beziehung hatte mit einem steinreichen Amerikaner, der sie und ihre fünf Kinder mitnehmen wollte ins Ausland. Winston war verbittert und verfluchte Vater Anton, der ihn – derart gesellschaftlich benachteiligt – in die Welt gesetzt hatte. Vielleicht wäre es ja besser gewesen, meinte er, nie aus Nickerie wegzuziehen, wo Blutsverwandte von Mutter Bee Plantagenland hatten, Beziehungen, einen guten Ruf, und es ihm hätten ermöglichen können, ins Zuckerrohrgeschäft einzusteigen als Händler mit Kontakten nach Britisch-Guyana und noch weiter. Sie hörte sich seinen Redeschwall an. Widersprach nicht. Als die Wohnung bewohnbar war und die großen Schulferien vorbei und sie einen Babysitter gefunden hatte in der Nähe für ihren kleinen Jungen und wieder täglich mit dem Rad zu ihrer Vorschulklasse fuhr, die Mädchen zum Schulbus, ihren kleinen Jungen zum Babysitter; als so etwas wie Frieden eingekehrt war in ihrem Haus, genau dann wollte er den Hausschlüssel. Wozu, Winston? Und er: Manchmal sehe ich was und kaufe es und dann bringe ich es zu dir nach Hause! Es war schon zu spät für einen Rückzieher. Sie war auch zu müde, um ihn sich nachts vom Leibe zu halten. Nicht lange danach fing sie an, am frühen Morgen zu erbrechen. Verzweifelt war sie. Sie konnte Helis Blick nicht ertragen, und wenn Louise Vanta ihre Tochter wieder geschlagen hätte, es hätte ein schlimmes Ende genommen.

Den Samstagsjob verdankte Imker einer angeheirateten Verwandten von Großmutter, die eine gutgehende Schneiderei im Stadtzentrum hatte und ihre Stoffe bei dem Libanesen bezog, in dessen Laden Imker als Verkäuferin arbeitete. Sie lief dort weder Gefahr, von Männern begrapscht zu werden noch von Frauen ignoriert. Sie war gern dort, auch um ein paar Stunden mit den Gedanken woanders zu sein als bei ihrer Familie. Der milde Geruch der Stoffballen, die Farben, die Muster, die Mädchen und Frauen, die mit ihrem Geschwätz vorbeikamen für ein paar Ellen von dem Geblümten, dem Gestreiften, dem Karierten oder etwas ganz anderem; und danach das gemeinsame Mittagessen in der Küche der Familie, die immer ausgiebig Libanesisch aß. Mit ein paar selbstverdienten Zehnern atmete sie den Samstagnachmittag ein, auf dem Weg zum Markt. Umar nah bei ihr und manchmal gingen sie sogar Hand in Hand. Babs kam nicht mehr im Laden vorbei mit Aram, seit Imker bei Großmutter wohnte, und das fühlte sich nicht gut an. Sie würde Umar eine Nachricht mitgeben für ihren Bruder. Vielleicht wollte Audi sie ja besuchen und sie könnte ihn in einen Imbiss einladen, der beliebt war bei den Jugendlichen. Immer nur in Amora herumzuhängen, half ihm nicht, zu vergessen, dass ihre große Schwester so weit weg war. Jahrelang war er der unentbehrliche Spielkamerad von Babs und ihr und den Puppenhausfamilien gewesen. Aber Weihnachten war noch zu weit weg. Denn dann ging Audi ganz auf im Bauen einer Weihnachtskrippe mit allem Drum und Dran, vom Laubmoos bis zu den drei Königen. Ihr Bruder hatte so seine Eigenheiten. Mutter wischte sie vom Tisch: Audi soll ein Mann werden und keine Memme! Auch sie konnte sich seine Angst vor Hunden nicht erklären und auch sie fand es scheußlich, wenn er Leika an die Kette legte, obwohl es nicht nötig war. Mutter hatte eine Studiengeldversicherung für ihn abgeschlossen, um es ihm, wenn es so weit war, zu ermöglichen, im Ausland zu studieren. Und während ihr solche Gedanken durch den Kopf gingen, blieb Imker weiter aufmerksam, hilfsbereit und freundlich zu den Kundinnen im Stoffladen. Sie kaufte vier weiße Unterhosen für Laura und einen Bademantel mit Waffelpiqué. Auf dem Markt würde sie noch Sonnenblumen kaufen. Auch eine Kleinigkeit für Umar, eine Schachtel Herrentaschentücher, obwohl eine Enkelin von Onkel Scott behauptet hatte, dass man nie Taschentücher verschenken durfte, die würden Tränen heraufbeschwören … Die Mutter ihrer Cousine empfing in ihrer Boutique sehr viele Mädchen und Frauen, die Kleidung nach Maß wollten und alle möglichen Geschichten erzählten, die ihre Töchter dann aufschnappten und als Lebensweisheiten verbreiteten. Sie mochte den Kontakt zu den Enkeln von Omas Bruder Scott, sprach aber mit den anderen nicht darüber. Der Samstagsjob gab ihr das Gefühl, dass es sich lohnte zu leben, solange nur die richtigen Leute vorbeikamen. Umar sagte manchmal: Du bist das schönste Mädchen, mit dem ich mich in der Stadt blicken lasse, aber du bist noch ein Kind! Herzhaftes Lachen von ihr: Ein Kind in der kleinsten Frauengröße, so ähnlich wie du, Umar, ein Wolf im Schafspelz! Herzhaftes Lachen von ihm, womöglich nicht wissend, dass seine Rolle in der Heli-Derik-Geschichte ihr missfallen hatte. Und wenn er sich besorgt nach ihrer Ausbildung erkundigte, verfiel sie in Schweigen. Vielleicht wäre die Arbeit im Krankenhaus sowieso eher was für sie. Ihr Herz war bei Großmutter. Als ob er das nicht wüsste. Du füllst eine Lücke, die entstanden ist, sagte er, und womöglich dachten sie beide an Helis Abreise. Auf dem Markt traf sie einen Bruder von Cate, der wild gestikulierend erzählte, dass seine Schwester auch in Holland war und Heli inzwischen besucht hatte. Einen Moment lang konnte sie es kaum glauben, aber schon war Cates Bruder wieder weg, ließ sie staunend zurück. Es gab keinen besseren Ort, um schnell wieder zur Vernunft zu kommen, als hier, auf dem Waterkantmarkt. Der Ort, an dem unser Land seine wahre Identität zeigt, lehrte Umar: Weil unsere multiethnische Gesellschaft auf dem Markt Handel treibt mit ihren kulturellen Schätzen und dabei verhandelt in einer Mischsprache, die alle sprechen! Es drang nicht wirklich zu ihr durch. Ich bin Engländerin, sagte sie tapfer, und: Aber auch Französin und Afrikanerin! Da blieb Umar kurz stehen und sah sie ernst an: Ich bin auch eine Mischung, aber asiatisch mit einem Hauch afrikanisch, glaub mir, Imker, wir laufen Gefahr, zusammen Kinder zu machen, die so verschieden sind wie unsere Landsleute auf dem Markt! Lachen. Weitergehen. Sorglos einen Becher kühles Ingwerbier genießen. Hast du ein Taschentuch dabei? Nein? Er bekommt eine Schachtel mit vier Stück von ihr. Imker, schau mal zu den Wolken, sagt er. Sie sieht das Blau des Himmels. Spürt seine Lippen an ihrem Kinn. Der Passat tat allen so gut. Beide setzten ihre Kappen auf, die Schirme runtergeklappt. Er sagte: Und doch liebe ich dieses Land. Auf seinem Rücken schrieb Imker eine Postkarte mit ein paar netten Worten an ihr Brüderchen Audi.

Audi hatte beim Streichen des Clubhauses geholfen. Die Seepfadfinder aus Amora hatten die See noch nie gesehen, aber bald war es so weit. In den Weihnachtsferien für eine Woche zum Seedeich in Nickerie. Umar kam angefahren und Audi wusste, er kam seinetwegen. Eine Postkarte? Nein, nicht von Heli, von Imker. Er nahm ihm die Karte gespannt ab, las, lächelte. Ob er noch eine Mitfahrgelegenheit nach Hause wollte, es wäre doch sowieso schon zu dunkel zum Streichen. Er verabschiedete sich vom Malerteam und schwang sich hinter Umar aufs Moped. Sie sprachen nicht. Zu den jungen Männern, die sich in seine Schwestern verliebten, hielt er lieber Abstand. Die Landschaft, so reglos mit ihren Bungalows, in denen alle möglichen Leute wohnten, konnte vertraut sein tagsüber, im Dunkeln aber fremd und sogar feindselig. Vor dem Gartentor sprang er mit einem Seufzer vom geteilten Sitz: Danke! Umar gab ein paarmal Gas und fuhr davon. Tor auf, Tor zu, und er sah die Straßenlaternen anspringen.

Er hätte besser daran getan, dazubleiben und mit seinen Freunden zu quatschen bis acht, wie Mutter es erwartete. Dann nämlich würde ihr Freund Lester sie abholen, und er wäre ganz allein im Haus. Lust auf Fernsehen hatte er nicht. Er trödelte beim Tor. Audi, rief Mutter: Was stehst du da rum? Er antwortete nicht, zeigte sich aber. Hast du was? Er nickte: In zwei Stunden gehst du weg, Babs ist noch nicht da, ich weiß nicht, was ich machen soll. Er sah genau, wie ihr die Tränen in die Augen traten. Willst du mit uns zur Garnison, da ist immer was los, Musik, Spiele, Häppchen, Cola. Er zweifelte: Ich bin noch nicht volljährig. Sie lachte und ihre Zähne glänzten: Du bist ja auch in Begleitung, mein Junge, und zu sehen gibt es nur Jantjes mit ihren Freundinnen und tanzende Ehepaare, na und? Entschieden schüttelte er den Kopf: Ich bleibe lieber zu Hause, dann bleiben deine Samstagabende ein Geheimnis, Mam! Sie sah ihn ernst an: Ein Geheimnis? Vor meinem Sohn will ich keine Geheimnisse haben. Und er: Mama, manchmal kann jemand etwas Ernstes eben nicht erzählen! Er sah sie nachdenken. Soll ich dir einen Pfannkuchen backen? Mit Stockfisch? Er nickte. Wie du willst, mein Sohn. Sie ging in die Küche, wusch sich die Hände mit Seife, band sich eine Schürze um und suchte die Zutaten zusammen. Amüsiert sah er zu, dachte: Wenn es sie nicht gäbe, wäre ich allein auf der Welt, und wenn sie nicht für mich sorgen würde, wäre ich verloren … Er dachte: Ich muss gut sein zu dieser Frau, auch später, wenn ich sie mal nicht mehr brauche. Er ging ins Bad, um zu duschen und mit sauberer Kleidung bei Tisch zu erscheinen. Einen Moment lang hielt sie ihn zurück: Eines Tages erzähle ich dir alle meine Geheimnisse, Junge. Er erschrak ein wenig über ihren Ton. Alle deine Geheimnisse, Mama? Sie nickte ernst. Wenn ich volljährig bin? Sie kicherte: Sobald ich kann, wenn ich dazu bereit bin und alles hochkommt eines Tages. Er warf ein: Und die Mädchen? Mutter Louise hatte den Kopf geschüttelt: Gott hat mir einen Sohn geschenkt, um mich zu erlösen von meinen Sünden. Und murmelnd machte sie sich an den Teig: Geheimnisse haben fast immer etwas Sündiges, aber geh du nur duschen, es kann Jahre dauern, bis ich so weit bin zuzugeben, dass auch ich nur eine Sünderin bin. Und was für eine! Er schwieg, dachte an Mutters überfahrenen Hund Leika. Er ging ins Bad. Er versuchte, ein Seepfadfinderlied zu pfeifen. Beim Ausziehen fiel ihm Imkers Postkarte aus der Hosentasche. Ach, solange nur ein Mensch auf der Welt an ihn denkt, ein anderer Mensch als seine Mutter, kommt er allein durch den Samstagabend! Notfalls mit einem Buch. Im Arbeitszimmer stand so viel Gedrucktes, zurückgelassen von Roger und Heli. Die Dusche erfrischte ihn wie ein Platzregen draußen. Der Duft von Mutters Pfannkuchen drang zu ihm. Er trocknete sich mit einem sauberen Handtuch ab, das Mutter ihm hingelegt hatte. Es prickelte, als würde er zu neuem Leben erwachen. Und plötzlich wusste er, was er tun wollte: ein Gedicht schreiben über liebe Menschen, die verschwinden, und es Heli schicken. Er war ganz zufrieden mit dem Gesicht, das ihn anlachte aus dem Spiegel, vor dem er sich die Zähne putzte.

Mutters Freund kam pünktlich um halb neun in seinem kleinen Saab angefahren. Lester wurde von Audi ins Haus gelassen, wo es nach teurem Parfüm duftete und Mutter ihn erwartete, in einem roten Kleid, das glänzte wie Badezimmerkacheln und exakt zu ihrem roten Lippenstift passte. Sie hatte ihre Haare am Haaransatz entlang geflochten und stand auf hohen schwarzen Hacken. Nicht schlecht, meinte Lester bei Mutter Louises Anblick, und ihm gab er einen festen Händedruck: Wie geht es dir, Junge? Er versuchte, sich auf Augenhöhe zu begeben mit »Mutters Mann«, und sagte vorlaut: Wie steht es bei Ihnen drüben in der Garnison? Lester lachte: Gut, gut, in Friedenszeiten geht es den Jungs immer gut! Dann drehte er sich abrupt zu Mutter: Meistens habe ich dort mit dem Musikkorps zu tun, aber der Samstagabend gehört deiner Mutter! Es wurde still. Mutter war ein bisschen verlegen. In der Familie wurde gemunkelt, sie vergucke sich immerzu in charmante, heißumschwärmte Kerle; und dass das hin und wieder zu Spannungen führte zwischen ihr und Freund Lester, war für keinen der drei ein Geheimnis. Audi war derjenige, der in Zeiten der Entfremdung Nachrichten der Wiederannäherung vom einen zum anderen überbrachte und wieder zurück. Sie gingen los, der Mann im langärmligen weißen Hemd und die Dame in Liebesrot. Audi sah dem Auto hinterher. Der Vorteil, wenn man an einer T-Kreuzung wohnt, ist, dass man einen weiten Blick hat, und weil die Straße nicht vielbefahren war, konnte er in Ruhe zum Horizont starren, ins Nichts. Gegen Jahresende wurde diese Ruhe gehörig gestört von Unbekannten, die nachts auf der Kreuzung Opfergaben hinterließen: Holzschalen voller Essen und ungeöffnete Flaschen mit teuren alkoholischen Getränken. Das war, weil manche dem Volksglauben aus der Zeit der Sklaverei anhingen, dass sich am Jahresende Götter und verstorbene Blutsverwandte versammelten auf bestimmten Kreuzungen. Mutter fand das ärgerlich. Sie glaubte nicht an solche Dinge, aber sie bat ihn und seine Freunde, die Gaben in Ruhe zu lassen, das hieß: Sprich nicht darüber und lass die Finger davon. Diese Warnung kam ihr über die Lippen, alle Jahre wieder. Die Sachen verschwanden nach ein paar Tagen auch wieder spurlos. Manchmal rissen Straßenhunde das Zeug auf und taten sich gütlich an dem, was sie vertrugen. Solange noch etwas dalag, ließ Mutter den Sonnenschutz unten. Genauso hielt sie es, wenn die Nachbarn in der Silvesternacht ein großes Feuerwerk abbrannten an der Opferstelle, um Geister und Götter wieder zurückzuschicken dorthin, wo sie herkamen. Es blieb faszinierend, alle Jahre wieder. Audi kam auf die Idee, Mutter ein Weihnachtsgeschenk zu machen, bei dem ihr der Mund offen stehenbleiben würde. Einen jungen Rassehund? Woher er den nehmen sollte, wusste er noch nicht, aber dass Mutter einen neuen Wachhund verdient hatte, stand fest. Am liebsten hätte er die Vorhänge ganz zugezogen, um mit den Gedanken wieder beim Gedicht anzukommen, aber Babs war noch nicht zurück und für sie musste das Haus baden im Lampenlicht. Ab in die Küche also für einen zweiten Pfannkuchen. Doch nicht? Er hatte großen Appetit, überlegte es sich aber anders. Aram und Babs? Babs aß gerne herzhaft. Dann eben warten. Und solange ins Arbeitszimmer gehen für einen Band mit Gedichten. Er ließ sich nieder auf Rogers großem Schreibtischsessel vor der breiten Arbeitsplatte, aber seine Augen suchten nicht nach einem Gedichtband, sondern nach einer medizinischen Enzyklopädie. Schließlich wollte er alles wissen über das Organ an seinem Unterleib; noch mehr wollte er wissen, als was er bereits gelesen hatte in Helis Aufklärungsbuch. Tür zuschließen. Und dann die Seiten durchblättern und suchen, wie das ist bei Mädchen. Er hörte Arams Sportwagen. Babs' Stimme am Tor. Erleichtert konnte Audi aufatmen. Und den Samstagabend zulassen.

Laut-plappernd kam Babs rein, in ihrem Schlepptau Aram, der die Taschen trug. Sie ging direkt in die Küche, alles wurde abgestellt. Ich darf Fahrstunden nehmen, sobald es in meinen Stundenplan passt, rief sie, und: Boys hat mir sogar ein Auto versprochen! Diese Dinge regten sie mehr auf als der Ärger, der jedes Mal hochkochte, wenn sie sah, wie Helis Derik sich herumtrieb in den Gängen seines Lehrerseminars. Es bereitete ihr Kopfschmerzen und sie war sicher, dass alle davon sprachen, sobald sie sich irgendwo blicken ließ. Aram hatte ihr zugehört und ihr Tricks verraten, um entspannter umzugehen mit dem, was sie nervös machte. Vater Boys hatte sie überschüttet mit Geschenken, von denen sie nicht gewagt hätte zu träumen. Sie hatte ihn umarmt und versprochen, nicht Hals über Kopf zu Heli abzureisen. Vor ihr lagen noch lange Ausbildungsjahre. Fährst du mit, Audi, wenn ich Fahrstunden habe? Die Jungs waren mit anderen Dingen beschäftigt. Wer bezahlt, fragte ihr Bruder und sah zu ihrem Freund. Aram zeigte auf die Einkäufe, die sie inzwischen in die Schränke räumte. Fährst du mit oder nicht?

Sie rannte zur Toilette. Pinkeln. Abwischen. Spülen. Händewaschen. Haben Mädchen auch was zum Abwischen nach dem Pinkeln, fragte Audi den, der ihm eine Antwort geben könnte. Aram lachte und spottete: Da kommst du schon noch dahinter, Junge! Babs ließ nicht locker: Audi, ich will nicht ganz allein mit einem Fahrlehrer eine Stunde lang fahren auf einsamen Straßen und einparken-üben auf totenstillen Parkplätzen, verstehst du? Audi nickte. Aram fand das alles übertrieben, aber sie sagte bissig: Aram, halt den Mund! Und das machte er. Und ihr Bruder fragte honigsüß, ob außer ihm noch jemand Lust hätte auf einen Herzhaften-Kabeljaupfannkuchen, frisch von Mutter. Sie war zum Arbeitszimmer gegangen, um die breite Tür zuzuziehen, und sah das große Buch offen liegen, sie beugte sich vor, schaute und sah breit und in Farbe Vulva, Vagina. Spontan schlug sie das Buch zu und ging zurück zu den Jungen: Ja, Audi, ich habe auch Lust auf einen Pfannkuchen und Aram bestimmt auch und danach zusammen einen schönen Film schauen im Fernsehen? Ganz bestimmt nicht, rief Audi, und: Ich tue euch Pfannkuchen auf und dann gehe ich zurück zu den Büchern! Babs stieg das Blut zu Kopf, sie sagte aber nichts. Da ist was mit Männern, was ich nicht kapiere, dachte sie und sie nahm Teller und Servietten und fragte, ob die Jungs Apfelsirup wollten, und weil Audi mit Aram in ein Gespräch über Rassehunde verwickelt war, konnte sie ihnen schon mal auftun. Bedächtig und sorgfältig. Schludrigkeit konnte sie nicht ausstehen, auch nicht im Verhalten der Menschen, die ihr nahe waren. Aram und Audi wurden auf Mutters Sofa bedient. Sie bekamen Besteck und eine große Serviette und ein paar Tropfen Sirup. Sie nahm ihre Portion zusammengefaltet in die Hand: Ich habe euch lieb, sagte sie leise. Die Pfannkuchen deiner Mutter oder mich, fragte Aram. Sie sah auf: Sag ich dir, sobald ichs weiß, Junge! Es klang nicht freundlich. Und es wurde stiller im Wohnzimmer. Sie aßen gemeinsam. Aber Babs dachte an Großmutter Bee, die vielleicht bald sterben würde an einer Krankheit in ihrer Kehle. Sie fragte sich, was ein Junge, der noch kein Teenager ist, wissen will über die Geschlechtsorgane der Frau, etwas, woran sie selbst überhaupt kein Interesse hatte. An Vater Boys dachte sie, und wie sehr er sie liebte. Und ihre beiden Schwestern fehlten ihr fürchterlich.

Vier

Ich schwänze und verstecke mich im Lesesaal der Bibliothek, damit nur Lya mich finden kann, im Notfall. Es ist früh am Morgen und beim Zeitungsständer stehen zwei Männer und lesen. Der Zeitungstisch, an dem ich Briefe lese und schreibe, ist verlassen, es liegt überhaupt nichts Gedrucktes darauf. Ich knöpfe meinen Mantel auf und ziehe mir fast grob die Mütze vom Kopf. Setze mich. Auf dem Tisch liegen meine Sachen. Meinetwegen haben sie sich gestern gestritten, mein Onkel Winston und seine Frau. Obwohl ich mich an die Verabredung mit Lya gehalten habe, ist Winston ein Brief von Derik in die Hände gefallen. Es muss am Briefträger liegen, einem neuen, der nicht weiß, dass Post für die Familie Vanta nicht durch den Briefschlitz in der Eingangstür geworfen, sondern ordentlich in den Briefkasten an der Hauswand gesteckt wird. Zu diesem Briefkasten hat nur Lya die Schlüssel. Jede Ehe hat irgendwo eine zerbrechliche Stelle, und wenn man das weiß, geht man behutsam damit um, und für Lya war das eine Frage der Briefkastenverwaltung. Ich saß im Gästezimmer und machte eine Didaktikaufgabe, als ihre Stimme zu mir drang: Briefe für Heli gehen dich nichts an, Winston! Ich setze mich auf die Treppe und höre zu. Mein Herz kann sich gar nicht wieder beruhigen, nach allem, was ich da gehört habe. Zwei Menschen, die so zärtlich sind zueinander, waren so wütend geworden und vorwurfsvoll und verletzend. Ich nach unten. Sie verstummten, erstarrten. Es tut mir so leid, versuchte ich es und sah sie beide kurz an. Winston nickte kurz, ging in den Flur, nahm seinen Mantel: Lya und ich hörten ihn die Eingangstür zuknallen. Ich wollte wieder gehen. Setz dich, sagte Lya. Winston ist nicht wirklich sauer auf dich, sondern auf mich, wegen Dingen von früher, vor seiner Zeit. Er glaubt, dass ich immer noch etwas habe mit jemandem von früher. Totaler Blödsinn, aber ausgerechnet diesen Brief an dich fand er verdächtig. Sie lächelte kurz: Dein Onkel kriegt mehr Post von Frauen, mit denen er bei der Arbeit als Versicherungsmakler flirtet, als Reklameprospekte im Briefkasten landen. Und dann hielt sie in ihrem Redefluss inne. Sie hatte schöne Augen, Lya, und die leuchteten auf, als sie ihren Mann zurückkommen hörte. Und am Abend saßen sie wieder zusammen auf dem Sofa: sie mit einem Buch und er vertieft in eine Sportsendung. Deriks Brief an mich lag vor meiner Zimmertür, ordentlich mit Klebeband zugeklebt. Jetzt erst traue ich mich, ihn zu lesen, und mir wird klar, dass Mutter Louise so einen Brief vor meiner Nase zerrissen hätte. Hartherzig?! Ich lese. Derik schreibt, er hätte mir fünfhundert Gulden in den Brief gelegt, damit ich in den Herbstferien wegfahren kann, zum Beispiel mit Cate. Fahr an die Nordsee, schreibt er. Cate habe ich seit dem Lokal nicht mehr gesehen. Außerdem ist kein Geld im Umschlag. Brief in die Tasche. Ich stehe auf. Mantel an. Mütze auf. Ich gehe in die Stadt und schlage mich durch zum Bahnhof. Die Innenstadt zerfällt wie in Scherben durch die vielen schnellen Lichter, die auf mich einprasseln. In der Bahnhofshalle fällt es mir schwer, die Schalter zu finden, wegen der vielen Menschen. Eine Hin- und Rückfahrt ans Meer, aber nicht zu weit von Utrecht. Der Mann sieht mich forschend an. Bist du als Touristin unterwegs? Ich nicke. Er lässt nicht locker: Sag mir, wo du hinwillst. Den Haag, murmele ich, nach zu langem Zögern, und hinter mir spüre ich die länger werdende Schlange. Er verkauft mir eine Fahrkarte Erster Klasse ohne Umsteigen. Ich stelle mich in eine Ecke, sehe mir das Ticket an und atme die Atmosphäre in der Ankunftshalle ein und wieder aus. Jeder hat ein Ziel, das ihm vertraut ist, und ein Trautes-Heim. Ich nicht. Ich frage mich durch, bis ich auf dem richtigen Bahnsteig stehe. Weshalb ich ans Meer fahre, weiß ich nicht, aber ich bin unterwegs. Ich sitze gut, obwohl kein einziger Sitzplatz frei geblieben ist. Der Schnellzug fährt an. Erinnerungen an meine Kindheit wirbeln auf wie buntes Herbstlaub und fallen wieder herunter, an einen Ort, wo ich nicht hinkomme. Klassenfahrten mit dem Bummelzug von Paramaribo nach Lelydorp. Ich lasse alles zu: Bilder und Gefühle, und ich schaue, was an mir vorbeizieht vor dem Fenster. An der Endstation gehe ich schnell nach draußen, nehme ein Taxi nach Scheveningen. Plaudere ein bisschen mit dem Fahrer. Steige aus und gehe, auf Empfehlung des Taxichauffeurs, direkt zum Kurhaus. Kaffee und Apfelkuchen. Ja, mit Schlagsahne. Nein, ich bin nicht verabredet. Ja, ich bin hier wegen dem Meer und dem Strand. Der Kellner lässt mich in Ruhe. Ich kann mich nicht sattsehen am

Luxus des Kurhauses und ertrinke darin. Draußen fällt das Meer über mich her. So viele Nuancen Himmelblau. Laufen. Nicht weinen. Weitergehen.

Mein erster Lohn als qualifizierte Lehrkraft wurde mir in einem offenen Umschlag überreicht von einem Mann im Dienst der katholischen Kirche. Eine lange Schlange Unterrichtender wartete auf ihre monatliche Vergütung. Ich bestätigte den Empfang und ging mit hocherhobenem Kopf raus auf die Straße, wo Mutter Louise auf mich wartete. Ich hatte sie gebeten mitzukommen und ich hörte zwar über hundert Kollegen beim Vereinslokal der Lehrergewerkschaft lachen und schwatzen, aber nur bei ihr wollte ich sein. Ich ging zu ihr und drückte ihr den Umschlag in die Hand: Für dich, Mama! Sie schüttelte den Kopf: Es ist dein Geld, Heli! Ich nickte und bat sie nachzusehen, ob der Inhalt des Umschlags übereinstimmte mit der beiliegenden Quittung. Ja. Und auf meine Bitte hin verschwand das Geld in ihrer Handtasche. Manchmal ist Glück eine Geste. Und mindestens vierundzwanzig Monate lang war das mein Glücksmoment mit Mutter. Sie hatte ihren Mädchen eingetrichtert, dass das einzige Geld, das sich wirklich lohnt, selbstverdientes Geld ist! Heißt das, Reichtum ist nichts für uns? Ja, sagte Mutter dann, und auch: Hätte ich euch lieber nicht in die Welt setzen sollen? Ihr Sohn sollte ein »reicher Mann« werden und dafür wäre sie sehr weit gegangen. Langsam schlendere ich auf der Promenade am Meer entlang. Ich bin beeindruckt von den Hotels, Restaurants und ähnlichem. Spaziergänger mit Hunden an der Leine. Holland berührt mich tief. Wohin ich auch blicke, nirgends leuchtet eine Zukunft mit Derik auf. Mit dem Wind im Rücken lese ich seinen letzten Brief wieder. Ich reiße ihn in kleine Papierfetzen, um seine Versprechen an mich zu zersplittern und zu zerstreuen im Wind. Einen Fetzen schließe ich in ein Seitenfach meiner Umhängetasche. Darauf Wörter, mit denen er mich in seinen Briefen anspricht. Kosewörter, herrlich wie Parfüm, prachtvoll wie schwere Juwelen. Obwohl Deriks Wörter nur aus Papier und Tinte sind, dringen sie in mich ein wie etwas, was ich nicht kenne, was mein Körper aber erkennt. Es ist das Verlangen nach tiefer körperlicher Nähe mit ihm. Das lebendige Feuer meines Daseins wird entfacht, Wärme durchströmt mich. Nach einem stundenlangen Spaziergang stehe ich wieder vor dem Kurhaus. Ich bin unschlüssig, nehme aber doch die Straßenbahn ins Zentrum von Den Haag. An Schaufenstern vorbeischlendern, ohne etwas zu wollen. Gehen, als wäre die Welt eine Bühne, auf der alles in Bewegung ist, ohne ein anderes Ziel als den Tod. Ich komme zum Hauptbahnhof. In der Gastsstätte suche ich mir einen Platz, als würde ich nach jemandem Ausschau halten. Eine Stunde. Noch eine. Bis ich zur Hauptverkehrszeit verschwinde und wieder in Utrecht ankomme. Gehen durch die Innenstadt. Schlendern zum LokalSranan-Sani. Ich nach drinnen, ohne Caatje. Wo meine rothaarige Freundin abgeblieben sei? Die Kellnerin hat mich erkannt. Cate arbeitet, lüge ich freundlich und: Sie hat eine Stelle gefunden als Vorschullehrerin! Die Kellnerin nickt verstehend und fragt, ob ich hier auf Cate warte. Ich schüttle den Kopf und bestelle das Tagesmenü. Und eine kleine Flasche Sprudel. Cate fehlt mir, ich schaffe es nicht, alles aufzuessen. Nach draußen. Nach Hause. Wo hast du nur gesteckt, Heli? Es ist Winston. Übertrieben freundlich. Einfach nur einen Tag geschwänzt, antworte ich ausweichend und schlüpfe aus Mütze und Mantel, gleich neben der Garderobe. Lya kommt zu uns. Hunger, fragt sie. Ich gebe zu, unterwegs gegessen zu haben, Reis mit braunen Bohnen. Sie lächelt und Winston fragt: Mit diesem holländischen Jungen, Hans? Gleichzeitig greift er in seine Innentasche. Ich war ganz allein, sage ich ärgerlich. Schau, ich habe fünfhundert surinamische Gulden für dich gewechselt zum Tageskurs, zähl ruhig nach, fast tausend niederländische! Ich nehme das Geld und weiß weder, was ich sagen, noch, was ich tun soll. Ich gebe Lya das ganze Bündel Scheine: Für meine Mutter, kannst du das bitte für mich verschicken? Sie nickt und nimmt das Geld an. Und ich gehe endlich in die Küche, blicke kurz zur Flasche Orgeat, hoch oben auf dem Küchenschrank; denke an meine Oma, dann schnell die Treppe hinauf zum Gästezimmer. Bei jedem Lidschlag leuchtet das Azurblau der Nordsee auf, als wäre es ganz nah.

Bernadette Julienne verheiratete Vanta war der Umzug von Nieuw-Nickerie nach Paramaribo im Hals stecken geblieben. Seekrank war sie nicht geworden, wie ihr Mann Anton, aber schrecklich erkältet. Fröstelnd und nicht imstande, auch nur ein Wort herauszubringen vor Halsschmerzen, hatte sie auf den Stadtkai gestarrt. Louise kümmerte sich um Laura, die fast zehn war, aber klein und zart. Sohn Winston und sein Vater behielten das Gepäck der Familie im Auge. Sie machte nichts, schaute einfach nur auf die Häuserfassaden der Stadt, die ab jetzt ihr neuer Wohnsitz sein würde. Nachzudenken war sie nicht imstande. Sie klammerte sich an das, was Winston senior gesagt hatte zum Abschied: Schwester Bee, überlasse alles deinem Mann und der Heeresleitung und versuche, gut zu sein zu deinen Kindern, dann wirst du bestimmt glücklich! Sein Gesicht hatte er sehr nah an ihres gebracht, um ihr, seiner einzigen Schwester, in die Augen zu schauen, und zum ersten Mal hatte sie im Dunkel seiner Pupille auch das Blau der Augen ihres Vaters aufflammen sehen. Das Blau des Himmels, dachte sie, und schaute zu, wie das kaffeebraune Flusswasser an den Landesteg schwappte. Überall schwarze Männer mit nacktem Oberkörper in Einbäumen. Das Schwarz ihres Mannes glänzte wie die Haut der Menschen, die lachten und winkten – dem Flussboot PERICA, das in der Hauptstadt vor Anker ging. Ihre Mädchen wurden unruhig, vor allem, als ein paar weiße junge Männer in Militäruniform zu ihnen kamen, um ihnen sicher an Land zu helfen. Einen Schritt nach dem anderen gingen sie über die Gangway, sahen sich unbehaglich um. Sie hielt die Hand von Laura, die sich mit der anderen Hand an Louise klammerte. Passagiere wurden abgeholt von Verwandten, die sie überschwänglich küssten und innig umarmten. Auf Familie Vanta wartete kein Blutsverwandter. So wurden sie dann auch in einem Armeefahrzeug zu ihrer »vorläufigen Unterkunft« gefahren, mitsamt ihrem Hab und Gut. Scott und Léon hatten im letzten Moment vorbeigeschaut, um ihr Geschenke zu bringen, aber obwohl beide verheiratet waren mit Stadtfrauen, hatten sie ihnen keine Adressen mitgegeben. Anton schien sich etwas erholt zu haben und ihre Kinder brannten vor Neugier. Ohne mütterliche Fürsorge hatte sie es geschafft. Ohne Vater in der Nähe hatte ihre Ehe gehalten. Sie hatte ja noch Gott und der war immer da. Weil sie erkältet war, hatte ihre Familie für die nächtliche Flussreise eine große Kabine bekommen mit allem Drum und Dran. Die Überfahrt hatte sie schlummernd in einem stabilen Bett verbracht. Ihre Mädchen bekamen Schokoriegel aus dem Kühlraum. Ja, ihre Familie wurde so viel besser behandelt als all die armen Schlucker, die mit ihren Kindern die Überfahrt durchstehen mussten auf Holzbänken und bei kalten Ozeanwindböen. Sie wurden an Land begleitet, und auch wenn kein Mensch fragte, ob sie eine »gute Reise« hatten – so bekam sie doch einen privilegierten Empfang in Paramaribo. Louise fand, die Stadt stinke nach Fisch und Schweiß. Sie selbst roch nichts. Sie sah, wie man sie musterte. »Hübsche Kinder« brachten Anton und sie nach Paramaribo. Und Ethel? Ein Blick mit Tränen in den Augen: denen ihres Mannes. Sicher dachte auch er an seine Tochter, die nicht bei ihnen war.

Dem Tod konnte sie nicht mehr lange entkommen. Sie wusste, ihr Ende lag in Reichweite eines Kalendermonatsblatts. Die Tauben, die sie in ihren Ehejahren in Paramaribo gehalten hatte, flatterten in ihr herum wie Blitze aus Licht. Ein paar ließen sich auf ihren Schultern nieder und sogar auf ihrem Kopf. Ein paar Tauben blieben knapp außerhalb ihrer Reichweite, die ganze Zeit, als wollten sie sagen: Ich habe dich sehr lieb, aber rühr mich nicht an und fange mich nicht und schlachte mich ja nicht! Lieblinge, die zu besonders waren, um allzu nah bei den Menschen zu sein. In der Jacobusrust hatte Anton ihr im Hintergarten einen hohen Schlag bauen lassen und einen Stall, in dem sie Hühner hielt und einen Hahn. Und wenn sie gleich beim ersten Hahnenschrei in den Hintergarten ging im Morgenmantel, flogen bis zu sechzig Tauben auf, um sie zu begrüßen, und gackerten die Hühner in ihren verschlossenen Käfigen, um erlöst zu werden von den Eiern, vor allem aber, um ihr zu folgen und aufzupicken, was sie streute an Mais und anderem Essen, mit ihren Füßen im Gebrochen-Weiß der Muscheln harkend, genau wie sie mit ihrer Harke. Und auch an einem solchen Morgen war der Tod anwesend, weil sie immer ein Taubenpaar und ein Huhn im Blick hatte, um ihnen die Kehle durchzuschneiden. Jahraus, jahrein tötete sie alle drei Monate zwei Tauben, drehte einem Huhn die Gurgel um. Es erregte sie nicht. Im Gegenteil, noch Stunden später war sie unnahbar wie ein Krokodil, das mit Tränen in den Augen verschlingt, was es am Leben hält – und was es genau deshalb nicht hatte umbringen wollen. Ein Moment der Gleichgültigkeit, und sie hatte versehentlich die Lieblingshenne des Oberhahns geschlachtet. Er hatte sie immer wieder angegriffen mit seinem Hahnensporn, bis der Verlust überwunden war und er ihre Hennen wieder befruchten wollte. Und wenn ein Fest gefeiert wurde, dann musste das Fleisch eben von woanders kommen. Mit kleinen Schritten ging sie durchs Wohnzimmer und schaute auf das Kruzifix an der Wand, an dem ein Mensch hing, der der Welt Frieden hatte bringen wollen mit seinem gewaltsamen Tod. Sie sprach ein Dankgebet. Ihre Verwandten waren überzeugt, dass Lauras Hochzeit mit ihrem Verlobten Bram – sie alle heilen würde von unausgesprochenem Leid. Ethels Verschwinden, die Übersiedlung in die Stadt, Louises Schwangerschaft und Helis Geburt. Dinge, die nie zur Sprache kamen, Antons und ihren Blutdruck aber in die Höhe schnellen ließen. So konnte ein harmloses Gespräch plötzlich umschlagen in einen Streit. Eine kleine Meinungsverschiedenheit Weinkrämpfe auslösen. Und obwohl die Versöhnung nie lange auf sich warten ließ und die Familie sich bei Tisch dennoch erfreute an dem, was ihre Küche täglich zu bieten hatte: Für Gefühlsausbrüche hatten sich unweigerlich Anlässe gefunden, bis Laura mit einem jungen Mann angekommen war, der frisch aus dem Ausland kam. Weiß wie Milchbrot war er und seine Worte gingen runter, sanft und süß wie Brotkuchen. Laura hatte immer schon Entspannung ins Haus gebracht, mit Musik aus ihrem Plattenspieler, und noch authentischer als die Schallplatte einer Unbekannten war der Klang ihrer eigenen Stimme. Vor Publikum singen und Kinder unterrichten, das waren Lauras Talente. Dass Bram eingeladen wurde, um ihre Eltern kennenzulernen, war auffällig. Ihre anderen Freunde waren unauffällig angeweht gekommen und genauso unauffällig wieder verschwunden. Bei Bram war alles anders. Er hatte eine Stelle an einer Privatschule gefunden und äußerte sich ganz klar: Alles wolle er tun, um Laura, ihre Familie und Paramaribo besser kennenzulernen. Er reiste ab, kehrte zu Laura zurück mit Verlobungsringen aus surinamischem Gold und dem Versprechen, in ihrem

Land zu leben, nach der Trauung in Holland. Die Verlobungsfeier war laut Vater Anton »viel zu überzogen« und laut Schwester Louise »nicht, was Laura wollte«. Winston hatte Erspartes von Bram in die Finger bekommen und es umgemünzt in »große Gesten«. Sehr stilvoll wurde die Verlobung an einem Samstag geschlossen, gesegnet von einem Prediger und ausgiebig gefeiert. Winston senior und seine Dame Mathilde waren aus Britisch-Guyana angereist an die flache Küste von Paramaribo. Auch Scott und Léon waren da mit ihren Frauen und Kindern, und von Antons Seite war seine Schwester erschienen mit vier ihrer Kinder. Nicht alle Verwandten wurden erkannt und anerkannt, aber es sah so aus, als ob alle, die schön waren und strahlten, bei Lauras Feier sein wollten. Und wie viel und was da alles gegessen und getrunken wurde – noch Wochen später bekam sie Komplimente dafür. Zufrieden reiste Bram in die Niederlande, um seine Angelegenheiten zu regeln, mehr noch, um die Hochzeitsfeier bei seinen Eltern zu Hause in Apeldoorn vorzubereiten. Laura wartete und wartete. Verwundert? Und nicht mal sie hatte ein Wort über Bram aus ihrer Tochter herausbekommen. Eines Tages fand sie den Verlobungsring auf dem Tisch neben Lauras Serviette. Weder mit dem weißen Hochseeschiff würde Laura abreisen noch im blauen Flugzeug. Laura blieb in der Jacobusrust. Hatte jemand nach einer Erklärung gefragt, hatte ihre Tochter nur vor sich hingestarrt, als wäre da niemand, der auf eine Antwort wartete. Sie hatte es mit der Angst bekommen. Sie legte sich auf das Sofa. Imker hatte die Plastikhülle entfernt und eine gestreifte Decke daraufgetan. Wohlig weich. Sie streckte die Beine aus. Lehnte den Kopf an die Armlehne. Es war unerträglich gewesen, die Sorge für Laura unbekannten Dritten zu überlassen in Kòlera. Der Gedanke, zu sterben und ihre Tochter auf der Welt zu wissen ohne Liebe, der war mörderisch für Bernadette Vanta und ein Grund, sich gegen ihren Verfall zu stemmen.

In der Jacobusrust gab es nur eine Straße. Die Straße, an der das Haus von Louises Eltern stand. Und obwohl sie wusste, dass die Nachbarschaft aus hundert Häusern bestand, extra gebaut, um ehemaligen Soldaten und ihren Familien eine gute Unterkunft zu bieten, für sie gab es nur *ein* Haus und das war das Haus von ihrem Pa und ihrer Ma. Nie hatte sie sich die Mühe gemacht, die Nachbarschaft zu erkunden – auch der Weg auf der anderen Seite des Hintergartens, der eine Reihe von Nachbarn miteinander verband, blieb ein nicht begangener Weg für sie. Sie war gerade zwanzig geworden, als sie dorthin zogen, und natürlich hatte Mutter Bee – keine große Lust auf den Umzug in ein neues Haus mit lauter Nachbarn, die denselben Brötchengeber hatten wie ihr Mann. Es gab Krach. Es hätte eine andere Möglichkeit gegeben: Vater Anton hätte das Haus, in dem sie gern wohnten, günstig kaufen können. Er hatte sich wieder quergestellt. Alle wohnten noch daheim. Laura hatte gerade mit der Ausbildung angefangen zur Hilfslehrerin. Sie selbst hatte ein Sekretärinnenzertifikat. Zwei Jahre später brach in Europa der Krieg aus und sie trat in den Militärdienst ein. Major Lester weiß, dass er am Samstagabend mit ihr als Erstes zur Waterkant fahren muss. Er parkt sein Auto an einer Stelle, wo sie den Fluss und die Wasserspiegelung gut sehen kann. Die Fahrt weg vom Haus und von Amora hatte ihre Stimmung gehoben. Eine lange Straße, glatt asphaltiert, rechts und links beleuchtete Wohnhäuser. Ein Mopedfahrer und ein weiteres Auto und Holband mit seinem Blutwurstkarren, umringt von seinen unersättlichen Anhängern. Ein Stück weiter Wanderwege, wo sich hauptsächlich *motyos* herumtrieben, Nutten. Die Stadt lag reglos am Wasser, und die Mandelbäume, die dort wuchsen, erweckten den Eindruck, dass Zeit für sie eine Rolle spielte, nicht jedoch für den Fluss und die Bäume. Und dass auch für Paramaribo Verfall nicht von Bedeutung war. Sie konnte nicht genug davon bekommen, in die Ferne zu schauen, wo der Ozean lag. Lester fragte, ob sie vielleicht doch aussteigen wollte für einen kurzen Spaziergang mit ihm, oder vielleicht allein? Sie stieg aus, blieb aber dicht beim Auto, starrte ans andere Flussufer, wo es vollkommen dunkel war. Das vierzehnjährige Mädchen, das mit seinen Eltern am Kai gestanden hatte, war zu einer Frau geworden, die sich irgendwo vier Kinder eingefangen hatte und ihres schönsten Traums beraubt worden war: in London zu leben, in der Haute Couture zu arbeiten mit einem attraktiven Mann als Lebensgefährten. Nichts zu sehen außer Wasser, sagt Lester schmeichlerisch und legt den Arm um sie. Einen Moment noch schaute sie auf das Weiß vom »Gouverneurs-Palais« und zur Statue der niederländischen Königin auf der angestrahlten Rasenfläche. Den Fluss im Rücken und den Blick tief in Lesters Augen, sagte sie wollüstig: Lass uns zur Garnison fahren, *my dearest!*

Das Holzhaus in der Tafelmanstraat hatte vier riesige Schlafzimmer. Es stand in einer Reihe mit anderen schicken Häusern an einer schmalen asphaltierten Straße direkt am Rand einer Büroanlage. Sie hatten einen Garten mit vier Zwergbäumen, Limette und Zitrone, einen hohen Zaun aus Holz mit Zinkplatten davor, und eine Schaukel ohne Sitz. In einem Viertel für hohe Beamte. Ihre Familie passte da nicht hin und Louises Eltern wussten oft nicht, wie umgehen mit den braunen Männern in weißem Hemd und Krawatte, die redeten wie die holländischen Jantjes. Und obwohl sie besser gekleidet waren als die Frauen und Kinder dieser Stadtherren, wagten sie kaum den Mund aufzumachen, wenn sie angesprochen wurden. Das Niederländisch, das sie aus Nieuw-Nickerie kannten, war durchtränkt von den anderen Muttersprachen ihrer englischen und französischen Herkunft und klang wie ein hindustanisches Liebeslied. Vater Anton mühte sich ununterbrochen, ihre Sprechweise zu verbessern. Er wurde zu einer Respektsperson in der Familie durch seine Art, mit den »hochnäsigen Nachbarn« zu sprechen. Mutter bewunderte ihn und sprach ihn mit neuen Wörtern an, auf eine neue Weise. Mutter nannte ihren Mann nicht länger »Mister Vanta«, sondern »Pa Anton«, und es klang wie »Panton«, manchmal »Ponton«; auch sprach sie ihn an mit rein holländischen Wörtern, die keiner verstand außer dem Angesprochenen selbst. Alle lachten sich kaputt, aber Mutter Bee gab nicht auf. Ein Jahr später war sie schwanger, und im Militärspital, in einem blendend weißen Zimmer, wurde Roger geboren. Zwölf Jahre nach Laura. Frau Vanta-Julienne wurde für unfruchtbar erklärt für den Rest ihres Lebens. Und da trat auch Gott wieder in das Leben der Vantas, denn Roger musste getauft, das Haus gesegnet werden und dafür musste ein Weg gefunden werden zu den Katholiken in der Innenstadt. Vater Anton meuterte. Seine Kinder und seine Frau wurden aufgenommen als Mitglieder der »schwarzen Kirche«, der Brüdergemeine. Kein Pfarrer kam an die Tür, um unentwegt Gespräche zu führen. Ehepaar Vanta bat einen Prediger herein, einen schwarzen Mann im Maßanzug, der genau das Holländisch sprach, das die Familie offenbar brauchte, um sich durchzusetzen in dieser Stadt der befreiten Nachkommen eines gewalttätigen Zeitalters. Kreolen.

Die Garnison war dunkel, aber das Vereinslokal erstrahlte in der Dämmerung und die rotweißblaue Fahne flatterte. Was schlicht »Vereinslokal« genannt wurde, war ein feiner Club mit höhergestellten Herren als Mitgliedern. Lester stand selbst recht hoch im Rang, ohne je eine Waffe getragen zu haben. Mit seinem Alkoholkonsum hatte er seine Ehe aufs Spiel gesetzt und nach und nach auch seine Kinder und seine Frau. Nach Florida hatte die sich abgesetzt, wo sie für ihre Kinder einen guten Stiefvater gefunden hatte und für sich selbst einen besseren Ehemann. Er konnte damit leben, sagte Lester. Blechbläser und professioneller Musiker: Er war beliebt, auch außerhalb der Armee, wo man ihn vor allem für seinen künstlerischen Beitrag zu allerhand schönen Tanzveranstaltungen schätzte. Damit Musik zu einem tiefmenschlichen Genuss wird, braucht es mehr als eine Partitur voller Notennotierungen für Instrumente, wackere Weiber braucht es, gutes Essen, Hochprozentiges und eine Tanzfläche; diese Worte murmelte Lester ohne Scheu, ohne Bedauern, ohne Leid. Seine Lebenszeit war der Musik gewidmet. Leben ist ein natürlicher Vorgang und schreitet von selbst voran, *mi gudu* Louise, aber, mein Schatz: Überleben ist eine Kunst, dafür brauchst du eine eigene *driving force*! Auch an seinem freien Tag lagen seine Instrumente auf dem Podium, griffbereit. Sie wusste das. Auch weil er so groß war, so schwarz, so musikalisch und so klug, liebte sie ihn. Und war er ausnahmsweise sternhagelvoll, dann ließ sie ihn von einem guten Freund in seinem eigenen Saab zu ihrem Haus fahren, und in ihrem Schlafzimmer ließ sie ihn liegen und sich rumwälzen und torkeln und brechen so lange, bis er wieder der Alte war. Ihre Kinder hatten begriffen, dass Lester wie ein geliebtes »außerirdisches Wesen« von ihrer Mutter in ihre Privatsphäre aufgenommen worden war, um zu bleiben. Ihnen blieb nichts anderes übrig, als ihn respektvoll zu akzeptieren. Lester und sie setzten sich so, dass sie die Combo gut sehen und hören konnten. Louise hatte sich wieder ganz gefangen bei diesen Kerlen in ihren ordentlich gebügelten Uniformen: das Grün, das kein Grün war, die Verzierungen, die keine Verzierungen waren, die Kraft, die keine Kraft war, die Lebenslust, die keine Lebenslust war. Und natürlich fand sie bei jedem Militär etwas von dem wieder, was sie verloren hatte, als sie für immer verlassen wurde von dem Mann, der sie zur Frau gemacht hatte und zur Mutter. Gordon war atemberaubend gewesen, als er sie in seiner weißen Uniform mit schmucker Uniformkappe angesprochen hatte: Auf Braun stehe ich ja nicht, aber du durchbrichst meine Verblendung! Keine

Schnappatmung jetzt, hatte sie gedacht. Spielst du gleich mit, Lester? Er nahm ihre Hand: Nein, diesmal bleibe ich hier und die Combo spielt ein Lied von mir für dich, speziell für dich geschrieben, Louise. Mit den Fingern fuhr sie über die rauen Stoppeln um seinen Mund. Das ist Paramaribo, dachte sie: Die Hautfarbe entscheidet über Verlust oder Gewinn! Immer mehr Paare kamen zu ihr und Lester. Sie kannten sich. Sie begrüßten sich mit gehauchten Küsschen und kräftigen Umarmungen. Die Frauen dufteten wie immer köstlich, und ihre Männer trugen helle Maßanzüge mit offenen Sakkos. Die Damen flüsterten miteinander. Die Männer rissen die ganze Zeit Witze in Sranan, der Verhandlungssprache der Straße, als wollten sie klarstellen, dass der Unterschied zwischen Einheimischen und Ausländern nicht verschwindet, nur weil man demselben Königshaus dient. Sie redete nie viel. In Gesellschaft verheirateter Paare war sie eher zurückhaltend. Sie war aufmerksam und antwortete freundlich, wenn man ihr eine Frage stellte. Freund Lester wusste, dass er den Ehemännern keine Gelegenheit geben durfte, mit ihr zu tanzen. Meine Dame ist nur für mich da, sagte er streng, und darauf nickte sie geradezu freudig. Seit ihre Tochter ein Verhältnis hatte mit Derik, nahm sie sich noch mehr in Acht. Störrisch war sie von Helis Verhalten geworden und oft nicht einmal mehr zu sexueller Erfüllung imstande. Sie betrachtete das Ensemble, das Platz nahm zum Spielen. Gut, dass Heli weg ist, dachte sie und trank einen Schluck von ihrem Gin Tonic, Helis Anwesenheit zu Hause war schlimmer gewesen als Zahnschmerzen. Louise Vanta hatte noch nie Zahnschmerzen gehabt, aber ihr fiel nichts anderes ein, was genauso an den Nerven zerrt wie eine Sexuell-reife-und-bockige-Tochter! Die Combo setzte ein mit »Louise«.

In Zorg & Hoop hatte Imker alles besorgt, was Großmutter aufgezählt hatte: Kokosöl, Sojaöl, Sardinenbüchsen, Wijsman-Butter, Anissamen, Vanille, Haferflocken von Quaker, Rosinen, Honig, aber einer, der fließt, Kartoffeln ohne Triebe, Eier, aber weiße, braune Bohnen, Milchpulver aus der Dose, Kondensmilch, Demerara-Zucker, Mehl, Backpulver, Putzmittel, Zahnpasta, Seife, Binden, Waschpulver für die Waschmaschine, Rizinusöl aus der Drogerie, neue Scheuerlappen. Neben den Einkäufen lag ein riesiger Strauß langstieliger Sonnenblumen mit einer besonderen Bestimmung. Während Großmutter zusah, lud sie ihre Fracht in der Küche ab und rief gehetzt: Ich gehe gleich wieder los, ich gehe zu Laura! Und sie ließ Oma in der Küche zurück mit Besorgungen und ein paar Blumen, ging durch die Hintertür, rannte zum Tor und stieg in den Kleinbus, in dem schon andere saßen. Es war fast zwölf Uhr und vielleicht Essenszeit an der Cultuurtuinlaan, aber Laura hatte bald Geburtstag und Imker wollte sie wissen lassen, dass die Familie daran dachte. Geschenke konnten warten. Es sollten aber Blumen dort stehen, wo Laura sie zu jeder Tageszeit sehen konnte, bis zu ihrem Geburtstag. Das könnte ein schwieriges Gespräch werden mit der Abteilungsleitung in Kòlera, aber Dr. Albert hatte versprochen sich einzuschalten, falls sie sich weigerten. Rabiat kurvte der Fahrer durch die Stadt zum Zielort. Kòlera, rief er aufgewühlt. Sie sprang schnell aus dem

Kleinbus und nahm den Strauß Sonnenblumen. Den Fahrer bezahlt hatte sie schon, und er und ein paar Fahrgäste nickten ihr ermutigend zu. Sie ging zum Pförtner. Es war wirklich Essenszeit, aber sie wurde erwartet. Kaum war sie hinter den Mauern der Anstalt, kam Laura mit schnellen Schritten auf sie zu. Laura lachte sogar und ihre Augen strahlten: Blumen für mich! Es gab kein Zurück. Laura hielt den schweren Strauß an den Stielen fest, drückte ihn an sich: Sonnenblumen, weil ich übermorgen Geburtstag habe – und steckte den Kopf in das Gelb der großen Blüten. Einen Moment lang war Imker so überrascht, dass sie nicht wusste, was zu tun war. So freudig erregt hatte sie die Schwester ihrer Mutter noch nie gesehen. Ich behalte sie bei mir, sagte Laura und: Bis sie ganz verwelkt sind, Imker, weil bei uns keine Vasen mit Wasser und Blumen stehen dürfen, weißt du? Sie musste schlucken: Ja, Laura, aber vielleicht finden wir drinnen doch noch einen Platz für deine Geburtstagsblumen! Laura nickte: Sonnenblumen und dazu so viele auf einmal brauchen keine Vase, eher einen Eimer mit frischem Wasser, oder? Zusammen gingen sie zum Besucherraum, wo es auch einen Tisch gab »Empfang & Information«. Alle anderen Patientinnen waren beim Essen. Laura hatte keinen Appetit, sie wollte draußen sein. Bringst du auf einmal Blumen mit für sie? Die Schwester lächelte in sich hinein. Und Laura flüsterte: Wo sollen wir sie hintun, die schönen Sonnenblumen für meinen Geburtstag? Die Schwester holte noch eine Kollegin und sie berieten sich zischelnd. Laura und Imker konnten nichts verstehen. Es dauerte. Sie wurde ungeduldig, ging zu ihnen, während Laura weiter weg wartete.

Und plötzlich flog es ihr über die Lippen: Darf Laura mit raus zu ihrer Mutter bis zu ihrem Geburtstag? Sie hatte geflüstert, damit Laura es nicht hörte, weil der Vorschlag töricht war und wenig aussichtsreich. Zuerst die Blumen, sagte die Schwester. Und die andere mit hochgezogenen Brauen: Deine Bitte bespreche ich morgen früh mit dem behandelnden Arzt. Sie nickte dankbar und alle drei sahen zu Laura, die immer noch die Blumen hielt, ohne sich von der Stelle zu rühren. Komm, Laura, sollen wir uns irgendwohin setzen und eine Zigarette rauchen? Aber Laura schüttelte den Kopf und wollte wissen, was die Schwestern vorhatten mit dem Strauß. Es war auch wirklich unvernünftig, so viele Schnittblumen auf einmal in eine Umgebung zu bringen, wo sie nicht gedeihen konnten, weil es keinen Nährboden gab für sie: keine Vase, keinen Eimer, kein frisches Wasser. Und auch sonst nichts, was auch nur die geringste Ähnlichkeit hatte mit »Mutterliebe«. Selbst Tiere brauchen so etwas dringend. Die Schwestern fanden einfach keine Lösung für Lauras Strauß und Laura blieb einfach stehen mit ihrem vom Blütenstaub gelb verfärbten Gesicht. Ein seltsamer Anblick. Und allen, die sie sahen, war klar: Laura würde die Blumen behalten! Ob Laura etwas essen wollte vom Javaner draußen? Nein? Keinen Hunger? Ich habe so lange auf Blumen gewartet, sagte Laura leise, und auch: Geh ruhig nach Hause! Aber wie, unter diesen Umständen. Was machst du dann mit den Blumen? Eine sehr einfache Antwort und gleichzeitig die richtige Lösung für ein Problem, das keines war, als Laura antwortete: Ich gebe allen meinen Freundinnen gleich eine Blume! Toll. Aber was ist mit dir? Es klang zornig. Laura sah sie erstaunt an: Imker, die Blumen sind für meinen Geburtstag, mit oder ohne Wasser! Sie und Laura sahen sich ernst an und nickten einträchtig. Warten, zusammen warten, bis die Freundinnen fertig waren mit ihrer warmen Mahlzeit. Jede Blume würde gehalten werden von der warmen Hand einer Frau. Imker würde dafür sorgen, dass Laura selbst auch eine behielt, notfalls so lange, bis kein Blütenblatt mehr dran war.

Sie verließ Kòlera, vor sich das Bild der Frauen mit je einer großen Sonnenblume an einem kräftigen grünen Stiel in beiden Händen, ihre Blicke auf Laura und sie gerichtet. Sie ging durch den Palmengarten, lauschte dem Rauschen Hunderter Palmblätter. Langsam gehen und den Passat singen hören für Laura. Der Vorschlag, sie nach Hause zu holen, zog bestimmt gerade wie Marinade ein in die Hirnmasse einiger Machthaber in Kòlera. Laura Vanta für eine Nacht in Zorg & Hoop bei ihrer Mutter? Vielleicht würde sich die Gelegenheit nie wieder ergeben. Sie sah mit eigenen Augen, wie Großmutter Bees Kräfte sie verließen. Auch wenn Dr. Albert behauptete, es könnte womöglich noch ein gutes Jahr dauern wegen Omas starkem Herzen: Sie als Enkelin, ganz nah bei Oma, machte sich weiter aufs Schlimmste gefasst, und auf seine Beruhigung war sie nicht angewiesen. Großmutter hatte ein Recht auf Laura, Punkt! Und ob sie, ohne Ausbildung als Pflegerin, vierundzwanzig Stunden lang fertig würde mit Laura, war eine törichte Frage: Sie wurde doch so klar im Kopf bei den Frauen in Kòlera und Laura war ihr vertraut. Mitten am Tag wirkte der Palmengarten verlassen. Sie sah an den glatten Stämmen hoch, die fest wurzelten in dem Boden, auf dem sie stand, und sie konnte sehen, wie das Blätterdach sich wiegte wie ein großer Frauenkopf, der nichts versteht vom Nordostwind. Die Frauen mit den Sonnenblumen brannten auf ihrer Netzhaut. Sie zwinkerte ein paarmal. Als ihr Brüderchen Audi noch nicht mal sprechen konnte und sie mit Heli, Babs und ein paar Sachen zum Schlafen rübergezogen waren in das Holzhaus in der Stadt mit der steilen Treppe zum Dachboden und die Zimmer noch nicht eingerichtet waren, war sie eines Nachts wach geworden von Geklopfe an der Tür, an den Fenstern. Mutter war auch wach und wanderte durch die Zimmer und fragte plötzlich mit einer Angststimme: Wer ist das? Und dann die Stimme von Mutters kleiner Schwester: Ich bin es, Louise. Leise und klar. Was willst du, Laura? Und wieder: Ich habe Angst draußen, ich will bei dir sein, mach mir auf! Und wieder und wieder bat Laura darum, ins Haus gelassen zu werden. Imker hatte zu Mutter geschaut. Sie, Heli und sogar die kleine Babs, die auch aus dem Schlaf gerissen worden war. Sie hatten erschreckt und erstarrt Mutter Louise angestarrt, die deutlich und streng rief: Geh weg, Laura, geh zur Jacobusrust, hier kommst du nicht rein! Es war still geworden draußen. So still war es plötzlich auch drinnen. Sie konnten hören, wie die Schwester ihrer Mutter in der Nacht über den Asphalt davonstöckelte auf hohen Hacken. Großmutter und Mutter könnten vielleicht Rechenschaft ablegen über diese Nacht. Am nächsten Tag war Laura nicht bei der Arbeit erschienen. Aber krankgeschrieben war Laura auch nicht. Ihr Arbeitgeber gab ihr drei Wochen bezahlten

Urlaub zum Auskurieren. Aber was hatte Laura eigentlich? Imker war fest entschlossen, es herauszufinden. In einer Familie, die so klein gehalten wurde, durften Ereignisse sich nicht auflösen wie Wasserdampf über kochendem Wasser. Sie war eine Vanta, wie Laura, die sie besucht hatte. Mit demselben Familiennamen gingen sie durchs Leben und Lauras Geschichte würde nicht wie durch Zauberhand verschwinden, nur weil man so tat, als gäbe es sie nicht. Albert hatte gesagt, bestimmt würde sie eine »gute Pflegerin« abgeben. Vielleicht. Eine gute Blutsverwandte wollte sie sein. Mehr nicht! Schritte, die immer näher kamen. Auch Stimmen. Sie stand auf. Verließ den Palmengarten. Wo konnte sie in Gottes Namen ein Taubenpaar auftreiben für Taubensuppe?! Das Paramaribo ihrer Großeltern gab es nicht mehr. Oder doch? Schließlich war es vor allem Großmutter, bei der Imker die Geschichte einfordern konnte.

Fünf

Für Großmutter war die lebensgefährliche Entbindung, zärtlich gepriesen als »die Erscheinung des Engels im Haus«, der Anfang einer Ruhephase, was den körperlichen Aspekt ihrer Ehe betraf. Fast jedes Jahr ein Kind, wenn man selbst noch nicht ganz Frau ist – der Außenwelt mochte es als gesund und gesegnet erscheinen, für sie war es aufreibend. Nach Ethels Geburt brachte sie die Frauen, die sie besuchten, schallend zum Lachen mit der Bemerkung, ihre drei Kinder würden ihr Dasein restlos auffressen: sie tranken ihr nicht nur die Brüste leer, sondern waren auch völlig abhängig von ihr. Und sie erzählte auch, sie hätte sich bei der Entbindung geschämt, nackt und mit gespreizten Beinen zu stöhnen und zu pressen, während andere zusahen, was da unten aus ihr rauskam. Alle zusammen riefen die Frauen dann: *No man!* Diese Schlussfolgerung wurde in ihren Kreisen sogar zu einem geflügelten Wort, das immer und überall verwendet wurde, auch heute noch, verballhornt zu: *nò mang*, echt nicht, nie und nimmer! Und Großmutter konnte noch lachen, wenn frühe Erinnerungen hochkamen. Dann wollte Enkelin Imker vor allem über Laura sprechen. Aber sie nicht. Ungewollt fand sie sich wieder in dem Herrenhaus aus Holz in der Stadt, stilvoll eingerichtet von anderen, die plötzlich aufbrechen mussten und abreisen zu einer geheimen Adresse im Ausland. In dem Haus, zwischen den Sachen, die ihr nicht gehörten, hatte sie manches Mal das Gefühl beschlichen, eine Einbrecherin zu sein, ein Hausmädchen oder ein unerwarteter Gast. Als ihr eigener Hausrat abgeholt wurde vom Landesteg, blieben die Kartons lange verpackt im Hintergarten, unter einer Schutzplane, vor der Umzäunung aus Zinkblech. Ihr neues Heim war komplett ausgestattet. Auch mit Kleidung und Bettwäsche und Tischwäsche. Die Heeresführung hatte sie gebeten, »alles pfleglich zu behandeln« und – zu warten, bis eine andere Unterkunft frei werde für ihre Familie. Es könne ein paar Monate dauern. Aus den Monaten wurden Jahre. Das Herrenhaus zu pflegen war anstrengend. Sie hätte Hilfe haben können von einer Nichte ihres Mannes; wieder hatte sie abgelehnt. Ein »Vorkind« von Bruder Scott kam vorbei, um sich zu verdingen als Haushaltshilfe; auch dieses Mädchen lehnte sie ab. Winston und Louise mussten ihr eigenes Zimmer putzen und wenn nötig im Haus helfen. Kein Problem, also? Das Problem lag in ihrem Schlafgemach, wo Ehemann Anton sie wieder einforderte in der Nacht. Davor, nach Lauras Geburt, fast zehn Jahre ohne die Angst, schwanger zu werden, das waren im Grunde ihre schönsten Ehejahre gewesen. Genau in dieser Zeit hatte sie ihren Mann so sehen können, wie er wirklich war: ein Junge, genauso verwaist wie sie, und vielleicht konnte sie lernen, ihn zu lieben, weil er ihren Körper nicht einforderte. Und dass er in diesen Jahren mehr trank, als gut für ihn war, und sein Vergnügen oft suchte im Glücksspiel, war ihm gegönnt. Sie hatte ihn versorgt, liebevoll, als wäre er ein Halbgott. In Paramaribo war es vorbei mit dem Trinken und dem Spielen. Stattdessen nahm er sie fast jede Nacht auf dem hohen Hochzeitsbett eines fremden Ehepaars. Über dem riesigen Bettgestell hing ein fast durchsichtiges Mückennetz in der Farbe Gebrochen-Weiß. Die Farbe hätte sie noch im Traum erkannt, denn kaum fiel Morgenlicht durch die Fenster, wollte Anton wieder. Und wenn er endlich aus dem Bett stieg, um zur Garnison zu gehen, hörte sie ihn pfeifen unter der Dusche, während sie, halb nackt, zum Moskitonetz starrte, bis sie ihn davonradeln hörte. Sie aus dem Bett, Frühstück machen für Winston und Louise, die zu ihrem Kurs mussten. Und wenige Monate später war sie schwanger. In anderen Umständen mit Roger, und dabei brauchte das nickerianische Schulmädchen Laura sie und Vater Anton dringend, um sich zu verpuppen zum Stadtmenschen.

Aber sie konnte wirklich nicht mehr lange sprechen. Sie sollte mal versuchen, das ganze Leben, das aus ihr hervorgegangen und meistens zum Greifen nah geblieben war, in kurze Geschichten zu gießen, so, wie sie es machte mit Käse-Windbeuteln, die sie in winzig kleine Förmchen goss, denn Enkelin Imker musste lernen, von ihrem eigenen Daseinsstoff zu kosten: Verwandtschaftsblut! Schließlich fasste sie alles zusammen zu einem fast schon spirituellen: Imker, bring Laura zu mir, dann wirst du ein Wunder erleben! Als ob »ein Bissen Brot« genügte, um ein ganzes Vanta-Julienne-Geschlecht zu nähren. Und sie hatte ihrer Enkelin geraten, auf jeden Fall das Angebot von Hausfreund Albert anzunehmen: Ärzte untereinander …

Der kriegt das schon gedeichselt. Und als ihre Enkelin wieder zu Hause war, versuchte sie zu singen, aber sie brachte nur ein Summen zustande. Ich bin eine Honigbiene geworden, Imker! Und Imker antwortete auch nur summend: Hhhmmm. In den Zimmern die Radiostimme mit den Todesanzeigen, die hörte sie sich weiterhin genau an jeden Tag. Beim Radio drehte sie sich um und nahm ihre ganze Kraft zusammen, sagte: An ihrem Geburtstag bei mir reicht schon weil Laura hier nicht zu übernachten braucht weil ...! Sie presste die Lippen fest zusammen. Sie setzte sich. Imker hatte den Handmixer eingeschaltet und konnte sie sowieso nicht hören. Was hatte sie eigentlich sagen wollen? Sie betrachtete die Sonnenblumen, die ihre Enkelin zusammen mit den Einkäufen hereingeholt hatte und die sie zufrieden – im ganzen Haus verteilt hatte in Vasen voll klarem Leitungswasser; herrliche Blumenvasen, die erinnerten an das Hochzeitsfest von Lya mit ihrem Sohn Winston.

Es gab Jahre, da wurde Lauras Geburtstag ignoriert. Kein Mensch beglückwünschte sie zu einer Tochter, die inzwischen schon so lange unsichtbar war. Tochter Ethel kannte niemand in Paramaribo, und auch ihr Geburtstag wurde nur von Vater Anton begangen: Tagsüber war Anton völlig unansprechbar und abends ließ er sich volllaufen! Sie allein wusste davon. Aber Laura hatte in der Innenstadt einen Namen gehabt, vor allem als die beliebteste Volksschullehrerin: Eltern wollten ihre Kinder in ihre Klasse schicken und in keine andere! Sie hat alles, was eine Frau anziehend macht für Klein und Groß, hatte Bram verliebt gestanden bei der Verlobung. Und sie, als Lauras Mutter, hatte solche Komplimente gehört und ertragen in allen Lebenslagen. Der Tag von Ethels Geburt war zu Hause nie unbemerkt geblieben, aber der von Laura wurde verschwiegen. Als ob alle tagelang etwas ausbrüteten: Eine Woche später wurde der Geburtstag von Nachzügler Roger viel zu überschwänglich gefeiert mit so vielen Kindern in der Jacobusrust, ausgerechnet da, wo Laura so glücklich gewesen war als junge Volksschullehrerin. Auf der breiten Außenterrasse, da hatte sie täglich nach der Arbeit gesessen: in Heften blättern, Hausaufgaben ihrer Schüler korrigieren und zur Straße schauen, wo oft Bekannte vorbeigingen, die ihr zuwinkten. Nach dem Essen wurde der Plattenspieler angestellt, leise, um niemanden zu stören, und während die wunderbare Stimme von Patti Page erklang, kam das ganze Haus in den Genuss von Lauras Gesangseinlage: *I am glad that you're happy with somebody else but I am sorry it could not be me!* Und der gemächliche Gleichtakt der Jahre hatte nichts Beunruhigendes. Und trotzdem dachte sie als Mutter jedes Mal, wenn sie ihre Tochter so friedlich sitzen sah: Mein Gott, wenn sie doch nur mit Bram verheiratet wäre. Als sie dann dachte, darauf keine Antwort zu haben, überkam sie Panik. Ein Husten stieg auf, tief aus ihrem Innern. Obwohl sie genau davor so schreckliche Angst hatte, weil Husten so unglaublich schmerzhaft war. Keuchend schaute sie zum Kruzifix an der Wand, flehte, doch bloß nicht gehen zu müssen, ohne Tochter Laura gratulieren zu können zu noch einem Lebensjahr. Wie hatte ihr Mädchen es so lange ausgehalten mit so viel unausgesprochenem Leid hinter den Kòlera-Mauern? Der Husten brach nicht heraus, aber Großmutter hatte weiter Schmerzen.

Dann begehe ich den Herbst in den Niederlanden. Fassungslos sauge ich die Farbenpracht der Bäume und Böschungen auf. Ich nutze den Samstag, um mich kurz in die Innenstadt zu wagen, aber sobald es mir zu viel wird in der Menschenmenge, flüchte ich aus dem Stadtzentrum, ohne zu wissen wohin. Mütze auf. Schal um. Offener Mantel. Stiefel an. Bin ich müde? Ich gehe in ein Restaurant. Bestelle eine Scheibe Brot mit Schinken und Spiegelei und eine Flasche Mineralwasser mit Sprudel. In Parks und in den Wald gehe ich nicht. Es soll nicht so aussehen, als ob ich etwas suche, was ich nicht finden kann. Überbordender Herbstverfall rührt mich. Ich bin noch keine einundzwanzig und vielleicht noch zu jung für einen fest umrissenen Lebensweg. Die Gehsteige sind mit Herbstlaub bedeckt. Beruhigend. Derik schreibt weiter Briefe, die mich stundenlang verwirren, aber es ist wie bei meinen Lieblings-Popsongs: Sie erregen mich, ohne mich zu befriedigen. Mutter Louise habe ich oft zu anderen Frauen sagen hören: Meine Kinder geben meinem täglichen Leben Hand und Fuß. Jetzt kann ich sie besser verstehen. Das war keine Ausrede, sondern Realität. Sie hat mir oft erzählt, wie sie meinen Vater kennengelernt hat, aber ich konnte mir partout kein Bild machen von gutaussehenden Soldaten, Armeefahrzeugen und Jeeps, hübschen Mädchen im Tarnanzug. In Europa herrschte Chaos. Vorrückende Kriegsgewalt hatte Städte zerschossen und unzählige Familien zum Wehklagen verurteilt. Großvater Anton hatte sich geweigert, im Ausland zu dienen, und wurde degradiert. Er musste auf Strafmission in den Urwald und kam Monate später in miserablem Zustand zurück, erkrankt an einer Malaria, von der er sich nie mehr richtig erholte. Mein Vater entschied sich für die Küstenschifffahrt. In seiner weißen Uniform und mit seinem spitzbübischen Blick lagen ihm die Mädchen reihenweise zu Füßen. Mutter nicht? Mutter auch? Manchmal behauptet sie: Gordon hat sich meinen Körper genommen, ohne ihn von mir bekommen zu haben. Hast du ihn nicht geliebt? Hast du ihn sehr geliebt? Mutter weiß es nicht mehr. Sie weiß, dass ihre Schwangerschaft eine Katastrophe war für die Vanta-Familie in der Jacobusrust und dass ihre Mutter anfing, dicke Zigarren zu rauchen am Abend und Tabak zu kauen in der Nacht. Sie hat nie vergessen, wie Vater Anton Tränen in die Augen stiegen, wenn er sie ansah. Und was dachtest du dann, Mama? Sie weiß es nicht mehr. Sie hat das Elternhaus verlassen mit mir unter dem Herzen, ohne zu wissen, wo sie die Nacht verbringen soll. Und wo hast du dann geschlafen, Mama? Jedes Mal sagt sie leise: Meine Schwester hat mich zurückgeholt und sogar ihr Zimmer geteilt mit mir. Auch das Bett? Mutter Bee hatte die anderen Schlafzimmer abgeschlossen. Der Boden neben Lauras Bett war kalt. Und als mein Zustand sichtbar wurde, habe ich meine Armeekleidung brav abgegeben. Mutter besuchte einen Jurakurs am Nachmittag, bezahlt von ihrem Bruder, der blitzartig als Vertreter Karriere gemacht hatte bei einem Speditionsunternehmen. Und was war mit deinem Gordon, Mama? Ihm wurde der Kontakt mit mir untersagt von seinem Brötchengeber. Von der KNIL?! Warum hast du nicht abgetrieben, Mama? Sie war erschüttert von meiner Frage, trotzdem antwortete sie lasch: Ich hatte solche Angst vor dem Tod, mein Kind, und ich habe alles getan, um mich und dich am Leben zu erhalten! War deine Mutter bei der Geburt dabei, Mama? Sie schaudert: Ich habe nach ihr gerufen, ich weiß nicht, ob sie gekommen ist, ich habe so viel Blut verloren, Kind, aber in Mitteleuropa wurde Jagd auf Menschen gemacht; die Gaskammern liefen auf Hochtouren, die Flüsse färbten sich rot … Paramaribo war ein sicherer Ort, um dich zur Welt zu bringen, Heli! Und zwanzig Jahre später sitze ich seelenruhig irgendwo in der Mitte der Niederlande und erfreue mich ganz alleine am Herbst?

Onkel Winston hat keinen Kontakt zu seinen Kindern, versucht mich aber immer und immer wieder davon zu überzeugen, dass regelmäßige Anrufe bei meinem Vater mir Geld bringen können. Ich frage, ob er denn seinen Kindern Unterhalt zahlt. Dröhnend zerlacht er meine Frage: Meine Kinder haben das Glück, einen steinreichen Stiefvater zu haben! Ich erkläre Winston, dass ich kein Geld brauche. Er bleibt dabei, dass meine Mutter das Recht hat auf Geld von Gordon. Ich erkläre, dass es dann die Sache meiner Mutter ist, meinen Vater vor Gericht zu schleifen. Dann sagt der Bruder meiner Mutter nichts mehr. Er kennt sich gut aus mit Jura, hat es aber nie beruflich genutzt. Er meint, in ihm sei zu viel »Sklavenhalter-Blut«, als dass ihm die Nachkommen der Befreiten – eine Chance gegeben hätten in dem, was er nennt: die »kreolische Gesellschaft von Paramaribo«. Mutter Bees Vorfahren waren steinreich geworden durch das gewalttätige Konstrukt der harten Sklavenarbeit; und obwohl er nie einen Cent davon gesehen hat: die Stadtkreolen lassen ihn dafür büßen! Mutter Louise und Großmutter Bee sehen das genauso, schweigen Winstons aufrührerische Gedanken aber lieber tot. Roger hat sich für eine Frau entschieden, die sich etwas darauf zugutehält, keinen Tropfen »Sklavenhalter-Blut« in sich zu haben; Wonny lässt manchmal raushängen, wie unangenehm es ihr ist, einen Namen zu tragen, den sich ein Rassist ausgedacht hat: Vanta – auch wenn er mit der Zeit heilsam klingt und nicht mehr beunruhigend. Roger lässt sie reden. Sein eigenes Streben ist zwar historisch inspiriert, aber ganz auf neues menschliches Leben gerichtet. Außerdem: Schwärzer als Vanta kann es auf der ganzen Welt nicht geben. Ohne Wenn und Aber. Und am Sonntag nach der Kirche wird Kaffee ausgeschenkt und die Sahne aus Mohrenköpfen gelöffelt, während Scherze darüber gemacht werden, wie frisch die ferne Vergangenheit schmeckt in Holland. Manchmal stehe ich kurz im Mittelpunkt mit zweimal Eingefleischten-Kolonisatoren als Vorfahren. Es tut weh. Ich habe nie ein Lebewesen versklavt und ich werde es auch nie tun. Und Onkel Winston kennt meine Antwort: Mein Vater und ich werden zueinanderfinden irgendwann in der Zukunft. Ich bereite mich auf ein Referat vor und mein Thema ist »Blutsverwandtschaft«. Ungewollt werden allerhand Tintenlinien plötzlich zu Blutlinien. Sprechen will ich statt über Sklavereizustände über den Nachnamen meines Großvaters, den man seiner Mutter gegeben hatte, als sie freigekauft wurde. Über die Gemeinschaft seiner Eltern will ich sprechen, vor der er als Junge floh, um lieber Soldat zu werden als etwas anderes. In dieser Plantagengemeinschaft sah er für sich keine Zukunft. Die Welt in Übersee und die in der Nähe, sie waren wie eine Hölle, vor der die Garnison Schutz bot. Seine Kommandanten wussten, dass Soldat Vanta sich zu Tode fürchtete vor Waffen, Blut, Leichen. Aber was sollte so ein Plantagenjunge schon in Paramaribo? Nichts. Was dachte so ein schwarzer Junge über die Menschen in seiner Heimat? Ich weiß es nicht. Er wurde entsendet. In eine Dorfkaserne. Standort Nieuw-Nickerie. Sein Arbeitsmaterial bestand aus Papier, Füller, Tinte. Neben seinem Namen stand Schriftführer. Nie hat er jemandem etwas zuleide getan. Heute hat seine Tochter Laura Geburtstag. Ich habe ihr eine Postkarte geschickt mit leuchtenden Sonnenblumen von Van Gogh und lauter lieben Worten aus meiner Feder. Wird sie lächeln? Imker und ich hatten gehört, wie Mutter sich weigerte, die Tür zu öffnen und sie reinzulassen, als sie verzweifelt war. Ich hielt Imkers Hand fest, während wir Mutter Louise anstarrten und unsere Tante verschwinden hörten im tiefen Dunkel der Nacht. Als Zehnjährige hat man schon ein Gespür für »Gut & Böse«. Mutter war da zum ersten Mal gemein. Und dann passierte etwas noch viel Schlimmeres.

Am Abend steht Cate vor der Tür. Sie bringt mir »gute Neuigkeiten«: Sie hat eine Stelle als Vertretungslehrerin! Im Wintermantel, mit Handschuhen und Mütze stehe ich jetzt auch vor der Haustür und unterhalte mich mit ihr. Selbst die Garagentür ist eiskalt. Ob ich sie ins Haus bitten darf? Es ist windig auf der Straße und dunkel. Ich zögere.

Sollen wir in die Stadt gehen, Heli? Ich schüttle den Kopf. Cate mault: Sie halten dich hier gefangen in ihrem Haus! Erneut schüttle ich den Kopf. Cate spricht nicht von ihrem Freund, der ihr nachgereist ist, und ich stelle keine Fragen. Wir verabreden uns für nächsten Samstag in der Innenstadt beim LokalSrananSani. Du musst dir eine Studentenbude suchen, Heli. Ich frage, wo sie hingeht. Tanzen in einen Schuppen, wo unsere Landsleute Herr im Haus sind! Ihre Stimme klingt heiser. Sie hat immer noch nicht aufgehört zu rauchen. Und sie tanzt immer noch gern. Ich begleite sie bis ans Ende der Straße, schaue ihr hinterher, gehe eilig zurück. Das Viertel »Oog in Al« frisch und sauber im Mondlicht. Hinter der Tür Winston, der fragt, ob Cate mich abholen wollte. Nein, sage ich begeistert: Cate hat eine Stelle als Vorschullehrerin gefunden. Er grinst. Bei uns zu Hause darfst du keinen eigenen surinamischen Besuch bekommen, sagt er lächelnd. Ja, schnappe ich zurück, und ich gehe an ihm vorbei durch den Flur in die Küche, hole mir ein Glas Wasser. Ich schaue zum Mandelsirup auf dem Küchenschrank. Niemand darf ohne meine Erlaubnis die Flasche öffnen und niemand wird es tun. Abgemacht ist abgemacht. Von Mutter Louise gelernt.

Louise Vanta wusste, wie Bruder Winston sich hochgekämpft hatte an die Spitze der holländischen Warenhauskette, die der evangelischen Kirche gehörte; ein Bollwerk der Macht in Paramaribo. Er hatte sich erfolgreich bemüht um eine Fusion zwischen den »schwarzen Gemeindemitgliedern« und den »weißen Evangelischen«. Es passte ihm gut, dass seine Eltern keinen Kontakt hatten zu den

Katholiken. Mutter Bee hatte sich ohne Murren gefügt und ging treu und entschlossen zu den Gottesdiensten in der GroteStadskerk auf einem herrlichen Platz in einem grünen Viertel in der Innenstadt. Ganz selbstverständlich wurde die Familie dort aufgefangen und aufgenommen. Winston und sie mussten ihr Bekenntnis ablegen und öffentlich der neuen Glaubensgemeinschaft beitreten. Sie gingen zusammen zum Bibelunterricht einmal die Woche. Und während Mutter Bee ihre katholischen Lieder mühelos zum Schweigen brachte und Herrnhuterloblieder durchs Haus schallten, beichtete Onkel Léon an einem Sonntagnachmittag ausführlich, dass es ihr eigener Vater gewesen wäre, der Franzose Julienne, der Mutter Bees englisch-orientierte Familie »angesteckt« hätte mit Weihrauch und Weihwasser. Alles, was sich röm.-kath. schimpfte, war den Engländern und Schotten an der kolonisierten Küste ein Gräuel gewesen. Notgedrungen hatte Mutter Bee klein beigegeben. Konnte nicht verstehen, weshalb Männer sich zankten über die Äußerlichkeiten eines Gottes, der doch unsichtbar war. Sie schwieg. Onkel Léon blieb in der Stadt hängen, um einen eigenen kleinen Betrieb zu gründen, aber was für einen, hielt er geheim bis zur feierlichen Eröffnung seiner SchuhmachereiLéon. Dem Glauben hatte er abgeschworen. Winston half seinem Onkel mit dem Papierkram und bei der Reklame für seinen Betrieb. Maßgefertigte Kleidung, vor allem Schuhe – bestimmten die Mode in und außerhalb der Hauptstadt. Ein raffinierter Kleidungsstil – nur so konnten sich betuchte Bürger abheben vom imposanten Khaki der Uniformen. Frauen, die sich nicht für die Konfessionen weißer Männer begeistern konnten und die Reste afrikanischer Überlieferungen zusammenkratzten, entwarfen eigene farbenfrohe Variationen jener Kleidungsstücke, mit denen ihre misshandelten Vorfahren sich geschützt hatten vor der Hitze der Sonne und der sexuellen Brutalität der Aufseher bei der harten Sklavenarbeit. Es schien, als hätte auch ihre Familie die richtige Balance gefunden in einer Stadt, die eine Zusammenballung war von Gegensätzen. Die süße Laura und der kleine Roger waren nie krank und wurden von allen verhätschelt. Bruder Winston und sie lernten fleißig. Blutsverwandte von Vater Anton machten eine lange Reise über den Fluss und über unwegsame Kalkrücken, um die Familie zu besuchen. Sie brachten Kokosöl mit, allerhand Nüsse, Süßkartoffeln, gesalzenen Fisch, geräuchertes Wild, leckere Beeren. Sie sieht sie noch dasitzen, ihre Cousinen am Küchentisch, schweigend. Vater Antons Schwester mit einigen Töchtern; Köpfe voller krausem Haar in dicken Zöpfen, blanke Zähne, blitzende Augen. Sie sprachen nicht. Sie antworteten, wenn man ihnen Fragen stellte. Niemand stellte ihnen Fragen. Die Gerüche ihrer Plantage trugen sie bei sich in Gestalt all des Essbaren, das ihre Umgebung abgeworfen hatte. Die Mädchen spielten manchmal im Garten mit Laura und Roger, während ihre Mutter und Mutter Bee zusahen und langsam Gläser Ingwerbier austranken mit Nelken darin. Die sitzlose Schaukel auf der kleinen Rasenfläche blieb unangerührt. Da hatten jüdische Kinder herumgetollt, dachte sie. Und die Erinnerung an Schwester Ethel brach durch. Sie schaute und schaute und hörte, und sie fragte sich, weshalb ihre

Mutter, bekannt als Quasselstrippe, bei diesen Plantagen-Verwandten so schweigsam blieb. Vater sagte, es sei eine Frage der Verständigung: Mutter und seine Schwester würden sich in grundverschiedenen Sprachen verständigen. Das ließ sie nicht los und sie äußerte ihr Erstaunen im Konfirmandenunterricht. Der Religionslehrer hatte erklärt: Stadtmenschen, Distriktmenschen, Plantagenmenschen und die Buschmenschen in unserem Land – sie alle haben durch das schwierige Leben Komplexe bekommen, in denen wir heute noch gefangen sind! Da hatte sie noch nicht gewusst, was »Komplexe« waren, aber seine Antwort war zumindest eine Erklärung für das Schweigen bei den Plantagen-Gästen. Und wenn sie Mutter Bee geradeheraus reden hörte bei anderem Besuch, musste sie immer sanft lächeln. Komplexe – das war so etwas geworden wie nicht in Worte fassen können, was wirklich wichtig ist, aus Angst, nicht mehr mit dem Weinen aufhören zu können. Litt auch sie darunter? Inzwischen fiel ihr vor allem auf, dass immer mehr Soldaten herumliefen in der Innenstadt. Oft blieb sie erschreckt stehen und sah zu den schweren Armeefahrzeugen, schnellen Jeeps, Motorrädern mit Beiwagen. Winston hatte sie aufgeklärt über die Massaker an Millionen Menschen in Ländern in Übersee. Ihr Land konnte sich nicht am Krieg beteiligen, weil es nichts zu bieten hatte und nichts zu verteidigen. Ein Land, in das man floh, war Suriname. Ein Land, in dem man sich versteckte. Aluminium und Bauxit gab es, aber nicht leicht zugänglich. Gold und Hartholz gab es. Um damit handeln zu können, wurden Mannschaften von Arbeitern angeheuert mit Soldaten als Aufsehern.

In einer Beschwipsten-Laune ließ sich Vater Vanta dazu hinreißen, Erklärungen abzugeben über Dinge, die als Staatsgeheimnis galten. Die Jantjes holen sich Gold aus den Bächen und Seitenflüssen tief im Amazonaswald, da wollen doch nicht mal Nomaden hin; und dieses Gold geht nach Holland; da schmelzen sie das Rohgold, machen es flüssig und gießen es zu Barren, die gelagert werden in Banksafes. Vater sagte: Offiziell dürfen wir mit keinem Menschen darüber reden! Kriege kosten nicht nur Menschenleben, sie kosten auch enorm viel Geld! Sie hört es ihn noch sagen. Ohne lange zu fackeln, fasste Winston zusammen: Pa, Suriname hängt mit drin in dem, was in Europa passiert, was glaubst du, was die ganzen fremden Soldaten bei uns machen? Und mit derart sensibler Information ging sie abends ins Bett und wachte sie morgens auf. Ihre Heimat war holländisches Territorium und führte auch Krieg. Gleich nach ihrem zwanzigsten Geburtstag wollte sie sich bei der Garnison melden. Das munterte sie auf. Es gab ein beliebtes Kriegslied bei den Mädchen und jungen Frauen und wann immer möglich sang sie es mit: Ade, ade, Abschied tut weh / Dauerts mich auch / Ich muss dich verlassen / Doch bleib ich dir treu / Meine braune Frau / Dein solln all meine Gedanken sein! Der Umzug in die Jacobusrust hatte gut geklappt. Ihre eigenen Möbel erstrahlten wieder im alten Glanz. Die Puppen bekamen einen Platz in der Vitrine. Winston hatte sich verlobt mit einem hübschen Stadtmädchen und stand kurz vor der Heirat. Selten war sie so guter Dinge gewesen. Sie hatte eine Stelle beim KNIL. Und dann sah sie Gordon.

Morgens, vor dem ersten Hahnenschrei, hatte sie schon die Augen offen und dachte an das Namensschild an ihrem Tor: Louise Vanta. Manchmal hatte ein Traum sie aus dem Schlaf geschubst. Der riesengroße Vogel, der ihr regelmäßig in ihren Träumen erschien, war wie ein Bote für sie, obwohl sie nicht sagen konnte, ob er Nachrichten aus der Vergangenheit überbrachte oder aus der Zukunft. Sie kamen von selbst hoch, die Bruchstücke von Erinnerungen und Erfahrungen, Visionen. Niemand war ihr nah genug, um ihre tiefsten Gedanken zu besprechen. Außerdem hatte sie Angst, dass so jemand vielleicht mit Wissen käme, mit dem sie nichts anfangen konnte. Tatsächlich war sie großgeworden in einer Familie, die ihre Zuflucht nicht bei Wasser-, Wind- und Luftgöttern oder Ähnlichem suchte. Vater Vanta sagte schroff: Was man nicht sieht, gibt es nicht! Und dann piepste Mutter Bee, wir hätten die Sinne bekommen, um das zu begreifen, was uns umgibt. Auf solche Weise aufzuwachsen war leicht und unbeschwert. Sie hatte nicht vor, in die Wissenschaft zu gehen, um zu lernen, jenseits der Sinne zu denken. Seit der Übersiedlung nach Paramaribo hatte Mutter Bee entschieden, dass ihre Mädchen Lehrerinnen werden würden und nichts anderes; sollte Winston doch in den Handel gehen, wenn ihn das große Geld lockte. Und erst nach einer Weile in der Stadt wurde ihr klar, dass Mutter ihre Töchter nicht als Hausfrauen sah und vielleicht nicht einmal als Mütter. Nirgends attraktive junge Männer für ihre Mädchen im Heiratsalter? Am Sonntag nach dem Gottesdienst starrte Vater noch im Sonntagsanzug vor sich hin im Wohnzimmer anderer Leute, auf dem Schemel eines nicht spielbaren Klaviers, starrte durchs offene Fenster auf die Straße, als ob er die Predigt überdachte. Bei Tisch sagte er tonlos, nach Mutters Dankgebet: Bee, ich bin nicht gläubig, lass das viele Beten, wenn ich da bin! Aber das machte Mutter nicht. Und manchmal platzte er heraus mit einer schleppenden, aber lauten Erklärung: Überall auf der Welt werden gute junge Männer in Militäruniform gesteckt und ermordet in Kriegen, die sie nicht verstehen, also darf ich deinem Vater dankbar sein, dass er mir deine Hand gegeben hat und mich so gerettet hat vor der Entsendung in das schreckliche Ausland! Dann nickte unsere Mutter und sagte stolz: Mein Vater war ein gottesfürchtiger Mann, Anton Vanta! Das sagte Mutter Bee in einer Mischung von Sprachen und in verschiedenen Variationen. Sie selbst hielt still, wie auch Winston und Laura. Zusammen ließen sie sich den Schmackhaften-Mittagsschmaus schmecken. Ihr war nicht entgangen, wie unverblümt die Vantas gemustert wurden während und nach dem Gottesdienst. Bruder Winston sammelte die Kollekte und verzog dabei keine Miene: Wir sind nicht schwarz und wir sind nicht weiß. Was er damit meinte, war, dass die Familie Vanta-Julienne zu keiner Gruppe gehörte; nicht zur schwarzen Glaubensgemeinschaft und nicht zu den katholischen Weißröcken. Und dann explodierte Vater: Unsinn, Winston, du bist beides, ob du willst oder nicht, und nimm das als Startkapital, mehr habe ich nicht zu bieten! Bei Tisch durfte man den Eltern nicht widersprechen. Auch Winston hielt den Mund fest geschlossen. Und sie nahm den kleinen Roger aus dem Kindersitz und auf ihren Schoß und sie fütterte ihn geduldig.

Nach dem Sonntagsfrieden bei Tisch kam Vaters Schwager Léon vorbei mit den Zwillingstöchtern seines Bruders Scott. Mutter Bee froh und die ganze Zeit herzte sie ihren Bruder und die Mädchen und sie redeten in ihrem Familiensprachenmischmasch, bis Vater Anton Mutters Bruder mitnahm in den Hintergarten, um unter einem ausgeklappten Schutzdach *songo*-Karten zu spielen bei einer Flasche Gin, die Léon mitgebracht hatte. Immer mal wieder – stolperte Léon ins Haus zum Pinkeln und dann blieb er kurz bei seiner Schwester Bee stehen und machte Bemerkungen über Familienangelegenheiten. Auch hielt er sie auf dem Laufenden über den Baufortschritt der Weltraumstation in Französisch-Guyana, mit der Vater Julienne damals zu tun hatte. Eine Startbasis für Fahrzeuge in den Himmel. In den Himmel? Er sagte immer: Du musst mal rausgehen nachts und dir die Sterne ansehen oben am Himmel, Bee. Die Kinder rannten durchs ganze Haus und machten sich einen Spaß draus, die breite Treppe ins Obergeschoss zum Ächzen zu bringen unter ihrem Gewicht. Sie durften überall hin, aber diese Regel wurde immer wieder verkündet: Alle Sachen gehören den weißen Ausländern und müssen sauber bleiben! Ein Stabsoffizier mit seiner jüdischen Frau und ihren vier Kindern, die in die USA ausgewandert waren. Hals über Kopf. Nie sollten sie zurückkommen in ihr Haus an der Tafelmanstraat. Jahre später trennten sie sich endgültig von ihrem Hausrat und schenkten ihn den Bewohnern des Hauses. Für Mutter Bee und Vater Vanta kam der Brief zu spät: die Familie war gerade umgezogen in die Jacobusrust. Winston hatte noch geschaut, wer die neuen Bewohner waren. Er war auf Libanesen getroffen, ebenfalls auf der Flucht, die kein Wort Niederländisch oder Englisch sprachen. Unter der Dusche, frühmorgens, spülte sie ab, was ihr Traumschlaf aufgewühlt hatte. Immer blieb etwas hängen, was wie winzige Stückchen reines Gold glitzerte bei jedem Lidschlag. Etwas, was tagelang ihre Stimmung beeinflusste. Das war nicht weiter schlimm: sie liebte die ihr anvertrauten Kinder am Arbeitsplatz und zu Hause. Niemand hatte noch etwas zu fürchten von ihr. Nicht einmal, wenn ihr die Wut wie Eiter ins Gemüt sickerte.

Er hatte alles geregelt für sie. Den Mietvertrag. Den Umzugswagen. Strom anschließen lassen und die Wasserzufuhr in Ordnung gebracht. In Rücksprache mit Babs' Vater, den sie verlassen hatte, hatte er ihr sogar die Schlüssel besorgt vom »großen gelben Haus«, um Hausrat abzuholen und alles, was sie glaubte zu brauchen. Er hatte zwei Frauen aus dem Landesinneren hingeschickt, um das Mietshaus zu schrubben mit Wasserspritze und chemischen Reinigungsmitteln, weil es jahrelang leer gestanden hatte: Die Besitzerin wollte es lange nicht vermieten. Er hatte zwei hindustanische Bauleute aufgetrieben mit Malererfahrung, um den Holzboden dunkelgrün zu streichen und Teppichboden zu verlegen, überall dort, wo sie welchen haben wollte. Auch für ein neues Bad hatte er gesorgt. Bis sie mit ihren vier Kindern einzog, hatte sie neun Kilo abgenommen, aber nicht, weil sie nur das Spitzbrötchen mit Stockfisch aß, das er ihr brachte in seiner Mittagspause; sie fürchtete sich zu Tode davor, allein mit ihren Kindern in einem Mietshaus zu wohnen, zu dem nicht ihr Mann die Schlüssel besaß, sondern sie selbst. Er stand daneben, als einer seiner Angestellten ein neues Schloss in die Haustür einbaute, und von den drei Schlüsseln bot er ihr zwei an, weil der dritte in einem Safe aufbewahrt werden sollte bei ihm im Büro. Aber sie forderte alle drei Schlüssel ein und er gab sie ihr. Um ihr eine noch größere Überraschung zu bereiten, nahm er ihr altes Fahrrad mit und brachte ihr ein neues Damenrad, mit Kindersitz für ihren nicht mal zweijährigen Jungen, den sie mitnehmen durfte zur Arbeit. Sie wusste, dass er es auch nicht leicht hatte. Seine Frau war mit den Kindern zu ihrer Mutter gezogen und wollte die Scheidung. Bei der Arbeit wollte man ihm seine Stelle abspenstig machen. Das hatte er ihr nicht selbst erzählt, aber sie hatte von Schwester Laura erfahren, dass der Mann, mit dem seine Frau ein neues Leben wollte, pechschwarz wäre, und der Mann, der womöglich seine Stelle bekäme, ein blonder Holländer frisch aus den Niederlanden. Manchmal hielten seine Probleme sie wach und sie vergaß ihre eigenen. An jenem Tag hatte sich gerade eine Hinterhoffrau bereitgefunden, wenn nötig auf den kleinen Audi aufzupassen. Jeden Tag auf dem Fahrrad mit einem kleinen Jungen durch den Verkehr, das war kein Spaß: Er war oft müde, weinte manchmal die ganze Strecke, bis sie bei der Schule ankam und das Fahrrad abstellte und ihn in die Arme nahm. Audi brauchte eine Babysitterin in der Nähe. Die Nachbarin vom Hinterhof hatte sie angesprochen und ihre Dienste angeboten. Sie hatten sich über die Bezahlung geeinigt und alles schien unter Dach und Fach. Heli und Imker fanden mit dem

Schulbus den Weg zur katholischen Mädchenschule am anderen Ende der Stadt. Babs wurde abgeholt von einem Schultaxi der Privatschule, die sie besuchte. Es gab nichts zu befürchten. Die Kinder waren im Bett. Sie hatte lange geduscht. Froh, endlich alle viere von sich strecken zu können an so einem Freitag mit Aussicht auf zwei freie Tage, die ihr die Kinder näherbringen würden. Sie könnte sich die Zeit nehmen, ihnen in die Augen zu schauen, ihre Hände und Füße zu betasten, ihren Stimmen zu lauschen und zu sehen, wie die Zähne wuchsen in ihren frischen Mündern. Eindrücke, die ihr das Gefühl gaben, dass sie alle vier wirklich in ihr gewachsen waren zu Wesen, die nirgendwo anders hingehörten als zu ihr. Mit solchen Gedanken muss sie eingeschlafen sein. Schockartig schreckt sie auf. Er liegt schon auf ihr mit seinem ganzen Gewicht und eine Glut aus Gier nach Genuss rast durch sie durch wie lodernde Flammen und sie keucht mit ihm. Sie will ihn hart werden fühlen. Sie will ihn in ihrem Mund. Sie will ihn in ihrem Schoß. Sie will ihn überall, Hauptsache fest und tief und lange, und sie wiegt sich mit ihm in einem Tanz, der nicht enden darf. Nicht enden, nicht enden, keuchen sie sich ins Gesicht, als sie spürt, wie mit kräftigen Stößen Samen in sie gespritzt wird, wie er sich in ihrer Vagina entlädt: Lieber Himmel, wie kann dieser Genuss enden, ohne dass sie stirbt. Ein Schrei entringt sich ihr aus tiefster Kehle und steigt hoch bis in ihren Mund, brüllend quillt er aus ihr heraus wie die Schleimfäden seines Spermas, die sie im Halbdunkel glänzen sieht durch ihre Tränen hindurch. Dann hört sie die Stimme ihrer Tochter neben dem Bett. Er springt auf.

Er flieht aus ihrem Körper, aus dem Zimmer und aus dem Haus. Sie bebt noch, als die Haustür schon laut zuknallt. Heli sieht sie an und sagt: Onkel Winston hat dir weh getan, Mama! Sie steht auf und schlägt dem Mädchen voll ins Gesicht: Das Weiß in Helis Augen bricht! Wochenlang hatte sie noch die geplatzten Äderchen gesehen in den Augen ihrer Tochter. Und als ihre Menstruation ausgeblieben war und ihr morgens krampfartig Schleim aus dem Mund schoss, hatte sie geweint – wie nie zuvor in ihrem Leben. Bei den Psalmen schlug sie die Bibel auf. Ihr Sohn war der Erste, der ihr »Guten Morgen« wünschte, als sie sich am Tisch in den Text vertiefte. Sie sah auf, lächelnd, und fragte, ob er gut geschlafen hätte. Sie rief ihn zu sich zurück, um ihm in die Augen zu schauen. Er kam näher, sein Handtuch noch um den Hals, mit nassen Haaren; er roch nach Seife. Länger als sonst sah sie ihn an, um sicherzugehen, dass sein Augenweiß blank geblieben war nach all den Kopfbällen beim Fußball. Ist was, Mama? Heftig nickend bejahte sie und sagte: Für deine Schwestern mache ich dich zu einem guten Bruder, Audi, und für deine Kinder zu einem guten Vater. Er lachte ein bisschen und warf einen Blick auf das große Buch vor ihr. Klug fuhr sie fort: Audi, und der Rest von dir ist reines Gold für die Frau, die du einmal lieben wirst. Ihr Sohn hatte ihr Gemurmel nur halb verstanden. Sie schlug die Bibel zu: Was passiert war, ließ sich nicht wegbeten, durfte sich aber nicht wiederholen. Sie stand auf und zog die Vorhänge beiseite. War jeder Tag wirklich ein neuer Tag? Mutter Louise wusste es nicht: Es war einfach höchste Zeit, Frühstück zu machen.

Weil Audi zwei Jahre jünger war als die meisten in seiner Klasse, musste er auch in der Mittelschule kämpfen, um zu den »Großen« zu zählen. Und die nutzten ihn aus für schwierige Aufgaben – nicht seine Hände, sondern seinen Kopf. Nur nicht, wenn es um Mädchen ging. Er stand weit hinten, wenn es ging um groß, größer, am größten. Das Problem war, dass die Mädchen, die mit den »Großen« gingen, ihn gern zu sich nach Hause einluden, um ihren Eltern zu beweisen, wie unschuldig sie noch waren. Er verstand nicht, was gemeint war mit der Bemerkung, die er hörte aus dem Mund der »Großen«: Ich breche der ihre Fotzenklappe eines Tages! Kein Unterschied zu sehen für ihn zwischen den Mädchen, die ein Junge »gebrochen« hatte, und den anderen. Als er Heli um Rat fragte, versprach sie, ihm ein Buch zu schenken, in dem er die Antworten finden konnte auf all seine Fragen. Er las ihr Aufklärungsbuch gierig wieder und wieder und ahnte, wovon die »Großen« sprachen. An der Jungen-Mittelschule in der Innenstadt war er, durch die Dinge, die er über seinen Körper erfahren hatte, schon als zehnjähriger Knirps, eher ein »Tugendbold« als die reine Unschuld. Zwei Jahre später und zusammen mit Klassenkameraden schaute er sich in verbotenen Zeitschriften Bilder an, die ihm das Blut in Kopf und Unterleib trieben. Zwei Groschen kostete es, dabei zu sein bei dem, was geheim gehalten werden musste vor den Ordensbrüdern. Er ministrierte zwar noch in Messdienerkleidung jeden Sonntag beim Familiengottesdienst in der AmoraKirche, aber seine Seele war nicht mehr schneeweiß, sie war schmuddelig. Beichten hätte ihn womöglich um sein Zweigroschenvergnügen gebracht, also hielt er still und hielt sich auch streng an die anderen Schulgebote. So war er »Klassenbester« geworden. Er wusste: Seit Heli im Ausland wohnte, schmückte er, und kein anderer, das Ehrenwappen von Mutters Haus. Er duscht schnell, zieht sich schnell an, frühstückt schnell, um Babs nicht im Weg zu sein, dann nimmt sie ihn vielleicht mit in die Stadt im Schultaxi. Babs bringt Mutter nicht wie er schallend zum Lachen, aber Babs' Vater ist vermögend, und das ist ihr anzumerken: muffelig am Morgen und nicht geneigt, es den anderen Familienmitgliedern leicht zu machen. Er packt sein Zeug zusammen, gibt Mutter ein Küsschen, ruft so laut wie möglich: Babs, ich geh los! Nur kurz wartet er auf eine Antwort von ihr. Nichts. Dann eben zu Fuß in die Schule, vielleicht wird er unterwegs mitgenommen von jemandem, den er kennt. Das Busgeld von Mutter war seinem »Zweigroschenvergnügen« vorbehalten. Plattgefahrene Sandstraßen, an denen Häuser aufgereiht stehen, kleine umfriedete Gärten, ein Wachhund, der ihn anbellt, ein Mädchen, das ihn anstarrt: Eines Tages würde er aus seiner eigenen Garage fahren, über seine eigene Ausfahrt, und eine Villa hinter sich lassen, in der seine eigene Frau sein eigenes Kind erwartete, und er würde sich kurz umdrehen und ihr winken. Auf der breiten Asphaltstraße schossen ihm Gedanken an Mutters überfahrenen Hund durch den Kopf. Er hatte es noch nicht geschafft, einen Welpen zu besorgen für sie. In Gedanken bei Schwester Heli beschleunigte er seine Schritte. Babs' Stimme: Audi, Audi! Er sieht hoch. Sie steht schon beim Schultaxi und winkt ihn zu sich. Er rennt hin. Einsteigen, sagt sie streng und lässt ihn vor.

Dann rutscht sie neben ihn und legt ohne ein Wort den Arm um ihn. Der Bus fährt los. Als wäre sein Blick klarer jetzt. Die Menschen, die er durch die Windschutzscheibe sieht, sind lebendiger, sauberer, freundlicher, als wenn sie neben ihm sitzen in einem gedrängt vollen Wilden-Bus. Er spürt den Wind und er schaut tief atmend durchs Seitenfenster, zum Himmel. Tränen treten ihm in die Augen, denn er begreift, dass dieses Land das Land seiner Zukunft werden muss, bei Menschen, die ihn lieben. Er schmiegt sich leicht an Babs. In der Innenstadt wurde er abgesetzt. Danke Babsie! Sie lächelte und rief: Gib dein Bestes, Junge! Gut gelaunt schlenderte er weiter. Auf dem Schulhof war es mucksmäuschenstill. Er war viel zu früh da, aber die Putzleute hatten den Lesesaal offen gelassen. Er schlüpfte rein. Es roch nach Chlor, er konnte die Stille einatmen. Die Tasche voller Bücher ließ er von seinen Schultern gleiten. Weit weg vom Eingang an einem Ecktisch bezog er Stellung, um zu sehen, wer auf dem Schulhof eintrudelte und wer in den Lesesaal ginge wie er. Sich kurz Zeit nehmen, um nachzudenken über die Frage, die ihn beschäftigt. Die Biologielehrerin ist, ausnahmsweise, eine wunderschöne Frau, aber ihr kann er so eine Frage nicht stellen in einer Klasse voller hitziger Teenager. Später will er etwas studieren, was ihn der Antwort näherbringt. Er nahm sein Merkheft, einen Stift und schrieb schwungvoll auf: Wie kommt es, dass die Geschlechtsorgane der Arten, die sich geschlechtlich fortpflanzen, so exakt zusammenpassen und sich doch so stark voneinander unterscheiden? Er radierte so lange, bis er zufrieden war mit seiner Formulierung. Dank Gott, würde Blaasbalgs Antwort lauten, aber die »schöne Frau«, die Vererbungslehre unterrichtete, hatte das Wort »Evolution« schon fallen lassen. Ein paar Jungen hatten höhnisch gelacht. Er hätte am liebsten gepfiffen. Irgendetwas an der Fortpflanzung von Mensch und Tier zog ihn ganz in seinen Bann. Was genau, wusste er nicht. Angefangen bei den Geschlechtsorganen. Der Schulhof füllt sich. Jeder Junge dort ist das Ergebnis eines Geschlechtsakts. Er musste kichern. Merkheft einstecken. Ab nach draußen. Er wusste genau, was er später werden wollte: ein reicher Mann, der in seiner Freizeit Dinge erforscht, die er wissen will, bevor er stirbt! Aber – wie soll man reich werden in einer armen Gemeinschaft? Draußen sah er seine Klassenkameraden beim Fahrradunterstand. Er rennt hin, um einen Blick zu erhaschen auf das, was ihm Tierblut ins Hirn jagt. Er schaut: keine Vulva zu sehen; es sind Bilder von alten Knackern, die es treiben mit Jungen. Das machte ihm Angst und er zog sich zurück, um etwas Süßes bei den Straßenhändlern vorm Tor zu kaufen. Einmal Maisbrei für mich, sagte er zu dem glänzenden schwarzen Frauenantlitz. Sie füllte einen Pappbecher und gab noch einen Schuss Vanillemilch dazu. Bitte, sagte sie. Audi nahm den Becher entgegen. Belustigt legte er ihr seine zwei Groschen in die Hand.

Kann ich kurz mit dir sprechen? Babs sah auf. Es ist Derik, der Direktor des Lehrerseminars. Zögernd kam er auf sie zu. Sie blieb stehen und sah ihm fest in die Augen. Mit mir sprechen? Über was? Er räusperte sich leicht, sah sich um: Über Heli, deine liebe Schwester. Sie explodiert: Ich bin nicht Heli, ich bin nicht meine Mutter, ich bin nicht die Frau, mit der du verheiratet bist, ich will nichts zu tun haben mit deinen Angelegenheiten, ich will hier nur ungestört meinen Abschluss machen! Ohne ein Wort entfernte sich Derik wieder. Sie blieb reglos stehen, hatte das Gefühl, dass das alles sich nur in ihrem Kopf abgespielt hatte. Aber sie sieht Derik zum Direktorzimmer gehen. Er war wirklich bei ihr. Er hatte sie angesprochen. Über ihrem Kopf vor dem Hintergrund des blauen Himmels sieht sie die Blüten des *dreitin*-Trockenzeit-Baums gelb leuchten. Nicht das Buttergelb des Hauses, in dem sie gezeugt wurde und geboren und sich gebalgt hatte mit ihrem Vater. Die Blumen sind außen masalagelb und innen orange, um die Bienen anzulocken. In dem sahniggelben Haus führte ihre Mutter ein privilegiertes Leben, weil sie einen Mann hatte, der sie rundum versorgte. Und obwohl Boys noch eine andere Frau hatte und halbwüchsige Kinder, bei Mutter Louise war er zu Hause. Sie geht so langsam wie möglich zur Turnhalle, hat aber keine Lust auf Sport. Ihre Klassenkameradinnen warteten auf den Lehrer. Du bist aber still, bemerkt eine Freundin. Sie nickt. Denkst du dir gerade eine Ausrede aus, um nicht mitmachen zu müssen, Babs, ruft eine andere. Sie nickt wieder. Sag nicht wieder, dass du deine Tage hast, sonst zwingt er dich noch, dieser Charmeur! Lachen. Sie nicht. Ihre Tage? Nein! Der Konflikt mit Derik hat sie aufgewühlt. Sie ist stinkwütend auf ihn. Er ist schuld, dass sich alles geändert hat bei ihr zu Hause. Sogar die Spiegeleier schmecken anders und Mutter ist nicht mehr dieselbe. Vater Boys hatte ihr versichert, da wäre nichts zu machen: Mutter Louise bleibe freundlich und wunderschön, ob sie innerlich verfaulte oder nicht. Er hätte diese Erfahrung selbst gemacht und sich schließlich einverstanden erklärt mit der Trennung, denn sie bliebe nur dann gesund, wenn er sie freigab. Mutter jemals krank vor Kummer? Bist du verrückt geworden? Vater Boys erledigte an diesem Montagmorgen ein paar Bankgeschäfte mit ihr, und er fuhr sie auch zum »großen gelben Haus«. Verwahrlost war der Garten und verlassen das Haus. Niemand wohnt mehr darin. Es gehört immer noch Boys. Sie wollte nicht rein, und während Boys zum Haus starrte, meinte er: Ich weiß genau, wer der Vater ist von deinem kleinen Bruder und auch, dass es gegen den Willen deiner Mutter passiert ist! In diesem Moment hatte sie nichts gefragt und nichts gesagt, geschwiegen, aber es hatte sie schwer getroffen. Am Samstag beim Essen in dem Restaurant, in das er immer mit ihr ging, war sie darauf zurückgekommen mit einer Bitte: Was er wisse, dürfe er keinem anderen sagen als Audi. Wenn die Zeit reif ist, hatte Boys geantwortet. Sie vertraute ihm blind. Er hatte immer Wort gehalten. Der Sportlehrer fragte, ob sie mitmachen würde bei einer Runde Baseball. Vielleicht hatte er gemerkt, dass sie nicht einmal so tat, als würde sie den anderen in die Umkleide folgen. Er stellte sich dicht neben sie und sagte: Deine Schwester fehlt mir. Grüß sie von mir, wenn du ihr schreibst. Und ließ sie allein. Sie hörte die aufgeregten Stimmen der Mädchen. Die Jungen lachten laut, womöglich über nichts. Alle mochten den Sportlehrer. Sie nicht. Sie mochte ihren Vater und keinen anderen Mann. Johlend rannten ihre Klassenkameradinnen aufs Spielfeld. Babs winkte und setzte sich auf eine Bank am Rand. Zuschauen. Warten. Und tagträumen, natürlich.

Kòlera hatte Dr. Albert die Nachricht überbringen lassen, dass Laura nach Zorg & Hoop dürfe für einen Tag, aber erst eine Woche nach ihrem Geburtstag. Großmutter und sie hatten die Nachricht einfach akzeptiert und nichts weiter unternommen. Sie würden Laura zusammen besuchen mit lauter Köstlichkeiten und ihr erzählen, dass sie nach Hause durfte für einen Tag. Ein Geburtstagsgeschenk? Vielleicht lehnt sie ja ab, meinte Albert, weil er gehört hatte, dass Laura sich lieber nicht blicken ließ außerhalb der Mauern der Anstalt. Großmutter Bee war anderer Meinung: Ihre Tochter wolle nicht im Krankenwagen weggefahren werden; ihre Tochter wolle gut gekleidet nach draußen; ihr Kind wolle auch nicht stinken nach Küchengerüchen. Und als Mutter war sie nie imstande gewesen, das alles zu fordern von Kòlera, aus dem einfachen Grund, dass sie sich standhaft weigerte, mit Fachleuten über »Lauras Zustand« zu reden. Und als nahe Verwandte verstand Imker genau, was Großmutter schmerzte, seit sie Laura selbst erlebt hatte. Sie fragte sich, ob Großmutter noch wusste, wie es am Anfang war, als Laura eingewiesen wurde. Setz dich, liebes Kind. Und Großmutter Bee ging ihre Tabakdose holen. Aschenbecher dazu. Nicht am Küchentisch sollte das Gespräch stattfinden, sondern im Wohnzimmer. Großmutter auf dem Sofa für mehr Körperkomfort. Zuerst eine Zigarre, und ein paar Züge und viel ausgepusteten Rauch später: Imker, es sind nur flüchtige Gedanken, mehr nicht. Sie war unruhig geworden und sagte mehrmals: Es muss nicht jetzt sein, Oma! Großmutter räusperte sich und hustete vorsichtig. Und fing so an: Meine Tochter hat mir erzählt, und das im Beisein ihres Vaters, dass mein Bruder Léon sich ungehörig benommen hat ihr gegenüber, als sie noch ein Kind war! Ich bin sofort ausgerastet vor Wut! Was war denn so ungehörig, Oma? Er hat sie da angefasst, wo es nicht erlaubt ist, und auch Scotts Zwillinge! Und was hat Großvater gemacht, als er davon erfuhr? Dein Opa sagte: Gut, dass Ethel das nicht erleben musste! Und noch viel mehr hat dein Großvater gemacht! Léon wurde zum Aussätzigen! Kurz schien es vorbei zu sein mit der Offenherzigkeit. Weiter, ermutigte sie sie tapfer. Großmutter brachte es noch fertig zu gestehen, sie hätte Laura abgestempelt als Lügnerin. Geschimpft hätte sie: Léon?! Ganz sicher nicht! Laura lügt! Sie höre sich noch wüten, sagte Oma. Am Karfreitag. Wir waren zusammen bei der Kreuzwegstation in der Innenstadtkirche, Laura und ich. Und zu Hause blieb meine Tochter dann gebrochen. Großmutter versank in Gedanken. Und war Laura aus dem Haus geflüchtet und nicht zurückgekommen im Dunkeln? Als Großmutter ihre Tochter wiedersah, war das im Spital der Militärs, und keiner konnte ihr sagen, was sie hatte. Liebe Imker, meine schöne Tochter hat nur vor sich hingestarrt und monatelang kein Wort gesagt, und als sie wieder redete, dann mit jemandem, den keiner sehen konnte … Jahre sind vergangen. Noch immer spricht sie nicht mit den Leuten von Kòlera. Manchmal fängt sie ein Gespräch an mit mir und seit Kurzem auch mit dir, Imker. Großmutter paffte weiter und sprach nicht mehr. Als wäre schon alles gesagt. Imker fragte sich, worum es sich eigentlich drehte. Großmutters flüchtige Gedanken und der Zigarrenrauch hatten sie benebelt. Sie erinnerte sich, dass Mutter Louise an einem regnerischen Nachmittag mit Heli, Babs und ihr gesprochen hatte, am Esstisch, und damals hatte sie nicht verstanden, dass es eigentlich um Laura ging. Niemand dürfe berühren, was sich unter ihrer Kleidung verstecke, und ihre eigenen Hände dürften nicht betasten, was sich verstecke unter der Kleidung anderer: Später wurde das Gespräch wiederholt im Beisein ihres kleinen Bruders. Hier im Haus ist nur eine reif für Sex und das bin ich, eure Mutter! Einmal im Monat wurden sie von Mutter daran erinnert, was sie verteidigen mussten und beschützen, solange sie lebten: ihren Körper! Mutter Louise fragte an Silvester auch jedes Kind einzeln, ob in dieser Hinsicht etwas vorgefallen wäre im vergangenen Jahr. Dann wurde die alte Unterwäsche aussortiert und jeder bekam einen Stapel neue. Großmutter hatte ihrer Geschichte fast atemlos gelauscht und stammelte mit zusammengekniffenen Augen: Tja, Louise würde lieber für jede von euch einen Lebenspartner basteln, wie Gott der Schöpfer es getan hat für die Welt, als Er Adam eine Eva schenkte, aber auch das hat ein schlechtes Ende genommen, Imker! Dreist und abschätzig hatte sie einen *tjoeri* gemacht. Großmutter fuhr unbeirrt fort: Deine Mutter will euch am liebsten jede mit einem jungen Mann ihrer Wahl verheiraten, warum auch nicht? Aber ihre eigene Frage an Großmutter war ihr wichtiger: Oma Bee, glaubst du, dein Bruder Léon hat sich an deiner Tochter Laura vergriffen? Die Antwort blieb aus: Imker, ich kann Laura nicht helfen. Dann fragte Imker, den Kopf an Großmutters Stirn gelehnt: Oma, hast du Schmerzen? Ja, sagte Großmutter heiser: Laura war doch mein so fröhliches Kind.

So leicht war Großmutter geworden, dass sie zum Van getragen werden konnte: Sie sträubte sich, denn Laufen war für sie immer noch kein Problem. Rogers Studienfreund machte sich einen Spaß daraus; erst trug er einen Eimer mit Ingwerbier, einen Eimer mit Mandeltrunk und weiße Kuchenschachteln mit warmen Hähnchenpasteten pfeifend zum Kleinbus. Er hätte sich den Wagen von einem Freund geliehen, sagte er. Und als die Geburtstagsfracht verladen war und Großmutter in Festkleidung vor dem Haus stand, beim Gartentor, hob er sie mit Schwung hoch und setzte sie neben sich in den Bus. Imker selbst war mühelos hinten eingestiegen, ebenfalls in einem auffälligen geblümten Kleid. Großmutter und sie hatten ein paar Tage damit zu tun gehabt, alles rechtzeitig fertig zu bekommen, und zwischen Kochen und Backen – still auf der Terrasse gesessen und sich angesehen mit einem Lächeln, manchmal einer Träne. Hoffentlich trägt sie ihr neues Kleid und riecht gut! Laut lachte Dr. Albert Großmutters Ratlosigkeit weg. Sie behielt die Fracht im Blick. Nichts durfte umfallen. Albert: Sollen wir zusammen ein Geburtstagsständchen singen beim Geschenke-Reintragen? Großmutter war ganz anderer Meinung: Dr. Albert dürfe nicht mit rein, keinesfalls sollte er mit uns gemeinsam gesehen werden! Albert meinte, das wäre eine »sagenhafte Idee«, und versprach, das zu regeln mit dem Pförtner. Und leicht nervös schauten sie alle Richtung

Innenstadt, wo alles wie immer vorbeibrauste an ihnen. Es wäre besser gewesen, zusammen mit Mutter Louise hinzufahren und mit Babs und Audi. Es wäre feierlicher gewesen, hinzufahren, um Laura abzuholen von dort, wo sie nie geborgen sein könnte. Ihr Herz fing beim Anblick des Palmengartens an zu rasen. Großmutter heulte hörbar, aus Angst, sie könnten ihre Tochter gefügig gespritzt haben, obwohl Albert versprochen hatte, es zu verbieten. Großmutter nannte das »Alberts Übermut«, aber Albert war dabei geblieben, dass der ärztliche Direktor nicht so blöd war, wie er wirkte, und sicher bereit, ihnen eine Freude zu machen. Angespannt fuhr er durchs Tor. Blieb stehen. Albert stieg aus und ging zum Pförtner. Sie wechselten ein paar Worte. Der Mann in Khaki-Uniform setzte sich schweigend ans Steuer, brachte das Fahrzeug kurz vor dem Besucherraum zum Stehen. Zwei Pflegerinnen kamen herbei. Laura war nicht zu sehen. Imker half Großmutter beim Aussteigen und ging mit ihr rein, vier Stufen hoch: Gleichzeitig sahen sie sie. Laura saß auf einem dekorierten Stuhl an dem Tisch, der ihr vertraut war, in ihrem neuen Kleid, mit sorgfältig nachgeschnittenem Haar und neuen Sandalen an den Füßen. Laura starrte nicht, sie schaute lächelnd zu ihrer Mutter, die summend ein Loblied anstimmte. Der Pförtner lud aus und bekam Hilfe. Sie sah überall Girlanden hängen und Ballons, und sie begriff, dass der Raum noch verlassen war, damit Laura eine Weile allein sein konnte mit Mutter Bee. Sie blieb stehen und ließ Großmutter weitergehen, dorthin, wo Laura wartete. Und plötzlich eine Stimme, laut und deutlich: Nimmst du mich mit, Ma!? In der Nacht würde das alles noch viele Male in ihren Gedanken geschehen. Sie hatte das Gefühl, dass Laura verstand, wie geschwächt Mutter Bernadette war. Und selbst wenn sie »nicht ganz dicht« sein sollte, erkannte Laura wie keine andere – den Unterschied zwischen ihrer strahlenden Mutter und der Frau, die bei ihr am Tisch stand und summte, summte. Jemand hatte Musik angemacht, ganz leise. Die anderen Patientinnen wurden hereingelassen und zusammen mit den Pflegerinnen ging Imker herum mit Getränken in Pappbechern und Häppchen in Servietten. Die meisten Frauen schwiegen. Ließen sich schmecken, was sie serviert bekamen, und schauten die ganze Zeit zu Laura und ihrer Mutter. Als wollten die Frauen, wie sie selbst, dass das Unmögliche geschah: dass Laura am Arm ihrer Mutter wegging zum Tor, um zu verschwinden auf Nimmerwiedersehen. Als dächten sie: Wenn eine von uns entkommt, hat jede von uns die Chance, entlassen zu werden. Es war so befremdlich. Kòlera in Feststimmung? Imker fragte sich, ob Dr. Albert ihrer Großmutter eine Beruhigungstablette untergejubelt hatte, denn Oma war eindeutig ganz gelassen.

Ich werde ins Wohnzimmer gerufen von Roger, der zu Besuch ist bei Lya und Winston. Auch die Ehefrau von Roger ist da, Wonny, ziemlich hochschwanger mit ihrem Ersten. Ich setze mich auf einen hohen Sessel, ein Stück von der Gesellschaft entfernt, und warte. Winston hat sich Whisky eingeschenkt. Roger ergreift das Wort: Meine Mutter ist schwer krank, wahrscheinlich ist ihr das Zigarrenrauchen und Tabakkauen zum Verhängnis geworden. Ich höre ihn sagen, dass er nicht genau weiß, was meine Großmutter hat: die Krankheit stecke in ihrer Kehle, könne auf die Stimmbänder, die Zunge, die ganze Mundhöhle übergreifen und die Schmerzen unerträglich machen! Nicht als Sohn spricht er, sondern als Arzt. Trotzdem hört man, wie sehr ihn das mitnimmt: Winston und ich müssen nach Paramaribo, dieses Jahr noch, und was dann? Ich lasse den Blick über die Wände schweifen und sehe zum ersten Mal, was da hängt, unter anderem das Wappen unserer Heimat als Holzschnitzerei. Keinen Kummer empfinde ich, sondern Ärger: Hat einer von euch Oma angerufen? Die Reaktion kam von Lya: Ja, meldet ein Gespräch an mit ihr. Keine Antwort der Brüder. Lya wurde rot. Und dann fahrt ihr also zu ihr und sie ist todkrank und was dann? Wonnys Stimme. Sie fährt fort: Dann verabschiedet ihr euch von ihr und überlasst alles andere der lieben Imker? Roger steht abrupt auf: Meine Mutter muss ins Spital und dafür werde ich sorgen! Seine Hände sind zu Fäusten geballt, aber seine Stimme klingt beherrscht. Ich sage: Roger, deine Mutter will nicht ins Krankenhaus … Er sieht mich an, schweigt. Wir wollen sie nicht zwingen, wirft Winston ein, sichtlich nervös, und ob jemand außer ihm was Hochprozentiges wolle. Ich nicht, sage ich etwas zu laut und stehe auf: Erst zieht ihr ins Ausland und überlasst sie ihrem Schicksal, und im Ausland wollt ihr dann über ihr Leben entscheiden da in Zorg & Hoop. Hat einer von euch Oma jemals gefragt, wie es ihr geht und was sie selber will? Und weg war ich. In der Küche bleibe ich stehen und schaue hoch zur Flasche auf dem Schrank. Das Mandelgetränk glänzt in der Flasche bei Lampenlicht:

unbeugsam gebrochen-weiß, so herrlich süß, mild und aromatisch. Roger ruft mich zurück. Aufgewühlt sagt er: Wenn wir hinreisen, geht es darum, uns von ihr zu verabschieden, solange sie noch ansprechbar ist, wenn sie im Sterben liegen sollte, zu Hause oder womöglich im Spital. Aber was dann? Sollen wir sie zurücklassen, todkrank, weil wir einfach nicht warten *können*? Ich weiß nicht, was das Richtige ist, Heli, ich weiß es wirklich nicht! Mit ihm zusammen gehe ich zurück ins Wohnzimmer. Wir verstehen uns, Roger und ich. Er: Ich will nicht, dass meine Mutter furchtbare Schmerzen hat und schrecklich verstümmelt wird und unter scheußlichen Umständen in den Tod taumelt. Und ich sage: Trotzdem sind wir es ihr schuldig, zu tun, was sie sich wünscht, und wenn sie es nicht mehr ertragen kann, dann gibt es den Tod, um sie zu erlösen, oder? Ich erzähle nicht, dass Großmutter mir, bei meinem Abschied, ausführlich erzählt hat, wie krank sie ist, und dass sie sicher ist, mich nie mehr wiederzusehen; und dass ich gefragt habe, ob ich eine Nachricht überbringen soll an ihre Söhne in Holland, und dass sie den Kopf geschüttelt hat und geweint, geweint. Zaghaft sagte ich: Seid mir nicht böse, aber mehr habe ich dazu nicht zu sagen. Im Flur schnappe ich mir meinen Mantel und gehe raus in den frühen Abend, auf die Straße: Hände in den Taschen, in denen ich Schlüssel fühle und ein Taschentuch. Die Luft eisig und sanft an meinen Wangen. Die Häuser gehüllt in einen besinnlichen Herbstabend. Hans hatte gefragt, ob ich mal zum Teetrinken käme zu ihm nach Hause, seine Eltern wären so gespannt auf mich. Vielleicht verschafft mir seine Einladung Zugang zu einer Gemeinschaft, die ich nicht kenne. Soll ich? Morgen eine Verabredung mit Caatje im Lokal. An der Bushaltestelle steht niemand. Ein Ehepaar geht Arm in Arm an mir vorbei. Gut so! Ich gehe zurück zu den anderen, aber nicht, weil ich will. Ich muss. Es darf keine Rede sein von einem erzwungenen Sterben bei Oma Bee.

Laura hätte die erste Vanta sein können, die so weit weg von zu Hause reiste. Die Erste, die einen Holländer in die Familie brachte. Zuerst war Laura hin und weg davon gewesen, zu ihrem Verlobten zu reisen, aber als es so weit war, weigerte sie sich. Jahre später fand man sie auf einer Bank an der Waterkant, zum Hafen starrend. Niemand kriegte sie weg von dort, auch nicht um Mitternacht. Sie sprach nicht. Langsam wurde ihr Verhalten auffällig und sie wurde mit »sanfter Gewalt« mitgenommen. In Verwahrung. Ihre Eltern waren sprachlos vor Erschütterung. Meine Mutter und ihr Bruder lebten in Angst. Und Scham. Was ihrer kleinen Schwester zugestoßen war, überrollte die Stadt wie etwas ganz Schreckliches. Etwas, was keiner in Worte fassen konnte. Die Familie meiner Großeltern zerbrach. Jedes ihrer Kinder schlug sich herum mit seiner eigenen Misere. Winston steckte mitten in einer schwierigen Scheidung. Mutter Louise war wieder schwanger. Roger hatte sich beim Basketballspielen das Schienbein böse gebrochen. Wie sehr sie litten, wusste keiner, bis Lauras Kräfte versagten, ausgerechnet bei dem Landesteg, wo sie vor langer Zeit in der Stadt angekommen waren. Ich hatte gesehen, wie meine Mutter sich ins Waschbecken erbrach in den Morgenstunden. Ihr Würgen riss mich aus dem Schlaf. In meinen Träumen hörte ich Laura flehen, ins Haus zu dürfen. Die Socken von Onkel Winston hatte ich gefunden unter Mutters Bett und sie versteckt. Ich träumte, Roger hätte beide Beine verloren. Und tagsüber wachte ich über Imker, Babs und unser hübsches Brüderchen. Mutter fand es nicht schlimm, dass ich dabei war, als Großvaters Schwester kam und erzählte, die Familie werde ein Winti-Ritual abhalten mit allem Drum und Dran, um zu versuchen, das Blatt für die Vantas zu wenden. Nicht für mich, hatte Mutter Louise gerufen und die Zusammenkunft verlassen mit mir. Mutter hatte gewettert: So ein Humbug. So ein Schwindel! Und direkt zu mir: Mach so was nie, mein Kind! Vor meiner Abreise aus Paramaribo, das letzte Mal allein mit Großmutter Bee, es ist mir unvergesslich. Ein Abschied für immer? Sie hat mir Briefe aus Holland mitgegeben, adressiert an Laura Vanta. Ungeöffnet. Großmutter hofft, dass ich zu Brams Familie gehe. Ich kenne die Adresse auswendig. Inzwischen weiß ich auch, wie man hinkommt. Ich will hin. Traue mich nicht. Ein Vorort irgendwo bei Apeldoorn. Hans bitten mitzukommen? Es mit Cate besprechen? Auf dem Bett sitzend zweifle ich. Frischluft wirkt Wunder. Energiegeladen fühle ich mich nach einer Runde um den Block. Ich höre Roger und seine Frau zu ihrem Auto gehen. Sie können mich nicht sehen hinter der Gardine. Ich knipse das Licht aus. Roger sieht zu meinem Fenster hoch. Er steht unter dem Pantoffel seiner Frau, sagt Bruder Winston: Eines Tages kämpft sich mein Brüderchen frei! Sie liebt ihn sehr, finde ich, und das sieht man auf den ersten Blick. Langsam fährt ihr Auto davon. Ich knipse das Licht im Zimmer wieder an.

Für Großmutter Vanta war die Taufe nie wichtig gewesen. Ihre Kinder waren mit der Erbsünde nicht belastet, also fand die Taufe in aller Stille statt. Kleine Kinder in eine Glaubensgemeinschaft aufzunehmen ist eine heikle Sache, aber später dürften ihre Kinder sich umentscheiden. Da waren Anton und sie sich einig. Als ein Halbbruder ihres Mannes – seine Plantage verließ, um ihr zu erzählen, ihre englischen Vorfahren würden wie »krankes Blut« wuchern in ihren Kindern, denn die hätten Afrikaner zur harten Sklavenarbeit gezwungen und dieses »kranke Blut« lasse sich wegwaschen durch Rituale, bei denen man »natürliche Gottheiten« um Vergebung bitte, da stellte sie sich stur. Wieso sollten sie und ihre Kinder irgendetwas zu tun haben mit dem, was vor fast einem Jahrhundert auf den Plantagen geschehen war?! Und lässt den Kerl stammeln in gebrochenem Holländisch, obwohl Anton danebensteht in abgewetzter Militäruniform: Schwester Bee, du hast die Erbsünde doch auch mit Taufwasser weggewaschen für deine Kinder, weil Adam und Eva böse Dinge getan haben laut der Lehre vom Pater, oder? Der Halbbruder ihres Mannes wollte sie erinnern – an Dinge, die ihr niemand ins Gesicht sagte, Dinge, die Sklaven wirklich geschehen waren: die *katibo* wurden gegeißelt, verstümmelt, vergewaltigt, totgeschlagen. Großmutter war nicht gewandt genug für eine Diskussion über »koloniale Dinge« mit einem Plantagenmenschen, aber Ehemann Anton, der bekam dann wieder einiges ab. Im Sprachenmischmasch ihres Elternhauses schimpfte sie ihm die Hucke voll: Ich und meine Kinder haben mit der Sklaverei nichts zu tun, und du auch nicht, Anton! Und

Anton hatte sie angesehen mit seinen riesigen Augen, in denen das Weiß glänzte wie deutsches Porzellan in seinem schwarzen Antlitz, und hatte ihr besänftigend zugeredet: Du und ich haben unseren Kindern nicht viel mehr zu bieten als diese rückständige Küstenstadt, weil wir kein Geld haben und kein Land und keine Familie, die weit genug in die Vergangenheit reicht, um unsere Kinder dort aufzufangen, wo wir Lücken hinterlassen, Frau Bee, und das hat *alles* mit der Sklaverei zu tun! Und er hatte selbst seinen Halbbruder zurückgeschickt zum Winti-Klan mit der Mitteilung, dass kein einziges Badewasser, kein einziges Urwaldkraut, keine Speise, keine Trommel, kein Tanz, auch keine einzige Gottheit – den Schmerz der Sklavenzeit lindern könne, denn das könne allein die Zeit, und »Zeit« sei ein anderes Wort für »Zukunft«. Dasselbe hatte er Enkelin Heli gesagt, als sie ihre Lehrbefähigung bekam. Großmutter war völlig baff gewesen, als sie erfuhr, dass mindestens ein Enkelkind Vater Anton anhimmelte. Nein, nein, Abgötterei brachte keiner Anton Vanta ins Haus! Und was war mit seinen Kindern? Rogers Bein würde eben Zeit brauchen zum Heilen. Sohn Winston hätte eine Frau geheiratet, der er nicht genug bieten konnte, denn selbst nach fünf gesunden Kindern ließ sie ihn mutterseelenallein zurück und bettelarm. Louise wüsste nicht, wie man das Leben einer Frau lebte in einer Stadt, deren Männer sie nie wirklich durchschauen würde, denn ihre Eltern kamen von außerhalb: Aber was Louise verliert, münzt sie um in Gewinn für ihre Kinder! Und Laura? Großvater zufolge hatte Laura ein unergründliches Problem mit ihrem Aussehen. Unergründlich? Großmutter Bee hatte ihn schon verlassen, als Heli erzählte, ein tiefgehendes Gespräch mit Großvater Anton hätte ihr mehr gebracht, als es ein großes Vermögen je könnte. Und Roger wurde schon in der Stadt geboren, ohne jegliche Erinnerungen an irgendetwas Nickerianisches, dachte sie. Ein Stadtmann sollte er werden. Und was das bedeutete? Tja, er wird in der Ferne zum Facharzt ausgebildet und sie wird seine Kinder niemals zu Gesicht bekommen, geschweige denn kennenlernen! Die von Winston? Auch weg. Aus ihrem Daseinsgrund gerissen, als könnten sie, wie Ableger einer Mutterpflanze, überall gleich gut gedeihen! Sie wischte sich die Tränen weg: Sie wollte ihre Enkel alle um sich haben. Hatte sie etwas falsch gemacht? Es stimmte, was ihr Beichtvater sagte: Auf dem rechten Weg bist du gegangen, Bernadette Vanta-Julienne, und das ist überall auf der Welt eine enorme Leistung! Süßer Trost? Ihr fehlte der tägliche Fußweg zur Innenstadtkirche im belebten Stadtzentrum. Weihrauch und Messingreiniger fehlten ihr. Die Bänke bei der Statue des Heiligen Antonius. Vielleicht verlangte sie zu viel von ihrem Gott. Vielleicht verlangte sie es zu oft. Sie hatte nie verlangt, dass er ihre Schmerzen linderte, die wie heißes Speiseöl vom Zäpfchen zur Zunge zogen und ihren Kopf in Flammen setzten, denn um sie in Rauch aufzulösen, griff sie zu einer Zigarre. Nie hatte sie Wohlstand verlangt und nicht einmal Glück. Imker hatte recht. Sie hätte es sich sparen können, den Allwissenden Gott jahrelang dreimal täglich zu bombardieren mit denselben Gebeten. Aber was hätte sie sonst opfern sollen, außer den wohldurchdachten Worten der Heiligen? Sie war nicht auf dem Sofa eingeschlafen, wie Imker vielleicht dachte. Sie stand auf. Aus dem Radio kam die Schlussmelodie eines weiteren vorübergegangenen Radiotages. Imker war nah bei ihr: Soll ich ausmachen, Oma? Sie nickte. Kann ich noch was für dich tun, Oma? Wieder nickte sie, als hätte sie Angst, die Hitze in ihrer Kehle hätte auch ihre Stimmbänder geschmolzen. Sie ging in die Küche, nahm das Einkaufsheft und einen Bleistift: *Imker, ich will dir beibringen, einen Röschen-Fiado zu backen, weil er nicht einfach ist, aber mein Lieblingskuchen.* Sie schob Imker den Zettel hin. Gut, Oma, sobald die Geschäfte wieder offen haben, hole ich alles, was du brauchst! Aber sie schüttelte den Kopf und schrieb: *Jetzt will ich backen mit dem, was wir im Haus haben, weil ich vielleicht nicht mehr da bin, wenn die Geschäfte wieder aufmachen.* Imker schossen Tränen in die Augen, aber sie sagte tapfer: Gut, Oma Bee, jetzt! Aber einen Lidschlag später sah Imker sie mit dem Kopf auf dem Küchentisch liegen. Sie schlief nicht. Sie war in etwas versunken, was noch köstlicher war als ihr Lieblingskuchen. Es dauerte nur ein paar Minuten, laut ihrer Enkelin: eine gefühlte Ewigkeit! Erschrocken stand Imker vor ihr. Die Schmerzen in Kehle, Zunge, Kopf waren verschwunden. Sie sagte zu Imker: Imker, ich gehe langsam zu Gott, willst du nah bei mir bleiben, bis ich ganz weg bin? Sie konnte wieder sprechen, aber ihre Stimme klang anders. Ihre Enkelin kam näher. Nahm sie fest in die Arme wie ein kleines Kind. Das war beruhigend, aber trotzdem machte sie sich los. Es war so gut, den Geschmack gekostet zu haben, den ihr Sterben haben könnte. Bestimmt war noch genug Zeit, ihren Röschenkuchen zu backen. Und Großmutter Bee wollte ihn sich zusammen mit dieser Enkelin schmecken lassen.

Babs kam wie gerufen. Am Tor von Großmuttershaus wurde am Schloss gerüttelt: Imker, bist du da? Babs? Imker stürmte zur Haustür, um ihre kleine Schwester reinzulassen. Sie schwang das Tor auf, schaute erfreut. Hier riecht es ja herrlich nach Kuchen, rief Babs und winkte dem Taxifahrer, dass er weiterfahren konnte. Darf ich rein? Imker nickte. Es fiel ihr schwer, die Tränen zurückzuhalten, und indem sie nicht aufhörte zu lächeln und die Arme weit offen hielt für sie, zeigte sie Babs, wie sehr sie ihr gefehlt hatte. Und einmal drinnen, nahm sie ihre Schwester mit in die Küche, wo auf einer Kuchenplatte aus Kristall der Fiado … auskühlte für Großmutter. Sie zeigte zum Schlafzimmer, machte »Psssst« an Babs' Ohr: Habe ich gemacht auf Anweisung von Oma, die jetzt schläft nach einer unruhigen Nacht. Babs nickte, ging mit ihr zurück ins Wohnzimmer, damit Großmutter sich ja ausruhen konnte, und fragte: Wie lange muss ich warten, um zu kosten, wie er dir gelungen ist? Aber Imker war mit Eiswürfeln zugange, mit Gläsern, Untersetzern, einem Shaker und schenkte Orgeat ein: weiß wie Milch und aromatisch wie frische Mandeln. Beim Trinken sahen sie sich an. Lecker, lecker; und Babs sah sich endlich um: Schön eingerichtet für Oma! Imker nickte bloß, stellte das Glas ab und suchte nach Worten, um über ihre Großmutter zu sprechen, vertraulich mit ihrer Schwester, aber ohne Geheimnisse zu verraten. Wart mal kurz, und sie ging nach hinten, um zu schauen nach Großmutter:

Oma schlief auf dem Rücken mit offenem Mund, als hätte sie Hunger. Sie isst nicht mehr viel, flüsterte sie Babs zu, und starrte auf den herrlichen Fiado, kunstvoll hergestellt aus Butterteigröschen und bunten, in Likör getränkten Früchten. Braun wie meine Tochter Louise soll unser Röschenkuchen werden, hatte Oma betont, als sie den Kuchen in den vorgewärmten Ofen schob zum Garen. Und bei ihrer Schwester saß sie wieder, mit selbstgebackenen Sandplätzchen und einer Schachtel Käsekeksen zum Mitnehmen. Sorge unbedingt dafür, dass Mama zu Oma kommt, heute morgen übermorgen, so schnell wie möglich, Oma vermisst sie schrecklich! Babs sprang auf: Soll ich sofort los nach Amora? Sie wurde rot, schüttelte den Kopf: Mama lässt sich nicht drängeln, bleib also ruhig bei uns, dann kannst du vielleicht noch mit Oma sprechen! Babs lief ein bisschen herum und setzte sich wieder. Du hast mir auf einmal so wahnsinnig gefehlt, dass ich nach der ersten großen Pause unbedingt schwänzen wollte, nachdem ich mich geweigert habe, bei Sport mitzumachen, und Derik mir den Tag verdorben hat gleich am Morgen! Unheimlich still wurde es. Ob das etwas mit Heli zu tun hatte? Großmutter hatte eine große Postkarte und ein Einschreiben von ihr bekommen und beides unters Kopfkissen gelegt: um sich zuerst darüber zu freuen, ohne zu wissen, was alles drinsteht, und sich dann noch mal darüber zu freuen, aber diesmal über den Inhalt. Diese Oma, murmelten sie gleichzeitig. Babs war immer noch ein bisschen durcheinander, und über die eigenen Worte stolpernd, erzählte sie, was passiert war bei der Ausbildung: Heli musste weg von hier, aber sie kommt trotzdem ständig zurück, Imker! Das sah sie genauso. Und was gibts bei dir Neues? Babs sprach über das »eigene Auto«, das Vater Boys ihr in Aussicht gestellt hatte, und ach, sie konnte es wirklich nicht für sich behalten: Boys kennt Audis Vater! Sie sahen sich unverwandt an, sagten weiter nichts, aber plötzlich platzte ihre Schwester frech heraus: Und jetzt will ich aber auch wissen, wo sich unsere Mutter so einen Schatz wie dich eingefangen hat? Wieder verschränkten sich ihre Blicke ineinander, Totenstille. In diesem Stillschweigen holte Imker, ganz die gute Gastgeberin, wieder etwas Leckeres zu trinken und zu essen und während sie zum braungebackenen Kuchen schaute, meinte sie: Ich will gar keinen Vater haben. Sie ging zum Röschenkuchen und deckte ihn mit einer großen Fliegenglocke ab, als ob sie so Mutter Louise in Schutz nahm vor Babs' Sticheleien. Gleichzeitig hatte sie Lust, ihre Schwester zu verwöhnen, und wusste auch gleich wie. Sie führte sie vom Sofa an den Tisch in der Küche. Dort machte sie die Außentür weit auf. Der Passat drang herein, brachte Seeluft ins Haus. Was hast du vor, fragte Babs, als sie eine Schürze umband. Ich mache Nasi für dich, echt javanisch! Babs musste lachen: Soll ich dir helfen, jetzt, wo Umar nicht da ist? Sie umarmte ihre Schwester: Setz dich, Mädchen, und schreib Oma einen lieben Brief! Babs gehorchte, nahm einen Kaugummi aus ihrer Handtasche und ging über die Terrasse nach draußen, lehnte sich an die Mauer und schaute zum Haus. Sie setzte den Reis auf. Dabei dachte sie an ihre Arbeit im Stoffladen und den Samstagsausflug danach mit Umar. Auch fragte sie sich, wer samstags am besten über Großmutter wachen sollte in ihrer Abwesenheit. Audi? Sie besprach es mit ihrer Schwester und beide waren sich einig, dass es nicht Mutter Louise sein konnte. Mutter hatte das Recht, es am Samstagmorgen langsam und ruhig angehen zu lassen vor ihrem wöchentlichen Ausgehabend mit Lester. Als das Schultaxi Babs um Punkt vierzehn Uhr abholte an Großmutters Tor, lag Oma immer noch im Bett und der Fiado war unberührt geblieben. Babs hatte sich das, was sie ihr vorgesetzt hatte, schmecken lassen, sie hatten viel besprochen und es lag ein Brief da für die »Liebe Großmutter Bernadette«. Ihre Schwester schloss sorgfältig das Tor, ging zum Sammeltaxi, stieg rasch ein, setzte sich, rückte an ein Fenster und winkte ihr. Gut so, hätte Heli gesagt. In der Küche traf sie Großmutter an, noch dazu vor den leer gegessenen Tellern, auf dem Stuhl, auf dem Babs die ganze Zeit gesessen hatte. Aber Oma?! Die sagte entschuldigend, sie ertrage es nicht, Babs »so ausgezehrt« unter die Augen zu kommen: Babs ist nicht auf den Mund gefallen, weißt du! Sie schob Großmutter den Brief ihrer Schwester zu: Von Babsie, Oma. Großmutter nickte und las ihn sofort. Sie ging währenddessen zu der Stelle, wo Babs an der Gartenmauer gestanden hatte, und dachte dabei: Liebhaben kann man auf Tausendundeine-Art, aber eins steckt in jedem: Das Verlangen, in den Gedanken seiner Lieben zu bleiben, auch wenn sie nicht zum Greifen nah oder sogar unerreichbar geworden sind. Großmutter Bee saß da mit dem Brief in den Händen. Versonnen. Lächelnd. Und dann nahm Imker die Fliegenglocke vom Röschenkuchen und schaute immer weiter, bis Oma rief: Aber Imker, du hättest doch den Fiado anschneiden können für Babs! Sie stand im grellen Sonnenlicht in der Tür und schüttelte den Kopf, rief: *No, no, my granny first,* und: Willst du ihn kosten? Ja? Jetzt? Und sie schnitt mit fester Hand in den Kuchen, mit einem großen Messer, und legte ein rechteckiges Stück auf einen moosgrünen Kuchenteller, übergab ihn mit einer Verbeugung: Bitte sehr, wohl bekomms! Großmutter schaute und schaute und sagte: Bräunlich wie deine Mutter von außen und das Innere gebrochenweiß wie du und ich! Sie goss noch einen Schuss ungesüßte Kondensmilch darüber, aufgewärmt, wie Oma es gewohnt war und sich wünschte, und wartete. Sie hatte nicht vergessen, dass der Tag Großmutter Schmerzen in der Kehle gebracht hatte. Ein kleines Stück pikste Oma auf und brachte es zum Mund. Nach einem Moment: Imker, unser Röschenkuchen ist zart wie Junges-Leben, das mit der Zeit aushärtet, aber so lecker, köstlich! Erleichtert nahm Imker selbst ein Stück Fiado, kaute und musste die Augen schließen vor unerwartetem Genuss.

Konnte auch eine Mutter wie Louise Vanta so tief sinken durch verschiedene Umstände, dass sie etwas tat, was ihren Kindern schadete? Bohr Libretti, der konnte sich so gut hineinversetzen in das Frauenleben in dieser Stadt, die seinen Eltern einen »Heimathafen« geboten hatte, dass er Frauenarzt wurde. Auf Festen, wenn er einen über den Durst getrunken hatte, gestand er, dass er jeden Arbeitstag aufs Neue von seinem Körper gequält wurde, wenn er sich auf seinen hohen Schemel schwang, vor sich eine »furchterregend schöne Surinamerin«, die mit gespreizten Beinen wehrlos auf seinem Untersuchungsstuhl lag.

Mit den Jahren war er standhafter geworden und Sex war für ihn, nach diversen Kindern mit diversen Damen von Stand, kein Muss mehr, sondern eine Möglichkeit. Aber wenn er es erst einmal auf eine Frau abgesehen hatte, konnte sein Verlangen ihn manchmal dazu bringen, die Grenzen dieser Frau zu brechen mit der Kraft seines Männerkörpers und seiner Autorität als Arzt. Bei ihr, Louise Vanta, hatte er sich wortreich entschuldigt, sofort und an Ort und Stelle. Geschworen hatte er sogar, ihr für immer fernzubleiben und auch Boys in Zukunft seltener zu sehen. Und Geld hatte er ihr angeboten, wenn sie ihm nur verzieh, was ihn überkommen hatte: Er hatte sie in ihrem eigenen Haus zum Sex gezwungen, dazu noch auf dem Bett, in dem sie schlief mit seinem einzigen Jugendfreund und zuverlässigen Geschäftspartner Boys, dem Vater ihres jüngsten Kindes Babs. Sie hatte ihn angehört, sein Geld verweigert und gesagt, er sei »ein mieser Schuft«. Später merkte sie, dass sie schwanger war von ihm. Und kein bisschen bereit abzutreiben, also musste sie das »große gelbe Haus« von einem Tag auf den anderen verlassen und zu ihren Eltern zurückgehen, was sie schrecklich fand; denn sie hatte schon zwei Mädchenkinder auf die Welt gesetzt, und mit Babs von Boys war sie Mutter von dreien geworden, schwanger mit dem vierten und ohne Mann! Und nach Familienstreitigkeiten, die ihr den Atem geraubt hatten, hatte sie geglaubt, endlich eine eigene Unterkunft gefunden zu haben für ihren Babyjungen und ihre Mädchen, und sich erholen zu können von der Verwirrung, die Laura heimgesucht hatte, aber nein: Sie fing wieder bei null an! Ein Schwangerschaftsabbruch musste her und zwar schnell. In der Innenstadt kannte sie einen fähigen Frauenarzt, der eine blühende Praxis hatte. Er war ihr etwas schuldig.

Und er wurde rot, als sie zu ihm hereingebracht wurde von seiner Assistentin. Sprachlos sah er sie an. Sie wartete, bis die Arzthelferin weg war, und teilte ihm dann mit, ohne Umschweife, dass sie bei ihm sei für eine »schnelle und sichere Abtreibung«. Du, Louise Vanta! Eine Abtreibung?! Seine Stimme überschlug sich. Ja! Sonst käme sie vom Kurs ab wie Schwester Laura, die mittlerweile eingewiesen war! Er verteidigte sich, indem er vorbrachte, er als Arzt treibe nur ab »aus ärztlichen Gründen«. Sie machte ihm klar, dass er »verpflichtet« sei, ihr zu helfen und zwar sofort! Sie sollte sich auf die Untersuchungsbahre legen, ihm Zugang zu ihrer Gebärmutter verschaffen, um festzustellen, wie weit sie war. Gezischt hatte sie: Bohr Libretti, mein Bruder hat mich vor neun Wochen vergewaltigt in meinem eigenen Bett und vor drei Jahren hast du das getan, also – du fasst mich nur an, um mich vom Embryo zu befreien, versprich mir das hier und jetzt! Er hatte ihre beiden Hände genommen und gesagt: Louise, ich verspreche es dir! Da hatte sie hinter einem Schirm einen Teil ihrer Kleidung abgelegt und sich ungeniert auf den Untersuchungsstuhl gesetzt mit gespreizten Beinen. Tatsächlich war sie schwanger. Eine Woche später befreite er sie vom Embryo, in seiner Klinik, ohne dass sie über Nacht im Krankenhaus bleiben musste. Er hatte sie selbst kürettiert, ihre Gebärmutterhöhle ausgeschabt und sichergestellt, dass sie möglichst wenig Schmerzen hatte.

Zwei kalkweiße Praktikantinnen aus New York assistierten. Nach dem Eingriff ließ er sie ein paar Stunden ruhen in seiner Nähe, danach fuhr er sie persönlich in die Dwarsstraat in seinem eigenen Wagen. Er hatte versprochen, dass sie immer auf ihn zählen konnte. Das Wichtigste, was er für sie tat, war, ihr Zugang zu verschiedenen Verhütungsmitteln zu verschaffen. Dass sie einen Sohn von ihm zur Welt gebracht hatte, hatte sie auch damals nicht erwähnt.

Babs' Nachricht über Mutter Bees Zustand genügte, um einen heftigen Schmerz in ihr auszulösen, und dieser Schmerz war wie eine Musik, die Grauen mit sich brachte. Lieber wäre sie für ihre Mutter geblieben: das »erträumte Mädchenkind«, das sie war bis zu ihrem Fünfzehnten – als die Tochter, die ungewollt zur »alleinstehenden Frau« geworden war und zur »unverheirateten Mutter«. Eine Dame war sie, die zu wenig wusste über das Frauenleben, um klug umzugehen mit der komplizierten Küstenstadtgemeinschaft, die ihre kolonialen Eigenheiten nur langsam überwand. Sie hatte Babs zugehört und versprochen, sich so schnell wie möglich aufzumachen nach Zorg & Hoop. Babs' Gequengel zuzuhören, es auszuhalten: Mama, Audi und ich kommen ohne dich zurecht, ehrlich, geh also gleich morgen hin nach der Arbeit! Sie hatte nichts gesagt. Babs hatte gut reden mit ihrem vermögenden Vater und einem Freund, dem es nie an etwas mangelte. Erst eine Nacht drüber schlafen und dann entscheiden, wie und wann. So machte sie das immer, und mit dieser Einstellung hatte ihre Familie nie Schiffbruch erlitten. Deine Mutter liegt fast im Sterben, blaffte Babs sie schroff an, entschuldigte sich aber gleich darauf: Tut mir leid, Mama, ich habe Oma gar nicht selbst gesehen, die hat tief geschlafen nach einer schlimmen Nacht! Aus der Stimme ihrer Tochter – hörte sie einen alten Vorwurf heraus. Die Tonarten ihrer Kinder kannte sie so gut, die brauchten nur den Mund aufzumachen und schon wusste sie, in welcher Stimmung sie waren. Babs wusste, dass ihr Vater Großmutter sehr gernhatte, und verteidigte eher Boys' Interessen. Warum auch nicht? Und bevor ihre Tochter ins Bett ging, beruhigte sie sie, was Großmutter Bee betraf: Babs, morgen Nachmittag bin ich in Zorg & Hoop, so Gott will! Schlaf schön …

Nach der Abtreibung hatte sie sich vorgenommen, sich fernzuhalten von sämtlichen Männern. Sie war sich bewusst, welche Lust sie aufgab dafür, selbst wenn es aufgezwungene Lust war. Kinder waren ihr zugestoßen und Zeit, jedes einzelne Kind kennenzulernen, hatte sie nicht. Die Kinder waren wie »geliebte Haustiere«, sie wurden so gut wie möglich versorgt. Was wollten sie von ihr, diese Augen, die stets nach etwas suchten tief in ihr, etwas, was unzerbrechlich war wie Diamant, was schmelzen konnte wie Gold, was sie besaß, zu dem sie aber selbst keinen Zugang fand. In der Arbeit, bei den offenherzigen Knirpsen, gab der Stundenplan ihr Halt; bei ihren eigenen vier Kleinen hieß es improvisieren. So erleichtert war sie, wenn sie sich zusammenfanden zum intensiven Spiel mit Stoffpuppen in Puppenhäusern. Aber dann hatte sich Heli gelöst vom kindlichen Spiel und mehr und mehr von ihr gefordert. Ihre Älteste wollte bei ihr sein, ihr beim Kochen helfen, mit ihr reden am frühen Abend. Sie fühlte eine Wärme, die sie rührte: Geh und mach deine Hausaufgaben, Heli. Eigentlich bat sie ihr »eigenes Wesen«, sie in Ruhe zu lassen. Und nachdem sie sie geschlagen hatte, so stark, dass ihre Hand noch Tage danach schmerzte, war ihr Widerstand gegen Heli gebrochen. Sie hatte begriffen, dass ihre Zukunft beschlossen lag in ihren vier Kindern, dass die Zeit gekommen war, ihre Erstgeborene kennenzulernen und die anderen auch, sie schätzen zu lernen wie Zeitbrocken, die Daseinswelten öffneten, in denen es keine Uhr gab, keinen Kalender, keine Ablauffrist. Es hielt sie vom Schlafen ab. Sie nahm sich vor, »etwas Schönes« zu machen mit den Kindern am Wochenende. Es wurde nichts daraus. Sie war müde. Sogar zu müde, ihre eigenen Eltern zu besuchen und zu fragen, wie es lief mit der Einweisung ihrer kleinen Schwester, und zu erspüren, welche Rolle sie dabei übernehmen konnte. Sie war sogar zu müde und auch zu pleite, um dafür zu sorgen, dass ihre Mädchen gut gekleidet den Kindergottesdienst besuchten am Sonntag. Ihre Arbeit mit den Kindern aus reichem Hause in der privaten Vorschule liebte sie. Zu Hause war sie platt. Ihre Nachtruhe war tief. Jeden Morgen schlug sie treu die Bibel auf und dann saß sie still und bat den Gott der Bibel um Hilfe. Sie bat um Vergebung dafür, dass sie Schwester Laura nicht hereingelassen hatte in der Nacht. Für das Schlagen eines unschuldigen Kindes. Für das Genießen verbotener und aufgezwungener Lust. Und jedes Mal murmelte sie: Mach jedes Kind von mir besser als mich,

Gottvater. Und sie begriff, dass sie ihren Beitrag dazu leisten musste. Sie hatte sich beworben auf eine Stelle an einer öffentlichen Dorfschule, damit etwas mehr übrig blieb von ihrem Gehalt. Sie wurde eingeladen zu einem Gespräch. Sie wurde angenommen. Standort Nieuw-Nickerie. Mutter Bee hatte geweint vor Freude. Vaters Tränen blieben wie Kristall in seinen Augen. Die Kinder wussten nicht, was sie erwartete, redeten aber aufgeregt über die lange Schifffahrt, die sie gleich zu Beginn der großen Ferien machen würden mit ihr. Louise Vanta war erschüttert vor Erleichterung.

In einem surinamischen Lokal in einer holländischen Innenstadt lausche ich meiner Ex-Kollegin Cate, die mit ausladenden Gesten versucht, einen Eindruck davon zu geben, was ein Utrechter Schultag auslöst bei ihr. Es ist kalt in dem Laden. Ich bibbere und lausche aufmerksam: Die Mütter bringen ihre Kinder bis in den Klassenraum, schälen ihr Kind eigenhändig aus Mantel und Schal und Mütze und Ohrenschützern und Handschuhen, kuscheln mit ihren Kindern und lassen sie zurück, manchmal mit Tränen in den Mascara-Augen. Verstehst du, Heli? Ja, ich weiß, wie anders es war an der Volksschule in Beekhuizen. Da mussten die Mütter schon frühmorgens aus dem Haus, zu Fuß und im Wilden-Bus zu gigantischen Häusern in den Vororten, um als Dienstmädchen für fremde Familien den Haushalt zu schmeißen. Diese Suriname-Mütter hatten kleine Kinder, die von den etwas älteren ruhig gehalten wurden und zur Schule geschleift, wo sie oft heulend und mit rinnender Nase bei Cate ankamen. Deshalb hatte Cate aus jedem Schultag ein Fest gemacht. Für die Allerjüngsten. Genau wie ich mit meinen Schülerinnen im Teenie-Alter, den Schwestern vieler kleinerer und größerer Vorschulkinder in Cates Klasse. Und was findest du besser, frage ich einfältig. Cate zuckt die Achseln: Das Gehalt, Schatzi. Es klingt gleichgültig. Ich weiß, was das heißen soll, sie will kein Urteil fällen über Kinder, die ihr, wie auch immer und wo auch immer, anvertraut wurden. Und wie sind deine Kollegen so? Sie sieht von ihrem Bami-Teller auf: Die werden sich schon an mich gewöhnen, Heli, du weißt doch, ich lasse nicht locker. Ich nicke nicht. Ich habe die Hände um die Schale heißer Saoto-Suppe gelegt. Was ich als Kollegin über sie weiß, ist, dass sie überwältigend nett sein kann und bösartig empört. Ich mache mich über meinen gebratenen Maniok mit Pitjel her; die Erdnusssauce verbrennt mir die Lippen und ist köstlich und frisch. Ich will weiterschlemmen-und-nicht-reden! Im Gegensatz zu Cate: Im Stakkato erzählt sie, wie sie den Freund, der ihr nachgereist ist, auf Eis gelegt hat, kurz und gut: kein Gequatsche und erst recht kein Sex, bis er kapiert hat, dass sie eine Familie will und keine Bettgeschichte! Hat er aufgegeben? Sie schüttelt den Kopf, ihre Haare sind kurz geschnitten wegen der winterlichen Windböen: Er hat sich verzogen, aber er ruft weiter jeden Abend an, bis er sich in eine holländische Schlampe verguckt und die ihm so lange einen bläst, bis er mich vergessen hat! Ich löffle die nahezu ausgekühlte Suppe, merke aber ihre auflodernde Wut. Hast du jemand Neues entdeckt für dich, Heli? Fast hätte ich mich verschluckt. Schaue auf und schüttle den Kopf. Wartest du weiter auf diesen Flegel? Ich nicke. Und willst du weiter bei deiner Familie wohnen? Ich schüttle den Kopf. Nein? Sie verstummt. Wir essen unsere Teller leer.

Untergehakt gehen wir ins Utrechter Einkaufszentrum. Schöne Kleider schauen! Und Cate schleift mich von einer Modeboutique zur nächsten, und ich genieße es, als hätte ich säckeweise Geld. Ab und zu verschwindet Cate mit lauter Bügeln in eine Umkleidekabine. Kommt raus und fragt: Schön? Jedes Mal sage ich sofort: Ja! Sie hat einen guten Geschmack und weiß genau, was ihr steht. Ich probiere nichts an. Ich schaue. Ich sehe, was ich schön fände für mich, aber ich habe keine Arbeit. Viele Stunden dauert das Kleiderschauen und ich finde heraus, wo es den Wintermantel gibt, den ich haben will. Und was er kostet. Es ist Mittwochnachmittag und es wimmelt von Kindern, Müttern, Frauen, kichernden Jugendlichen. Cate will noch zu einem Autohandel etwas außerhalb der Stadt. Im Bus vertraue ich ihr das mit Laura halb an. Und dass ich für meine Großmutter Brams Familie in Apeldoorn besuchen will. Caatje will mit. Sie will mir auch bei der Suche nach geeignetem Wohnraum helfen. Vielleicht können wir was zusammen mieten, schlägt sie vor. Willst du bei deinen Freunden weg? Sie nickt: Nette Leute, aber er schlägt sie manchmal. Wir verstummen. Wir steigen aus und gehen zum Autohandel. Es ist so schwer, ein gutes Auto zu finden, sagt sie und lacht: Heli, einen Kerl zu verführen ist einfacher. Ich schweige. Ich höre ihr zu: Meine Mutter sagt, als Frau muss man sich anpassen, wenn man eine gute Ehe führen will, aber wie soll man gut leben mit einem

Mann, der einen ständig betrügt, Heli? Ich weiß nicht. Ich habe keine Ahnung von Männern und keine Ahnung von Autos. Ein Verkäufer eilt herbei. Hallo, ihr Hübschen, kann ich euch vielleicht zu einem schönen Wagen verhelfen? Er ist selbst ein Adonis. Wir lächeln uns zu und folgen ihm zur Überfülle glänzender Automobile.

Nachdem Cate in ihren Bus eingestiegen ist nach Overvecht, bahne ich mir auf dem Hauptbahnhof einen Weg zu meinem »Oog in Al«-Linienbus, als jemand laut meinen Namen ruft. Ich drehe mich um, sehe ihn stehen. Ein junger Surinamer aus der Studiengruppe kommt auf mich zugerannt. Sollen wir noch was trinken gehen, irgendwo? Nein, sage ich entschieden und lächle, sehe ihm nicht in die Augen, sondern auf seinen eckig geschnittenen Afro. Du bist hübsch, sagt er. Und ich sofort: Da bist du nicht der Einzige, der das findet! Sein Lächeln gefriert, und er sagt: Es heißt, du bist Deriks Geliebte! Ich nicke und frage: Kann ich jetzt gehen? Auch er nickt und ich gehe weiter, weil es allmählich dunkel wird. Bei Lya habe ich mich brav abgemeldet vom Essen, aber bevor der Abend wirklich hereinbricht, will ich im Warmen sein. Vielleicht sollte ich mich mehr mit meinen Landsleuten aus der Studiengruppe abgeben, aber das ist mühsam. Wenn ich mich zu ihnen setze, schweigen sie stoisch. Derik war ihr Dozent und der Direktor ihrer Lehrerausbildung. Tatsachen kann ich nicht ändern, das wäre wie der Versuch, Pudding an die Wand zu nageln. Außerdem will ich mehr von Holland sehen als die Gesichter »bekannter Landsleute«. Mir ist der Schreck in die Glieder gefahren. In der Bibliothek lag eine Morgenzeitung, darauf in Großbuchstaben: UNTER DROGEN: SURINAMER STICHT FREUNDIN MIT GROSSEM FLEISCHERMESSER NIEDER. Trotzdem müssen wir einander Hüter sein, hatte einer gesagt und mir eine kleine Gratisbibel gegeben. Jeder hat eine bekommen. Das ist auch ein Theologiestudent. Ich finde ihn zu freundlich. Er raucht Pfeife. Er hat uns erzählt, dass er auf Jungen steht. An der Haltestelle ein Haufen Wartender. Die Kälte setzt mir zu. Meine Heimatstadt fehlt mir. Der proppenvolle Bus ist mir so zuwider. Ich dränge mich durch zu einer Halteschlaufe, weil ich keinen freien Sitzplatz finde. Ich muss an Derik denken und das wärmt mich. Die Busfahrt ist beklemmend. Der Atem von Unbekannten im Gesicht. Schweißgeruch von Wildfremden in meinen Haaren. Niemand steht an meiner Haltestelle und es ist dunkel. Die Rücklichter des riesigen Busses. Stille Straßen. Taubstumme Häuser. Ich habe eine Wut auf Mutter. Will dieses Leben nicht. Im Flur, neben Lyas und Winstons Mänteln, wische ich mir die Tränen weg.

Nach einem Schultag sitze ich auf den Stufen vor unserem Haus, lehne mich an die geschlossene Eingangstür. Imker dicht bei mir. Unsere Schultaschen auf dem Schoß. Babs ist bei der Babysitterin unseres kleinen Bruders. Mutter ist noch nicht da, aber weil sie nach der Schule immer da war, wusste ich, dass ich warten musste. Auf der Straße passierte alles Mögliche und das lenkte uns ab. Dann fährt ein Auto auf den Gehsteig und hält dicht vor unseren Eingangsstufen. Großer Schreck. Der Fahrer steigt aus und hält jemandem, der auf der Rückbank liegt, die Tür auf.

Es ist meine Mutter. Sie setzt sich auf, lächelt. Sie nimmt ihre Handtasche vom Fahrer entgegen, sie kommt auf uns zu, sie gibt mir die Hausschlüssel. Dreh den großen Schlüssel im Schloss herum, Heli, links herum, zweimal. Ich tue genau, was sie sagt. Zur selben Zeit höre ich die Stimme der Babysitterin. Und die Haustür geht auf. Erst Mutter Louise rein, dann die Babysitterfrau mit Babs und Audi. Auch Imker lasse ich vor, um dem Auto hinterhersehen zu können, das Mutter gebracht hat. Ich schließe die Tür. Drehe den Schlüssel herum. Zweimal. Ich stehe mit dem Gesicht zu Mutter. Plötzlich wird laut an die Tür gehämmert und gerufen. Onkel Winstons Stimme. Ich stehe noch. Mutter sieht mich an, während sie versucht, sich mit gestreckten Beinen auf das Sofa im Wohnzimmer zu setzen. In der Küche wärmt die Babysitterin das Mittagessen für uns auf. Ich stelle mich dicht vor die Tür und ich rufe Mutters Bruder so laut wie möglich zu: Mama will nicht, dass du zu uns reinkommst! Still wird es und alle im Haus starren mich an. Mutter nickt und schließt die Augen, lehnt sich zurück. Imker steht neben ihr und streift ihr die Schuhe ab. Babs beugt sich über Mutters Gesicht und küsst es. Ich nehme meinen kleinen Bruder hoch und stelle mich ans Fenster zur Straße. Das weiße Auto von Mutters Bruder fährt langsam an und verschwindet außer Sicht. Ein Freitagnachmittag. Die Babysitterin, die eine kleine Wohnung hatte im Hinterhof, sorgte dafür, dass unsere Mutter im Bett bleiben konnte bis Montag, um gestärkt wieder zur Arbeit zu gehen. Alles war wie vorher. Es war nichts passiert. Ich träumte immer wieder, dass Oma – ihren Tauben den Hals umdrehte, um Kraftsuppe zu kochen für meine Mutter: Ich las die aufwehenden Federn auf, um ein Kissen daraus zu machen für meine Schwestern, die ein Puppenhaus bekommen sollten zum Nikolaus. An kein Jahr erinnere ich mich so genau wie an das Jahr in der Dwarsstraat. Ruhig schleppten sich die Monate hin. Als die großen Trockenzeit-Ferien anfingen, zog meine Mutter für ihre neue Arbeit mit uns weg aus Paramaribo. Wir gingen in den Heimatort ihrer Mutter, ihrer Großmutter und ihrer rein schottischen Urgroßmutter. Ich brachte Babs und Imker kleine englische Lieder bei, die Großmutter Bee mir beigebracht hatte, damit ich mir das englische Alphabet merken konnte. Beim »b« von »bee« lachten wir uns immer kaputt.

Mutter Louise und Großmutter Bernadette zusammen am Tisch, während das Wasser im Kessel pfeift für frischen Tee und Imker versucht, Stücke Fiado zu schneiden und ordentlich auf moosgrüne Kuchenteller zu legen; Gabel dazu und servieren, ohne umzukippen vor Anspannung. Mutter und Oma hatten beide keine Lust auf warmes Essen, aber Appetit auf ein Stück Röschenkuchen. Mutter war noch nicht lange da und nachdem sie Großmutter begrüßt hatte mit einem Kuss auf die Stirn, hatte sie sich direkt gegenübergesetzt, um sie gut sehen zu können, vielleicht. Imker schob den beiden bescheiden den Tee zu und fragte, ob sie lieber allein sein wollten. Keine Antwort. Also keine Ablehnung? Sie rückte einen Stuhl näher zu Oma und setzte sich. Sie hatte weder Kuchen noch Tee. Auch keine Lust auf was auch immer. Sie hatte gebeten, dass Mutter Louise dringend nach Zorg & Hoop kam. Oma schaute zu ihrer Tochter und die schaute nicht weg. Willst du warme Milch zum Kuchen? Ja, sagte Oma. Und sie stand auf, holte sie für ihre Großmutter. Bist du froh, dass Imker da ist? Mutter Louise leise. Großmutter laut: Imker? Imker, deine Imker hält mich aufrecht, Louise! Es hörte sich an, als kämen die Worte direkt aus Omas Lunge. Ein klappriger Klang. Darf ich fragen, wie es dir geht, Ma? Und die Antwort kam schnell: Gut solange Imker bei mir ist ins Spital gehe ich nämlich nicht! Und mit einer Hand begann Oma, den Fiado zu zerkrümeln, tunkte die Stücke kurz in die lauwarme Milchpfütze auf dem Untersetzer und führte sie vorsichtig zum Mund. Gleichzeitig machte sie mit der anderen Hand ein Zeichen, dass das Radio angestellt werden sollte, um die Nachrichten und die Todesanzeigen zu hören. Nicht zu laut, warnte Mutter Louise, die auch in ihrem eigenen stillen Haus in Amora keine aufdringlichen Radiostimmen hören wollte. Und als sie ihren Kuchen gegessen und den Tee getrunken hatte, Nachrichten und Familienanzeigen vorbei waren, wollte sie, dass das Radio ausgeschaltet wurde. Nein, sagte Großmutter entschieden, und: Stell es einfach ein bisschen leiser, Imker! Das Radio war von Heli, ein Symbol für Großvater und die sonnige Zeit zusammen am Tisch als Familie. Ihre Mutter und ihre Großmutter hatten eindeutig Dinge auszufechten auf den letzten Metern. Sie dachte kurz darüber nach und beschloss, die beiden alleinzulassen und rauszugehen, notfalls kurz in die Stadt, vielleicht an den Fluss, um frische Luft zu schnappen. Sie zog ein Hemd an, Jeans und Turnschuhe. Und sie ging los.

Zuerst ging sie zur Einrichtung, wo sie ihre Ausbildung machte, um zu sagen, dass sie monatelang fehlen würde wegen der Pflege ihrer »kranken Großmutter«. Das war kein Problem. Die Sekretärin sagte: Bleib eingeschrieben, Imker, sonst verlierst du den Anspruch auf Ausbildungsförderung! Es ging um sechzig Gulden im Monat, aber bei dreißig Cent für ein üppig belegtes Spitzbrötchen waren monatlich sechzig Gulden mehr oder weniger eine Menge Geld. Sie war in letzter Sekunde gekommen, kurz bevor das Sekretariat schloss. Vierzehn Uhr. Hauptverkehrszeit. Alle nach Hause. Sie winkte einen Wilden-Bus heran, zwängte sich zwischen sitzende Schüler und fuhr mit in die Innenstadt. Aussteigen und zur Waterkant gehen, um dem Wasser beim Steigen zuzusehen, weil die Flut kam um diese Zeit. Sie hatte keine Verwandten, bei denen sie hereinplatzen konnte, sich an den Tisch setzen, mitessen. Auch Großonkel Scott war zurückgegangen nach Nieuw-Nickerie mit seiner Frau, seine Töchter hatte er ins Internat geschickt. Großonkel Léons Geschäft war immer voll mit Müttern, die zu schnell abgetretene Kinderschuhe vorbeibrachten zur Reparatur, und mit anderen Menschen, die alle Zeit der Welt hatten: Rentner, Bettler, auch Huren! Keine Freundschaft, die sie je geschlossen hatte dort in der Ferne, hatte den Umzug nach Paramaribo überstanden. Umar hatte ihr anvertraut, dass in dem Kampong, wo seine Eltern geboren waren, Freundschaft mehr galt als Blutsbande. Meine Eltern sind anständige Menschen, Imker, aber sie haben gesehen, wie ihre Mädchen und jungen Frauen von Kulis, *negers, burus* und anderen weißen Dreckskerlen aus der Stadt angelockt wurden, um sie zu ficken, und manchmal blieb eins unserer Mädchen für immer weg. Umgebracht? Abgehauen? Und sie hatte ihn gebeten, sie mal mitzunehmen zu so einem Kampong. Selten kam sie in Kontakt mit Hindu- und Muslimmädchen und mit den jungen Männern schon gar nicht. Außer auf dem Markt, ab und zu in einem Laden und natürlich auf der Straße, wo sie aneinander vorbeigingen, ohne sich wirklich zu sehen. Schauen, das machte sie, wie die Flusswellen unruhig klatschten gegen die Ufermauer. Großvater Anton hatte gesagt, Paramaribo wäre eine »zurückgelassene Küstenstadt«, weil die Ausländer, die sie gegründet hatten, nach der Abschaffung der Sklaverei 1863 Hals über Kopf verschwunden wären. Wohnte sie also in einer Geisterstadt, die am Leben gehalten wurde von Menschen, die keinen Ausweg sahen? Überall waren Flüsse im Weg, Bergketten, der Ozean und der Geldmangel. In der Nähe bimmelte das Glöckchen des Schabeeiswagens. Sie stand von der Bank auf, um sich Eis mit Kirschsirup zu kaufen. Der junge Mann trug einen krausen, pechschwarzen Vollbart und hatte ein glänzendes Gebiss und helle Augen. Er lächelte die ganze Zeit, gab ihr, worum sie ihn bat, steckte ihre zwei Münzen ein und zog weiter. Ihr wurde etwas kühler vom Lutschen und Saugen an dem Block Schabeeis. Er schmolz zu schnell. Wollte sie immer noch ein eigenes Lokal haben, später? Vielleicht saß sie genau dort, wo Laura einmal gesessen hatte, Tag und Nacht, weil sogar ihre Schwester die Tür verschlossen hielt vor ihr. Kirchenglocken in der Nähe. So unruhig wie das Flusswasser wurde sie. Sie musste sofort zurück zu Mutter und Großmutter. Es war Dienstag und um neunzehn Uhr begann in der Innenstadtkirche Großmutters Lieblingsgottesdienst. Aufgeregt winkte sie einen Wilden-Bus heran.

Schon eine halbe Stunde vor der Lobandacht saßen sie in der Kirche des Schutzheiligen: Antonius von Padua. Mutter Louise, Großmutter Bee, Enkelin Imker. Pater Overtoon konnte sie gut sitzen sehen, so innig zusammen, in der zweiten Reihe vor der Kanzel. Es war kein Hexenwerk gewesen für Imker, die beiden zu überzeugen. Oma hatte sogar gesagt, ein Herzenswunsch gehe in Erfüllung. Die Menschen strömten in die Kirche und zum Glockengeläut traten Priester und Messdiener heraus. Großmutter lehnte sich mit der rechten Seite an sie, leicht wie ein Schmetterling, aber offenbar kräftig genug, um leise die Orationen mitzusprechen. Sie hörte Mutter Louise mitsingen in einem tiefen Alt. Es gab viel Lobgesang. Die Predigt war kurz und knackig: Wer Suchet Der Findet und der Heilige Antonius will helfen beim Erforschen von allem und beim Behalten des Guten; im Namen Jesu Christi. Hatten Großmutter und ihre älteste Tochter wieder zueinander gefunden? Sie griff tief in die Tasche. Als Letzte verließen sie die Kirche. Draußen wartete ein Taxi, das erst Mutter nach Amora bringen sollte und dann Großmutter und sie nach Hause. Aber Großmutter Bee brauchte doch mehr Zeit: verlangsamt nahm sie mit den Augen Abschied von dem Ort, in dem sie so viele Jahre aufgegangen war mit ganzer Seele; und sie ließ ihren Tränen freien Lauf. Imker gab ihr ihr eigenes Taschentuch.

Nervös war Audi seit Tagen. Seine Gedanken konnten sich nicht lösen von dem, was seine Schwester ihm anvertraut hatte: Mein Vater weiß, wer dein Vater ist, und er kennt ihn! Blut war durch ihn hindurchgerast und er hatte Angst gehabt, sein Herz könnte ihm aus der Brust springen, so plötzlich wie ein Korken aus einer Champagnerflasche. Er musste aber versprechen, seine Mutter nicht mehr zu nerven mit dem, was sie niemandem erzählen konnte. Die Stunden zu Hause nach der Schule ohne Mutter Louise und ohne die anderen, die hatte er ausgiebig mit Babs verbracht. Sie hatten die Fenster im Wohnzimmer weit geöffnet, die Fliegengitter entfernt, und sie drehten das tragbare Radio voll auf. Sie aßen Roti mit stark gewürztem Lammfleischcurry mit den Fingern direkt aus der Verpackung und tranken Cola aus der Dose. Sie hatten es sich auf den Samtsofas schmecken lassen und nicht am Tisch, und weil ihre Mutter sorgfältig auf das Gebrochen-Weiß der Zierkissen achtete, war das ein Akt der Rebellion. Hände waschen, Zähne putzen: dazu nahmen sie Nagelbürste und Zungenschaber, ohne zu wissen, wann Mutter hereinkäme und riefe: Ihr riecht aber seltsam! Beim Warten fing Babs an, von ihr zu erzählen. Er nahm die Fakten zu sich wie Bissen einer eigenartigen Mahlzeit, die unverdaut liegen geblieben waren in einem fremden Magen, in der Zeit noch vor seiner Geburt. Boys hätte sich angefreundet mit Laura, die ihren Goldschmuck in seiner Werkstatt fertigen ließ, und als sie und ihr Bram Verlobungsringe brauchten, wurde Boys gleich auch zu der Feier eingeladen in der Jacobusrust, und bei dieser Feier hat Boys unsere Mutter zum ersten Mal gesprochen, hatte Babs erzählt. Und hinzugefügt: Mein Vater mochte die Familie. Louise ging ihm nicht mehr aus dem Kopf. Er lud sie nicht ein, mit ihm auszugehen. Stattdessen besuchte Boys sie täglich am frühen Abend bei ihren Eltern, lernte ihre kleinen Kinder Heli und Imker kennen. Er hörte die Stimme seiner Schwester erzählen und erzählen, während sein Mathelehrer Logarithmen erklärte; er hörte sie sogar in der ohrenbetäubend lauten Innenstadt; er lauschte ihrer Stimme, während er reglos im Bett lag. Louise Vanta hätte fantastisch ausgesehen in Militäruniform und ihren Dienst versehen als Telegrafistin. Sie hatte ihren Spaß mit den anderen Frauen, die dort arbeiteten, Freundschaften blühten auf. Sie wollte keine Liebesbeziehung zu Boys, denn dann hätte sie ihre Stelle aufgeben müssen und vielleicht auch ihre Freiheit. Aber Boys war so verrückt nach ihr, dass er ihr alles anbot, was eine Frau schwer ausschlagen konnte: ein gigantisches, wunderbar eingerichtetes Haus zum Wohnen und Feiern, eine Hausangestellte, einen Fahrer für die Einkäufe und dazu die Möglichkeit, zu Hause zu bleiben und zu sorgen für ihre kleinen Mädchen. Und er wollte ein Kind von ihr. Ihr Haus wurde zu seinem Standort. Dort empfing er seine Freunde zum Abendessen und um seine Mahjong-Steine zu schieben. Großmutter Vanta war hin und weg. Und ganz versessen auf ihn. Dann hatte Babs die Stimme gehoben: In dieses Fest hinein bin ich geboren, Audi, und leise: Und dann wurde Mama schwanger mit dir und es war vorbei mit dem Fest! Sie hatten sich eine Zeit lang schweigend angesehen, ohne zu wissen, wer mehr Trost brauchte, und dennoch: Es lag kein feindseliger Vorwurf in der Luft. Seine Blicke auf ihre Mutter, als sie zusammen am Tisch saßen, waren bedeutungsschwer. Hatte Mutter seinen Vater so geliebt, dass sie Schluss machte mit dem Mann, der ihr ein so »gutes Leben« geschenkt hatte? Was, wenn Boys plötzlich starb, bevor er die Schule abgeschlossen hatte: dann bliebe er unwissend zurück! Ein Grund musste her, um Babs' Vater zu zwingen, mit Namen und Adresse des Mannes herauszurücken, der Mutter Louise ins Unglück gestürzt hatte. Für sein Zweigroschenvergnügen hatte Audi nur noch Verachtung übrig und sogar sein ständiges Ringen mit dem »Wie und Warum der geschlechtlichen Fortpflanzung bei Mensch und Tier« – es geriet in Vergessenheit. Er hatte schon immer gewusst, dass in der Innenstadt ein Mann herumlief, der sein Vater war und ihn nicht kannte. Außerdem hatte seine Ankunft in der Menschenwelt einen irreparablen Bruch verursacht, wo schon ein Riss gewesen war in der Beziehung zwischen Großmutter Bee und ihrer Tochter Louise! Er nahm sich vor, Mutter zu Weihnachten einen wunderschönen Welpen zu schenken zum Ans-Herz-Drücken. Und wieder war es Babs, die plötzlich die Lösung fand: eine Schulfreundin von der Mittelschule-für-Geldsäcke, die sie besucht hatte, würde zurück in die Niederlande ziehen mit ihren Eltern und die Familie konnte nicht alle ihre Wachhunde mitnehmen, weil dort keine großzügige Villa auf sie wartete mit riesigem Garten. Ob Babs vielleicht einen Koloss von Wachhund wollte? Mutter konnte er berichten, dass bald wieder Bellen zu hören sein würde, wenn sie sich nach der Arbeit dem Gartentor näherte. Für seine eigenen Angelegenheiten wartete Audi auf den richtigen Moment.

Im Haus bei Sohn Winston hatte Großmutter Bee für den Haushalt gesorgt, um etwas zu tun zu haben und damit er sich nicht gehen ließ. Er fand Lya. Und Lya fand die Hilfe nicht toll und klagte über den Zigarrengeruch, der Winston wieder verleiten könnte zu rauchen. Und sie brauchte auch nicht mehr zu kochen, denn das machte Lya lieber selbst. Lya schätzte sie als Schwiegermutter, weil sie ihren Winston aufgefangen hatte, als alle anderen ihn fallen ließen. Zwei Jahre lang hatte sie ihn versorgt und ermuntert, einen Neuanfang zu machen, genau wie die Frau, die ihn verlassen hatte. Verstanden hat sie Winston nie. Auch nicht als kleines Kind. Steifes Pimmelchen beim Planschen. Ständig auf der Suche nach Befriedigung. Immerzu am Daumenlutschen mit seiner anderen Hand in der Unterhose. Das alles gab es überhaupt nicht beim kleinen Sohn Roger. Und jetzt hat Louise Tochter Heli in sein Haus nach Holland geschickt und weigert sich, über ihn zu sprechen. Da waren Knoten in ihrer Lebensschnur und manche bekam sie einfach nicht gelöst! Es war ein bisschen zu viel, was sie hinter sich lassen musste an unausgesprochenen Erlebnissen. Louise gegenübersitzen und versuchen, an sie ranzukommen mit Fragen wie: Kenne ich Imkers Vater, hast du ihm vergeben, war schwieriger, als zu akzeptieren, dass das Rauchen herrlicher Zigarren und das Kauen von Tabak krebserregend gewesen waren für sie. Und dann hatte Louise von sich aus kleine Bemerkungen gemacht über Laura und über Ethel: wie das Verschwinden ihrer zwei kleinen Schwestern aus ihrem Dasein – ihr eigenes Lebensglück zertrümmert hatte, ja, zertrümmert, weil es nie wieder ganz sein konnte! Ma, am

Ende ist von deinen drei Töchtern herzlich wenig übrig, meinst du nicht?! Und als sie ihr widersprechen wollte mit einem Kompliment: Aber du bist doch so stark, war Louise schroff herausgeplatzt: Mein Leben ist schwierig, erschöpfend und jetzt auch noch traurig mit meiner Tochter in Holland; ich will meine Kinder glücklich sehen und alles läuft aus dem Ruder, Ma! Da war sie aufgestanden, um frischen Zitronentee zu kochen und um ein großes Stück Röschenkuchen aufzutun für ihr einziges Mädchenkind, aus dem eine befreite Stadtkreolin geworden war. Mutter Bee beichtete beiläufig, Heli ungeöffnete Briefe von Bram mitgegeben zu haben, um sie ihm notfalls zurückzuschicken. Louise fragte, ob sie wüsste, weshalb Laura nicht nach Holland gegangen war, Verlobter Bram hatte sie doch dazu gedrängt. Was vorher geschehen war und was nachher, wusste Mutter Bee nicht mehr. Jedenfalls: Brams Eltern hätten Anton und ihr geschrieben, sie sollten Laura nicht weglassen aus Paramaribo; Laura ginge sonst kaputt in ihrer zerrissenen Familie in den Niederlanden, wo man sich mühte, über die Schrecken des Krieges hinwegzukommen. Glaubte sie wirklich, die Nachricht wäre geheim geblieben? Laura hatte Louise sogar ein »Hochzeitsfoto von Bram mit jüdischem Mädchen« gezeigt und es danach verbrannt im Garten vom »großen gelben Haus«, ja, verbrannt, Louise war dabei gewesen, eindeutig schwanger mit Babs. Und damals hatte Laura etwas gesagt, was die schwesterliche Beziehung gehörig verdorben hatte. Was denn, Louise, was? Das »große gelbe Haus« und die Lebensweise seiner Bewohner konnten Neid auslösen bei anderen; sogar bei nahen Verwandten?

Boys hatte nämlich allen verschwiegen, dass er irgendwo am Rand von Paramaribo noch eine Frau hatte und halbwüchsige Kinder! Und verletzt war ihre älteste Tochter gewesen bis in die tiefste Seele. Laura hatte es von Anfang an gewusst und nichts gesagt. Hasst du Laura immer noch dafür, fragte sie Louise.

Unsere Hindustanen verheiraten ihre Kinder. Tun die anderen Asiaten auch und die Libanesen, Portugiesen; sogar die *burus*, die holländischen Bauern, von denen Aram abstammt, suchen geeignete Lebenspartner für ihre Kinder. Am liebsten im Ausland. Aber was konnte Louise ihren Kindern schon mitgeben? Keine Kühe, keine Juwelen, kein Geld, keine Immobilien, keinen Hausrat. Sie hatten zusammen darüber gelacht und dachten dabei an Imker, die eindeutig verliebt war in den Muslim Umar. Und Großmutter selbst hatte aufgezählt, was ihre Enkelin zu bieten hatte: Schönheit, Sorgsamkeit, Jungfräulichkeit. Und geschlossen, dass solche Werte bei vielen verschiedenen Verheiratungspraktiken – echt nicht ausreichten, um eine Tochter an den Mann zu bringen und aus dem Haus zu kriegen. Lachen und Naschen vom Röschenkuchen. Und deshalb hatte Imker ihre Mutter so entspannt angetroffen, als sie vorgeschlagen hatte, gemeinsam an der Lobandacht für den Heiligen Antonius teilzunehmen. Danach wurden sie durch die Innenstadt gefahren mit ihren Straßenlaternen und den wenigen beleuchteten Plakatsäulen, durch den langsamen Verkehr in den ausgestorbenen Straßen; und weil sie im Dunkeln nur selten unterwegs war, weinte Großmutter Bee, berührt von der

Atmosphäre in der Stadt, die sie lieben gelernt hatte. Nie mehr käme sie in ihr Heimatdorf. Nie mehr auf einen Sprung zu den alten Nonnen im Kloster. Paramaribo hatte sie geborgen. Niemand konnte die Tränen sehen, die aufsprudelten wie Weihwasser, um etwas, was vielleicht Glück genannt wird, zu segnen. Hätten sie doch nur mit ihr weiterfahren können, bis in himmlische Sphären, um sie dort zurückzulassen in der Finsternis ihres Gottes. In derselben Nacht, als sie im selben Zimmer lagen, fragte sie Imker, ob sie manchmal glücklich wäre. Ja, hatte die sofort geantwortet: Aber Oma ich weiß nicht wie das wird wenn es dich mal nicht mehr gibt. Sie dachte: Vielleicht ist dein Herz ja eher bei der Krankenpflege als beim Unterrichten und vielleicht ist dort dein Glück. Sie sprach es nicht aus. Wie sollte sie, die sich nur noch mit Mühe auf den Beinen halten konnte, die Lebensflamme ihrer Enkelin weiter anfachen, sogar über das Grab hinaus? Und Großmutter betete um gnädige Lebensbedingungen für ihre Enkel. Und flehte um Lebensglück für sie.

Nicht, um anonym beim Pförtner eine Leckerei zurückzulassen für Laura, wie sie es manchmal machte, sondern um ihre kleine Schwester selbst zu sehen, ging Louise Vanta diesmal nach Kòlera. Sie hatte sich auch nicht erkundigt, wie es um Laura stand. Nichts davon. Freund Lester setzte sie ab am Tor und sie vereinbarten, wo er auf sie warten würde in der Stadt. Lass dir Zeit, Louise, hatte er freundlich geflüstert, als sie aus dem Auto stieg. Da stand sie. Kerzengerade. Erstarrt. Die Umgebung hatte sie sich angesehen, die Mauern, den Muschelpfad nach drinnen. Ein Geruch wie von »alten Menschen« wehte ihr ins Gesicht. Weitergegangen war sie bis zur Eingangstreppe. Sie sah die Silhouetten von Frauen. Ihr Blick suchte aus der Ferne nach ihrer kleinen Schwester, denn über die Eingangstreppe nach drinnen … das brachte sie nicht übers Herz. Eine Frau fragte, für wen sie komme. Sie nannte den Namen. Laura, Besuch für dich! Und dann stand Laura da in ihrem geblümten Kleid, als hätte sie noch Geburtstag, und kam langsam näher bis kurz vor die Eingangsstufen. Komm rein, Louise. Es hörte sich fast an wie eine Frage, mit leicht nickerianischem Akzent. Zwischen Laura und ihr eine Verwerfung von zehn Jahren. Hallo Laura! Sprechen konnte sie nicht. Ihr Blick sprach. Es wäre besser, wenn auch Besuchern ungehöriges Benehmen erlaubt wäre, denn dann hätte sie sich schreiend auf dem Boden gewälzt! Es war, als würde die Erdkugel ins Taumeln geraten, und sie dachte: Nicht umfallen! Sie stieg die Stufen hoch und stellte sich dicht vor ihre Schwester, die Hände um Lauras Hals unter dem Haaransatz, strich mit nur einem Finger zu den Ohren hin. Auge in Auge standen sie. Reglos standen sie. Beide sahen die Tränen in den Augen der anderen. Sie hörten die Luft, die sich durch die Nase einen Weg bahnte nach draußen. Frauen strömten herbei. Sie strich mit beiden Händen über das Gesicht ihrer kleinen Schwester, die Lippen, die Augenbrauen, Wangen, Kinn, fürchtete sich aber immer noch davor, Laura in die Arme zu nehmen. Wer bist du, fragte eine Frau. Ich bin Louise, sagte sie, und Laura fügte hinzu: Meine große Schwester bist du! Sie hatte nichts mitgebracht, konnte ihr nichts zu essen, zu trinken, zu rauchen geben. Wohnst du noch in der Dwarsstraat? Sie hatte den Kopf geschüttelt. Eine Pflegerin scheuchte die Neugierigen weg von den beiden. Fragte, ob sie wisse, dass am Freitagnachmittag kein Besuch erlaubt sei: Der neue ärztliche Direktor hält den Sabbat! Nein, sie konnte es nicht wissen. Kommst du morgen wieder, Louise? Mit dem Mund dicht bei Lauras Ohr sagte sie: Ja, Laura, morgen komme ich bestimmt wieder zu dir … Und ihre kleine Schwester hatte sich gelöst aus dem Strahlenkranz Zärtlichen-Wiedersehens: ging davon, ohne sich umzudrehen, ließ sie stehen mit leeren Händen und Fingern feucht vor Furcht.

Sie war ohne Eile zum Parkplatz gegangen, wo ihr Freund im Auto wartete. Ihre Füße brannten in den Pumps. Sie hatte das Bedürfnis nach einem Bad und sauberer Kleidung. Eine Orangenlotion brauchte sie, um ihren Körper zu salben. Freund Lester übernahm die Führung. Sie ließ es geschehen. Ihr Kopf war wie leergefegt von Gedanken, als wollte sich ein Gefühl, zu groß für den vorhandenen Raum, in ihm ausbreiten. Er hielt bei der Garnison an, holte im Restaurant warmes Essen und Getränke. Sie wartete auf ihn und auf alles, was dann noch käme. Lauras Gesicht: helle Augen, die die Tränen zurückhielten, breite Lippen mit zu trockenen Fältchen, Wangen straff über vorstehenden Jochbeinen, die Stirn halb bedeckt von wild gelockten Haaren. Ein langer, schmaler Hals. So hatte ihre kleine Schwester zehn Jahre überbrückt in der Gefangenschaft, seit sie nicht hatte aufmachen können für Laura in jener fürchterlichen Nacht: Danach hatte es geregnet, als wäre die Stadt traurig, und geblitzt hatte es, als wäre der Himmel wütend. Auf sie? Die Innenstadt war still, der Straßenasphalt glühte. Frauen hatten den Kopf elegant in Tücher gewickelt gegen die flirrende Hitze, sie eilten zu ihren Kindern. In Lesters klimatisiertem Wohnzimmer hing immer noch der Akt von ihr in Öl. Wenn er nachts nicht schlafen konnte, malte er, während sein Mund sich sehnte nach Klarinette und Posaune, und im schlimmsten Fall – nach einer Flasche »Carta Negra Rum« eines gewissen Emilio Bacardi suchte. Der Feinschmecker: vor seinem Ölbild blieb sie stehen, sie erkannte die eigenen Umrisse. Schleppende Distriktjahre lang hatte sie verzichtet auf sexuellen Kontakt, um ihre Familie kennenzulernen, jedes Kind einzeln. Und dass auf dem Schiff zurück nach Paramaribo ausgerechnet auch ein Musikensemble der Militärkapelle reiste, und sie ins Gespräch gekommen war mit einem der Uniformträger, der den Blick nicht von ihr lassen konnte, hatte sich als glücklicher Zufall entpuppt. Die Sehnsucht nach Berührung war erwacht, hatte sie wachgehalten und gesogen in Träume, die sie erschauern ließen vor Lust. Sie essen Reis, grüne Erbsen, gebratenes Huhn, trinken Rum-Cola dazu. Sie sieht ihn an: gekräuselte Bartstoppeln auf dem breiten Kinn, kräftiger Mund, dichte Augenbrauen, die seinen eindringlichen Blick betonen, und in dem enganliegenden weißen Shirt wirkt er eher wie eine Statue als wie ein Mann am Tisch. Hinter ihm an der Wand steht ein riesiges Klavier; auf dem Schemel davor liegt ein Blasinstrument, das sie zum ersten Mal sieht. Ein Saxophon, erklärte er sofort: So viel Zeit habe ich übrig, weil du nicht zusammenwohnen willst mit mir, Louise! Sie lächelte breit, sah draußen vor dem

Seitenfenster die *kotomisi*-Sträucher in voller Blüte, Farbtupfer aus violetten und weißen Blümchen überall in der niedrigen Hecke. Immer wieder fragte er sie, obwohl er die Antwort inzwischen auswendig kannte: Meine Kinder brauchen einen Fixpunkt im Leben; einen Hafen, in den sie einlaufen können, immer und unter allen Umständen, und dieser Hafen bin ich! Und selbst wenn er hoch und heilig schwor, er werde ein »guter Stiefvater« sein, blieb sie dabei – eine Mutter dürfe nicht so unvernünftig sein, drei heranwachsende »hübsche Mädchen« einem kräftigen Kerl, der nicht ihr Vater war und außerdem ein Alkoholproblem hatte, anzuvertrauen. So explizit hatte sie es nicht gesagt, denn er sollte ihr erhalten bleiben als Geliebter, und sie war bereit, sich ihm ganz hinzugeben. Manchmal wurde Lester von einer jungen Frau belagert, und hin und wieder ließ er das auch länger zu, aber sobald sie einen Ton sagte, ignorierte er das Mädchen völlig und hielt es auf Abstand. Inzwischen dauerte ihre Beziehung fast vier Jahre ohne Unterbrechung. Immer noch ein bisschen zu kurz, um ihm anzuvertrauen, was unaufhörlich schmerzte in ihrem Innern. Sie deckt den Tisch ab. Er legt ein Instrumentalstück auf von der Sorte, die die Erinnerung an Laura mit sich bringt. Sie will ihn spüren. Sie wartet, bis sein Begehren erwacht. Ins Badezimmer geht sie, um so lange zu duschen, bis sie träge wird, weich, sanft, vor allem aber gereinigt von der Vergangenheit. Lester im Badezimmer bei ihr. Nackt. Er massiert ihr die Schultern, den Rücken; sie lehnt sich an ihn. Ihr wird wärmer von seinem Geschlecht, reibend an ihren Pobacken. Sie dreht sich um zu ihm. Ihre Münder saugen sich aneinander fest und er hebt sie hoch und mit ihren Beinen fest um seine Hüfte gleitet er in sie. Größer und größer wird er in ihrer Vagina und sie bewegen sich nicht, bis er sie zum Bett trägt, wo er sich zuckend ergießt in ihr. Sie hatte sich gelockert wie ein Block Modelliermasse in den Händen desjenigen, der etwas Schönes daraus gestaltet. Sie schüttelte ihre Haare frei, streckte sich, als dankte sie dem Himmel. Sie auf dem Rücken. Er auf der Seite an sie geschmiegt. Er streichelte ihr Kinn, streichelte ihre Brüste, ihren Nabel, den haarigen Pfad ihrer Spalte. Er summte zur Musik im Wohnzimmer, die sie kaum noch hören konnte. Und nackt schliefen Louise und Lester zusammen ein.

Die Anton-Wachter-Allee Nummer neun ist eine Villa an einer breiten Straße, wo noch mehr freistehende Häuser stehen. Ich hätte lieber eine Postkarte schreiben sollen. Und auf eine Einladung oder Zurückweisung warten. Kein Mensch zu sehen, obwohl sich plötzlich ein Vorhang bewegt an einem Fenster. Jemand schaut zu mir. Das macht man aber auch nicht, ein Haus von der Straße aus zu beobachten. Eine Klingel sehe ich nicht. Kann ich nicht erkennen, bei Häusern mit so gigantischem Vorgarten und zu niedrigem Zaun. Dann eben weitergehen. Eine große Rasenfläche? Eine Auffahrt zu einer Doppelgarage? Ein Fußweg aus grauen Platten zu einer Eingangstür, verborgen hinter einer immergrünen Hecke. Warum kommt eine Fremde her, um über intime Dinge von früher zu sprechen? Laut rufen? Mit aller Macht gegen die Tür treten, wenn jemand kommt? Und wenn trotzdem nichts passiert? So weit bin ich gegangen in meiner Aufgebrachtheit, dass ich in einer Sackgasse lande, bei Tennisplätzen. Ein großes Clubhaus, Spieler in Weiß auf den Plätzen. Ungeniert gehe ich darauf zu: Ich bin hübsch, schlagfertig, gut gekleidet und habe nichts zu verlieren. Dumm, vor lauter Ungeduld nicht gewartet zu haben, bis Cate mich begleitet auf diese Mission. Ein Schild: Zutritt nur für Mitglieder. Ich zögere, öffne die Eingangstür aber doch. Viertel vor elf auf der Uhr, die über der Theke hängt. Sportler mit Tennistaschen und ein Mann hinter der Bar, neben der Kasse. Mit hochgezogenen Augenbrauen sieht er zu mir: Hast du dich verirrt? Alle sehen auf. Ich trete näher: Nein, sehe ich verwirrt aus? Keine Antwort. Kann ich auch einen Kaffee bestellen und eine Sirupwaffel? Er lässt mich nicht aus den Augen und deutet gleichzeitig auf einen Tisch. Mit dem Kopf. Ich ziehe den Mantel aus, lege ihn über den freien Stuhl und setze mich an den kleinen quadratischen Tisch, zu dem er mich dirigiert hat. Die Sportler gehen. Er steht neben mir: Bitte sehr, Kaffee und eine Sirupwaffel für Sie; möchten Sie gleich zahlen? Sein Ton hat sich gebessert. Sein Verhalten auch. Ich zahle bedächtig mit Münzen. Er entfernt sich. Kommt zurück: Ihre Sirupwaffel, fast vergessen! Ein Lächeln. Ich entspanne mich. Frage mich: Ob er ein Enkel von Brams Eltern ist? Hatte Bram Brüder, Schwestern? Ich sehe den Kellner im Trainingsanzug – vor allem zu mir schauen und nicht zu denen, die reinkommen, sich einen Kaffee holen, schnell austrinken und zu den Plätzen gehen. Es ist niemand da. Nur er und ich. Entschuldigung, kennen Sie diese Leute? Ich stehe an der Bar und zeige ihm die Rückseite eines Briefumschlags. Er sieht mich forschend an: Sie wohnen noch da, ja, aber es sind keine Mitglieder. Bram war anders, aber Tennis gespielt hat er nicht! Er spricht schnell. Wohnt Bram auch noch da? Er schüttelt den Kopf: Bram ist in Apeldoorn ein bekannter Dichter. Ich danke ihm und gehe zurück zu meinem Kaffee, der kalt geworden ist und nicht schmeckt. Große Schlucke nehme ich. Der Barmann kommt an meinen Tisch, nimmt Tasse und Untertasse, zögert: Der Name steht im Telefonbuch, möchten Sie anrufen? Ich nicke. Sie kommen aus Suriname? Nein, Utrecht! Als er lächelt, bekommt er Grübchen. Er geht schnell weg, Gäste bedienen. Anrufen will ich lieber nicht. Ich hatte mich eingestellt auf eine Begegnung an der Haustür. Außer meinem Mantel – ist alles an mir neu gekauft und ich habe mir die Haare machen lassen bei Lyas Friseurin. Als er mit Telefonbuch, Bleistift und Papier herkommt, riskiere ich es. Er steht mit seinem Unterleib zu dicht bei mir. Ich sehe die kräftige Beule in seinem Schritt. Ein Schauder. Nicht hochsehen. Mit fester Stimme: Gut, ich suche die Telefonnummer raus, aber könnten Sie anrufen und sagen, eine Dame aus Paramaribo ist bei Ihnen mit einer Nachricht für die Familie? Und zu meinem Erstaunen stimmt er zu. Eine Stunde später sitze ich im Wohnzimmer eines betagten Ehepaars. Sie wollten unsere Laura nicht als Schwiegertochter haben in ihrer Familie. Ich bin nervös. Sie auch. Ich übergebe der Frau die Briefe und sie gibt sie sofort ihrem Mann weiter. Wie geht es Laura, fragt sie vorsichtig. Meine Antwort: Warum haben Sie sie zurückgewiesen? Der Mann sitzt da mit den ungeöffneten Umschlägen in der Hand: Unser Sohn wird sich wundern, brummelt er ein paarmal. Aber ich habe nicht vor, hier rumzusitzen, und wenn meine Frage nicht sofort beantwortet werden kann, will ich weg und wirklich nicht erst was trinken. Dann fängt die Frau an zu reden. Und zwei Stunden später werde ich zum Mittagessen eingeladen. Ich bin noch satt und lehne ab. Ich will los. Wir haben uns alles Mögliche versprochen: telefonieren, Briefe schreiben, mittagessen, Hilfe in der Not. Brams Mutter umarmt mich herzlich. Brams Vater fährt mich nicht zum Bahnhof, sondern biegt in die große Straße nach Utrecht. Unterwegs schweigt er. Trifft sich gut. Ich bin gekränkt. Er weiß es. Sie hatten ihrem Sohn ein jüdisches Mädchen aufgezwungen als Braut anstelle von Laura Vanta. Ich habe mich nicht getraut zu fragen, wie es ausgegangen ist. »Oog in Al«, sage ich noch. Die Briefe, die du uns gebracht hast, bringe ich Bram, vielen Dank. Ich mag ewiglange Autofahrten, am liebsten, wenn derjenige am Steuer schweigt. Ich bin wie gemacht dafür, auf den Mond geschossen zu werden und noch weiter, als das Sonnenlicht reicht. Ich tagträume von außerirdischen Dingen. Er hält vor dem Haus. Entschuldigen Sie bitte, aber was sind Nazis? Es dauert eine Weile: Geh in die Bibliothek, aber häng dich nicht allzutief rein! Er steigt aus, geht ums Auto herum und hält mir die Tür auf. Plötzlich sieht er mich eindringlich an: So wie mit den Nazis wird es nie wieder, es raubt uns immer noch den Schlaf. Soll ich Bram Grüße ausrichten? Seine Stimme hallt in meinem Innern nach. Ich nicke. Ein Händedruck. Er fährt weg. Ich schaue nicht. Eile zur Eingangstür. Wer ist der Mann in dem schicken Auto, fragt Winston, und Lya hört zu. Der Beinah-Schwiegervater unserer Laura, sage ich, und leiser: Laura hätte der Sonnenschein sein können in ihrem Haus, in so einer Familie in tiefer Trauer nach dem Nazimassaker! Sie starren mich an. Selbst Winston fällt nichts dazu ein. Nimm dir einen Whisky, Heli! Ich deute auf die Flasche mit dem Mandeltrunk auf dem Küchenschrank und sage: Oma hat einen langen Brief verdient von mir, und ich werde sie auch von euch grüßen. Ich stürme die Treppe hoch in mein Zimmer.

In Nickerie hatte mich ein Klassenkamerad mitgenommen zum Seedeich, um oben auf dem Damm zu stehen und den Ozean heranrollen zu sehen. Es war regnerisch, ohne dass es regnete. Wir radelten aus der Stadt, an Zuckerrohrfeldern vorbei und folgten einer langen, harten Sandpiste zur Küste. Hintereinander fuhren wir, um den Lastern Platz zu machen. Wo immer möglich hielten wir an und lauschten dem Brüllen von *the Atlantic*. Beim Damm war es meistens stürmisch, und die Deiche hielten die donnernden Brecher von der Lehmküste fern. Er war in mich verliebt. Ich fand ihn hübsch und rührend verlegen. Auf dem Betondeich war niemand zu sehen. Selbst das, was die Wellen auf den Deich schleuderten, fraßen sie bei Flut wieder weg: belaubte Zweige, entwurzelte Sträucher, Holztrümmer, Plastiktonnen, Flaschen. Es war beängstigend. Wir gingen Hand in Hand, zum letzten Mal, zusammen über den Damm, denn Mutter Vantas Familie würde den Standort Nieuw-Nickerie verlassen. Es war kurz vor dem Aufbruch. Er kannte eine Stelle, wo wir ungestört auf die Schaumwellen schauen konnten, ohne nassgespritzt zu werden. Gefügig ging ich mit. Wir fingen an zu rangeln. Kräftig drückte er mich zu Boden. Plötzlich wird aus dem Spiel tiefer Ernst. Er ist erregt, fährt mir unter den Rock, zerrt an meinem Slip. Meine Beine drücke ich fest zusammen, so sehr er auch versucht, sein Knie dazwischenzuzwängen. Ich schreie nicht. Ich rufe nicht um Hilfe. Ich wehre mich körperlich. Er macht den Hosenschlitz auf und sein Penis springt heraus. Ich ringe darum, meiner eigenen aufflammenden Lust nicht nachzugeben. Fass mich an, fleht er und nimmt meine Hand. Ich fühle ihn. Er keucht. Masturbiert heftig. Er liegt auf mir. Beruhigt sich. Richtet sich auf. Es ist das erste Mal, dass ich ein ausgewachsenes Glied sehe: groß, prall, aufgebäumt. Ich will es anfassen, festhalten. Traue mich nicht. Sperma spritzt kraftvoll auf den Beton. Dann schmiegt er sich an mich. Wir knutschen lange und wild und endlich umfassen meine Hände sein Geschlecht. Hand in Hand gingen wir ein Stück zurück und schauten in die Ferne: überall die Schaumkronen hoher Wellen und Wolken, die am Horizont auf dem Ozean lagen. Ich will dich heiraten, sagte er und: Ich schicke meinen Vater zu deiner Mutter, er soll mit ihr reden! Ich antwortete nicht. Er hatte etwas ganz Neues erweckt in mir. Schweigend radelten wir zurück zu meinem Gartentor. Auf meinem Rock waren Blutflecken. Seine Unterhose war durchnässt. Es tat mir im Unterleib weh, ihn gehen zu lassen. Liebte ich ihn? Diese Erinnerung war mir durch den Kopf geschossen, als der junge Mann im Tennisclub mir Kaffee gebracht hatte und Sirupwaffel, Telefonbuch, Bleistift, Papier. Er hatte vor mir gestanden, sein Schritt auf der Höhe meines Mundes. Ich konnte sein Geschlecht steif werden sehen in seiner Trainingshose. Ganz nass wurde ich; ich konnte an nichts anderes denken als an einen Penis, der eine Erektion bekommt wegen mir. Ich kann jetzt keinen Brief schreiben an Großmutter, Mutter, Derik. Ich will etwas, was ich nie zuvor so heftig gewollt habe. Am frühen Abend gehen mein Onkel und seine Frau zu Freunden Bridge spielen. Sie sind schon eine Stunde weg. Ich stehe am Wohnzimmerfenster und schaue auf die Straße. Es heißt, Laura würde manchmal schreien vor Lust auf einen Mann. Bestimmt ist sie nicht die Einzige mit so einem – schier unbeherrschbaren – Gefühl. Ich nehme das Buch, das Lya gerade liest, und lese dort weiter, wo sie aufgehört hat. *The Old Man and the Sea* von Hemingway liest sie. Ich lasse mich mitreißen von der Geschichte, bis ich kaum noch die Augen offenhalten kann. Roman zu, Lesezeichen an die richtige Stelle. Treppe hoch. Duschen. Das Bett ist trocken und warm. Ich denke an den Tennisclub. Zwischen meinen Beinen wird es feucht. Ich fühle es mit den Fingern und erschrecke davon, wie mein Schoß zittert. Geil? Bin ich das auch?

Sechs

Großmutter hatte den Oktober vom Kalender abreißen lassen, damit sie auf die leeren Kästchen vom November schauen konnte, wenn sie morgens die Augen aufschlug. Im Bett wollte sie bleiben, ausnahmsweise, und wegdösen, als fiele sie langsam in ein tiefes Loch. Taumeln ins endliche, aber bodenlose Sein? Rogers Frau hatte einen Jungen bekommen. Imker hatte die Geburtsanzeige mit dem Foto ihres Enkels an den Kalender geheftet. Sie wollte gar nicht richtig hinschauen. Hätte Imker keine bessere Stelle wählen können? Sie hatte sich oft die quadratischen Kästchen, die jeweils einen Tag darstellten, angesehen, in die die Monate unterteilt waren. Bei ihr blieben sie leer, es sei denn, sie brachte die Kraft auf, zur Kirche zu gehen, um etwas anderes zu tun als zu beten. Den Fußweg quer durch die Stadt schaffte sie nicht mehr. Der Passat würde sie in die Luft heben wie eine leere Plastiktüte und irgendwo absetzen, vor allem dort, wo sie nicht hinwollte. Im eigenen Bett zu liegen war sicher. Vom Aufsetzen bekam sie manchmal Rückenschmerzen. Sie döste weg zu den Häusern, in denen sie sich um ihre Familie gekümmert hatte. Von Gesprächen träumte sie mit Hausiererinnen, die runde, geflochtene Körbe voller gackernder Hühner trugen, und davon, wie sie am Gartentor Fischer aufhielt und auf den zappelnden Fang, den sie zum Kauf anboten, schaute. Sie sah die Tomaten, die Bananen, Bünde Bitterblatt, Zöpfe Spargelbohnen, Papayas, Stachelannonen in den breiten Körben der Frauen, die ihren Kopf stets bedeckten und manchmal Schleier trugen. Sie konnte die Ernte berühren in einem Schlaf, von dem sie fürchtete, dass er ihr nicht Träume brachte, sondern ihr das eigene tägliche Leben Stück für Stück auf die Zunge legte, um es noch einmal zu kosten. So hatte sie auch Stücke der Niederlande gesehen auf Dias: kleinen eckigen Plastikteilen, die bei ihr so viel auslösten, sobald grelles Licht darauf fiel. Sie sieht den Tod als Frau, die auf einem Stuhl sitzt und wartet. Auf sie? Die Frau hat keinen Kopf. Ein seltsames Traumbild? Ihr Umzug zu Sohn Winston hatte auch ihre Weggefährtinnen auf Abstand gehalten. In so einer Vorstadt mit kläffenden Wachhunden in jeder Auffahrt, da kam niemand mehr an die Tür, um ihr etwas zuzuflüstern, zu erzählen, zu verkaufen, zu bringen. Und dabei war es geblieben. Keinen Traum konnte sie noch ausführlich besprechen mit einer Gleichaltrigen. Eine Frau ohne Kopf, wartend auf einem Stuhl? In ihrem Schlafzimmer stand kein Stuhl, nur ein kleiner Serviertisch von früher, darauf eine Weihwasserschale mit »gesegnetem Wasser« für ein Kreuzzeichen mit nassen Fingern. Noch eine für ihre Enkelin. Imker hatte Hausaufgaben bekommen von ihren Dozenten, um später nicht zu viel nachholen zu müssen. Sie hatte ihrer Enkelin erlaubt, Umar am Samstag nach ihren Besorgungen in der Stadt – mitzubringen in ihr Haus. Imker war überrascht gewesen. So wie sie an der Statue des Heiligen Antonius gehangen hatte, an den Messinggegenständen,

Weihrauchwolken, Gehwegen in der Innenstadt, hatte sie sich, hungrig wie ein *ivy* auf der Suche nach Sonnenlicht, geschlungen um Imkers Anwesenheit.

Am Samstag kam Audi scheu zu ihr, hereingelassen von seiner großen Schwester, die zu ihrem Ladenjob musste: Hallo, Oma Bee! Imker hatte ihrem Bruder hingestellt: belegte Brote, Saft, Milch. Er hätte dies und das tun können im kahlen Hintergarten, aber seine Hausaufgaben gingen vor. Und so war ihr Enkel Stunde um Stunde ans Haus gebunden, um ihr zur Seite zu stehen. Bei Bedarf. Stand sie vom Bett auf, um ins Badezimmer zu gehen, kam er angeschossen: Kann ich dir helfen, Oma? Dann sah sie ihn lange an, um sich sein Gesicht einzuprägen. Sie lächelte und sagte: Lieber Junge, nein, danke! Sie wusste, dass er Imkers Anweisungen aufs Wort befolgte, und die liefen darauf hinaus, »Großmutter nicht aus den Augen und den Ohren zu verlieren«. Trotzdem bat sie ihn, das Radio ordentlich laut aufzudrehen, damit ein bisschen Musik und Stimmen von draußen zu ihr ins Schlafzimmer drangen. In dem Spiegel über dem Waschbecken im Bad – musterte sie lange ihr Antlitz und sah den Kopf, der vielleicht zur »sitzenden Frau« aus ihrem Traum passte. *Erbarme dich*, schallte es aus dem Radio, zusammen mit einer Reihe von Glückwünschen für eine Hundertjährige. Sie würde nicht einmal siebzig werden. Schon bildete sich der Trauerzug, um sie liebevoll zur Ruhe zu betten, wenn ihr Körper aufgegeben hatte. Sie würde nicht zögern, dem Sog nachzugeben von etwas, was tief in der Erde war und an ihr zog. Keinen Grabstein brauchte sie, sondern ein Beet Portulakröschen. Die Träume, die sie zu ihren Lieben und geliebten Orten brachten und wieder weg von ihnen, halfen ihr, sich vorzubereiten auf den Abschied, von dem sie keine Vorstellung hatte, außer, dass ihre Schmerzen aufhören würden, enden, verschwinden, als hätte es sie nie gegeben. Wie nach Lauras Geburt. Vielleicht war ja die »Frau ohne Kopf« ihre Tochter Ethel, die sie nicht erkennen würde, wenn sie vor ihr stünde an der Tür. Vielleicht war Ethel ja ermordet worden in einem überseeischen Krieg, enthauptet wegen ihrer Hautfarbe? Anton hatte ihr einmal schlaftrunken und selig seinen Traum erzählt: Unsere Tochter Ethel wohnt in einem afrikanischen Land mit ihrem Mann und ihren Kindern! Niemand konnte ihm diesen Traum nehmen. Noch auf dem Sterbebett im Spital hatte er gemurmelt, er sehe Ethel bei Menschen, die ihr ähnlich waren, und bei seinen Eltern, seinen Vorfahren, und dass diese Menschen ihn rufen würden mit einem Namen, den er nie zuvor gehört hatte und nicht einmal aussprechen konnte. Anton war friedlich gestorben, in dem Glauben, geborgen zu sein in der Zukunft seiner Kinder und Kindeskinder und in der Vergangenheit seiner Plantage. Was sie selbst bei ihrem Übergang erfahren wird, ist ein Rätsel. Denn wer weiß, vielleicht war die Frau ohne Kopf doch ihre Mutter, die so jung gestorben war an einer Krankheit, die ausgehend von der Brust gewuchert war bis in den Kopf. Sie hätte sich Träume gewünscht, in denen sie auf dem Schoß ihrer Mutter saß, um das Gesicht ihrer Mutter streicheln zu können. Ihre Hände wussten noch, wie es sich angefühlt hatte. Sanft. Kühl. Eigen. Aber ihre Gesichtszüge hatte Großmutter Vanta-Julienne vollkommen vergessen.

Im Laden um die Ecke sagt ein alter Mann, ich soll meinen Rock hochheben. Ich frage: Warum? Er sagt: Um zu schauen, ob dein Bäuchlein schön kugelrund-gefuttert ist! Ich hebe den Rock hoch. Er bückt sich und schaut und gibt mir ein Bonbon. Ich renne nach Hause, zu Mutter, zeige die Süßigkeit und erzähle, was passiert ist. Mutter stürzt nach draußen, zum Ladeninhaber, rastet aus, kommt zornig zurück: Da darfst du nicht mehr hin! So ungefähr muss es gewesen sein, als Imker ungefähr acht war. Sie erzählte Umar die Geschichte. Er sah sie forschend an und sagte: Solche Männer gibt es, Derik von deiner Schwester ist auch so einer! Sie rastete aus: Der Altersunterschied ist groß, aber Heli ist kein Kind mehr! Fast Streit. Er schwieg. Bockig ging sie weiter neben ihm, vorbei an den Fischständen auf dem Markt, wo es stank nach aufgeschnittenen Riesenfischen und ihrem Blut. Trotzdem wollte sie *kwikwi* besorgen für *pepre-watra*-Suppe. Umar blieb neben einem Bottich stehen: Willst du lebende Fische? Sie nahm zehn Stück, unbesehen. Und jetzt schnell zu Großmutter, Audi ablösen und die scharfe Fischsuppe kochen. Aber Umar fuhr nicht direkt nach Zorg & Hoop. Er brachte sie zur Waterkant. Und während er noch auf dem Moped saß und sie neben ihm stand, erzählte er, wie die Scheinwerfer des Volkswagens seiner Brüder und eine grelle Polizei-Taschenlampe – verhindert hätten, dass Heli gefickt wurde von Derik. Er war dem Auto, in dem sie saßen, gefolgt, bis es stehen blieb. Er hatte das Licht scharf auf die Stelle und das Auto gerichtet. Und jedes Mal war Derik sofort wieder losgefahren, weggefahren mit Heli, und die Touren durch die Stadt begannen, er hinter ihnen her … Sie hörte ihm zu. Schämte sich für ihn. Es war ihre Schuld, dass etwas Intimes über Heli zur Sprache gekommen war. Sie wollte sofort zu Großmutter. Sie hatte die falsche Erinnerung ausgekramt an ihre nickerianische Kindheit. Sie hätte auch vom Holi-Spaß erzählen können, von den Umzugswagen, dem Zuckerfest auf der Straße, den Kinderpartys zu Hause: so viele schöne Dinge, die sich nicht wiederholt hatten in Paramaribo. Auf dem Markt begegneten sie ihr wieder, in allerhand Farben und Düften, all ihre Landsleute, die anboten, was Land und Wasser ihrer Heimat zu bieten hatten an Nahrung. Eigentlich hatte sie Umar fragen wollen, wie seine Kindheit gewesen war in einer Familie von Warungbesitzern in Moengo, wo weiße Amerikaner Tag und Nacht von Hunderten behelmten Schichtarbeitern aus der Stadt Bauxit – aus dem Boden unter ihren Füßen sprengen ließen mit Dynamit, und auf Amerikanisch ihr Zepter schwangen. Gehörte sein Vater zum Führungsstab? Hatte Umar auch Herzchen aus Bauxit gemeißelt für ein Mädchen? Imker hatte ihm näherkommen wollen, ihm klarmachen, dass sie nicht länger das »kleine Mädchen« war unter Mutter Louises Fittichen. Aber er hatte sofort von Heli angefangen. Verstand er denn nicht, dass sie beide weiterleben mussten ohne die junge Frau, die sie seit Jahren bewunderten?

In Großmutters Küche nahm Umar die Fische aus der Plastikverpackung, bat um ein scharfes Küchenmesser und ging in den Hintergarten, kam nach einer guten Viertelstunde zurück zu ihr mit dem ausgenommenen Fisch: harte Flossen weg, Kiemen weg, Eingeweide raus und zehn *kwikwis* abgespült unter dem Außenwasserhahn. Abfälle gewickelt in eine alte Zeitung, die er rausbrachte zur Abfalltonne. Audi saß in Großmutters Wohnzimmer auf dem Sofa und lauschte einer Hörspielreihe im Radio: *Lindas erste Liebe*. Umar und sie hatten in der Küche freie Hand. Er half beim Kühlschrank-Ausräumen, mit Seifenwasser Reinigen und wieder Einräumen, während sie sich an die Suppe machte. Er fragte: Wie kann ich dir helfen? Er schnitt Zwiebel, Knoblauch, Suppengemüse, Peperoni, Pökelfleisch zum Würzen in kleine Stücke auf einem Schneidebrett. Leitungswasser in einen großen Topf. Feuer voll aufgedreht. Und als die Küche sich füllte mit Aromen, die vom Herd aufstiegen, fragte er munter: Willst du mich heiraten eines schönen Tages in der Zukunft, Imker? Sie lächelte ihn an, brachte aber kein Wort über die Lippen. Er wartete mit weit offenen Augen. Kopfschüttelnd stimmte sie zu. Er stand nicht auf, um sie zu küssen, blieb weiter hocken im Licht der Nachmittagssonne, während sie stehen blieb mit umgebundener Schürze und Geschirrtuch in der Hand. Er steckte die Hand auch nicht in die Hemdtasche, um einen glänzenden Ring herauszuholen für sie. Spürbar erleichtert sagte er: Gleich bringe ich deinen Bruder zu deiner Mutter nach Hause und dann erzähle ich Mutter Louise gleich, dass du mich heiratest! Er sprang auf, ging zum Suppentopf, legte die Fische auf einen Teller, schabte die schwarzen Schuppen ab, entfernte die

Gräten, gab den Fisch wieder in den Topf: Feuer auf Sparflamme. Sie hatte ihn noch nie so häuslich erlebt. Auch einen Heiratsantrag hatte sie sich anders vorgestellt. Er merkte, wie still sie geworden war, und ging ans andere Ende der Küche, so weit wie möglich von ihr weg: Imker, vergiss nicht, dass du noch eine Weile minderjährig bist! Sie starrte ihn mit offenem Mund an. Er starrte zurück. Es riecht nach Fisch, bei euch! Audi, der munter in die Küche gekommen war und jetzt verwundert hin und her sah zwischen den beiden. Alles gut, sagte Umar, und: Pack dein Zeug, wir fahren zu deiner Mutter und kaufen unterwegs ein richtiges Männeressen, Blutwurst oder so. Und neckisch mit seinem Mund an ihrem Ohr: *Pepre-watra-supu* ohne eine einzige scharfe Madame Jeanette ist kein Essen für Männer! Sie wusste sich auf einmal nicht mehr zu helfen mit einem dreiundzwanzig- und einem dreizehnjährigen Jungen und setzte sich zu Oma. Nicht mal sie vertrug Madame-Jeanette-Chili, geschweige denn jemand mit starken Schmerzen in der Kehle! In ihr war eine Ruhe, die ihr die Sprache verschlug. Großmutter, die schon seit Tagen schweigsam war, fragte, nachdem Audi und Umar unter lautem Mopedgeknatter weggefahren waren: Ist etwas passiert? Sie rückte näher: Oma, er hat gefragt, ob ich ihn heirate. Heiraten? Großmutter versuchte zu lächeln: Und du hast »Nein« gesagt? Sie schüttelte den Kopf: Es dauert noch Jahre, Oma! Großmutter versuchte aufzustehen, sackte aber wieder aufs Sofa zurück: Muslime heiraten jung, Kind! Sie erschrak kurz und ihr fiel nichts anderes ein als: Soll ich ein bisschen Suppe holen? Großmutter nickte, hüstelte, sagte: Kein Sex vor der Ehe, Imker?! Sie nahm Omas Hand, kniete sich hin: Versprochen, Oma! Sie stand wieder auf und musste erst kurz Luft holen. Und während sie weiterging zum Kochtopf, hörte sie Großmutter: Imker, siebe meine Portion aber vorher durch, ja? Sie musste kichern, weil sie einen Glückwunsch erwartet hatte und keinen bekam. Ob das etwas mit Lauras Verlobung zu tun hatte? Sie ging zurück: Ja, liebe Oma!

Mutter Louise und Umar hatten Heli monatelang beobachtet. Wenn Mutter erfuhr, dass Heli am Nachmittag in die Stadt wollte, wurde Imker gebeten, zu Umar zu radeln mit dieser Nachricht. Sie fand es scheußlich, aber auch schön, ihn dann kurz zu sehen. Er sagte nicht viel zu ihr. Immer dasselbe: In Ordnung! Grüß deine Mutter! Sie wieder weg. Aber er schaute ihr hinterher. Sah sie, wenn sie sich umdrehte. Sie hatte einmal ihre Schwester gefragt, was für ein Junge er so war; die Antwort war ausweichend gewesen. Offensichtlich bedeutete er Heli nicht so viel. Mutter dagegen lobte ihn über den grünen Klee: Umar? Gesittet, gepflegt, verlässlich, freigebig, lustig. Seine javanische Abstammung kam nur selten zur Sprache. Trotzdem hatte Heli gesagt: Ich stehe nicht auf Asiaten, Mama! Und Mutter Louise: Das wäre aber besser, Heli! Sie war dabei, als Babs ihre Mutter einmal anblaffte: Wir suchen uns unsere Männer selber aus, Mama! Eine Anspielung auf Mutters eigene Vorlieben. Mutter hatte nicht mit der Wimper gezuckt. Babs war gerade mal fünfzehn und hatte Mutter ihre Verliebtheit in einen reichen *buru*-Burschen, der viel älter war als sie, deutlich gemacht. Und Mutter: Solange ihm klar ist, dass du minderjährig bist! Mutter hatte ihren Töchtern unübertretbare Grenzen gesetzt. Wie würde sie auf Umars Antrag reagieren? Eine Bemerkung von Großmutter hatte sie daran erinnert, dass in Nickerie Mutter Louise ihre drei Mädchen jeden Tag gleichzeitig zum Zähneputzen schickte und zum Duschen im riesigen Badezimmer in ihrem Haus. Und wie Mutter neben ihnen stand mit einem Berg trockener Kleidung und nie vergaß zu sagen: Vergiss nicht, deine »Gina« zu waschen, ja, ein bisschen Seife auf den Waschlappen, vorsichtig reiben, ja, unter der Dusche, hab keine Angst, »Gina« ist von dir, nur von dir und von keinem anderen! Sie hatte die Stimme gesenkt beim Sprechen und Oma war nähergekommen, um kein Wort zu verpassen: Danach hat Mama uns im Bad den Popo abgetrocknet. Wie wir gekichert haben! Abrubbeln mit frisch duftenden Handtüchern, und wenn sie gut gelaunt war, dann puderte sie uns leicht ein wie Babys. In ein- und demselben großen Zimmer, mit einem Moskitonetz über jedem Bett, schliefen wir in unseren Pyjamas wie kleine Engel. Aber am Morgen, da fühlte ich immer gleich, ob meine »Gina« noch da war: *who the hell* war »kein anderer«?! Atemlos hatte Großmutter Bee Imkers Erinnerung gelauscht, mit einem Lächeln im Gesicht, das nicht verschwinden wollte. Wie würde Mutter auf Umars Antrag reagieren? Sie und Oma fragten sich das. Aber sie verbrachten den Samstagabend schweigend. Und später, als sie sich in Umars Schlafsack herumwälzte, dachte sie: War das alles nur ein Spaß gewesen, was er gesagt hat? Er hätte sie doch küssen können? So war Imker eingeschlafen, in ihrem Kopf die immergleichen Fragen.

Mutter Louise wurde aus ihrer Routine gerissen. Die Kontrolle über das Tun und Lassen ihrer Kinder entglitt ihr eindeutig. Helis Briefe waren der Beweis für die Unabhängigkeit ihrer Tochter, zwischen den Zeilen der leise Vorwurf, in ein Land geschickt worden zu sein, das Mutter gar nicht kannte, und: Mama, zwing mich bloß nicht, meinen Vater regelmäßig zu sehen, ich will das nicht! Das war ein Schlag gewesen, aber durfte sie ihrer Tochter etwas zumuten, was sie selbst nicht fertiggebracht hatte? In ihrer Heimat war ein Vater nicht nötig und sicher nicht so unentbehrlich wie eine Mutter im Haus. In Holland, hatte man ihr unmissverständlich klargemacht, drehte sich alles um die Fragen: Wer ist dein Vater und was hat er für einen Beruf? Diese Fragen konnte Heli beantworten und vielleicht genügte das ja. Mit den Gedanken war Mutter Louise woanders. Sie hatte Schwester Laura wiedergefunden an einem Ort, wo keine Frau sein wollte: an der Stacheldrahtgrenze der Welt! Inzwischen war sie die Richtige, um dieses unverdiente Leid zu lindern, indem sie zu ihr ging, so oft wie möglich und sogar, wenn es unmöglich war. Ihr Weg zur Arbeit und wieder zurück – er war belastend geworden, und nichts, was sie mit ihren Vorschulkindern machte, war noch unbeschwert. Laura war die ideale Lehrerin gewesen. Und wenn Mutter Louise frühmorgens in der Bibel las, verstand sie die Bedeutung dieses Rituals nicht mehr, seit sie gesehen hatte, wie hoffnungslos mutlos ihre Schwester war. Über solche Dinge kann man mit niemandem reden. Wie Vater Anton ließ auch sie sich nicht unterkriegen und wehrte jede Einmischung ab, mit einem strahlenden Lächeln. Wenn sie sich für ihren Mittagsschlaf ins Bett legte, schweiften ihre Gedanken zu dem abgesperrten Gelände, über das Laura irrte, starrend zum Tor, manchmal mit einer Zigarette zwischen den Fingern, die braun waren von Nikotin. Panik erfasste sie, wenn sie an ihre Töchter dachte und an deren Zukunft. Ihr Sohn fände sich mühelos zurecht in einer Welt, die Männer in jeder Hinsicht bevorzugt. Den jungen Männern, die sich in ihre Töchter verliebten, hatte sie unumwunden klar gemacht, Heli, Imker, Babs wären frei, sich ihren Lebenspartner selbst auszusuchen, aber unfrei und unter Mutters Fittichen, solange sie noch minderjährig waren und ihre beruflichen Möglichkeiten nicht abgesichert hatten mit einem Diplom. Wenn sie trotzdem ausscherten, musste sie eingreifen, siehe der Fall älteste Tochter. Und dabei hatte ausgerechnet Heli sich immer an ihre elterlichen Gebote gehalten!

Dr. Albert besuchte Louise an einem Donnerstag bei der Arbeit. Sie stieg in sein Auto und er fuhr sie nach Hause. Das Gespräch drehte sich um Mutter Bernadette, die zäh war, aber das Ende wäre, für ihn als Arzt, eindeutig in Sicht, und ihre Söhne wollten nach Suriname kommen, um sich von ihr zu verabschieden. Sie hatte nicht den Eindruck, dass Mutter so elend dran war, und das machte sie ihm klar. Sie saßen im Auto und redeten vor ihrem Gartentor. Er drängte auf einen Besuch in dem Krankenhaus, in dem er arbeitete, auf eine gründliche Untersuchung durch einen Facharzt, um herauszufinden, was Sache war. Aber Mutter hatte kundgetan, genau das definitiv nicht zu wollen. In Louises Augen standen Tränen, während sie auf die Straße starrte, durch die Scheibe, zu den Schulkindern, die aufgekratzt ihren Weg nach Hause fanden. Albert kam auch auf ihre Besuche bei Laura zu sprechen, aber darauf reagierte sie überhaupt nicht. Als Studienfreund von Bruder Roger mochte er einen Einblick bekommen haben in die Familie Vanta, aber zu ihrem Vertrauten machte ihn das noch lange nicht. Sie sagte, die Hand auf dem Griff der Autotür: Albert, solange meine Mutter selbst entscheiden kann, wie sie mit ihrem Leib und Leben umgeht, mische ich mich nicht ein! Und da sagte er etwas Merkwürdiges. In voller Lautstärke sagte er: Vielleicht wartet deine Mutter ja nur darauf, dass jemand sie mit sanfter Gewalt zum Facharzt mitnimmt, ins Krankenhaus! Sie öffnete die Tür, stieg aus, antwortete: Ich muss Essen kochen für Audi und Babs, geh doch hin und sprich selbst mit meiner Mutter, aber erzwinge nichts, Albert! Etwas zu laut knallte sie die Wagentür zu, um klarzumachen, dass Winston und Roger nicht wichtig waren. Trotzdem beschloss Louise Vanta, die Sache mit der Schulärztin zu besprechen. Die letzte Freiheit ihrer Mutter stand auf dem Spiel.

Babs fragte ihren Vater nach seinen Eltern. Sie fragte nach seinen Jugendjahren. Sie wollte wissen, ob er Schwestern hatte und Brüder. Sie war darauf gekommen nach engem Kontakt mit Großmutter Bee. Jahrelang hatten Oma und sie gelebt wie Fremde. Wegen der häuslichen Umstände? Boys hatte sie in Kontakt gebracht mit seinen anderen Kindern, von ihm »Vorkinder« genannt, aber über seine Eltern schwieg er. Sie fragte Mutter Louise, ob sie Boys' Eltern je gesehen hätte, aber die fand es normal, dass ein erwachsener Mann nicht auch noch Vater und Mutter ins Spiel brachte, wenn er sich auf eine neue Beziehung einließ. Wollten Kinder mehr über ihre Wurzeln wissen, könnten sie das ja tun, notfalls unter Umgehung ihrer leiblichen Eltern. Mutter hatte sich eindeutig Gedanken darüber gemacht, wie ihre eigene Familie entstanden war, und ließ anklingen, kein Bedürfnis zu haben nach noch mehr Verwandtschaft. Ihre eigene Familie war schon beklemmend genug für sie. Über eine Schale dampfende Fischbällchensuppe gebeugt, hatte ihr Vater sie lange angesehen, bevor er leise, fast flüsternd anfing zu sprechen. Sie lauschte ihm innig. Er verstummte wieder. Sie hatte verstanden, warum er lieber schwieg über seine Eltern. Schwierige Rassenverhältnisse, die Menschen eher trennen als verbinden. Die Worte, die das alles verdeutlichen könnten, wären verletzend für alle Beteiligten. In einer Stadt so klein wie Paramaribo wären die Trennlinien zwischen den verschiedenen Gruppen scharf und oft unerbittlich. Letzteres wusste sie nicht. Ersteres hatte sie täglich erfahren an den Privatschulen, die sie besucht hatte. Sie hatte Boys versprochen, nicht zu versuchen, mehr herauszufinden. Ihr Vater hatte sein »Päckchen« zu tragen und es wäre bei ihren Treffen immer dabei, wie ein Schoßhund, der nie bellte. Sie hatte eine eigene Lösung. Entweder sie ging mit Aram zu einer Wildwestfilmmatinee, oder sie fuhren bis weit außerhalb der Stadt, vorbei an den Ländereien holländischer Milchviehzüchter, asiatischer Gärtner, vorbei am Rand von Wäldern und an glatt gewetzten Bauxitwällen. Das waren die Grenzen ihres Daseins. Sie rebellierte dagegen. Sie war ein Kind dieses Landes und würde es bleiben, aber ihre eigenen Kinder sollten anderswo auf der Welt geboren werden. Aram widersprach ihr: Anderswo auf der Welt gibt es immer Krieg und Blutvergießen, Hungersnöte und Naturkatastrophen, anderes unbeschreibliches Elend ohne Ende! Und er schaffte es, sich selbst davon zu überzeugen: Surinamer sind hervorgegangen aus Menschen, die erfahren haben, dass es anderswo auf der Erde noch schlimmer ist! Er hätte nicht vor, sich jemals woanders niederzulassen, für nichts und niemanden! Trotzdem schmiedete er weiter Zukunftspläne, in denen sie seine Frau war und keine andere. Es stimmte sie glücklich und traurig zugleich. Er hatte sie lieb, wie er auch seine Heimat liebte, mit einem Herzen voller Angst vor dem Unbekannten. Sie war sich absolut sicher, dass beide ihn enttäuschen würden auf Dauer: Suriname und Babs Vanta. Sie wollte mehr sehen vom Erbgut der Urahnen in anderen europäischen Ländern als den Niederlanden und sogar auf anderen Kontinenten. Sie könnte Fremdsprachen studieren, Dolmetscherin werden und überall zu Hause sein. Und irgendwo, auf dem Weg zu dieser Möglichkeit, fände sie bestimmt einen geeigneten Lebenspartner. Imker hatte sie darauf hingewiesen, dass Großmutters Blutsverwandte im Lauf der Zeit unsichtbar geworden waren, sich aber bestimmt aufspüren ließen. Imker wusste auch genau, an welchem

Fluss die Plantage lag, wo der Name Vanta entstanden war in der Sklavereizeit. Manchmal, wenn Großmutter nicht einschlafen konnte in der Nacht, weckte sie ihre Enkelin, damit diese mit ihr wachte; so erfuhr Imker Geschichten, die sonst keiner kannte, nicht mal Mutter Louise. Manchmal rückte Imker damit heraus ihr gegenüber, seit sie öfter vorbeischaute mit einem Mitbringsel für Großmutter; wie beim letzten Mal – eine Flasche Dimple-Whisky, die Boys ihr für Oma gegeben hatte. Whisky, hatte Imker sich gewundert, dann aber zugegeben, dass kleine Schlucke ihre Großmutter weniger rasch nach einer halben Zigarre greifen ließen. Außerdem war Alkohol angeblich reinigend und entspannend. Ebony-Zeitschriften für Imker brachte Babs mit, mit schönen Afroamerikanern und ihren Erfolgsgeschichten. Die Leere, die entstanden war durch Helis Abreise, füllte sich langsam wie ein Erdloch, das von selbst mit Sand und Meerwasser vollläuft. Babs schlief nachts besser dadurch und wachte morgens gut gelaunt auf.

An einem Samstagmorgen machte Audi die Haustür auf, weil draußen jemand rief: Frau Vanta, Tantchen Bee! Vor ihm stand ein Mann im langärmligen Streifenhemd. Babs' Vater, Boys, das wusste er sofort, denn im Zimmer seiner Schwester hingen lauter Fotos von ihm. Bist du Audi? Nicken. Ich bin Babsies Vater! Und er ließ ihn rein. Boys setzte sich nicht. Er wollte Großmutter sehen. Vor vielen Jahren hatte sie ihn mit offenen Armen empfangen in ihrem Haus, ihrer Familie. Aber es war erst zehn und Großmutter lag noch im Bett. Ob sie noch schlief?

Er bat Boys zu warten und ging zum Schlafzimmer. Die Tür war angelehnt und er sah Oma liegen. Er flüsterte, es sei Besuch da für sie. Nein, keiner von der Kirche, Babs' Vater. Bring Boys zur Tür. Er holte ihn. Tantchen Bee, rief Boys ein paarmal und: Kann ich was für dich tun? Audi stand zu weit weg, um Großmutters Antwort zu hören. Er stand im Hintergarten auf der Terrasse bei der offenen Tür und betrachtete den Fremden: helle Hose mit scharfer Bügelfalte, weiße Lederschuhe ohne Socken. Er betrachtete den Hinterkopf des Ex-Partners seiner Mutter: den Mann, der genau wusste, wer sein Vater war und wo er sich aufhielt. Boys hatte die Schuhe abgestreift und war ins Zimmer gegangen, nah bei Oma saß er in der Hocke. Möchten Sie einen Stuhl? Boys: Ja, gerne! Im Schlafzimmer hing ein leichter Duft nach Whisky und Zigarren. Audi zurück ins Wohnzimmer. Radio an. Er wusste sich nicht zu helfen mit der Situation: Samstag, Mutter Louise nach Kòlera, um sich um Laura zu kümmern, Imker im Laden bei den Libanesen, Babs wahrscheinlich unterwegs zum wöchentlichen Treffen mit ihrem Vater, und was war mit ihm? Nicht auf dem Fußballplatz, nicht bei den Pfadfindern, sondern ganz nah bei dem Mann, auf den er angewiesen war wegen seines eigenen Vaters. Sein Staunen über die geschlechtliche Fortpflanzung von Mensch und Tier ließ sich vielleicht noch erklären, aber wie war es möglich, dass er plötzlich Auge in Auge stand mit dem Mann, den er so unbedingt treffen wollte, seit Babs' Geständnis? Tag und Nacht hatte er sich den Kopf zerbrochen über das »Warten auf den richtigen Moment«, und jetzt: Boys tritt aus dem Schlafzimmer, kommt auf ihn zu, sagt vertraulich: Ich schicke jemanden vorbei, um einen Telefonanschluss zu legen bei deiner Großmutter. Und lächelnd: Jetzt muss ich weg, sonst komme ich zu spät zu deiner Schwester! Er nickte und sah atemlos zu, wie Boys in seine Mokassins schlüpfte, zur Haustür ging, aus dem Gartentor zum Auto, einstieg, wegfuhr. In seiner Brust ein Schrei. Bleib da, Boys! Sags mir, Boys! Mutter Louises verbissenes Schweigen war ihm zu viel geworden. Er wollte das Grundstück harken, von vorn bis hinten, obwohl da kein einziges trockenes Blatt lag. Oma brauchte das Geräusch des Harkens, um sich »gut zu fühlen«, und als er unter ihrem Schlafzimmerfenster anfing, hörte er es an die Scheibe ticken. Er sah auf. Großmutter winkte ihn mit dem Zeigefinger zu sich. Harke weglegen. Zu Oma ins Schlafzimmer, wo noch der Stuhl stand für den Besuch. Setzen? Sie nickte. Audi, ich habe immer gedacht, dass Herr Boys auch dein Vater ist, dass er meine Tochter sitzen gelassen hat mit Babs und schwanger, aber das stimmt nicht! Die Ohren gespitzt. Blut stieg ihm zu Kopf. Ob Großmutter ihn erlöst und den Namen seines Vaters nennt? Sie sagte: Er will dir erzählen, wo dein Vater ist, und ich habe ihn gebeten, es bald zu tun! Was sollte er sagen? Er wusste es nicht. Er sah sie an und nickte, lächelte auch und stand auf, kehrte zurück zur Harke im Muschelsand. Der Samstag, an dem er mit Wischmopp und Eimer durch den Bungalow ging und Böden und Fenster gründlich putzte. Der Samstag, an dem er lernte, Kaffee zu kochen mit einem Filter und zu warten, bis er zwei Tassen servieren konnte mit warmer Milch, ohne zu kleckern. Der Samstag, an dem er Spiegeleier briet,

Brote schmierte mit Wijsman-Butter und frühstückte, als hinge sein Leben davon ab. Er hatte die Holzmöbel poliert, Küchenschränke und Gasofen entfettet, Matten und orangefarbene Läufer ausgeklopft. Seiner Großmutter hatte er zum Badezimmer geholfen, vor der Tür auf sie gewartet hatte er. Bad geputzt. Geschirrtücher, Servietten, Handtücher, Badetücher und ein eigenes braunes Shirt in die Waschmaschine getan. Wäsche rausgehängt an die Trockenspinne. Überall mit der Harke lang. So ein Samstag war es geworden nach dem Besuch. Und am Nachmittag hatte Imker ihn im Wohnzimmer angetroffen mit Großmutter, konzentriert einem Radiohörspiel lauschend in der Lingua franca ihres Landes. Audi Vanta war ganz aufgewühlt.

Ich habe völlig vergessen, dass ich ihm gesagt habe, welche Ausbildung ich mache, nachdem er mir ausgiebig erzählt hat von seiner Ausbildung zum Sportmediziner an der Uni der Stadt, wo ich wohne. Und plötzlich wartet er da auf mich. Unsere Blicke prallen aufeinander. Er feuert seine Begierde auf mich ab. Ich spüre es im Unterleib. Ich bleibe stehen. Er kommt mir entgegen, fragt, ob wir etwas trinken gehen irgendwo in der Nähe, er lädt mich ein. Ich nicke. Neben ihm gehe ich zu seinem Auto. In das Auto. Auf dem Parkplatz, da beugt er sich zu mir herüber und sein Mund saugt sich an meinen Lippen fest und meine Hand sucht die Stelle zwischen seinen Beinen, von der ich die ganze Zeit träume, seit ich ihn getroffen habe. Er stöhnt. Ich will schreien vor Lust, weil sein Penis sagenhaft hart ist, und ohne Scheu öffne ich seinen Hosenschlitz und werde zerschmettert von Glückseligkeit und sein Sperma bahnt sich zwischen meinen Fingern den Weg in seine Unterwäsche. Ich lasse ihn los. Er setzt sich anders hin. Willst du mit mir in ein Hotel in der Nähe? Wieder nicke ich. Er fährt an und raus aus der Stadt. Bleibt irgendwo stehen. Öffnet mir die Tür. Nimmt mich in den Arm und mit rein. Er bittet um ein Zimmer für zwei Nächte, zahlt und nimmt mich mit in den Aufzug, dann ins Zimmer, Tür auf und zu und Bettüberwurf aufschlagen. Ich warte. Er hilft mir aus dem Mantel und legt mich aufs Bett. Zieht sich splitternackt aus. Streift mir den Rock ab, die Unterwäsche, die Schuhe, wirft alles auf das andere Bett. Beugt sich über mich; ich sehe sein Geschlecht sich ungestüm aufbäumen zu seinem Bauch, ich nehme es in die Hand. Er erschauert. Er sucht mit den Lippen, bis er meine Spalte findet und zart mit der Zunge sie öffnet. Bebend nehme ich ihn in den Mund. Ich weiß, was passiert, kenne aber keine Worte dafür und erkenne mich nicht wieder. Ich wünschte, eine andere läge dort mit ihm und nicht ich. Und als er sich aufrichtet und mir die Zunge tief in den Mund schiebt, sterbe ich. Kurz. Ich lasse die Augen geschlossen. Er leckt meine Lippen, die Ohren, das Gesicht. Er hebt mich hoch. Legt mich auf den Bauch. Ein Kissen schiebt er mir unter die Taille. Er gleitet in mich hinein, grunzend, schneidend. Ich schreie nicht. Ich lasse ihn in mich eindringen. Unseren Atem höre ich, sonst nichts. Er zieht sich zurück. Fragt was. Wälzt mich vom Kissen. Ergießt seinen Samen über meine Brüste. Kommt mit seinem Mund zu meinem Mund. Seinem Blick zu meinem Blick. Knutschen. Als würde er begreifen, dass Sprechen unpassend wäre. Wir duschen. Wir nehmen Handtücher, Zahnpasta und Hotelzahnbürsten aus geschlossenen Packungen. Wir schlüpfen, steigen in unsere Kleidung. Ich bürste mir die Haare. Er sieht zu. Nimmt meine Tasche. Hand in Hand verlassen wir das Zimmer, das Hotel. Ich lasse mich absetzen in der Innenstadt. Bin tagelang sprachlos. Ein Feuer bin ich, langsam erlöschend. Mein Unterleib kribbelt immer noch vor Lust, als wären meine Nerven in Alarmbereitschaft und warteten auf mehr. Ich kann nur noch spüren, sonst nichts. Lya fragt, weshalb ich keinen Appetit habe. Eine kleine Grippe, vielleicht, sage ich. Nehme Aspirin. Ich schicke Cate eine Postkarte mit der Bitte, unsere feste Mittwochnachmittagsverabredung ausfallen zu lassen, ausnahmsweise. Fürchte mich vor ihren Fragen.

Eine Woche später steht er wieder da. Selbe Zeit. Selber Ort. Ich schaue auf seinen Rücken, weil ich absichtlich den Seitenausgang der Kantine genommen habe. Ich mustere ihn. Nicht gerade beeindruckend. Unauffällig gekleidet ist er. Letzte Woche hat er für zwei Übernachtungen bezahlt in einem teuren Hotel, obwohl er wusste, unser Aufenthalt würde nur zwei Stunden dauern. An der Rezeption hatte er so getan, als wäre ich seine Frau. Schritt für Schritt gehe ich zu ihm und rufe seinen Namen. Er erschrickt sichtlich, dreht sich um, fährt sich mit den Händen durch das rappelkurze Haar, kommt auf mich zu: Nehme ich dich wieder mit? Ich lasse zu, dass er den Arm um mich legt, und wir gehen los, zu seinem Auto. So geht das nicht weiter, sage ich leise. Hole tief

Luft: Ich muss dieses Jahr sehr gute Noten haben, um ein Stipendium meiner Wahl zu bekommen, aber ich denke nur noch an Sex mit dir. Er steht dicht vor mir und hebt mein Kinn mit der Faust sanft nach oben: Ich bin verrückt nach dir! Mein Schoß erschauert. Meine Spalte erbebt. Außerdem habe ich einen Freund, bald kommt er aus Paramaribo, um mich wiederzusehen! Er blickt mich weiter an: Ich habe vor gut einem Jahr eine elende Verlobung hinter mir gelassen, und was jetzt? Ich presse mich an ihn, schmiege mein Gesicht an seines und bleibe kurz so stehen. Flüstere trotzdem: Jetzt fahre ich mit dem Bus zur Bibliothek, Süßer! Ich löse mich von ihm und gehe vom Parkplatz zur Bushaltestelle, ohne mich noch einmal umzusehen. Er hat ein paar Jahre als Sportlehrer gearbeitet, vor allem Tennisunterricht, und macht gerade seinen Abschluss als Sportmediziner. Um die dreißig? Er sieht furchtbar jung aus. Im Bus fühle ich mich elend. Das Techtelmechtel mit ihm ist unbeherrschbar toll und schmeckt nach mehr, aber so wie beim ersten Mal wird es sowieso nicht. Etwas in der Richtung sage ich ihm vor der Bibliothek, wo er auf mich wartet. Ich sage noch mehr: Du bist der Erste, den ich in mich habe eindringen lassen! Bestimmt glaubt er mir nicht, weil kein Tropfen Blut zu sehen war. Wo das Jungfrauenblut hin ist, geht mir erst auf beim Gedanken an das Ringen auf dem Seedeich in Nickerie. Er gibt mir seine Visitenkarte. Endlich sehe ich seinen vollen Namen. Heli Vanta, flüstere ich. Er weiß, wo ich studiere. Er weiß, wo ich wohne. Kannst du Tennis spielen? Ich schüttle den Kopf. Bringe ich dir bei, sobald der Frühling kommt! Er küsst mich sanft auf die Lippen und verschwindet in der Menschenmenge zur Hauptverkehrszeit. Der Frühling? Ich schiebe mich durch die schwere Drehtür zum Lesesaal. Derik steht ein anständiger Brief zu von mir.

Aus der Bibliothek darf ich vier Bücher mitnehmen. Romane und Biografien über den letzten Weltkrieg. Ich will nicht in einem Land leben unter Menschen, die vor Kurzem Krieg und rassistisch motivierte Gewalt erlebt haben, ohne mich überhaupt damit zu beschäftigen. Jeden Tag dreißig Seiten in jedem Buch. Die Zurückhaltung meiner Klassenkameraden kann ich jetzt besser ertragen, ihre mangelnde Aufgeschlossenheit meinen Landsleuten und mir gegenüber. Warum trinkst du Tee mit diesen *bakra*-Studenten und nicht mit uns? Ich kann die Frage verstehen. Beantworte sie nicht. Ich bin selbst die Antwort. Bin ich bei meinen Landsleuten, piesacken sie mich. Bin ich bei den Holländern, ignorieren sie mich. Auf eine Touristenpostkarte der Provinz Utrecht schreibe ich Imker und Großmutter mit Filzstift: GEBROCHEN-WEISS = MEIN WINTERMANTEL *mit lieben Grüßen von mir.* Holland presst sich mir zwischen die Beine bis in Herz und Hirn hoch und ich mag das. Meine Mutter, mein Brüderchen und meine zwei kleinen Schwestern hole ich in dieses Land, damit sie dieses Holländische kosten, über das man überall stolpert in Paramaribo, ohne es wirklich greifen zu können. *Den Niederlanden muss man sich mit allen Sinnen öffnen, Mama.* Ich weiß nicht, wie es Mutter Louise geht mit so einer Postkarte von mir. Was ich aus Schulbüchern geschöpft hatte, lag in Utrecht auf der Straße. Meine Volksschullehrerin hatte missmutig gesagt, Holland habe nur ein winzig kleines Grundgebiet, sei fünfmal kleiner als unser Land und außerdem liege es unter dem Meeresspiegel und werde bald von der Nordsee verschluckt! Kein Wort aus dem Tagebuch des jüdischen Mädchens, das sich versteckt hatte, um nicht ermordet zu werden in einem Krieg, der vor allem auf zivile Opfer aus war. Nichts über Holländer, die sich aufrafften, um das Chaos wieder instandzusetzen. Keinerlei Hinweise darauf im Unterricht, nirgends. Selbst als ein Lehrer versuchte, *Max Havelaar* von Multatuli mit uns zu behandeln an der SKS, wurde er schikaniert und entlassen und zurückgeschickt in die Niederlande, wo er herkam. In meinem Referat war ich gleich zur Sache gekommen. Mutter Louise und Vater Gordon hatten Militäruniform getragen und waren in Militärfahrzeugen unterwegs gewesen in einer Stadt, die nur kleine Aufstände kannte von Männern, die der harten Sklavenarbeit entflohen waren – und diese Aufstände wurden grausam niedergeschlagen. Niemand wollte nach Suriname fliehen, denn es war zwar ein Zufluchtsort, aber sonst war nichts zu holen am Rand des Amazonas-Regenwalds für Menschen, die ein stabileres Dasein suchten als die durchgedrehte Gesellschaft im abgekämpften Europa. *Mama, ich habe mit Menschen gesprochen, die alle ihre Verwandten in einem Krieg verloren haben durch vorsätzlichen Mord, und das ist noch keine hundert Jahre her.* Mutter hatte zurückgeschrieben, ich hätte diesem Zweiten Weltkrieg mein Dasein als Mensch zu verdanken. Sie hatte meinen Vater kennengelernt in einer Kaserne, die zu beengt war für die vielen holländischen und amerikanischen Soldaten. Es wurde mit Schokoriegeln und Filterzigaretten herumgeworfen; und die jungen Frauen, die dort arbeiteten, legten sich krumm, um den Männern zu gefallen, und sei es für eine Nacht. Mutter Louise auch? Sie hatte Kakaogetränk aus der Dose mitgenommen in die Jacobusrust für Brüderchen Roger. Dreist schrieb ich zurück, Gordon wäre vernünftiger als sie: am Ende hätte er sich für Holland entschieden als Wohnort! Und sie antwortete allen Ernstes: *Holländer und Sex?! Schmutzfinken! Wähle weise, Heli!* Ich weiß nicht, worauf sie anspielte. Auf die orale Lust? »Wähle weise« war der Name einer holländischen Metzgerei, wo ich mittwochs immer »gemischtes Hack« holen musste für Mutters köstliche Hackbällchen. Ich verkneife mir das Lachen. Sehe mir die Visitenkarte an, auf der in Orange steht »Tennistrainer«, und kann den Frühling kaum erwarten.

Großmutter bekam Telefon, und auch bei Mutter Louise ließ derselbe Auftraggeber eines anschließen. Das kostete sicher einen Haufen Geld, denn in Amora mussten die Telefonleitungen von weit her geführt werden bis zu Mutters Telefonmast: die Polizeiwache, die Poliklinik, die Schulen, die Kirche mit dem Pfarramt der Röm.-Kath. und die Hebamme hatten Telefon, lagen aber dicht beieinander an der großen Straße der Neubaugegend, genau wie die verschiedenen Schulen. Boys wollte Großmutter eine Verbindung ermöglichen mit ihren Kindern, auch denen in Übersee. Er hatte gesagt: Die Kosten, auch die monatlichen, gehen auf mich. Die Familie war sprachlos vor Dankbarkeit, und als er selbst anrief, um zu prüfen, ob alles in Ordnung war, konnten sie keine Worte finden, um ihm zu danken. Im Lauf der Woche bekam Großmutter eine Markise in den Hintergarten, über der Terrasse an der Küchenaußenwand; auch ein Zweierset farbige Luxusliegestühle für draußen. Imker und Babs hatten sich ein bisschen lustig gemacht über diese Hilfsinvasion; Mutter Louise und Großmutter zuckten nicht mit der Wimper, und Audi musste immer wieder erzählen, wie es genau gewesen war mit Boys' Besuch bei Oma Bee. Bei Mutter und Großmutter hing das Telefon in der Küche und der Apparat konnte auf »lautlos« gestellt werden. Die Nummern hatte Imker weitergegeben an Dr. Albert, der sie wiederum Roger und Winston weiterleitete. Meine Mutter konnte es nicht erwarten, meine Stimme wieder zu hören. Das Ereignis bekam ich von ihr in allen Details zu hören. Ich hatte nichts Neues zu sagen außer: Ihr fehlt mir! Mutter sofort: Ich bin immer erreichbar für dich, in der Arbeit und auch zu Hause. Betest du, Heli?! Ich hatte mir die Nummern notiert und aufgelegt. Vielleicht sollte ich mir doch ein Studentenzimmer nehmen, um mich etwas mehr Mutter Louises Zugriff zu entziehen? Derik war immer noch fest entschlossen, den Jahreswechsel mit mir zu verbringen, irgendwo hoch oben über dem Meeresspiegel im Schnee. Er hatte in Holland studiert und dort nie eine passende Stelle gefunden. Der einzige Grund für ihn, zurück in die Niederlande zu kommen, bin ich!

Hatte der Heilige Antonius von Padua ihr zurückgebracht, was sie verloren hatte? Großmutter Bee bat ihre

Enkelin, einen riesigen Strauß frischer Schnittblumen zu kaufen und hinzulegen bei der Statue. Wie sollte sie ihre Dankbarkeit anders zeigen als mit Blumen? Sobald Imker nah genug war, flüsterte sie froh: Ein Wunder ist geschehen, Kind! Ihr war klar, dass ein noch nicht mal achtzehnjähriges Mädchen nicht den Überblick hatte, der nötig war, um das Wunder zu erkennen. Ihr Beichtvater, der wieder einmal vorbeikam, um zu sehen, ob er etwas tun konnte für sie, verstand womöglich, dass sie eigentlich sagen wollte: Pfarrer Teloor, ich bin vollkommen bereit zu gehen. Er nahm ihr die Beichte ab im Schlafzimmer. Er durfte wissen, dass sie Boys manches Mal verflucht hatte, und dass das ungerecht gewesen war, und obwohl sie sich bei Boys entschuldigt hatte – sie musste unbedingt noch ein Reuegebet sprechen, zum Beispiel ein, zwei Rosenkranz-Gesätze beten in tiefer Einsamkeit. Mehr hatte keinen Sinn: Der Heilige Antonius hat Boys zurückgebracht zu mir und Gott hat unser Verhältnis erneuert! Die Beichte war kurz. Bernadette Vanta geborene Julienne war bereit zu gehen. Der Pfarrer sprach ihr Mut zu, bat sie eindringlich, sich weiter zu erfreuen an dem, was ihr zufiel. Er pries die Liegestühle, die Markise, das Telefon und erzählte, die Gemeindemitglieder würden täglich beten für Imker, die sie bewunderten für ihre Hingabe. Ja, Imker ist so lieb. Und Pater Teloor sagte fast herablassend: Weine nicht wegen dem, was dir zusteht! Er sprach ein Dankgebet mit ihr und ging wieder. Sie saß aufrecht im Bett und wartete auf Imker, die sich ans Grundstück-Harken gemacht hatte, um den betagten Pfarrer und sie nicht zu stören. Tagelang hatte sie allerdings gegrübelt über etwas: Nie hatte sie sich ihren Kindern nackt gezeigt und kein anderer Mensch als Ehemann Anton war vorgedrungen bis zur Intimität ihres Körpers, und das auch nur wegen ihrer Schwangerschaften, aber allmählich war sie so geschwächt, dass sie nicht mehr gut duschen konnte ohne Hilfe, und Imker war ihr am nächsten, aber sie schämte sich so für ihren ausgezehrten Körper. Weinen. Schluchzen sogar. Hoffnungslos heftiges Verlangen nach dem Tod. Aber der kam nicht. Imker bot von selbst an, ihr mehr zur Hand zu gehen beim An- und Auskleiden, beim Waschen: Und auch wenn Oma Hilfe braucht auf dem Klo, nicht? Sie sagte: Ich schäme mich so. Und ihre Enkelin: Ich auch, Oma. Und da musste sie lachen. Aber sie war so erleichtert nach der ersten Duschpartie, denn Imker stand selbst splitternackt neben ihr und ließ das Wasser überall herumspritzen, während sie auf einem Plastikgartenstühlchen saß, sich einseifen ließ und die Handdusche leichter bedienen konnte. Danach war es vorbei mit der Scham und auch mit dem hoffnungslosen Verlangen nach dem Tod. Nach so einem Bad lag sie auf dem Liegestuhl unter der Markise in sauberer Kleidung und genoss den Passat, die *grietjebie*-Vögel, die im Sand hopsten, und den Gedanken, dass Gott spürbar war in dem, was andere für sie machten.

Es war ein Schock, als Heli aus Holland anrief, um ihre Stimme zu hören und zu fragen, ob sie wohl die Geburtsurkunde beschaffen könnte von Tochter Ethel. Der Vater von Lauras Verlobtem-von-damals, der wollte etwas »wiedergutmachen« bei der Familie und Ethel aufspüren.

Er wusste, wie das ging, weil er sich die ganze Zeit mit dem Aufspüren verschwundener Kriegsopfer beschäftigte. Kleine Schlucke Dimple-Whisky halfen ihr, nicht zu erstarren in einem Krampf, der ihren Kopf erfasst hatte. Träume halfen ihr, Ethel zu sehen, wie sie war, bis Anton seinen Augapfel gewissermaßen verkauft hatte an deutsche Missionare, denn im Tausch bekam er – »die Garantie, dass Ethel ein Schönes-Leben hätte«, und das war ihm Gold wert! Das »Loch in der Familie« scherte ihn nicht. Ethel aufspüren? Imker verkündete, was möglich war, und Tochter Louise schlug vor, Dr. Albert einzuschalten; und wenn das nichts brachte, wollte sie selbst ihren Lester bitten, die Geburtsurkunde abzuholen in Nieuw-Nickerie. Beide Männer flogen einmal die Woche in den Distrikt zum Arbeiten: Albert half Hebammen in Ausbildung bei der Wochenbettbetreuung, Lester gab einen Volksmusikkurs für Blechbläser. Vielleicht rechnete niemand in ihrem Haus damit, dass Ethel wieder auftauchen würde irgendwann; auch nicht durch die Spurensuche eines Mannes, der immer fand, was er suchte, zumindest als Spur. Aber finden würde er Ethel Vanta! Lieber Himmel?! Oma, was machen wir, wenn Ethel gefunden wird? Sie wusste die Antwort sofort, sprach sie aber nicht aus: Ihre Tochter würde sich weigern, noch einmal herausgerissen zu werden aus ihrer vertrauten Umgebung. Es müsste genügen, zu wissen, dass Ethel am Leben war und hoffentlich wohlbehalten. Die Umsetzung des Vorhabens überlasse sie anderen. So in etwa lautete die Antwort an ihre Enkelin. Tagsüber schloss sie immer öfter die Augen, um in einen Schlummer zu taumeln und in vergessene

Erlebnisse. Sie ließ sich versorgen von Imker. Babs las ihr die Nachrichten vor aus der Zeitung. Mit Audi lauschte sie am Samstagnachmittag Radiohörspielen. Am Donnerstag wurde ein herzhafter Kuchen für Laura gebacken nach ihren Anweisungen. Ein BeforeSabbatPie für Kòlera? Manchmal riss sie komische Witzchen dabei, um Imker zum Lachen zu bringen. Neben der Weihwasserschale sah sie hoch zum angepinnten Foto ihres jüngsten Enkels: dann sprach sie ein Vaterunser extra für seine Eltern Roger und Wonny. Tunkte die rechte Hand ins Wasser und murmelte übermütig: Vater, Sohn, Mutter, Amen! Sie brauchte nichts mehr. Nur selten bat Großmutter um eine halbe Zigarre, in dem Wissen, dass Imker auch dann ganz nah bei ihr bliebe.

Wieder war es Rogers Studienfreund, der Mutter Louise am Schultor erwartete, mit den Geburtsurkunden, ordentlich gefaltet in braunen Umschlägen. Es sei kein Problem gewesen, sagte er, obwohl die Damen lange suchen mussten. Und schau mal, ich habe die Geburtsurkunden von allen in Nieuw-Nickerie geborenen Vanta-Kindern bekommen, weil … Und er gab ihr einen zweiten Umschlag: weil man nie wissen kann, ob die gebraucht werden, um irgendetwas zu beweisen! Sehr gut, hatte sie gesagt und ihm gedankt für seine Bemühungen. Roger hatte Ethel nie gesehen, Laura ihre verschwundene Schwester fast vergessen. Bruder Winston und sie kannten Ethel, hatten sie als Kind jahrelang erlebt Tag für Tag, aber selbst Lauras Äußeres hatte sich in zehn Jahren verändert bis zur Unkenntlichkeit! Trotzdem gingen die Originaldokumente per Einschreiben zu Heli nach Utrecht. Bei der Arbeit merkten nur ihre Vorschulkinder, dass sie mit der Aufmerksamkeit nicht ganz bei der Sache war. Dann sagte eines: Frau Lehrerin ist müde, pssst! Aber sie war nicht müde. Schlafende Hunde waren geweckt worden und ausgerechnet sie hörte ihr Bellen und Knurren. Obwohl sie regelmäßig miteinander sprachen, noch dazu im Haus ihrer Mutter, wusste sie nicht, was vor sich ging in jedem ihrer Kinder, weil sie sich ihr gegenüber weiter rücksichtsvoll verhielten. Von ihren Vorschulkindern kann sie Abstand nehmen oder sie ablenken, ihnen ein neues Lied beibringen; die eigenen Kinder traut sie sich nicht mal mehr zu umarmen, so weit weg sind sie, obwohl die ihre Mutter nicht aus den Augen lassen, wenn sie in ihrer Nähe ist. Ihre kleinen Schulkinder kreischen vor Freude, wenn sie rausgeht mit ihnen, um Hüpfspiele zu spielen, und schnappen sich danach mit verschwitzten Gesichtchen ihre Ranzen, um zu ihren eigenen Müttern zurückzulaufen. Dann sieht sie ihnen hinterher, sehnt sich manchmal danach, ein Kind zu sein, um wieder ganz von vorne anzufangen. Diesen Gedanken hatte sie der Schulärztin gegenüber geäußert und die hatte seufzend gesagt, die jahrelang in einem Frauenkörper gespeicherten Erfahrungen trügen dazu bei, aus der Mutterschaft mehr zu machen als etwas rein Körperliches: Sie selbst wäre schließlich erst nach jahrelanger Praxis wirklich »Doktor« geworden, obwohl ihr akademischer Grad seit der ersten Stunde hübsch eingerahmt in ihrem Sprechzimmer hing. Die Schulärztin hatte sich entschieden, keine neun Kinder zur Welt zu bringen wie ihre Mutter: Ein einziges Kind hatte sie in die Welt gesetzt. Als Jüngste von neun hatte sie mitbekommen, wie erschöpft ihre Mutter war zum Schluss: Ja, Louise Vanta, auch Kinder lernen aus dem, was in ihrer Familie schiefgegangen ist! Und so hatte Louise Rückhalt bekommen für ihre Entscheidung, Großmutter Bee nicht zu zwingen, zum Arzt zu gehen, wenn sie das nicht wollte! Angespannt hatte die Schulärztin schließlich gefragt: Ist Oma eine Last für euch, Louise?

Frau Vanta-Julienne hatte getrauert, und zwar nicht eben leise, als sie erfahren hatte, dass ihre Traumtochter schwanger war. In der Jacobusrust war Mutter Bee jammernd durch die Straße hinter dem Haus gegangen, als steckte dort der Flegel, der ihrem Mädchen so etwas angetan hatte. Aber Vater Anton brachte sie wieder zur Besinnung, indem er nüchtern Vor- und Nachnamen des Erzeugers nannte. Ein Soldat? Ein Matrose?! Konnte Louise wirklich nichts Besseres kriegen? Winston brachte seiner Mutter Kisten mit Havanna-Zigarren und schöne Streichhölzer, weil Rauchen Mutter beruhigte und vielleicht sogar tröstete. Und Louise selbst konnte in den letzten Monaten der Schwangerschaft bei ihm unterschlüpfen und bei seiner Frau Susanne, in seinem gigantischen dreistöckigen Haus, unter der Bedingung, dass sie den Kindsvater nicht sah bis nach der Geburt. An einem Sonntagnachmittag. Im Militärspital, weil Vater Anton das ertrotzt hatte bei der Arbeit. Sie selbst, die Hebamme und eine Hilfsschwester. Und ein Arzt, der alles im Blick behielt und in der Nähe blieb. Es tat weh. Blutverlust. Keine Komplikationen. Nicht der kleinste Riss. Es war ein Mädchen. Ihr Name ist Heli. Heli? Helium ist eine Grundvoraussetzung für die Entstehung von Leben. Die Hebamme hatte ihr das Neugeborene in die Arme gelegt: Nimm deine Tochter dicht ans Herz, Louise Vanta! Winston und seine Frau kamen vorbei mit holländischen Trauben, roten Äpfeln, die glänzten, Birnen, wie eine Gebärmutter so schön. Susanne ordnete die Früchte hübsch an auf dem Nachttisch neben dem Bett. Sie beglückwünschten sie mit einem Kuss und blieben lange stehen neben der Wiege der Kleinen. Dann gingen sie nach Hause und sie blieb zurück. In der Vormittagsbesuchsstunde kam Vater Anton vorbei in Militäruniform. Sie sah die Tränen, die in seinen riesigen Augen standen. Er hatte eine große Packung Stoffwindeln mitgebracht und gestammelt: Die haben lange im Lager gelegen und das Weiß ist verschossen zu Gebrochen-Weiß, aber wenn du sie ein paarmal wäschst, strahlen sie wieder, Louise! Auch er blieb lange stehen neben dem Babybettchen. Ihr Name ist Heli, Pa! Sie konnte nicht erkennen, ob er lächelte über so einen Namen, bis er im Weggehen zu laut sagte: Deine Heli erinnert mich an unsere Ethel! Und weg war er wieder. Hatte Vater Anton gemeint, dass Heli unerwünscht und doch geliebt war, wie Ethel, ihre verschwundene Schwester? Eine Frau, mit der Louise sich in der Garnison angefreundet hatte, brachte eines Nachmittags einen Umschlag mit Geld von Helis Vater. Dabei hatte niemand ihm verboten, vorbeizuschauen bei ihr und seinem Kind. Als sie an einem regnerischen Vormittag das Spital verließen, stand er in Zivil mit einem Strauß Rosen in der Hand bei der Ausfahrt. Ihr Bruder blaffte: Gordon ist rausgeflogen bei der Armee, weil er wieder ein Mädchen geschwängert hat, also dreh dich nicht um zu ihm, Louise! Sie setzte sich auf die Rückbank, nahm der Hilfsschwester das Kindchen ab, wartete, bis ihr Koffer verladen war, und suchte mit dem Blick nach dem Vater ihrer Heli. Gordon winkte mit den Blumen. Er konnte nicht ahnen, was er angerichtet hatte in ihrem Körper und ihrem Leben. Eine Anwandlung tiefen Kummers, und sie sagte zu ihrem Bruder: Bring mich zur Jacobusrust, da wartet meine Mutter auf uns! Zur Jacobusrust, sagte Winston erstaunt: Bei mir haben wir ein Zimmer eingerichtet für euch! Aber das hatte Mutter Bee im elterlichen Haus auch getan. Und an dem Tag, bevor sie ihre kleine Schwester Laura wiedersehen würde nach gut zehn Jahren, hatte sie sich zur Jacobusrust fahren lassen. Es war heiß. Überschwemmt wurde sie mit Bildern von früher. Die Häuser waren verschwunden, die Trümmer abtransportiert. Aber alles war noch da. Die Regierung könnte dort ein gigantisches Jacobusrust-Heim errichten lassen, für Hochbetagte. Sie wollte sich sofort anmelden, um sich ein Zimmer zu sichern mit großen Glasfronten, Aussicht auf die breite Straße, von der sie bestimmt wiedererkannt werden würde, sobald sie den Fuß daraufsetzte, und niemals würde sie sich dort verirren. Kein anderes Viertel auf der Welt war realer für sie. Sie sah Laura auf der Vorderterrasse sitzen mit geglättetem Haar, das ihr über die Ohren fiel, gezupften Augenbrauen, Lippen dunkelrot bemalt, Nägel glänzend lackiert, offener Mund beim Mitsingen: *I am glad that you're happy with somebody else but I am sorry it could not be me!* Sie jedoch wurde in ein schwarzes Loch gesogen von ihrer eigenen kleinen Vergangenheit: Gordon sollte bald nach

Venezuela aufbrechen, um dort für eine Ölgesellschaft zu arbeiten, und er hatte versprochen, sich zu verabschieden von Heli und ihr, obwohl er zwangsverheiratet worden war mit einer jungen Frau, der er ebenfalls ein Kind gemacht hatte; zum Gartentor hatte sie stundenlang gestarrt auf der Terrasse in der Jacobusrust, und er war nicht gekommen … Sie, Louise Vanta, hatte vergeblich gewartet. Ihr hatten sich andere Zeilen derselben abgenudelten Single von Patti Page eingeprägt als Laura. Sie trat ans Fenster und schob den Vorhang ganz auf: *I cried when we parted but I don't blame you, you just did what your heart told you to!* Ihre Stimme überschlug sich. Mutter Louises Blick war hängen geblieben an ihrem eigenen Gartentor, wo sie gebrochen war, als Tochter Heli sich hingehockt hatte, um ihren Wachhund Leika zu streicheln zum Abschied, und einfach nicht wieder aufstand.

Audi war wieder dem Zweigroschenvergnügen verfallen mit seinen Kameraden in der Schule. Mit den Gedanken war er woanders, aber irgendwo in seinem Hirn entfesselten die Pornobildchen etwas, was ihn manchmal aus dem Schlaf riss nachts, mit einer uralten, für ihn aber völlig neuen Gewalt. Er tat, was er andere hatte tun sehen. Ihm wurde heiß vor Lust. Sein beflecktes Bettzeug versteckte er in einer Papiertüte, schob sie zwischen seine Bücher, trug sie in seinem Rucksack herum, bis er samstags bei Großmutter die Bettwäsche des Hauses machen durfte, raushängen, reinholen, zusammenlegen. Zwischen der Weißwäsche von Oma und Imker sah niemand seine Unterwäsche flattern und seine blauen Pyjamas hängen und die gestreiften Kissenbezüge. Nach zwei Stunden war die Wäsche trocken und ordentlich weggeräumt, lange bevor seine Schwester und Umar mit ihren Einkäufen Küche und Hintergarten übernahmen. Mutter, die seine Kleidung aussuchte und kaufte, wusste, dass er schnell wuchs, aber mit seiner Kleidergröße kannte sie sich eindeutig besser aus als mit seiner vorrückenden Männlichkeit. Zu dieser Männlichkeit gehörte auch, dass er sein Schicksal selbst in die Hand nahm. Er hätte Bauchkrämpfe, müsste ständig aufs stille Örtchen; das war es dem Rektor gegenüber geworden, um den restlichen Tag schwänzen zu können, nach zwei Stunden Biologie-Unterricht über die Fruchtfliege. Er trug neue Kleidung: eine etwas zu enge Jeans, ein schwarzes T-Shirt und die nackten Füße in glänzend schwarzen Schuhen. Unterwegs kaute er sich mit Pfefferminzkaugummi den Mund frisch. Er ging auf der Schattenseite der Straße, um nicht verschwitzt anzukommen. Vor dem Juwelierladen, wo er hinmusste, packten ihn Zweifel. Tief durchatmen. Bewegt von einem Gefühl, das stärker war als sein Wille, drückte er die Glastür auf, zuckte kurz zusammen von der kalten Klimaanlagenluft, fasste sich wieder und sah dem Mann, den er brauchte, direkt in die Augen. Eine Arbeitsbrille wurde vom Gesicht geschoben, eine Arbeitsschürze rasch abgelegt. Er merkte, wie die anderen die Luft anhielten und von ihrem Arbeitstisch aufschauten zu ihm. Bruder von Babs, rief Boys und nahm ihn mit nach hinten in sein Arbeitszimmer. Bring mich zu meinem Vater, ich kann nicht mehr länger warten! Der Mann, der früher mit Mutter Louise zusammengewohnt hatte, schwieg eine ganze Weile und sagte schließlich: Gut, Audi, ich weiß nicht, ob du ihn gleich heute sprechen kannst, aber dann wisst ihr ein für alle Mal Bescheid, nicht wahr? Boys meldete sich ab wegen einer dringenden Angelegenheit und ging ihm voran, nach draußen, auf die Straße, zu einem Auto, das Audi an den eigenartigen Radkappen erkannte. Einsteigen. Nicht sprechen. Nicht der Scham nachgeben, die ihn plötzlich überfiel. Blick auf den Asphalt gerichtet. Er konnte nicht wissen, dass Boys, genau wie er, auf dem Weg war zu einem Mann, mit dem er etwas auszufechten hatte.

Ein paar Tage später, es ist wieder Samstag, die Wäsche ist reingeholt und sogar zusammengelegt, bittet er Großmutter Bee, ihm gut zuzuhören. Es weht wie wild, ein *sibibusi*-Sturm, und Regen liegt in der Luft. Ist es eine schöne Geschichte? Vielleicht, sagt er, und: Darf ich mich auf den Boden setzen neben dich? Und dann macht er zum ersten Mal seinem Herz Luft. Boys hätte ihn mitgenommen zur Praxis eines Frauenarztes im Landeskrankenhaus. Dort hätte er zum Notizbuch gegriffen, etwas auf ein leeres Blatt gekritzelt, es zusammengefaltet, den Klinikassistenten gebeten, es sofort dem Arzt zu geben. Nicht viel später kam aus dem Gang ein Mann angelaufen in offenem weißem Arztkittel. Boys war vom Stuhl aufgesprungen und dem Arzt entgegengelaufen. Alle konnten hören, was gesprochen wurde: Bohr Libretti, sieh dir Louise Vantas und deinen Sohn an! Und zu dritt standen sie im Gang, außer Sicht der vollen Wartezimmer. Er wäre am liebsten schnell weggelaufen, aber dann wäre sein Kraftakt umsonst gewesen. Er blieb stehen und wartete auf den Klang der Stimme seines Vaters. Endlich: Lasst uns um halb zwei essen gehen in dem Restaurant auf der Herenstraat! Ich reserviere uns einen Tisch! Und endlich auch mit dem Blick zu ihm und einer Hand auf seiner Schulter, ein persönliches: Wie heißt du? Audi? Und Bohr lief weg – zurück zu seinen Terminen. Boys sah blass aus. Auch Babs' Vater lief weg – zurück zu seinem Geschäft in der Innenstadt. Er als Einziger in Bereitschaft stundenlang. Die längste Zeit seines Lebens, bis Boys ihn wieder abgeholt hatte und in die Herenstraat gefahren war. Hat sich was verändert für dich, Junge? Mit Großmutter so nah bei ihm hatte sich nichts verändert. Er schwieg. Großmutter: Die Zeit wird es weisen, Audi. Er stand auf, dehnte sich ein bisschen. Belaste ich dich damit, Oma? Sie: Ich bin im siebten Himmel! Er unterdrückte die Tränen, weil er nicht wusste, wie er Mutter Louise sagen sollte, was er seiner Großmutter mühelos anvertraut hatte.

Eines Sonntags, als Mutter nach Hause kam von der Frühmesse und sich ans Kochen machen wollte, fragte er sie, ob sie vielleicht seinen Afrolook in einen Rasta-Style verwandeln könnte. Weil sie aber erst ihre Marinade machen musste zum Einlegen des Brathähnchens, band sie eine Küchenschürze über ihr Sonntagskleid. Er blieb bei ihr und sah zu, wie ihre Hände fingerfertig Zwiebel, Knoblauch, Ingwer, Masala, Zucker, Salz, Essig, Koriander, Paprikapulver, Pfeffer und Olivenöl vermischten und zerrieben zu einer scharf riechenden Paste. Er nieste.

Eine Schüssel mit Hähnchenstücken, und Mutter sagte: Hände gut waschen, Audi, und das Fleisch mit meiner Marinade bestreichen. Keine Bitte? Er stürzte herbei. Sie verschwand, ging etwas anderes anziehen. Flechten – es dauert lange und er müsste auf dem Boden sitzen im Wohnzimmer, auf dem weichen Teppich zwischen ihren Beinen, sie auf dem Sofa, mit einem großen Kamm und einem Glas Wasser. Er knetete das Fleisch wie Brotteig, bis Mutter zurückkam in Hemd und Hose. Die Schüssel verschwand im Fliegenschrank, damit das Fleisch ziehen konnte. Er gab beruhigende Geräusche von sich, versuchte mit Spülmittel, seine Hände richtig sauber zu bekommen, aber die Nägel blieben gelblich. Er wurde übermütig: Was habe ich doch letztens gut gegessen mit Babs' Vater und seinem Jugendfreund Bohr! Mutter blieb stehen und sagte tonlos: Ich verstehe dich nicht, Audi! Mit einem Vorratsglas Leitungswasser in der Hand ging sie weiter dorthin, wo sein Haar geflochten werden sollte. Er ließ sich nicht zu Boden gleiten. Neben sie aufs Sofa setzte er sich. Sprich, sagte sie streng. Er wollte ihre Hand nehmen, traute sich aber nicht, legte die Hände zusammen wie zum Gebet: Mama, mein Vater lässt dich grüßen. Jahrelang hat er ein schlechtes Gewissen gehabt wegen dem, was er dir und Boys angetan hat. Aber jetzt hat er mich gesehen, mich angefasst, mich sprechen können und ist wieder ein glücklicher Mann, hat er beim Essen gesagt, und Boys war dabei. Mutter schwieg weiter. Er griff in die Tasche, steckte sich einen breiten Ring aus reinem Gold an den Finger, und zeigte seine Hand. Schön? Schweigen. Mein Vater will, dass ich seinen Namen annehme. Schweigen. Mein Vater will mir einen monatlichen Zuschuss geben. Sie seufzte tief: Soll ich dir noch die Haare flechten? Ja? Dann ab auf den Boden mit dir! Gehorsam rutschte er zu Boden und zwischen ihre Beine. Was gab es zu essen? Er, spöttisch: Was glaubst du? Pasta, Pasta, Pasta zur Feier seiner *roots*, glaube ich. Zum Totlachen. Mama, mein Vater will mich mitnehmen zu seinen Eltern! Er drehte sich abrupt um, um ihr Gesicht zu sehen: Ein schöner Mann, das ist er. Sie tat, als müsste sie schaudern: Ein Schurke war er! Darauf hatte er keine Erwiderung. Er setzte sich hin mit gestreckten Beinen, legte die Hände auf Mutters Pantoffeln und spürte ihre Zehen. Sie fing an, sein Haar mit dem Kamm zu bearbeiten, was ordentlich weh tat und lange dauern würde. Aber wer »schön« sein will, muss leiden, und wer seine »Schönheit« verbirgt, ist dem Glück näher. Wie klug du bist, mein Sohn, sagte Mutter und fuhr fort, seine krausen Haare zu entwirren. Bohr wird einen Schreck bekommen von meinem Rasta-Style, Mama, aber du hast mich so oder so lieb, oder? Sofortige Zustimmung: Ja, mein Junge. Zufrieden? Audi lächelte glücklich.

Der November hat kalt angefangen mit viel Wind, viel Regen. Ich habe mir gefütterte Stiefel gekauft, die fast bis zu den Knien gehen. Mit Lya zu einem Fachgeschäft wegen Winterunterwäsche, Handschuhen und Lambswool-Pullovern, einem Schal, einer Mütze mit Ohrenklappen. Und endlich einem eigenen Wintermantel. Ich darf mich nicht erkälten, mir keine Blasenentzündung einfangen, kein Rheuma kriegen. Ich nehme täglich Lebertran und Vitamine. Ich würge jeden Morgen einen Apfel hinunter und lerne Joghurt zu mögen. Lya arbeitet im Krankenhaus als Anästhesistin und wacht auch über die Vitalität ihrer Hausgenossen. Sie fragt nicht, ob ich einen Hausarzt will. Sie fragt nicht, ob ich die Pille nehmen will. Cate stellt solche Fragen einfach so an einem Mittwochnachmittag, während wir unter dem Schirm durch den Regen schlendern. Cate will mich mitnehmen zu ihrem Hausarzt, damit er sie mir verschreibt. Keine Widerrede. Auch kein Wort von mir über den Tennistrainer. Sie macht mir einen Termin, verspricht sie. Dann sagt sie ausgelassen: Pralle Venus fickt wieder mit Draller Penis! Ich sofort: Hhhhmmm, heiratet ihr dann auch? Aufgeregt hupende Autofahrer: Wir haben an der falschen Stelle eine volle Einkaufsstraße überquert, tauchen schnell ab in ein Warenhaus, suchen drinnen das Restaurant auf. Setzen uns. Bestellen heiße Schokolade. Für mich bitte ohne Sahne! Ich strecke die Arme in die Luft. Ernst erklärt Cate, dass sie launisch wird vom Masturbieren, dass sein Schwanz besser wäre als ihr Finger. Ich nicke aufmunternd, versuche aber gleichzeitig, das Gespräch von der Sphäre des Unterleibs wegzulenken. Ich erzähle ihr, dass meine beiden Onkel auf Abruf bereitstehen, nach Paramaribo zu fliegen. Vertraue ihr an, dass die Schwester meiner Mutter, die seit ihrer Kindheit irgendwo in Deutschland wohnt, gesucht wird. Auch verrate ich ihr, dass Derik mich in den Weihnachtsferien mitnimmt zum Wintersport. Sie schaut, sie lauscht, sie trinkt ihren Becher aus. Auch meinen, in dem doch Schlagsahne ist. Und dann legt sie los: Heli, ich kann eine möblierte Wohnung kriegen in Overvecht, ganz in der Nähe unserer Landsleute, die können du und ich zusammen bezahlen und da können wir frei und beschützt sein, *what you*? Es ist ein typischer Mittwochnachmittag, das Restaurant füllt sich mit Müttern und Kindern. Ich mag ihre summende Anwesenheit. Sehe mich um, um mir ein paar Gesichter einzuprägen. Cate, ich will nicht bei Landsleuten wohnen in einer Art »Surinamibo-Reservat«; ich will das holländische Lebensgefühl kosten, verstehen und in mir aufnehmen. Meine Stimme stockt: Außerdem hast du sowieso bald einen Mann im Haus, da bin ich ganz verloren daneben, also zweimal-nein! Caatje zuckt verständnislos die Schultern. Mehr fällt ihr dazu nicht ein. Trotzdem hakt sie sich bei mir unter und wir spazieren durch die zugige Innenstadt. Ich gebe mir einen Ruck, frage sie, warum sie nicht einfach wohnen bleibt bei ihren Freunden. Verärgert: Er schlägt sie, Heli, es macht mich krank! Cates Beweggrund ist klar, aber: Warum geht sie dann nicht weg zusammen mit dir? Ich bekomme keine Erklärung. Schweigend gehen wir weiter und weiter. Es ist eigenartig, sich zu fürchten vor etwas, was in der Vergangenheit passiert ist. Eines Abends, als ich zum ersten Mal erst um Mitternacht aufgetaucht bin in Amora, nach einem Treffen mit Derik, hätte mich Mutter Louise um ein Haar geschlagen in dem Moment, als ich die Haustür öffnete. Sie hatte die Hand gehoben, vielleicht aus einem Impuls heraus, schlug aber nicht zu. Entschuldigend sagte sie: Niemand darf dir weh tun, Heli, niemand! Und ich war in mein Zimmer geflüchtet. Alles an ihr strahlte aus, dass ich ihr Kummer machte. Genauso wenig hat mich der Mord an der »wunderschönen Nachbarin gegenüber« eine Woche vorher losgelassen: erstochen von ihrem eigenen

Mann, weil er unendlich misstrauisch war und unkontrollierbar besitzergreifend! An mehr Gewalt in nächster Nähe kann ich mich nicht erinnern. Laura fährt mir wie Schluckauf in den Körper: Sie wurde in der Nacht, als sie nirgends hinkonnte, nicht reingelassen von ihrer Schwester! Ich lege die Bücher auf einen Stapel, um sie zurückzubringen zur Bibliothek. Cate hat gesagt, sie will auf keinen Fall allein wohnen, aus Angst, dass dann was Schreckliches passiert. Ihre Mutter ist jüdisch, aber darüber will sie nicht sprechen. Ich komme aus einer großen Familie, erklärt sie, wenn jemand fragt, warum sie immer unter Menschen ist. Das ist keine Lüge. Zu Hause bei ihren Eltern gibt es immer Musik, gutes Essen, munteres Geplauder ihrer Brüder und Schwestern. Ich nehme die Bücher und stecke sie in einen Nylonbeutel. Soll ich doch zusammen-mieten mit Cate? Sie hat mich gefragt, ob ich masturbiere. Nein, viel Lärm um nichts, habe ich gesagt. Probiert habe ich es noch nie. Beim letzten Mal haben wir uns prustend vor Lachen getrennt. Ich wusste nicht, dass Ex-Kollegin Cate so nett ist. Aufkeimende Freundschaft? Ich schaue aus dem Fenster. Vermisse Paramaribo. Alles bereit für einen weiteren Tag an der »Oranje van Nassau«. Licht aus. Im Gästezimmer im Bett zu liegen, während Mutters Bruder und seine Frau sich im Wohnzimmer einen Film ansehen, ist unglaublich beruhigend. Trotzdem erschrecke ich jedes Mal, wenn das Telefon klingelt. Mutter Louise vielleicht: Betest du noch?

Aufseher? Dein Vater ist Aufseher? Imkers Stimme überschlug sich. So nennt man den Hauptassistenten vom

Distriktarzt, er wohnt bei der Krankenstation. Umar sprach immer noch leise. Er hatte seine Eltern nach Paramaribo geholt, damit sie seine »feste Freundin« kennenlernen. Aber er hatte es getan, ohne sich mit ihr abzustimmen. Und sie war nicht bereit, ihre Wochenendroutine zu ändern. Ihre Großmutter stand an erster Stelle, nicht er. Sie und Umar hatten gerade den Tisch abgedeckt nach dem warmen Nachmittagsimbiss mit Großmutter und Audi, als es klopfte. Ihr brach der Schweiß aus, sie war sicher, dass die Eltern ihres Freundes vor der Tür standen. Audi rief: Für dich, Umar! Und der rief zurück: Lass sie rein, Audi! Sie: Deine Eltern? Er nickte so heftig, dass sein glatter Schopf auf dem Kopf tanzte. Er stürzte hin. Sie ins Badezimmer, husch, husch Zähne putzen, Gesicht waschen, Haare bürsten und Blick in den Spiegel. Verwilderte Augen, stellte sie fest und stürmte ins Wohnzimmer. O Schreck. Da standen sie und sahen mitfühlend hinunter auf Großmutter Bee, die auf dem Sofa in tiefen Schlummer gesunken war. In die Küche? Noch weiter: zur Terrasse mit der Markise und den Liegestühlen? Sie setzten sich an den Küchentisch. Audi blieb bei Großmutter. Umar ergriff das Wort, den Blick auf seinen Vater gerichtet: Sie ist das Mädchen, das ich heiraten möchte. Sie? Endlich sah Imker die Gäste offen an. Kann ich Ihnen etwas zu trinken anbieten? Die tiefe Stimme des bärtigen Mannes: Meine Frau ist schwerhörig. Sind Sie Umars Vater? Seine Frau nickte. Wir wollten dich bloß sehen, wir sind gleich wieder weg! Umar schwieg, sein Blick ruhte auf seiner Mutter. Seine Mutter trug die Haare in einem dicken Knoten, zusammengehalten von einer goldenen Nadel. Eine schöne Frau, die amüsiert zusah und plötzlich sagte: Umar spricht von dir, und wenn wir schon einmal für ein Wochenende in der Stadt sind, wollten wir dich auch sehen! Imker nickte der Frau zu. Wusste nicht, wie sie sprechen sollte. Wie laut wäre zu laut und unhöflich? Schon standen sie wieder auf, gaben ihr die Hand, gingen durch die Küchentür in den Garten zurück zur Straße. Ihr Sohn begleitete sie. Sie ging durch das Haus ans Fenster an der Straßenseite, schaute, wie sie in ihr hohes Auto stiegen und davonfuhren. Er kam zurück. Sie fragte: Was ist passiert, Umar? Er unwillig: Distriktjavaner schauen nicht mal eben bei Stadtkreolen vorbei, weißt du. Sie hatte sich noch nie Gedanken darüber gemacht. Und jetzt, Umar? Ihre Stimme klang fordernd. Er lächelte: Jetzt wissen meine Eltern, dass sie nicht nach einem heiratsfähigen Mädchen Ausschau halten müssen für mich, Imker. Sie war bestürzt. Auch beschämt, dass sie sich nie auseinandergesetzt hatte mit seiner Herkunft. Sie hatte getan, als ob sie nicht wusste, dass er aus einer muslimischen Familie kam. Bist du gläubiger Muslim, fragte sie. Er schüttelte den Kopf. Aber deine Eltern? Er nickte und sagte entschieden: Meine Söhne lasse ich beschneiden. Ist das ein Problem? Sie seufzte erleichtert. Es war, als wäre nichts passiert. Er nahm ihren Bruder auf dem Moped mit zum Amora-Bezirk und ließ sie zurück mit einem Rat seines Vaters: Imker, als Aufseher hat mein Vater zwanzig Jahre Erfahrung mit kranken Menschen; er sagt, Oma versinkt in einem Schlummertod; es geht nicht mehr lange gut, du sollst einen Arzt rufen! Auch Audi hatte es gehört. Genau wie sie. Unbewegt. Sie sah den Jungen nach, bis sie das Moped nicht mehr hören konnte. Drinnen im Haus lag Großmutter immer noch auf dem Sofa und schlief. Sie sah sie an, lauschte ihrem regelmäßigen Atem. Ob Oma Schmerzen hatte im Schlaf? Leiter der Krankenstation in Moengo und bekannter Restaurantbesitzer? Guter Rat ist teuer! Aber Großmutter hatte ihr anvertraut, zu Hause sterben zu wollen. Sie schaute und schaute und schaute immer weiter. Warum schaust du mich so an, Imker, fragte Oma Bee mit geschlossenen Augen. Sie konnte nicht die Wahrheit sagen, stammelte: Ich will den Boden wischen, ohne dich zu stören, Oma! Großmutter sah zu ihr hoch: Tu das, und dann erzählst du mir, wen du gerade ins Haus gelassen hast.

Omas Haus mit allem Drum und Dran gehörte ihr. Notariell besiegelt. Ihre Gegenleistung bestand in Zuwendung und Sorge für Laura. Außer dem Notar wussten nur Großmutter und sie davon. Sie wollte nicht daran denken, aber sobald sie den normalen Alltag weggespült hatte unter der Dusche und sich abgetrocknet, mit Eukalyptusöl eingeschmiert, zart duftend in den Schlafanzug geschlüpft war und das Außenlicht angemacht hatte, beschlich sie der Gedanke, dass sie eine Bleibe gefunden hatte für den Rest ihres Lebens. Lag sie endlich im Bett bei Großmutter im Zimmer, bestürmten sie Fragen, die sie nicht stellen konnte. Zum Kauen und Sprechen konnte Oma den Kiefer immer schlechter ohne Schmerzen bewegen; ein Schnapsglas Whisky, in das sie die Zunge tauchte, verschaffte ihr die Betäubung, die eine dicke Zigarre jahrelang gebracht hatte. Sie hatte Großmutter erzählt, dass Umars Mutter schwerhörig geworden war und wie das ihn gelehrt hatte, zu schweigen, und dass sie seine Nähe lange ertrug, weil er meistens nicht sprach. Was sie damit meinte: Oma, nicht sprechen, wenn du Schmerzen hast! Großmutter hatte sich geweigert: Imker, meine Stimmbänder und meine Zunge tun es noch, obwohl es schmerzhaft ist zu sprechen, aber ich muss meine Stimme hören, ich habe so oft gesungen, als ich allein war im Haus! Eine Frau mit einem »erschöpften Körper«, die in den »Schlummertod gleitet«, sollte doch auch genug geredet haben, fand sie. Umars Aufseher-Vater hätte Bernadette Vanta wach und nicht schlafend erleben sollen, fand sie. Trotzdem sprach Großmutter unvermittelt davon, wie sie begraben werden wollte, denn: Stell dir vor, Kind, wenn ich plötzlich überhaupt keine Stimme mehr habe, so wie manche Menschen einfach taub werden können, wie es auch Vater Julienne passiert ist. Imker schwieg, bevor sie besonnen reagierte: Oma, Laura soll noch über Nacht zu Besuch kommen, oder? Sie konnte nicht ahnen, was so eine Bemerkung auslöste bei Lauras Mutter, denn vom Klappbett aus konnte sie Oma Bees Gesicht nicht sehen. Und es war mucksmäuschenstill geblieben, bis Imker eingeschlafen war.

Mit schmerzendem Kiefer reden über Dinge, die schmerzen. Es ging nicht. Das hatte Großmutter gesagt, zu Dr. Albert, der vorbeigekommen war, um mit ihr zu sprechen. Er wollte ihr Schmerzmittel besorgen, aber die könnten den Stuhlgang träge machen, fester. Er hatte geflüstert: Was Sie haben, ist schwer zu behandeln, das wissen Sie. Genickt hatte sie. Er fand sie mutig, und mit Imkers Hilfe ging es den Umständen entsprechend gut. Nicht rauchen. Ein Schnaps wäre weniger schlimm. Für Schmerzen gäbe es Abhilfe, notfalls Morphium. Sie hörte ihn mit Holland sprechen. Roger für Sie, Frau Vanta?! Sie wollte ihren Sohn nicht telefonisch sprechen. Vielleicht solltest du kommen, hörte sie Albert am Telefon sagen. Draußen saß sie, unter der Markise: gewaschen, mit Lavendellotion eingecremt, gekleidet, gekämmt. Imker hatte ihr sogar Socken angezogen, weil sie »kalte Füße« hatte. Das Radio hatte den Sonntagmorgen-Familiengottesdienst ins Haus gebracht. Der Passat brachte den Ozean und Erinnerungen. Die Stille rundum sog sie in den Schlummer und dann irrte sie herum in den Häusern, in denen sie gewohnt hatte. Manchmal schreckte sie hoch, wenn sie glaubte, durch die Innenstadt zu gehen. Manchmal ging ihr die »Frau ohne Kopf« lange nach in ihren Gedanken. Als sie nach jahrelangem Nichts wieder schwanger geworden war in Paramaribo, hatte sie von ihren Brüdern zwei Schaukelstühle bekommen. Wie sie dagesessen hatte mit Roger in den Armen, Laura bei Vater Anton auf dem Schoß. Wie sie ihre Jüngsten in den Schlaf wiegten, völlig lautlos. Wie sie schaukelten auf ihren Holzstühlen mit geflochtenem Sitz, langsam vor und zurück in ihrem Wohnzimmer, glänzend vor Messinggegenständen, und zwischen ihnen ein dreibeiniger Tisch mit makellos weißem Tuch, gesäumt von einer handgestickten Borte. Wie die Kinder einschliefen an ihrer Brust und wie sie beide weiter schauten zu den Rosensträuchern neben dem geschlossenen Tor zur Straße. Ein traumhafter Sonntagnachmittag mit ihren Kleinen Laura und Roger in ihrem letzten gemeinsamen

Wohnhaus in der Jacobusrust. Als die Häuser abgerissen wurden, hatte sie sich das noch angeschaut. Man walzte platt, was wehrlos strotzte vor Erlebtem. Backstein und tropisches Hartholz können auch fühlen, hatte sie abgespannt gedacht. Sie hatte ein Marmeladenglas gefüllt mit Muscheln aus dem Garten; auf den weißen Schraubdeckel hatte sie ein Pflaster geklebt und darauf geschrieben, mit schwarzem Filzstift: GEBROCHEN-WEISS. Das Glas versteckte sie zwischen ihren Kleidern in einem Koffer, zusammen mit Lauras Juwelen, die sie von Kòlera zur Aufbewahrung bekommen hatte. Sie wollte nicht erzwingen, dass ihre Tochter die Anstalt verließ für einen Tag, um bei ihr zu übernachten. Das konnte sie ihr nicht antun. Sie hatte einmal zusehen müssen, wie zwei Pfleger ihre Tochter förmlich aus dem Haus schleiften nach einem Nachmittag bei ihr in der Jacobusrust. Vor einer Ewigkeit, und noch immer tut es ihr in der Seele weh. Gott weiß das. Gott hat Louise zu Laura geschickt. Und seither kann sie sich in Gedanken verabschieden von ihrem Kind: dem Mädchen, das wie eine Rose erblüht war zur Frau. Ihren Brüdern zufolge ähnelte Laura ihrer Großmutter, und die Ähnlichkeit hätte zugenommen mit den Jahren. Ihre Mutter!? Ihr eigener Zerfall hatte noch nicht angefangen, aber bevor alles ein Ende hätte, wäre ihre kostbare Laura das letzte deutliche Bild, das sie vor Augen hätte. Die Frau, der der Kopf abhandengekommen war? Der Kopf, der durchgedreht war? Die Frau, die den Kopf verliert? Am Tisch mit Enkelin Imker wollte sie über ihre Beerdigung sprechen, brachte aber kein Wort heraus. Der kraftvolle Widerstand kranken Gewebes. Vielleicht hatte sie auch wirklich Angst, über den eigenen Tod zu sprechen. Bei jeder Geburt hatte sie Todesängste ausgestanden. Sie weiß, dass Furcht schlimmer ist als Schmerzen. Sie bekommt nicht einmal mehr das weichgekochte Ei runter. Kein Appetit. Ihr Körper kämpft nicht mehr, um zu bleiben. Sie fühlt es.

Die Nachricht, dass ihre Söhne alles daransetzten, noch vor dem Festtagstrubel im Dezember bei ihr zu sein, freute sie. Die Neuigkeit hatte Imker telefonisch erhalten. Sie gab Großmutter den Mut hinunterzuschlucken, was ihre Enkelin liebevoll zubereitet hatte für sie, obwohl es schmerzhaft war und der Strohhalm wirklich lästig. Sie durfte nicht allzu elend aussehen, wenn die Jungs da waren. Noch einmal strahlen als Mutter, auch wenn sie nicht mehr der »Kristallrahmen« war für ihr Dasein. Ehemann Anton sagte nur bei den Geburten zu ihr: Bee, ich liebe dich so sehr! Im Beisein der Kinder aber, da hatte er jede Gelegenheit genutzt, der »Herrin der Familie Vanta« seine Wertschätzung auszudrücken, mit allerhand Kostbarkeiten: Diamanten, Gold, Kristall, Sonnenlicht. Sie vereinte das »Beste vom Besten« in ihrem zarten Körper einer Ehefrau und Mutter. Sie hatte nie ausgesprochen, dass sie ihn liebte. Selbst als ihr Vater zurückreiste nach Paris und sie fragte, ob er einen guten Ehemann ausgesucht hätte für sie, brachte sie es nicht übers Herz zu sagen, wie sehr sie inzwischen an Anton hing, denn sie wusste nicht, ob es stimmte. Gejammert hatte sie: Dad, du nimmst mein Herz mit, wie soll ich weiterleben?! Mutter, hinter ihrem Rücken weggebracht und in einem Krankenhausbett gestorben. Vater, abgereist in der Gewissheit zurückzukehren; immerhin hatte er es versprochen mit ihren Händen auf seinem Herzen. Aber es kam einfach kein Schiff zurück mit ihm, und jede neue Woche hatte einen bittereren Nachgeschmack. Die Herzchen der fünf Kinder, die in ihr gewachsen waren, hatten sie immer wieder für neun Monate – süß und sanft gemacht wie Custard Pudding: immer wieder, immer wieder, bis die Fruchtblase platzte und sie schrie nach ihrer Mutter und ihrem Vater. Dann war Anton da mit seinem Gesicht dunkler als der Trost der Nacht, und er beugte sich über sie mit Augen so hell wie Tageslicht: Ich liebe dich so sehr, Bee! Sanft wie Salbe. Die Schmerzen gingen nicht weg davon, dass ein anderer Mensch sie aufrichtig liebte, aber dann wusste sie, dass sie vergehen würden. Und deshalb fragte sie an einem Dienstagmorgen bei dünnem Haferbrei zum Frühstück: Imker, weißt du, was Liebe ist? Imker, die sich sonst durch nichts aus der Ruhe bringen ließ, wirkte schockiert, sah sich geradezu benommen um, aber den Blick direkt in ihre forschenden Augen gerichtet, hatte das Kind mit fester Stimme geantwortet: Meine Liebe, Oma, ist wie ein Haus, in dem du und ich wohnen! Sie hatte genickt. Alles klar. Und sie war beruhigt, weil sie Worte bekommen hatte, mit denen sie anderen klarmachen konnte, wie es sich verhielt: Auch ihr Herz war zum Leben erwacht in den Häusern, die sie bewohnt hatte mit Mann und Kindern. So ein Zuhause, das war wie im Inneren ihrer verstorbenen Mutter. Sie sagte: Imker, ich bin so oft gestorben vor Lebenselend, aber durch dich wird mir klar, dass ich genauso oft wiedergeboren bin. Ihre Enkelin nickte: Alles klar, Oma. Blieb ihr noch etwas Stimme? Ein bisschen, vielleicht. Hatte sie Schmerzen? Ja. Wieder ging der Tag still vorbei, ohne dass sie ihn kosten konnte.

Freund Lester hatte ihr eine neue Armbanduhr gebracht. Er wollte ihr »dringend« etwas schenken, sagte er. Louise Vanta war überrascht. So eine hätte sie sich niemals ausgesucht: großes schwarzes Zifferblatt, goldene Ziffern und Zeiger und ein schwarzes Lederarmband. Fortan befanden sich an ihrem rechten Handgelenk die Stunden zusammen mit den Tagen. Sie schaute oft, wie weit der Tag fortgeschritten war, und zählte mit den Kindern am Montag die Wochentage: Montag, sechzehnter November. Hat heute jemand Geburtstag? Auch sagte sie ihnen, wie spät es war, wenn die Glocke läutete zur Butterbrotpause und am Ende des Schultages. Sie hatte Vorschulkindern beigebracht, selbst auf die Uhr zu schauen und den Kalender zu lesen. Sie hingen an ihren Lippen: Wir leben auf einer Kugel, die sich um die Sonne dreht wie ein Brummkreisel und dabei einen Kreis bildet aus Monaten. Dann sagte einer die Monate auf. Und der Kalender wurde weggehängt. Sie stellten keine Fragen. Wurden ruhiger und netter zueinander. Als spürten sie, dass alles verfliegt, wenn man kurz woanders ist mit den Gedanken. An einem Freitag waren sie nach Hause gegangen mit einer selbstgebastelten Wanduhr aus bunter Pappe. Eine Woche Arbeit. Wenn ein Kind zum Pult kam mit einer Frage, dann sah sie seinen Blick auf das auffällige Ding an ihrem Handgelenk. Kinder merken alles, was sie erkennen können, und manchmal sagte ein kleiner Junge prahlerisch: Frau Lehrerin, meine Mutter hat auch so eine schöne

Armbanduhr! Ihre eigene goldene Armbanduhr mit dem Zifferblatt so klein und quadratisch wie eine alte Fünf-Cent-Münze, die hatte sie ums Handgelenk ihrer Tochter Heli gelegt auf dem Flughafen von Zanderij. Sobald ihre Vorschulkinder sie wiedersahen nach ihrer Rückkehr zur Schule, fragten ein paar Plagegeister: Frau Lehrerin, wo ist Ihre Uhr? Noch bevor sie etwas sagen konnte, rief ein Mädchen: Die Uhr von Lehrerin Louise ist mit in die Niederlande! Gefühlsmäßig begreifen Kinder die Dinge, die Erwachsene tun, mühelos. Als sie die Möglichkeit bekommen hatte, weiterzustudieren nach ihrer Ausbildung zur Vorschullehrerin, lehnte sie ab. Ihr Herz gehörte den Knirpsen, die zum ersten Mal weggehen von zu Hause in die Welt der Arbeit, für viele ein großer Kummer. Durch ihr stellvertretendes Bemuttern entließ sie aber, am Ende des Schuljahres, kleine Kinder, die noch mehr Schule wollten nach den großen Ferien. Ihre Arbeit hatte ihrer Mutterschaft Tiefgang verliehen und einen Rahmen, den nicht sie sich ausgedacht hatte, sondern weltberühmte Pädagogen. Außerdem bot ihr Fach ihr die Möglichkeit, mehr über ihre Heimat zu erfahren, durch den engen Kontakt mit anderen Sprachgruppen und Familien mit einem anderen Lebensstil als dem, den sie kannte. Voller Hingabe ging sie jeden Tag zur Arbeit; an den öffentlichen Schulen verdiente man deutlich weniger als an den privaten, dafür gab es andere Vergünstigungen: kostenlose Beförderung zur Arbeit und wieder zurück, kostenlose medizinische Versorgung, Aufbau einer Altersrente und in den Distrikten zusätzlich eine kostenlose gute Unterkunft. Ihre Töchter mussten ein Lehrerdiplom machen, um sie freizusprechen von einer bestimmten Verantwortung: einen Lebenspartner zu finden und auszuwählen. Das war nichts, worauf sie als Mutter Einfluss nehmen konnte. In all den Jahren hatte sie es an keinem Morgen versäumt, Bibeltexte zu lesen, die sie trösteten, ermutigten, ihr klarmachten vor allem, dass das »menschliche Dasein« für Mann und Frau immer und überall wie ein Kampf war gegen die notwendigen Elemente: Wasser, Wind, Feuer und menschliche Leidenschaften. Sie betete kurz vor dem Schlafengehen mit ihren Kindern: Gott, gib jedem von uns nur ein kleines und ruhiges Leben. Amen. Und wenn doch etwas schiefging?

Sie hatte sich ihrer erwachsenen Schwester Laura wieder angenommen, gleich beim ersten Blickkontakt in Kòlera. Sie hatte das auch getan in ihrer Kindheit, als Mutter Bee nach der schweren Geburt ihres vierten Kindes Laura immer unruhiger wurde, weil ihr Vater einfach nicht zurückkehrte aus Frankreich. Rasend vor Kummer hielt Mutter Bee ununterbrochen Ausschau nach ihm: Wie konnte Gott sie so quälen? Mutter schrie Gott um Hilfe an und auch an Vater Anton wandte sie sich, mit Worten, die ihn tief verletzten, denn Louise sah, wie Tränen ihm über die Wangen rannen. Sie hielt Laura fern von diesen Gefechten, nahm die Kleine mit in ihr Zimmer, schloss die Tür, um nichts hören zu müssen, bastelte aus Stoffresten Tiere und Puppen, sang Lieder und erfand Geschichten, die ihre kleine Schwester faszinierten und zum Lachen brachten. Niemand merkte, wie sehr sie Ethel vermisste. Niemand wollte ihre Fragen beantworten über das Verschwinden der hellblonden Ethel Vanta. Auch nicht die Lehrerin an der Schule. Und die ersten Nächte in ihrem Zimmer ohne die Siebenjährige waren so schrecklich, dass ihr manchmal heute noch ganz übel wurde davon. Wie es war in den ersten Wochen, Monaten, Jahren? Sie stand am Fenster, sie suchte mit dem Blick in der Ferne, in der Sternennacht, sie schaute auf die Bäume, zum Mond; sie weinte, sie rief, sie schrie: Ethel, komm zurück! An der Handnähmaschine, die einmal Mutters Mutter gehört hatte, steppte sie stundenlang Kleider zusammen für die Stoffwesen ihrer kleinen Schwester Laura. Allen fiel auf, dass die Kuschelpuppen dunkelbraun waren wie Ethel mit hellen Zöpfen aus blonden Schnurresten mit Augen aus strahlendweißen Knöpfen und einem Mund aus rostbraunem Strass. Die Stoffpuppe, die ihr Zimmer nie verlassen durfte, bekam sogar den Namen ihrer Schwester Ethel. Ob Ethel eine Schönheit geworden ist? Ob Brams Vater sie findet irgendwo in Europa? Alles gäbe sie darum, Ethel nach Hause zurückzuholen. Sie kann es kaum erwarten, bis Ethel erzählt, wie all die Jahre vergangen sind, getrennt voneinander. In Erinnerungen versunken war sie eingeschlafen. Sie träumte von ihrer ersten Unterkunft in Paramaribo, davon, wie sie zwischen den fremden Möbeln gesucht hatte nach ihren Stoffwesen und sie einfach nicht finden konnte. Sie waren noch in den Umzugskartons draußen unter der Plane. Dann wachte sie weinend auf mitten in der Nacht. Und sie setzte sich auf und schaute zu dem anderen Bett, in dem Schwester Laura lag, ruhig schlafend. Sie brauchte einen Schluck Wasser. Sie hörte eine Katze schreien nach einem Kater. Sie setzte sich auf und trank einen Schluck Wasser. Nichts hatte Paramaribo Ethel zu bieten als eine breite Flussmündung und mindestens eine Blutsverwandte, die immer noch rief: Ethel, wir lieben dich! Und Louise schlief wieder ein.

Es war nicht wirklich ein Welpe, mit dem Babs ankam. Er war glänzend schwarz mit rostbraunen Ohren und Pfoten und noch ein paar braunen Flecken um die Schnauze. Seine Augen funkelten und er wedelte unaufhörlich mit dem Schwanz. Er bellte nicht, sondern hechelte ein wenig und kläffte ab und zu. Vielleicht war ihm zu warm im Käfig. Mutter Louise hielt es für vernünftig, den Hund bis zu den Weihnachtsferien in Zorg & Hoop unterzubringen, weil dort immer jemand zu Hause war und bei ihr in Amora nicht. Babs konnte den Hund einfach nicht mehr ablehnen, und nachdem die Familie, die nach Holland zog, Biko heftig abgeknutscht hatte, ließ sie sich zu Großmutter fahren mit dem Hund im Käfig. Man hatte ihr mitgegeben: Trink- und Futternapf, harte Brocken in Säcken, weicheres Fleischfutter in Dosen, ein Halsband, eine Kette, seine eigene Decke. Bei der Ankunft fing er an zu winseln und war untröstlich: seine Mutter und zwei aus seinem Wurf würde er nie mehr beschnuppern können. Mutter Louises Nachbarn hatten vier Hunde, die auf dem umzäunten Grundstück frei herumliefen; dort hätte er Gesellschaft, aber um Großmutters Garten waren mannshohe Backsteinmauern. Außerdem gab es da nichts zu sehen außer Muschelsand, ein paar Tagetes-Sträuchern und Töpfen, in denen Petersilie üppig hochwuchs an Bambusstöcken. Es würde noch Wochen dauern bis zu den

Weihnachtsferien, und Biko durfte nicht umkommen vor Kummer. Großmutter und Imker hatten nichts dagegen, dass er überall herumwuselte, und das tat er schnuppernd, winselnd, knurrend, bis er seine Decke fand auf den Terrassenplatten und sich hinlegte, den Blick auf die Küche drinnen gerichtet, die Ohren gespitzt; nicht einmal die Brocken und das frische Wasser rührte er an. Großmutter konnte die Tränen nicht zurückhalten, als sie seine Lebensgeschichte hörte. Und heute Nachmittag fahren sie zum Flughafen? Ja? Wir wollen lieb zu ihm sein, oder Imker? Ab sofort schließen wir das Eisentor zur Straße immer gut ab, oder Imker? Und Babs wurde verwöhnt mit Tee und frischen Maiskeksen. Mutter Louise musste nahe bei der Schule wohnen, aber das hieß noch lange nicht, dass sie ein Haus bekommen hatte mit Blick auf den Schulhof. Biko brauchte ab sofort Rund-um-die-Uhr-Versorgung und Aufmerksamkeit. Sie besprachen die neue Situation zu dritt, ihre Blicke zu dem Hund, der schaute, als wüsste er, was er verloren hatte. Imker hängte den Hund an die Kette und die Kette fest an den Eisenring, der außen an der Seite des Hauses eingemauert war. Biko ließ es über sich ergehen. Babs wurde von Aram abgeholt, um Weihnachtsbeleuchtung zu kaufen für sein Haus. Ob sie Oma vielleicht ein paar Kleinigkeiten mitbringen durfte? Einen Stern, antwortete Großmutter. Nichts, was blinkt, hatte Imker gesagt, und: Nichts, was Biko durcheinanderbringt! Hund streicheln, einen extra Keks nehmen für Aram und mit dem Mund voll Maismehlflocken ging sie winkend aus der Tür. Im Auto setzte sie sich dicht neben Aram. Schau, sagte er leise. Sie sah eine Frau stehen am

Zaun von Großmutters Nachbarn. Sie stand die ganze Zeit an eurem Tor, kennst du sie? Sie glaubte sofort zu wissen, wer das war, schwieg aber. Sie stieg aus, ging der Frau entgegen, und leise: Laura, suchst du Mutter Bee? Die Frau nickte heftig. Komm mit, in das Haus rein, wo deine Mutter wohnt, komm ruhig! Sie hatte Mutter Louises Schwester so furchtbar lange nicht gesehen, aber Kleid und Sandalen hatten einmal Heli gehört und die hatte sie sofort erkannt. Sie drückte das Tor auf, ging gleich weiter mit der Frau, um den Bungalow herum zur Terrasse. Wildes Bellen. Ich bin es, rief sie laut, und sie hielt die Hand der Frau gut fest, zog sie hinter sich her ins Haus und stand dann mit ihr beim Küchentisch. Biko war nicht zu beruhigen. Imker und Großmutter wirkten überrascht. Sie stammelte: Laura stand die ganze Zeit am Tor! Imker protestierte: Das ist nicht Laura! Und Großmutter heiser: Das ist eine Frau, die oft aus der Anstalt flüchtet. Und Imker fragte: Wie heißen Sie? Aber die Frau antwortete nicht. Sie hat Sachen von Heli an, siehst du? Ja, Mama hat sie nach Kòlera gebracht. Babs klang betreten und erschreckt: Und was machen wir jetzt? Großmutter ließ die Besucherin nicht aus den Augen: Alma, wie geht es Laura, fragte sie. Gut, sagte die Frau und setzte sich gleichzeitig. Babs musste los. Soll ich sie zur Straße mitnehmen oder so? Großmutter schüttelte den Kopf: Mach ruhig deine Weihnachtseinkäufe, Babs. Und weg war sie wieder. Quer durch die Stadt fuhr Aram, bis zum Palmengarten und langsam vorbei an den Essensständen, bis zum Pförtner. Aram durfte melden, dass eine Patientin abgehauen war und wo sie sich befand. Sie sah zu. Sie hatte Aram nicht erzählt, dass sie vergessen hatte, wie die Schwester ihrer Mutter aussah, nachdem sie jahrelang eingesperrt war hinter den langen Mauern. Sie war noch ein kleines Kind gewesen, als sie Laura das letzte Mal gesehen hatte. Sie hatte Lust, Nikolausgeschenke für die Familie zu kaufen. Das Fest war etwas, was Mutter Louise in der Schule ausgiebig feierte mit den Knirpsen; zu Hause gab es für jeden bloß seinen Anfangsbuchstaben aus Schokolade. Sie dachte: Ich will Laura ein großes Geschenk machen, aber was? Unterwegs zu den Einkaufsstraßen erzählte ihr Aram, was der Pförtner gesagt hatte: Alma ist eine unserer Drehtür-Damen, sie kommt und geht. Wir holen sie gleich ab! Der Pförtner war kein Mediziner. Trotzdem dachte sie: Und warum darf unsere Laura ihre Mutter nicht besuchen, nicht einmal für einen halben Tag? Sie schwieg immer noch. Sie hatte gehofft, Nikolauslieder und Weihnachtsangebote würden ihre Laune heben, stattdessen spürte sie Widerwillen. Aram drängte nicht darauf, erst seine Besorgungen zu machen. Für Großmutter und Imker kaufte sie weiße Bademäntel mit passenden Handtüchern und Waschlappen. Oma bekam noch einen großen handgemachten Stern dazu, einen goldfarbenen, keinen weißen. Und Hausschuhe. Mutter Louise – Parfum und zwei Morgenröcke. Audi bekam Unterwäsche, die Aram aussuchte für ihn. Und was ist mit dir, fragte er eher neckend als besorgt. Ich habe meine Tage und will schlafen, sagte sie, schmiegte sich an ihn: Ich nehme zehn Packungen Binden mit für Mutter und mich. Aram half ihr, alles zur Kasse zu tragen. Hast du Lust auf ein Geschenk? Sein Gesicht war dicht bei ihrem. Ja, sagte sie, aber nur eins, das nichts kostet. Er nahm sie in den Arm, als wüsste er, dass ihr die Drehtürfrau Schmerzen bereitete und nicht ihre Monatsblutung. Geschenkpakete in den Kofferraum. Fahr mich zum Fluss, Aram! Er fuhr sie aus der Stadt, nahm die lange Asphaltstraße, bis der glänzende schwarze Straßenbelag überging in das Gebrochen-Weiß von Muschelsand, so lange, bis sie nicht mehr weiterkamen. Die Fähre hatte gerade abgelegt. Sie stiegen aus und gingen zur Brücke und weiter, bis sie auf der Brücke standen, über dem Fluss. Es war Ebbe. In der Ferne glitzerte der Ozean. Auf der anderen Seite nichts als der Waldrand. Babs schaute den Einbäumen, die vor Anker lagen, beim Schaukeln zu. Schaute schamlos auf die Menschen, denen die Armut ihrer Heimat anzusehen war. Sie wusste, dass Aram all das mochte, was unbeweglich war, und all das, was sich durch die Zeiten in Millionen Varianten veränderte. Avocados brauchen mehr Zeit zum Reifen als Sapotillen; Rosensträucher wachsen nicht so schnell wie *kotomisi* und Aram aß viel langsamer als sie. Seine Familie hatte schon seit drei Generationen und länger das Alleinrecht auf Hubschrauberflüge im Luftraum über ihrem Land. Er war der einzige Sohn, der sich weigerte, Berufsflieger zu werden. In Texas hatte er Hubschraubertechnik gelernt und nebenbei seinen Flugschein gemacht. Er kontrollierte, was in die Luft aufsteigen durfte, und die Maschinen standen ihm näher als sein eigener Körper. Komm doch einmal mit in die Luft, Babs, hatte er sie gebeten. Dann könnte sie von oben sehen, dass sie kein Stadtmensch war, sondern eine Küstenbewohnerin am Rand des mächtigen Amazonaswalds. Doch was ihn erfreute, machte ihr Angst. Sie blieb dabei: Sie war in der falschen Familie geboren, im falschen Land, zur falschen Zeit. Und trotzdem konnten Aram und sie nebeneinander zu Atem kommen an der Mündung des Surinameflusses. Aber wie lange noch, fragte sich Babs und nahm seine Hand. Bei der Fähranlegestelle in Leonsberg.

Sieben

Mutters Bruder Winston und seine Lya warten auf mich. Das ist wirklich sehr ungewöhnlich. Ein junger Mann, weiß, mit sehr kurzen Haaren, hätte am frühen Morgen bei den Nachbarn ein Nikolausgeschenk abgegeben für mich. Ein großes Paket. Bei ihnen zu Hause gibt es keine Bescherung zum Nikolaus, vielleicht weil sie keine Kinder haben. Wenn ich das richtig verstanden habe, kommen sie auf der Arbeit nicht drumherum. Das Paket liegt in der Küche. Hans, mit dem ich oft von der Bushaltestelle nach Hause gehe und der mich eingeladen hat, den Nikolausabend bei ihm zu verbringen mit seiner Familie, hat es nicht abgegeben, da ist Winston sich sicher. Es sei ein junger Mann gewesen in einem grauen Opel Sport. Kurz lasse ich den Blick zur Flasche Orgeat auf dem Küchenschrank schweifen und in ihrem Beisein zerreiße ich das Geschenkpapier mit Mini-Nikoläusen und Mini-Zwarte Pieten, und meine Güte: ein großer Sack, darin eine weiße Tennistasche mit einem Haufen gebrauchter und nagelneuer Tennisbälle, und da: auch noch ein Geschenkgutschein »Summe nach oben offen« für den Kauf von Tennis-Accessoires in den genannten Fachgeschäften! Wie heißt er, fragt Winston. Woher kennst du ihn, fragt Lya. Forschende Blicke. Mein Atem geht schneller. Beherrscht erzähle ich einen Teil der Geschichte. Sie sind beruhigt. Ich kann und darf den Sack mitnehmen ins Gästezimmer. So aufgeregt bin ich, dabei hat der Dezember nicht mal richtig angefangen. Ich habe zwei ungelesene Briefe von Derik bei mir und einen braunen Umschlag ohne Absender; die Prospekte mit Feiertagsangeboten habe ich auch aus meinem Postfach geholt und diesmal mitgenommen. In dem braunen Umschlag, den ich achtlos aufreiße, die Bitte, dringend Kontakt aufzunehmen mit dem Herrn, der versucht, Ethel zu finden; daneben steht eine Telefonnummer. Ich atme auf. Ich stecke die Hände in den Sack mit Tennisbällen. Cate hat mir gestern erzählt, der Amtsarzt hätte sie gezwungen, sich auf seine Untersuchungsliege zu legen, splitternackt, und sie wahnsinnig lange gefingert. Sie hatte gesehen, wie viel Lust es ihm bereitete. Ihm standen Tränen in den Augen. Sein alter Kopf wurde knallrot und sein Mund fiel auf. Cate geniert sich für seine dreiste Attacke auf ihren Körper, aber: Heli, es war so sagenhaft schön plötzlich, so angenehm, was dieser Lüstling machte mit mir, als er nämlich gemerkt hat, dass ich mich nicht wehre, hat er sich zwischen meinen Beinen über meinen Schritt gebeugt und mich geleckt und geleckt, Heli, ich bin schier gestorben vor Lust! Meine Güte, dachte ich. Hinterher musste er mir glatt Reinigungstücher mitgeben! I-ah, i-ah, wollte ich am liebsten abschätzig rufen. Aber ich hatte Cate zugehört, schweigend, während die Schleusen sich öffneten in meinem Unterleib, mir die Fußsohlen kribbelten, die Knie weich wurden, und meine Spalte wollte meinen Holländer in mich saugen. Verzweifelt vor Lust war ich. Und dann kommt sein großer Sack an mit den prallen

Bällen für mich. Und plötzlich bin ich nicht mehr zu halten. Stürme aus dem Haus, weil ich angeblich ein Lehrbuch liegen gelassen habe irgendwo, nichts wie weg aus »Oog in Al«, und kaum hat mich der Bus in der Innenstadt abgesetzt, winke ich mir ein Taxi, steige schnell ein. Wohin soll es denn gehen? Apeldoorn, bitte. Auf die Autobahn. Es dauert so lange. Alles voller PKWs und riesiger Lieferwagen. Ich schaue aufs Taxameter. Wie viel Geld habe ich dabei? Die Fahrt dauert ewig. Ich schäme mich. Ich hätte mich nicht von der Stelle rühren sollen. Die Scham nimmt zu. Bei den Courts sehe ich ihn nicht. Kein Mensch in Sicht, nirgends. Sprühregen. Der Aschenplatz ist dunkler als in meiner Erinnerung an den ersten Besuch. Sein Auto steht dicht bei der Tür: ZUTRITT NUR FÜR MITGLIEDER. Den ganzen Tag nieselt es schon, sagt der Taxifahrer, und ob er warten soll. Ich zahle für die Fahrt. Er fährt weg. Ich schleiche ins Clubhaus. Beim Zapfhahn steht er. Leere Tische und Stühle. Er sieht mich. Ich lange nach ihm. In einer Umarmung reiben wir uns warm, heiß. Die Außentür wird abgeschlossen. Er nimmt mich mit in ein Arbeitszimmer. Knutschen, ausziehen und behutsam legt er mich auf den riesigen Schreibtisch, beugt sich über mich, leckt mein Gesicht feucht, streichelt mein Becken, und vor meinem Gesicht sein steifer Schwanz. Ich packe zu, beiße, lecke und spüre seinen gierigen Mund zwischen meinen Beinen und seine Zunge schabt und ich rufe, schreie nach mehr, tiefer, und sauge ihn in mich. Er stöhnt minutenlang, steht auf, drückt meine gespreizten Beine weit nach oben und nagelt sich bedächtig in mich. Ich erschauere. Mein Anus steht in Flammen. Sein Penis zuckt praller, härter, tiefer, wärmer. Seine Finger schieben sich in mein klatschnasses Inneres, streicheln es, wir schauen uns in die Augen. Meine Schenkel umschließen seinen Unterleib mit aller Kraft. Er packt meine Hände. Wir stecken fest. Alles steht still. Es soll immer so bleiben. Ich spüre Mutters metallene Armbanduhr. Weine. Er geht Kaffee kochen, und ich sehe endlich, wo ich gelandet bin. In einem großen, modern eingerichteten Raum. Vier Trainingsgeräte stehen darin, zusammengerollte Matten, ein Boxsack und andere Dinge, die ich nicht kenne. Ich gehe aufs Klo. Da ist ein Duschraum. Unter den heißen Strahl stelle ich mich. Er bringt mir Kaffee und holt saubere Handtücher und sogar eine neue Zahnbürste, Zahnpasta. Auch er duscht. Eine knappe Stunde später sitze ich angekleidet an der Theke und der Postbote steht vor der Tür. Der Mann wird reingelassen, bekommt einen frischen Kaffee mit Schlagsahne, gibt Bestellungen für den Tennisclub ab. Die Heizung läuft auf Hochtouren. Ich weiß nicht, was ich sagen soll. Weiß nicht, was ich tun soll. Langsam wird es dunkel. Er will mit mir essen gehen. Ich habe keinen Appetit. Ich rufe zu Hause an, dass es länger dauert und ich nicht zum Essen komme. Die Lust in meinem Bauch ist nicht gestillt. Ich will mehr spüren, überall, wo er drankommt, mich erregen, bis ich zerfließe wie die Spermaschwaden, die aus ihm herausschießen. Ich will ficken mit ihm im Dunkeln, wenn es sein muss bis aufs Blut. Er bringt den Briefträger zur Tür, schließt ab, kommt zu mir, nimmt meine linke Hand, presst sie an seinen Schritt. Ich greife zu, hole ihm einen runter und er treibt mir die Zunge in den Mund. Ich packe mit beiden Händen zu, auch den Sack: Du musst mich ficken! Er hat mich hochgehoben und genau das getan. Sie schauen sich gerade die Nachrichten an, Lya und Winston, als ich ihnen sage, dass ich zurück bin. Warst du bei ihm, ruft Winston. Ja, rufe ich zurück und: Hat länger gedauert, holländisch gegessen, lecker! Bei diesen Worten schaue ich auf Großmutter Bees Mandelsirup. Ich liebe diesen Mann, flüstere ich. Er ist erst noch mit mir zu einer Nachtapotheke gefahren, um eine Pille zu besorgen. Sie waren zusammen im Gymnasium: der drollige Apotheker und er sind beide in der Stadt geboren, wo sie wohnen und arbeiten. Dann hat er mich nach Utrecht gefahren. Zu Hause abgesetzt. Kuss. Davongebraust in seinem grauen Wagen. Ich muss Deriks ungeöffnete Briefe noch lesen. In dem braunen Umschlag eine kurze handschriftliche Notiz von dem jüdischen Herrn: *Familie aufgespürt. Die Hinweise führen nach Schottland. Fortsetzung folgt.* Ein Tag noch und dann gehe ich mit Studienfreund Hans zu ihm nach Hause zu meiner Bescherung. Ich muss noch ein paar Gedichtzeilen schreiben für die Kleinigkeiten, die ich mitnehme zum Verschenken. An der Grenze meiner Gedanken die Brandung einer Gier, die brüllt nach mehr. Klatschnass bin ich. Wie soll ich das Studienjahr ruhig und gelassen durchstehen, mit meinem stürmischen Sportsmann? Mit der Pille, würde Cate sagen. Und ich schreibe in meinen Kalender beim 5. Dezember: Jeden Tag die Pille nehmen. Mutter Louise nimmt sie auch. Babs auch, um ihren Zyklus in den Griff zu kriegen. Meinen Kalender lege ich mir auf den Nabel, unter der Bettdecke. Licht aus. Er liegt auf mir und ich spüre, wie er hart wird. Nicht er fällt über mich her, sondern der Schlaf.

Noch bevor ein Gespräch zustandegekommen war mit der Frau von Kòlera, kam ein Mann in einem Kleinbus nach Zorg & Hoop. Kein Schrecken, kein Widerstand, keine Wut, kein Wort. Alma ging davon mit dem Pfleger, ohne Imker und Großmutter auf Wiedersehen zu sagen. Imker hatte abschätzig gesagt: Oma, Almas Widerstand ist längst gebrochen! Ihre Enkelin hatte recht. Gib Biko ein bisschen Nassfutter zu fressen, Fleisch meine ich. Imker stand auf, bat um die Schlüssel zum Tor, verschwand Richtung Straße. Zuschließen. Biko hing an der Kette, erschöpft vom Bellen. Darf ich ihn losmachen? Großmutter nickte, und als es soweit war, rannte der Hund überall herum auf der Suche nach seinen Verwandten, auf der Suche auch nach einem Baum zum Pfützemachen, einer Stelle für seinen Haufen. Sie und ihre Enkelin sahen zu, was Biko alles anstellte, eingesperrt hinter ihren Mauern. Er winselte, weil er nicht finden konnte, was er suchte, aber er fand Trost in dem frischen Bissen, den Imker ihm zuschob. Es ist fast wie bei meinem Kind, sagte Großmutter: Laura findet Trost in allem, was wir ihr bringen. Imker konnte den Vergleich anscheinend nicht gut ertragen. Zornig platzte sie heraus: Laura muss weglaufen! Als ob ihre Tochter das nicht getan hätte. Ich glaube, keine Frau ist so oft abgehauen wie meine Tochter! Ihre Stimme wurde heiser: Damit sie dableibt, haben sie ihr ihre Kleider weggenommen, und in Sachen von der Anstalt will meine Tochter noch nicht mal am Tor stehen! Reden war schmerzhaft. Sie griff nach der Whiskyflasche, und als Imker die Flasche in greifbare Nähe schob, schraubte sie langsam den Deckel auf und schenkte sich ihre Teetasse halb voll. Sie trank nicht mit kleinen Schlucken. Sie kippte alles auf einmal hinunter. Ihre Augen tränten, ihre Zunge wurde dick. Aber sie erstickte nicht. Der Trosttrunk sickerte ihr die Kehle hinunter und brachte das Feuer wieder in ihr Inneres. Hund Biko kam in die Küche. Legte sich neben den Stuhl, auf dem sie saß. Mühsam bückte sie sich. Streichelte ihn. Imker fragte, ob sie Appetit hätte. Sie schüttelte den Kopf. Etwas stand bevor: Bram hatte aus Holland angerufen, er wollte die Erlaubnis, Laura zu besuchen. Aber was wusste Bram noch von dem Mädchen, dem er einen Heiratsantrag gemacht hatte in einer Vergangenheit, deren Sinnbild Imker war. Großmutter schauderte: Imker, wie alt bist du? Fast achtzehn Jahre lang lässt er sich nicht blicken, und jetzt, plötzlich-das! Die fast achtzehnjährige Enkelin ohne Angst vor der Zukunft sprang aufgeregt durch die Küche: Lass Bram kommen, Oma, dann kann deine Tochter sehen, was noch übrig ist von ihrem Verlobten. Lachen. Oma, deine Tochter kann dann die Laura, die nicht nach Holland durfte, ein für alle Mal in den Fluss pfeffern, wenn sie Bram sieht. Wieder ein Lachanfall. Und ohne sich Großmutters Argumente auch nur anhören zu wollen, machte Imker Anstalten, zum Hörer zu greifen: Oma, ich rufe ihn zurück, um ihm das zu sagen, ja? Es war ein Scherz. Statt den Hörer abzuheben, setzte sich Imker im Schutz der Markise auf einen der schönen Liegestühle. Auch sie stand auf, ging zu ihrer Enkelin. Biko folgte träge und blieb dicht bei ihr. Auch sie auf einen von Boys' schönen Liegestühlen im Nordostwind. Hund auf die Decke. Bram dürfte nach Paramaribo kommen. Sie konnte es noch nicht richtig fassen, aber gut. Louises

Mädchen waren begeistert. Ihr Beinah-Schwiegersohn hatte Heli gefragt, was Laura am dringendsten brauchte. Und weißt du, was Heli gesagt hat, Oma Bee? Sex! Beide mussten lachen.

Als ob Laura nach Bram keine Verehrer mehr gehabt hätte. Alle Jahre wieder stand am Tor ein Mann, der wahnsinnig verliebt war in ihre Tochter. Außerdem hatte Laura weiter gesungen: oft im Trio, manchmal im Chor und meistens als Solistin einer Jazzband. Niemand wäre auf die Idee gekommen, dass eine so lebenslustige Dame, die mühelos durchs Leben ging, je in Kòlera landen könnte. Als es dann geschehen war und ihre Tochter dort festsaß, waren Freundschaften nach und nach weggebrochen. Über Dinge, die schmerzten, zu reden mit schmerzendem Kiefer. Es ging nicht. Sie versuchte, einen Aufhänger zu finden, um die Dinge zusammenzufassen. Wahlen. Eine Volkspartei mit grünem Emblem. Die ganze Stadt vollgekleistert mit Flugblättern. Laura zog herum mit einem jungen Politiker, der Reden hielt für seinen liebevoll als »Popi Jopi« angehimmelten Präsidentschaftskandidaten. Zusammen mit anderen jungen Frauen gründete sie einen Club, der auf all diesen Bühnen für Unterhaltung sorgte mit Liedern über das Land, über seine Parteipolitik, über die Liebe natürlich. Der junge Mann hatte es nicht geschafft in der Partei. Er trank. Bekam Wutanfälle. Riss sie mit im Trinkgelage seines Misserfolgs. Da muss etwas passiert sein, woran sie zerbrochen ist. Wurde sie vergewaltigt? Hat er sie geschlagen? Völlig kaputt kam sie nach Hause zurück von ihrer Arbeit als Lehrerin im

Saramacca-Distrikt. Wollte ihn nie wiedersehen. Bestand darauf, ihn zu verklagen. Großes Gezicke zu Hause, weil ihre Geschwister begeistert waren von der neuen Partei. Johlende Menschen, in die Parteifarbe gekleidet, strömten in die Stadt, und selbst Louise freute sich über das Wahlergebnis. Endlich ein schwarzer Mann als politischer Führer des Volkes. Die Mehrheit hatte die Partei nicht bekommen, aber sie war stark gewachsen. Karfreitag, nach dem Wahlergebnis und allem drumherum: aus Antons Radio den lieben langen Tag Gemauschel darüber, wer gewonnen hatte und wieso! Laura war ausfällig geworden wegen eurer Anwesenheit bei uns, und das nagte an ihr. Ich nahm sie mit zur Kreuzwegstation, und da in der Innenstadtkirche muss etwas in ihr Feuer gefangen haben. Zurück zu Hause hat sie alles, aber auch alles rausgelassen, und wie im Vollrausch erzählte sie von dem Politiker und was er ihr angetan hatte, und auch mein Bruder landete als Brennholz im Feuer, weil er sie angeblich missbraucht hatte als Kind. Léon?! Unmöglich! Laura spielte verrückt? Ich auch! So wüst haben wir getobt, dass die Nachbarn kamen. Dein Großvater wusste nicht, was er mit uns anfangen sollte. Er befahl Laura zu schweigen oder die Jacobusrust zu verlassen. Sie ist gegangen. Und in dieser Nacht muss Laura bei euch angeklopft haben in der Dwarsstraat. Auch, um sich zu entschuldigen, glaube ich. Ihre Stimme brach. Erschöpft war sie. Imker sah hoch. Als wären ihre letzten Worte in ihre Enkelin gedrungen wie die Stiche eines Schwarms wilder Bienen. Wie betäubt schien Imker. Fast entrückt. Ihre Augen quollen hervor wie die von Großvater Anton, als er zur Einsicht gekommen war: Oma, wer ist mein Vater?! Ein nicht enden wollender Hustenanfall. Imker eilte zu Hilfe. Ein Kloß im Hals. Der Geschmack von Blut. Atemnot. Spuck aus, Oma! Sie kippte um. Fühlte, wie sie auf dem Liegestuhl lag und leichter wurde. Biko winselte leise. Sie fühlte den Hund an ihren Händen lecken, der Wind strich ihr übers Gesicht, den Hals, den Kopf. Sie kam zu Atem. Imker in Tränen.

Babs' Nikolausgeschenke waren ihr ganz entgangen, bis Umar den Weihnachtsstern aufhängte eines Abends. Ihr Herz frohlockte. Vielleicht war die Wirkung der Morphiumspritze, die Dr. Albert ihr vor Tagen gegeben hatte, endlich verflogen. Sie konnte das Gold glänzen sehen, die Sternenspitzen zählen, sehen, dass es ein Papierkunstwerk war, gefertigt von liebevollen Händen. Tagelang war alles unscharf gewesen, verschwommen, weit weg; auch die Geräusche und Geschmäcker, ja sogar ihre Gefühle schienen wie ertrunken in ihrem Kopf. Jetzt kam sie wieder an alles heran. Imker brachte ihr Maisbrei mit Honig und sie roch sogar die Prise Muskatnuss. So wollte sie sterben: am Anfang eines neuen Dramas bei den Vantas, am Anfang eines wirklich Glücklichen-Etwas vielleicht, aber wie auch immer, ganz nah bei ihrer Enkelin, mit der sie am engsten verwandt war! Kleine Bissen nahm sie. Aß die Schale leer. Sie ließ die Kissen aufschütteln und legte sich wieder auf den Rücken. Biko war lieber in ihrem Schlafzimmer als auf der Terrasse: mit dem Kopf zur Hintertür. Auch seine Nähe erlaubte ihr, ohne Furcht zu taumeln zu dem Winti-Ritual, das ihr seit dem Morphium nicht mehr aus dem Kopf ging. Irgendwo weit weg von Paramaribo, wo es keinen Strom gab. Ein Zelt aus Zweigen, aus Blättern mitten unter Bäumen und Sträuchern. Anton und sie, nebeneinander auf einer Holzbank, Sohn Winston und Tochter Laura auf einer anderen Bank. Erwachsene in bunten Umschlagtüchern, Männer mit nacktem Oberkörper an Holztrommeln; Frauen mit Kopftüchern trugen Schüsseln voll würzigem Wasser, das duftend platschte. Der Zeremonienmeister, gekleidet in einen westlichen Anzug. Er hatte ihnen versichert, Antons Vorfahren hätten ihnen etwas zu sagen und vielleicht empfinge »Frau Bee« auch Nachrichten aus dem Jenseits von ihrem Vater, ihrer Mutter oder von noch weiter weg. Steif und kalt wie Säulen saßen sie da. Das fiel auf, weil alle anderen Anwesenden sich heftig bewegten. Sie schwiegen, während die anderen sprachen, lachten, sangen. Für sie war es Trauer. Für die anderen ein Fest. Alles wurde lauter: das Singen, das Händeklatschen, das Füßestampfen, das Getrommel. Ihre Kinder und sie steckten sich die Finger in die Ohren. Der Mann im westlichen Anzug hatte sich das Gesicht kreideweiß angemalt und bekam ein großes Tuch mit Fransen um die Schultern, so schön! Sie erinnert sich an die Frau mit dem drallen Po, die unerwartet angetanzt kam, langsam und zurückhaltend, und die unvermittelt fiel, auf den harten, trockenen Lehmboden. Ein Mann zog die Tänzerin auf die Beine und eine Frau brachte ihr in einer Kalebasse einen rötlichen Trunk, der eingesogen wurde und ausgespuckt. Und wieder ihr Tanz, aber jetzt wurde er wild, wilder, bis sie schrie, die Tänzerin, und alles stockte. Die Tänzerin starrte vor sich hin, sprach. Sie sprach Anton an in einer Plantagensprache, denn Großmutter verstand kein Wort. Angespannt wie alle anderen um die Tänzerin lauschte sie. Anton fragte ungeduldig: Was sagt das Weib!? Und sie flüsterte: Ich will nach Hause … Laura und Winston bekamen wie alle anderen Kuchenstücke angeboten, die sie ablehnten. Frauen gingen herum mit Schalen Gebäck. Andere fingen an mit den Füßen zu stampfen, den Po zu schütteln, die Arme zu schwenken und zu summen zur Musik. Von überallher kamen Gäste, die mitmachten bei dem Reigen. Und Unbekannte sahen zu. Ihr Augenlicht: wie Juwelen in ihren Antlitzen. Anton zog einen Flachmann aus der Hosentasche und trank ein paar Schlucke Schnaps. Er stand neben der Frau, die ihn weiter ansprach. Du sprichst mit einem, der dich nicht versteht, also halt den Mund, Weib! Es klang barsch und befehlend. Die Frau atmete schwer, irrte ein bisschen herum und wurde abgeführt vom Zeremonienmeister. Laura und Winston waren auch aufgestanden. Noch bevor es richtig dunkel war, wurde Anton Vantas Familie zur Straße begleitet, wo ein Auto wartete, um sie zurückzufahren nach Paramaribo. Unterwegs hatte Anton weitergemault. Gemeckert und Schnaps getrunken. Die Kinder und sie hatten wohlweislich geschwiegen. Das Winti-Ritual schien vergessen, bis nach vielen, vielen Jahren – das wirre Gerede der Tänzerin allmählich Ähnlichkeit bekam mit einer Weissagung. Laura als erwachsene Frau in der Kòlera-Gemeinschaft? Winston ohne Arbeit und geschieden? Louise und ihr eigenes Elend? Für viele war das eine die Folge des anderen. Die Plantage überschüttete sie mit Vorwürfen. Überheblich? Ungläubig? Hatte Tochter Louise die Götter der zur harten Sklavenarbeit gezwungenen Afrikaner provoziert mit ihrer Weigerung, bei dem Winti-Ritual zu erscheinen? Erhobenen Hauptes ging Anton zur Arbeit in der Garnison. Sie blieb voller Zweifel zu Hause zurück und suchte einen Priester. Fand Pfarrer Teloor in der Innenstadtkirche. Ging zur Beichte. Verließ die Brüdergemeine und wurde wieder katholisch. Ihre Kinder auch, eins nach dem anderen. Sie sah Imker zu ihr schauen von der Schwelle aus. Kurz zwinkern, um wieder zu landen in Zorg & Hoop. Wann kommt Bram, fragte sie dumpf. Kann jede Woche sein, Oma! Ob ich dann noch da bin, fragte sie. Ja, Oma! Und Imker kam zu ihr, hockte sich hin, nahm ihre Füße in die Hände und massierte sie sanft. Ihr wurde warm. Sieh mich an, Imker. Bleib bei mir, wenn sie mich herrichten. Bleib da, wenn ich in den Sarg gelegt werde. Bleib da, wenn sie mich zur Kirche tragen und zum Friedhof. Bleib und schau, wenn sie den Sarg hinablassen ins Grab. Bleib, bis ich ganz bedeckt bin mit Sand. Nicht weinen, Imker, du brauchst nichts zu versprechen, ich wünsche mir nur, dass du mich noch lange festhältst mit deinen Gedanken, bitte … Oma konnte die Tränen nicht zurückhalten.

Audi verstand nicht ganz, weshalb Babs und ihr Freund ihn dabeihaben wollten auf dem internationalen Flughafen. Die kleinen Landebahnen in Zorg & Hoop waren ihm vertrauter und bescherten ihm nicht diese elende Übelkeit. Zanderij war der Ort, wo seine Schwester und Kameradin verschwunden war aus seinem täglichen Leben. Sie hatte ihm Postkarten geschickt. Von ihm bekam sie nichts zu sehen: keine Ansichtskarte, keinen

Satz, keinen Buchstaben. In Arams Reisebus, allein in der hintersten Reihe, kam so viel hoch auf der Fahrt. Tränen in den Augen. Angst, sie nie wiederzusehen. Schmerz, weil er niemand anders schwierige Fragen stellen und sein Herz ausschütten konnte. Er hatte Bohr Libretti gefunden: den Adonis, der seine Mutter gewaltsam geschwängert hatte und garantiert jahrelang verdammt genau wusste, dass er auch einen Sohn hatte neben seinen vier Töchtern aus verschiedenen Beziehungen; darunter eine bildhübsche junge Frau, die jeden Abend in ihr Wohnzimmer kam, zusammen mit den Nachrichten. Mutter Louises Beweggründe verstand er besser als vorher. So viel klüger war er geworden seit dem Kontakt mit Großmutter. Heli hätte ihn mal sehen sollen! Er wurde aufgesogen vom Gewimmel in der Nähe der Abflughalle. Aus Angst wurde Erregung. Aus Empörung Freude. Babs hatte ihm Fotos in die Hand gedrückt von dem Mann, nach dem sie Ausschau halten mussten. Bram sah ganz anders aus als bei seiner Verlobung mit Laura. Ein Dichter soll der Mann sein, sagte Aram grinsend, sieht aber mehr aus wie ein Zauberer mit seinem Vollbart und der Kosakenmütze. Schmetterlinge im Bauch, meinte Babs, die auf der gesamten fast einstündigen Fahrt wirklich keinen Ton gesagt hatte, genau wie er. Aram ließ sie beide aussteigen, fuhr zum Parkplatz. Babs legte ihm den Arm um die Schultern und so kamen sie zur selben Zeit in die Ankunftshalle wie Aram, der wegen seiner Arbeit einen Flughafenausweis hatte und versuchen wollte, Bram zu finden in der anstürmenden Welle von Passagieren mit Handgepäck. Bleichgesichter fallen sofort auf, spottete Aram und: Na bitte, schon gesichtet, er hat sich den Bart abrasiert, khakifarbener Tropenanzug, armeegrünes Käppi. Hol ihn ab und bring ihn sofort zum Auto, wir warten dort! Auftrag von Babs, und zurück spazierte er hinter ihr her zu dem Wagen, auf dem Name und Logo des Familienunternehmens prangten. O weh, ich hasse Flughäfen, Audi. Er nickte. Sie lehnte sich an den Bus. Es gab nichts zu sagen, so traurig starrte sie vor sich hin. Ausgemacht war, dass Bram herumgeführt werden sollte von Aram, der in der Tourismusbranche arbeitete, und dann vollkommen frei gelassen werden bei seiner Laura-Mission. Babs hatte es noch immer nicht fertiggebracht, sie zu besuchen, gestand sie. Audi war ab und zu in einer Freistunde an der Mauer entlanggelaufen, auch um der Prahlerei seiner Klassenkameraden zu entkommen über Stadtmädchen, die sie in der Dämmerung »gefickt« hätten auf Bänken im Palmengarten. Er mied den Palmengarten, ging an den Buden vorbei nach Kòlera. Kaufte Getränkedosen, brachte sie zum Pförtner: Geben Sie sie den Schwestern drinnen für meine Tante Laura, ja? Manchmal steckte er dem Pförtner eine halbe Schachtel Zigaretten zu. Der Mann im Jeansblauen-Overall mit dem kleinen Transistorradio am Tor des Irrenhauses, das früher einmal das Barackenlager zur Unterbringung von Cholerakranken gewesen war, hatte gefragt: Warum bringst du sie nicht selbst rein, *mati*? Er hatte den Kopf geschüttelt: Niemand kennt mich da drinnen, Freund, weil ich gerade erst geboren war, als sie eingewiesen wurde. Der Mann, der in seiner Wachhütte auf einem Hocker saß, musterte ihn und versprach, ihn nicht zu nerven mit schwierigen Fragen. Ein Händedruck. Gut gelöst? Er hatte Mitleid mit

Laura. Die Mädchen und Frauen in Paramaribo taten ihm so leid. Spinnst du, Audi, hätte Heli gesagt und ihm in die Augen geschaut: Nirgendwo anders in unserem Land sind die Frauen und Mädchen so unabhängig wie in der Küstenstadt! Er hätte gern gewusst, wie sie auf seine Obsession mit den Geschlechtsorganen von Mensch und Tier reagiert hätte. Auf der Fahrt zurück mit Bram vorne neben Aram, und ihm auf der Rückbank bei Babs, hörte er ihren Gast sagen: Die Frauen in eurem Land, Mann, die sind so schön, so stark! Keiner reagierte. Sein Vater ging ihm durch den Kopf. Bohr Libretti hatte ihn eingeladen zum Samstagmorgen-Angeln. Er hasst es, Fische am Haken zu haben. Mühsam hatte er seine ganze Kraft zusammengenommen, um ablehnen zu können. Außerdem standen seine Samstage alle von morgens bis abends im Dienst von Großmutter Bee. Und Imker. Und Wachhund Biko. Bohr steckt ihm bei jedem Treffen Geld zu für »rückständigen Unterhalt«. Geld ist nicht alles, trotzdem rührt ihn die Geste jedes Mal von Neuem. Er nimmt es an. Teilt es mit Mutter Louise. Bei den Pfadfindern hat er erzählt, sein Vater wäre ein Frauenarzt, der hart arbeitet und »gutes Geld« verdient, und die Verhältnisse haben sich merklich gebessert. Mutter hat recht: Geld ist schmutzig, aber es bereinigt! Wenn er volljährig ist, will er seinen Nachnamen von Vanta zu Libretti ändern. Klingt noch nicht vertraut. Seit Helis Abreise ist so viel passiert, an das man sich gewöhnen muss in der Blutsverwandtschaft. Bohr Libretti hat ihn letztens eingeladen zu einer »Anatomiestunde« im Krankenhaus. Geladene Gäste und Studenten der Medizinischen Schule. Sein Pa als Prof? Er war überglücklich, als Bohr zur Einstimmung auch noch erzählte, es gehe um »Geschlechtsorgane«. Ein Penis mit Hoden? Eine Vulva mit Gebärmutter und Eierstöcken? Sein Vater und er aßen eine Kleinigkeit in der Krankenhauskantine. Beim gebratenen *kubi*-Fisch hatte er sich einen Ruck gegeben: Wusstest du, dass es mich gibt? Natürlich, die halbe Stadt hat mich auf dich angesprochen, Junge! Er: Warum bist du dann nicht gekommen? Libretti: Du hast erst ein Kind, wenn eine Frau sagt, dass es dein Kind ist! Er: Hat Mutter Louise immer noch nicht gemacht! Bohr Libretti legte das Besteck hin, wischte sich den Mund mit einer Papierserviette ab, rieb sich die Hände warm und sah ihm die ganze Zeit in die Augen, dann sagte er quälend langsam: Ja, aber ich habe das Glück, dass du dich selbst als Libretti angemeldet hast, und ich bin sicher, dass ich dein Vater bin, Audi Vanta! Manchmal ähnelt ein Erlebnis eher einem Traumrest. Audi nahm den *kubi*-Stein, den er im Kopf des gebratenen *kubi*-Fisches gefunden hatte, in die Hand, wenn er das Geständnis seines Vaters hören wollte. Ich weiß sicher. Ich weiß es sicher. Und auch auf dem Rückweg mit Bram und den anderen fühlte er den kreideweißen *kubi*-Stein piksen in seiner Hosentasche.

Imker fiel es schwer, den Samstag zu überstehen. Sie war vormittags im Stoffladen über einen Stapel weggeworfenen Karton gestolpert und hatte sich an der rechten Hand verletzt. Der Samstag verging quälend langsam. Außerdem hatte sie ihre Tage. Sie konnte vier Frauen zum richtigen Stoff verhelfen für ihre Festtagskleider und jede Kundin bekam zusätzlich eine Elle Stoff als Dezemberbonus.

Andere frohzumachen hielt sie auf den Beinen. Aber als Umar eine halbe Stunde auf sich warten ließ, giftete sie ihn an: Ich hasse es, wenn jemand zu spät kommt, Umar! Er nahm ihr die Einkaufsliste aus der Hand und fand darin das Geld, das Großmutter ihr mitgegeben hatte. Er habe sich den Pick-up seines Bruders geliehen, und auf der einspurigen Straße sei man mit dem Auto langsamer als mit dem Moped. Das stieß bei ihr nicht auf Verständnis. Er schlug vor, sie zu Großmutter zu fahren und dann mit Audi einkaufen zu gehen. Das wollte sie nicht. Sie liebte die Marktleute mit ihren Verkaufsschwätzchen in der Sprache, die sie selten benutzte; sie sah gern die frische Ware, und die herumwuselnden Käufer und das gackernde Federvieh amüsierten sie. Außerdem wäre es herrlich, im Freien unterwegs zu sein nach Großmutters Schwächeanfall. Er hatte sie vom Schlafen abgehalten. Sechs Tage Wachen an Omas Bett. Der Pick-up-Truck holperte durch die überfüllten Einkaufsstraßen auf der Suche nach einem Parkplatz. Der Markt lag am Fluss, und obwohl sie das fließende Wasser nicht sehen konnte, kam sie wieder ganz zu Kräften. Sie stieg aus. Sah sich den Pick-up an. Willst du dir auch so einen Kleinlaster kaufen wie dein Bruder? Es klang spöttisch. Umar nahm ihre linke Hand und lotste sie durch die Menge. Erst bei den vertrauten Marktständen antwortete er: Ja, es ist ein guter kleiner Wagen für dich und für mich in der Zukunft! Sie lachte ein bisschen: Unsere Zukunft ist jetzt, Mann! Er kicherte: Dann kaufe ich den Laster gleich nächste Woche, such du die Farbe aus! Sie zögerte: Was du schön findest, ist gut, aber für uns wäre doch ein Kleinbus besser? Er schwieg und sie wandten sich wieder den Einkäufen zu. Sie bemerkten Babs und Aram erst, als die vor ihnen standen mit einem Holländer. Bram, rief Imker überrascht. Imker? Sie lächelte. Keine Umarmung. Händeschütteln. Bist du bereit für morgen? Er sah sie an und rieb sich über die Bartstoppeln: Viermal. Ich habe Laura schon viermal besucht. Es war sagenhaft. Alle hielten den Atem an. Umar sagte, er wolle Fisch kaufen gehen. Aram wollte mit. Bram, Babs und sie an einem Stand randvoll mit Tomaten, Petersilie, Peperoni, Spargelbohnen, Bittermelonen, afrikanischen Auberginen, Bananen. Hat sie dich erkannt? Babs beugte sich zu ihm, um die Antwort gut hören zu können bei dem vielen Lärm um sie herum. Sofort, sie hat meinen vollen Namen genannt, hat gesagt, ich wäre dick und alt geworden! Imker schaute erstaunt zu Babs, die verwundert den Kopf schüttelte: Höchste Zeit, dass ich mich auch mal in Kòlera blicken lasse! Bram: Morgen komme ich in Zorg & Hoop vorbei, Imker, aber ich weiß nicht, wie deine Großmutter es verkraften wird. Sie nickte verständnisvoll: Ich weiß es auch nicht, Bram. Er verabschiedete sich und setzte seinen Weg fort, als würde er den Markt gut kennen. Sie sahen ihm hinterher. Sprachlos. Eifrig machten sie sich auf die Suche nach ihren Kerlen.

Und ob sich ihre Großmutter schämte: »Mamas Liebling« war zu einer nichtexistenten Frau verkommen. Niemand fragte noch, wo Tochter Laura war oder wie es ihr ging. Bittere Jahre, die Großmutter überstand, indem sie sich mehr und mehr um die Kirchenangelegenheiten der Innenstadtkirche kümmerte, bis sie zu geschwächt war, um das Haus zu verlassen. Das wusste Imker. Sie könnte Bram anrufen und ihm sagen, dass Großmutter noch ein paar Tage brauchte, um sich auf das Treffen mit ihm vorzubereiten. Wie er sich die Zeit vertreibe, fragte sie. Er machte kleine Spaziergänge mit Laura. Setzte sich mit ihr auf eine Bank im Palmengarten. Lauschte dem Rauschen der Palmen. Atmete Seeluft. Er streichelte Laura die Hände, das Gesicht, und sie lehnte sich an ihn, bis sie Arm in Arm zurückspazierten zur Anstalt. Den Rest der Zeit verbrachte er allein im Hotelzimmer. Er hätte viel zum Nachdenken. Gutmütig erstattete er weiter Bericht. Sie und Bram würden in Kontakt bleiben. Ob er Laura noch liebte? Sie hatte aufgelegt. Umar drehte eine Runde mit Hund Biko. Audi lief unruhig herum. Großmutter lag dösend im Bett. Ihre verletzte Hand tat weh. Sie wollte früh schlafen gehen. Ging nicht. Umar zurück in der Küche. Biko bellend an der Kette. Erst frisches Wasser und frisches Fleisch für den Hund. Die Jungen dazu bringen, sich die Hände mit grüner Seife zu waschen, und dann zusammen an den Tisch. Auf dem Markt hat Umar Rotis gekauft. Mit den Fingern schälten sie die Verpackung ab und aßen langsam Lammfleisch, Kartoffeln, Spargelbohnen in Pfeffersauce. Andächtig, weil es fremdes Essen war, von Unbekannten zubereitet. Drei funkelnde Gläser neben einer Wasserkaraffe, in der Eiswürfel tanzten. Sie mochte diese Männer bei ihr sehr. Sie mochte dieses Haus sehr mit dem großen Wohnzimmer, der riesigen Küche, dem Schlafzimmer für zwei; die hellgrünen Wände mochte sie sehr, den Linoleumbelag auf dem Boden aus gebeiztem Holz, die grünlichen Fliesen in Küche und Bad, auch die Terrasse mochte sie sehr und die Trockenspinne im Muschelsand. Große Fenster überall, die sich nicht öffnen ließen, aber Lüftungsschlitze hatten. Die Terrasse, die die Küche mit dem Garten ums Haus verband und über die Meereswind hereinkam durch die zweiflügelige Schiebetür mit getönter Zweifachverglasung. Winston hatte seine Mutter zurückgelassen in einer Festung mit hohen Mauern und einem Eisentor. Zwei Katzen wollte sie ins Haus holen, sobald Mutter Louise Biko abgeholt hatte. Großmutter hatte nichts dagegen. Iss, sagte Umar mahnend. Sie nickte. Tschüss, Tagtraum. Die Jungen brachten die Essensreste samt Verpackung zur großen Mülltonne draußen und machten sich auf den Weg. Audi durfte definitiv nicht nach acht in Amora ankommen. Den Samstagabend richteten alle zu Hause so ein, dass Mutter Louise ausgehen konnte, mit ihrem Lester. Imker winkte ihnen hinterher und schloss das Tor ab. Die breite Straße, wo der Bungalow stand, war verlassen. Autos parkten dort von Nachbarn, die sie noch nie gesehen hatte. Vielleicht stünde ja eines Tages in der Zukunft ein bonbonbunter Pick-up vor ihrem Tor. Auch nachts. Sie hört die Glocke, die für Notfälle auf Omas Nachttisch steht. Rasch ins Haus. Oma will auf die Toilette? Alle Lichter an. Großmutter sitzt auf dem Bett, Füße auf dem plüschigen Bettvorleger, Hände im Haar: Imker, ich bin mir nicht sicher, wer dein Vater ist, aber deine Mutter weiß es genau und trotzdem darfst du sie bitte lieber nicht fragen, ja? Sie nickt. Großmutter lauter: Hast du mich verstanden? Imker hockt sich dicht neben sie: Ja, Oma, ich werde deine Tochter Louise nicht fragen, wer mein Vater ist, okay? Großmutter greift nach ihrer Gebetskette: Und auch sonst niemanden, kapiert?! Sie geht aus dem Zimmer. Geht angespannt zurück: Ich mache die Ausbildung zur Pflegerin, Oma, aber meine Mutter darf es nicht wissen! Keine Antwort. Sie macht sich bettfertig. Sieht Großmutter vor sich hin murmeln. Beten ist nichts für sie. Gott geht sie nichts an. Kirchen sagen ihr nichts. Als sie eingemummelt im Schlafsack liegt, kann sie nicht einschlafen. Dann versucht sie sich vorzustellen, wie es in zwanzig Jahren sein wird im Land, in der Stadt und im Haus von Großmutter, wo sie dann wohnen wird. Großmutter Bee tot und begraben? Mutter Louise die Großmutter ihrer Kinder? Heli immer noch im Ausland? Erst der Schlaf brachte Imker die Entspannung, die sie dringend brauchte.

Louise Vanta holte Bram ab in dem schicken Hotel, in dem er untergekommen war. An diesem Abend würde eine Combo aus Trinidad in der Garnison auftreten. Bram kam ihr entgegen in weitem, buntgemustertem Bamboritahemd und enger Hose, weißen Schuhen. Er hatte zugenommen, aber sie erkannte ihn noch, vor allem sein Gesicht, seine Stimme: Louise, Mensch! In Lesters Beisein hatte er sie fest umarmt. Wir schreiben Geschichte, Mann, sagte er, als er ihrem Geliebten die Hand gab, und: In diesem Hotel auf der Bühne der Terrasse hat Laura Songs von Jazzdiven gesungen, als ich sie zum ersten Mal gesehen habe an einem Samstagabend, der genauso schwül war wie heute. Louise sah sich nervös um, ob andere zuhörten. Er schwieg einen Moment und ließ Lesters Hand endlich los, und weniger laut: Aber es war nicht die richtige Zeit dafür,

Laura und ich sind auseinandergedriftet wie zwei Kontinente, die früher zusammengehörten! Er rieb sich über die Stoppeln und schüttelte den Kopf. Vielleicht kannst du sie mitnehmen, damit sie wieder mal Livemusik hört? Bram nickte: Gute Idee, Mann, aber wo bringt ihr mich heute Abend hin? Und zusammen waren sie zum Ausgang gegangen, wo Lester dicht am Haus geparkt hatte. Aber Bram ließ sich nicht einfach so mitnehmen. Louise, wo gehen wir hin? Er war bei den Bauxitblöcken stehengeblieben, die den Gehweg markierten. Ins Offizierskasino der niederländischen Streitkräfte in Suriname. Lester wurde ungeduldig. Bram trat ins Licht einer Straßenlaterne. Er sah sie an, als wollte er eines seiner Gedichte aufsagen, erhob dann die Stimme: Ich habe behauptet, ich wäre homosexuell, um von der Wehrpflicht befreit zu werden; die Möglichkeit, in diesem Land Ehemann und Vater zu werden, haben mir meine trauernden Eltern verwehrt; fast meine ganze Verwandtschaft ist bei einem Massenmord umgekommen, begangen von Streitkräften. Ein Passant war stehen geblieben und sah ihn verwundert an, als er rief: Wie soll ich mich da bei Soldaten vergnügen? Beschwichtigend sagte Louise: Dann wird das nichts mit unserem schönen Samstagabend, Bram, Lester ist nämlich Berufsmusiker bei der Armee und muss gleich spielen! Bram nickte einsichtig und verabschiedete sich, indem er kurz ihre Hände nahm und Lester winkte. Sie: Wie geht es Laura? Bram: Sie fragt nach dir? Und er ging weg. In die Innenstadt. Sie sahen sein Bamboritahemd und die weißen Jeans aufleuchten im Dunkeln. Sie hätte ihn lieber dabeigehabt an dem Abend, auch, um ein bisschen unter vier Augen über

Laura sprechen zu können. Seit er ihre Schwester täglich besuchte, hatte das medizinische Personal ihr abgeraten, zu Laura zu kommen: zu viele Emotionen in einem verwirrenden Kontext. Wieso das denn? Laura könnte denken, Bram und Schwester Louise hätten etwas miteinander, außerhalb der Mauern, und es gehe Laura doch gerade so gut. Ihre Schwester misstrauisch? Laura und sie vertrauten einander blind, obwohl sie auch mal ausfällig geworden waren. Aber sie hatte »in Ordnung« gesagt und aufgelegt. Ihre Schwester war »Eigentum der Landesverwaltung«, solange die für ihren Unterhalt aufkam. Sie konnte nachempfinden, dass Wut wie ein Lavastrom unter dem Dasein von Menschen wie Bram weiterfloss. Aber eines schönen Tages würde Laura Kòlera verlassen, und sei es als Leiche! Und amüsiert sah sie zu, wie Lester sein Blasinstrument vorbereitete für den Kaseko, den sie gleich spielen würden. Eine Bekannte kam zu ihr, flüsterte: Louise, weißt du, dass Derik so dreist ist, nach Holland zu gehen wegen deiner Tochter Heli und Frau und Kinder sitzenlässt, der Schuft! Selbstbeherrschung war ihre Zierde. Statt die Frau anzusehen, sah sie Lester weiter lächelnd zu und sagte honigsüß: Meine Tochter Heli ist volljährig und lebt nicht mehr zu Hause! Mehr nicht, und die Frau zog Leine. Aber sie fühlte sich niedergeschlagen und klein. Großmutter Bee hatte jahraus jahrein ihre Zuflucht gesucht bei dem Schutzheiligen Antonius von Padua, nach und nach nurmehr ein steinernes Symbol, bis Imker sie gefunden hatte: krank und verlassen. Ihr selbst gaben Passagen einer Geschichte aus dem Alten Testament Halt und, wie ihrer Mutter, das bedingungslose Vertrauen in die Gnade

Gottes. Auch wenn Anton Vanta noch auf dem Sterbebett darauf beharrt hatte, allein »die Zeit« wäre »gnädig« für Mensch und Tier. Sie schluckte etwas hinunter. Nahm eine Handvoll Erdnüsse. Zermalmte sie zwischen den Zähnen. *Schmerzen haben heißt nicht immer, dass man krank ist, oft bedeutet Schmerzen haben, dass man gerade wieder gesund wird.* Diesen Spruch hatte Brüderchen Roger in die große ledergebundene Tischbibel geschrieben, die er vor seinem Umzug nach Holland zum Dank für das, was sie in seinem Leben bedeutet hatte, vorbeibrachte. Zwischen all den herumwirbelnden Menschen, die sich auf der Tanzfläche dem ausgelassenen Rhythmus des Kaseko hingaben, sieht sie plötzlich Panzer, Soldaten in Uniform, Kriegsgerät, angespannte Gesichter. Ladungen Lebensmittel, Genussmittel, die sie zusammen mit anderen in die Vorratskammern der Kaserne geräumt hatte. Massenmord. Gaskammern. Juden. Wörter, für die sich keine Bilder finden lassen. Nachmittags wieder zur Jacobusrust fahren, die Fahrradtaschen voller Schokoriegel, Dosen mit Kakaogetränk, Corned beef, Kastenbrot, Milchpulver, Zigaretten. Roger erwartet sie, entriegelt das Tor, lässt sie mit dem Fahrrad herein. Er hilft ihr beim Ausräumen der Taschen. Legt die Zigarettenschachteln auf einen Stapel neben Vater Antons Radio. Liest bei Mutter Bee in der Küche laut die Etiketten der amerikanischen Produkte vor. Er sieht sie an und trinkt den Kakao direkt aus der Dose. Steckt sie an mit seinem Kinderglück. Roger wurde gezeugt und geboren in der luxuriösen Unterkunft einer Familie auf der Flucht vor der Geheimpolizei des Naziregimes: Suriname gehörte zum niederländischen Staatsgebiet und könnte in den drohenden Krieg hineingezogen werden. In dem großen Spiegel im Jacobusrust-Wohnzimmer sieht sie sich stehen in der Uniform einer Streitkraft, die wirklich im Krieg war. Und mitten im Gesang des Kaseko-Sängers hört sie den Lagerverwalter der Garnison: In Holland haben nicht mal mehr die Bauern ordentlich zu essen, also nimm alles, was du willst, für deine Familie mit, Louise Vanta, weil Krieg heißt alles oder nichts! Auf der Bühne schickte ihr Geliebter mit seinem Saxophon scharfe Klänge in den Raum, Schweiß rann ihm über das kaffeefarbene Gesicht: *Ma Fu San Ede Mi Musu Dede*, Warum in Gottes Namen Muss Ich sterben!? Die Stimme des Sängers: klagend, quälend, schmeichelnd, aber jedenfalls geladen mit Protest. Die Combo machte Pause. Die Tanzfläche leerte sich. Schlank und hochgewachsen kam Lester zu ihr mit zwei Whisky on the rocks, gab ihr einen und setzte sich dicht neben sie, kam wieder zu Atem. Sie sahen sich an und prosteten sich zu: Auf Unser Leben!

Ich habe Cate herbeibeordert. Schlechte Neuigkeiten, Caatje. Ich kann es nicht erwarten, bis sie mir gegenübersitzt. Die Bedienung bringt uns die Tageskarte und verschwindet wieder, ohne unsere Bestellung aufzunehmen. Aber was gibt es schon für eine Wahl bei kräftigen Windböen und Eiseskälte? Cate wirkt blass bei dieser Witterung, verbissen zieht sie die Handschuhe aus. Los, sag schon? In einem Atemzug schreie ich heraus: Derik hat seine Familie verlassen und sich für mich entschieden und ich muss ihn bald in Schiphol abholen und dann fahren wir zusammen weg! Cate seufzt, eindeutig erleichtert, steht auf, bestellt zwei Erdnusssuppen, kommt zurück, setzt sich und zieht die Mütze vom Kopf. Was kann ich für dich tun, Süße? Ich schaue in ihre goldlackierten Pupillen und muss die Stirn runzeln, um ernst zu bleiben: Du und ich, wir fahren zusammen in den Winterurlaub! Das ist die Neuigkeit, die deine und meine Mutter in Paramaribo bekommen sollen, einverstanden? Sie rutscht auf ihrem Stuhl herum. Ich lüge meine Eltern nicht an, Heli. Wir schweigen, bis die Kellnerin den Tisch eingedeckt hat, um uns die kreolische Köstlichkeit zu servieren. Die Schalen werden vor uns hingestellt, dampfend, duftend nach frischer Petersilie und gemahlenen Erdnüssen. Cate nimmt sich eine weiße Serviette aus dem Serviettenhalter, holt einen Stift aus der Handtasche und schreibt in roter Schrift: *Gut, ich helfe dir, in dein Glück zu entwischen.* Und da: wir bekommen einen Teller frische Hähnchensatés mit pfeffriger Erdnusssauce auf den Tisch gestellt. Mit den besten Empfehlungen vom LokalSrananSani, sagt die Javanerin und: Guten Appetit! Die Innenstadt flirrt vom vielen »brave Kinder bekommen Süßes, böse Kinder die Rute«; und etwas so zutiefst Menschliches ist ansteckend. Wir essen nicht, wir schmausen und nehmen so viele gesunde Proteine zu uns, dass wir unerschrocken Winterpläne schmieden. Warm vom Genuss und rundum zufrieden packen wir uns von Kopf bis Fuß wieder winterlich ein. Bemützt, behandschuht und gestiefelt verlassen wir das Lokal, nicht ohne ein großzügiges Trinkgeld neben den leeren Schalen zurückgelassen zu haben. Ich bin nervös. Cate ist starr wie gefrorenes Wasser. Ich frage nach ihrer Arbeit. Sie sagt mir, an welchem Tag die Weihnachtsferien anfangen. Ich frage nach ihrem Kerl. Sie sagt, sie möchte lieber eine Spirale, hätte aber gehört, man könne unfruchtbar werden davon. Ich frage, wie es dem Ehepaar geht, bei dem sie wohnt. Sie sagt: Die können nicht voneinander lassen. Bei der Post wählen wir beide dieselbe Postkarte. Wir schreiben dieselbe Nachricht mit demselben roten Stift. Als PS schickt Cate meiner Mutter Grüße in ihrer Schrift. Ich tue dasselbe auf ihrer Postkarte unter die Mitteilung über unseren Winterurlaub in Österreich. Blaue Luftpostaufkleber und ordentlich frankieren. Zum Briefkasten. Ich darf sie beide eigenhändig einstecken. Ich umarme Caatje, drehe mich um und stehe direkt vor dem Mann, der mich geil macht. Er wartet. Soll ich ihn ignorieren?

Wer ist denn dieser »Kartoffelesser«, mit dem du so vertraut geredet hast? Beim Friseur sitzen Cate und ich nebeneinander vor dem Spiegel. Erzähle ich dir bald, auf dem Weg nach Schiphol. Sie zieht eine fette Schnute zum Zeichen der Missbilligung. Hast du schon Wintersportsachen gekauft? Die Damen, die uns die Haare frisieren, lächeln. Machen wir zusammen, du und ich, antworte ich: Meine Prüfungen gehen vor! Cate kichert: Er war sagenhaft teuer gekleidet von Kopf bis Fuß, der Kerl! Ich schweige und wir sehen uns im Spiegel an. Ich lege den Finger an die Lippen. Sie auch. Ich überlasse mich den Händen und Blicken der Friseurin mit einem: Bitte nur die Spitzen schneiden, im Winter brauche ich alle meine Haare! Aber Cate und ich schweigen nicht. Mit frisch frisiertem Kopf, beide unter der Trockenhaube, besprechen wir, in der Lingua franca unserer Heimat, den Winterurlaubsplan in allen Details.

Ich sehe es vor mir: Caatje, die bei Winston und Lya klingelt, um mich abzuholen, und ich mit Koffer zu ihrem Auto; falsch, Winston drängt sich auf und trägt selbst den Koffer, um sicherzugehen, dass ein weiterer Koffer im Kofferraum ist, nämlich der meiner Freundin; sie winken uns lächelnd hinterher. Es ist wie ein Traum, bei dem ich nie weiß, wie er weitergeht. Wie wird das wohl in Schiphol sein, wenn Derik und ich uns wiedersehen?

Meine Gedanken sind bei meinem Studium an der » Bildungsanstalt Van Nassau«. Im Januar mache ich ein Praktikum an einer Grundschule in Amersfoort. Ich muss zum Abschluss des Halbjahres ein weiteres Referat halten und dafür ein Thema aus der Pädagogik von Kohnstamm wählen. Ich komme damit nicht zurande. Meine Dozenten sind alles ergrauende Herren. Keine Frau weit und breit für unseren Jahrgang. In Paramaribo hatte ich zwei. Biologie, Singen & Musik. Surinamisch und Holländisch. Unsere Biologielehrerin war so strahlend schön, dass wir uns fast genierten, sie anzuschauen. Die Jungen diskutierten untereinander, wie sie wohl unversehrt ihr Diplom schaffen konnte und dabei »glücklich verheiratet bleiben mit einem Landsmann« und zwei Kinder zur Welt bringen. Diese Biologielehrerin, badend in Wissen und Schönheit und Eheglück, hatte mich auf die Idee gebracht, dass eine Familie zu gründen vielleicht auch etwas für mich wäre. Ein Gedanke, aus dem nie ein Wunsch geworden war und schon gar kein Verlangen. Heiraten ist immer noch nur für andere. Derik konnte mich nicht heiraten, nur versuchen, mir treu zu sein. Er bewahrte mich vor dem Zugriff der hitzköpfigen Verehrer, die mich umschwärmten. Mein Onkel und seine Lya verbrachten ein langes Wochenende in Paris. Auf einer internationalen Kunstmesse, nahm ich an. Nicht ihr Haus, nur ihr Badezimmer belegte ich mit Beschlag, und ich weichte in ihrer Doppelbadewanne ein. Gleich würde es in allen Zimmern nach der Badelotion »Englische Rosen« duften. Ich war durchweicht. Mein Körper musste jungfräulich wiederauferstehen aus der Höhle der Unterleibsfreuden, in die er geraten war. Dann höre ich ihn mit leiser Stimme sagen, während Cate uns im Blick behält: Ich heirate nicht vor Vierzig, und du? Und ich antworte: Verwandle dich nur in ein Meer von Zeit und bringe mir Schwimmen bei statt Tennisspielen. Wir lächelten uns zu. Er kam gerade von einem Brautpaar, das es ihm nicht angetan hatte. Ich hätte ihn knutschen können. Bei jeder Begegnung ertrinke ich in ihm. Das muss aufhören. Ich mag Boden unter den Füßen wie bei meiner Beziehung mit Derik. Die Grenzen unseres Verhältnisses konnte ich berühren, als wäre ich in einer Glaskugel gefangen. Ab und zu war mir schwindlig davon geworden, und einige hatten geraunt, ich würde den Verstand verlieren, wenn Mutter Louise mich nicht schnell-schnell wegzerrte vom magnetischen Blick dieses Wüstlings! Aber die gibt es überall, erfahrene Männer, in deren Blicken Mädchen ertrinken. Und nur selten sagt einer: Ich mag es, andere Körper zu berühren und Muskeln und Knochen zu spüren und dazu beizutragen, sie zu stärken, sie wiederherzustellen! Klingt nicht gerade wie das Tischgebet eines Ehepaars. Studienkumpel Hans kann nicht von mir erwarten, dass ich auf ihrem Sofa sitze am Nikolausabend, mich vollstopfen lasse mit Marzipan und erregt werde und gerührt auf die Fratzen von zwei Clowns schaue. Trotzdem habe ich bei all dem mitgemacht. Nach dem Nikolausabend haben mich Hans' Eltern sogar eingeladen zum Mittagessen am Weihnachtstag, um mehr Verwandte kennenzulernen. Mich schaudert. Anscheinend bin ich überfordert von so viel abgeklärter elterlicher Autorität, die sorgende Wärme ausstrahlt wie ein Kaminfeuer. Dann werde ich panisch. Nicht mein Unterleib ist bei Hans durcheinandergeraten. Es ist mein Junge-Frauen-Herz, das lebt und schlägt dank guter Blutwerte und persönlicher Ambitionen. Eine Ehe ist wie ein Sakrament, gedacht für Heilige. Hans' liebe Eltern können mir nicht ansehen, wie unanständig ich bin. Ich erlaube mir zu begehren und werde begehrt. So trotze ich auch der Kälte des abgekühlten Badewassers. Spüle mich unter der Dusche eiskalt ab. Reibe mich trocken vor der Spiegelwand. Tagelang niemanden zu sehen außer mir selbst ist herzerwärmend.

Für das Geld, das Derik in Kohlepapier zusammengefaltet in einem Dienstumschlag als Einschreiben aus Paramaribo geschickt hat, bekomme ich mehr als eine Wintersportausstattung. Ich lasse mich von der Verkäuferin beraten. Skifahren? Nein, ich gehe wandern, Langlaufen, oder so ähnlich. Und ich suche mir weinrote Kleidung aus, schwarze Schneeschuhe, schwarze Jacke zu einer roten Mütze, roten Strümpfen und Handschuhen. Die süße Blondine schwatzt mir extra Unterwäsche auf. Fast hätte ich der Versuchung nachgegeben, auch für Derik einen kuschelig warmen Pyjama auszusuchen. Aber mein Herz ist genauso versiegelt wie meine Lippen, wenn es um ihn geht, dafür nehme ich als Geschenk für Cate einen warmen Schal mit. Königsgelb ist ihre Lieblingsfarbe. Dann fällt mir ein, dass meine Hausgenossen auch das Recht haben auf ein Neujahrsgeschenk von mir, aber nicht aus dem speziellen Sportgeschäft, das auf dem Geschenkgutschein stand von meinem Apeldoorner Sportsmann. Ein Weihnachtskorb aus Bast wird es, mit allem, was gut schmeckt zu dieser Jahreszeit, dazu eine schöne Flasche Dimple für den Herrn des Hauses. Ich übernehme auch die Lieferkosten und nenne die »Oog in Al«-Adresse samt Telefonnummer. Ruhigen Gewissens lasse ich Derik per Post wissen, dass alles geregelt ist: *Ich bin in Schiphol, wenn du aus SU ankommst, und warte beim Geldwechselschalter auf dich, vielleicht mit Cate.* Ich hätte lieber woanders gewartet, aber Derik soll seinen Willen bekommen. Und ich habe eine Großklappen-Freundin bei mir, falls sich widerliche Kerle bei der Wechselstube herumtreiben sollten. Ich bin vorbereitet und gut ausgestattet. Lya findet meine Einkäufe klug, geschmackvoll auch, und kramt Erinnerungen aus an Ferien »im Warmen« zu ihrer Studienzeit. Sie gönnt mir den Ausbruch in die Freiheit. Mein Onkel schweigt. Er und Lya würden dieses Jahr einfach zu Hause bleiben, weil ein geliebtes Familienmitglied schwer krank sei in Suriname. Großmutter? Ja, wer denn sonst? Lass uns eine Telefonnummer da von deiner Unterkunft, Heli, ja?! Aber seine Frau widerspricht vehement: Muss nicht sein, Ferien sind Ferien! Ob sie durchschaut, dass ich sie anschwindle, was Cate betrifft? Hat er als Mann ein Gespür dafür, was ich im Schilde führe? Seine Augen sind zu einem schmalen Schlitz zusammengekniffen, als er zu mir schaut. Aber in Gedanken ist Winston bei seiner Mutter in Zorg & Hoop. Ich entkomme seiner Achtsamkeit.

Imker hatte Schmerzen, als sie Großmutter wusch. Beim Duschen erzählte sie, im Stoffladen gestolpert zu sein. Als Oma eingecremt und gepudert, gekleidet und gekämmt am Frühstückstisch saß, erklang ein mühsames: Imker, komm mal zu mir mit deiner verletzten Hand. Tat sie sofort. Oma nahm die Hand, betrachtete sie, fing an, sie sanft zu betasten, zu massieren. Imker hatte sich dazu hingesetzt, staunte über die Kraft in Omas Fingern. Es dauerte eine gute Viertelstunde. Großmutter ließ sie los und zog einen goldenen Ring von ihrer Rechten: Für dich, Imker, damit du nicht wieder stolperst! Sie protestierte: Die Jungs im Stoffladen gehen einfach nur manchmal schlampig um mit alter Pappe, Plastikverpackungen und so! Oma schwieg, behielt das Juwel in der offenen Hand. Imker nervös: Außerdem hast du den Ring von deinem Sohn bekommen, sein Name ist eingraviert! Großmutter legte den Ring auf den Tisch: Ja, und ab jetzt gehört der Ring dir und nur dir, Imker! Ihr fiel nichts anderes ein als ein gestammeltes: Du schenkst mir zu viel, Oma. Und sie ließ das Geschenk liegen, ging zur Anrichte und schnitt eine Scheibe Weißbrot in kleine Würfel. Großmutter hatte Appetit auf Milchbrot mit Sardinenmousse. Die schmerzende Hand war entspannter. Im Radio wurden die Todesanzeigen vorgelesen. Großmutter summte zur Hintergrundmusik. Beide erschraken, als das Telefon klingelte. Rangehen, Oma, ja? Es war Bram: Laura hat gestern mit Nachdruck von ihrer Mutter erzählt. Wieso? Sie hörte ihm bis zum Schluss zu. Sie versprach, es mit Großmutter zu besprechen. Bram war das? Sie trug das Tablett mit Großmutters Frühstück zum Esstisch und stellte alles vorsichtig ab. War es Bram? Sie nickte. Erst essen, Oma! Aber Großmutter beugte sich über die eingelegten Sardinen, brachte mit den Fingern etwas zum Mund, sagte: Hhhmmm, lecker; aber auch: Führ dich nicht auf wie eine Krankenschwester, Imker, sag mir, warum Bram angerufen hat! Ihr blieb nichts anderes übrig. Jetzt aß Großmutter ja sowieso schon, also konnte sie seine Bitte in verdaulichen Häppchen ausrichten. Er will mit Laura vorbeikommen bei dir. Laura will, dass du sie und ihn zusammen siehst. Sie wollen deine Zustimmung. Ja, in Ordnung! Großmutter führte ununterbrochen winzige Stückchen belegtes Brot zum Mund und schmatzte, um deutlich zu machen, dass sie wieder etwas schmeckte. Imker aß auch zwei Scheiben Brot mit Mousse, aber mit einem Tupfer Sambal von Umars Mutter. Eine knappe Stunde lang sagten sie nichts. Sie lauschten den Nachrichten, Popsongs, dem Morgensegen eines Predigers. Nimm den Ring, sagte Großmutter plötzlich, und: Steck ihn an den Finger! Imker kam der Aufforderung nach. Ich will deine Hand sehen. Sie legte ihre rechte Hand näher zu Großmutter. Es blieb eine Weile still. Imker, wenn Bram bald wieder zurückgeht nach Holland, wird meine Tochter echt verrückt! Und ich sterbe! Und du bleibst zurück mit doppeltem Kummer! Beide schwiegen. Sie schenkte Oma eine Tasse Tee ein und nahm sich selbst ein Glas Wasser. Großmutter griff zum Whisky und träufelte ein wenig in den lauwarmen Tee. Willst du damit sagen, dass Laura und Bram dich nicht besuchen dürfen? Großmutter schüttelte den Kopf. Sie dürfen zum Essen kommen zu uns, zu mir, ich sehne mich doch nach Laura! Stockender Wortwechsel. Dürfen sie schon Sonntag kommen, Oma? Großmutter nickte, als wollte sie nie mehr damit aufhören. Erleichtert kam sie auf Großmutters Bemerkung zurück: Aber Oma, Oma, Laura hat doch nicht nur Bram, sie kann sich auch auf Mutter Louise verlassen und auf mich, auf Babs, Audi und sogar Heli, und vergiss Umar und Aram nicht. Großmutter hob den Kopf, sperrte die Augen auf und holte tief Luft: Ich habe nie jemandem gesagt, was ich wirklich fühle in meinem Herzen, ich liebe dich, Imker. Sie hielt den Blick gesenkt. Oma Bee: Der Ring ist von deinem Vater, Imker. Tränen. Sie gab keinen Mucks von sich. Das Einzige, was sie noch ertragen konnte so früh am Morgen, waren die Geräusche von Biko an der Kette. Will Oma noch eine Scheibe? Nein? Und sie schauten zum Hund. Biko würde am Ende der Woche mit seinem ganzen Zeug umziehen nach Amora, untergebracht werden in Mutter Louises Haus. Umar hatte schon Ansprüche auf ein paar Kätzchen von Freunden angemeldet. Sie hatte alles, nur die Worte fehlten ihr. Sie starrte auf die Petersilienpflanzen, die üppig aus der Blumenerde herauswuchsen. Die Weihnachtsferien kamen auch auf Umar zu und die wollte er nicht bei seinen Eltern in Moengo verbringen, sondern im Bungalow. Er hatte vor, sich um Großmutters Grundstück, dieses kahle Muschelmeer, zu kümmern: ein Gemüsebeet, Butterblumen, Bananen, Zwergzitronen und *faya lobi*, heiße Liebe. Sie würden zusammen den neuen

Mini-Pick-up holen vom Showroom. Danach sollte der »Großputz« beginnen, obwohl man bei Großmutter vom Boden essen konnte: so sauber, so sauber. Eine Hühnchenpastete wollte sie mit Oma Bees Hilfe ausprobieren, für den Tag, wenn Laura zum Essen käme mit Bram. Genauso wenig wie den von Muschelsand umgebenen Bungalow und den goldenen Ring mit dem Namen ihres Vaters, könnte man ihr je wieder die Koch- und Backkünste nehmen, die sie die ganze Zeit von Großmutter Bee lernte. Biko war unruhig. Er würde ihnen furchtbar fehlen. Großmutter war einverstanden, zwei Katzen ins Haus zu holen noch vor dem Jahreswechsel. Sie hatte sich vorgenommen, Wunschkarten zu schicken an ihre Familie in Amora. Auch eine Karte an Heli in Utrecht mit den »besten Wünschen« von Umar und dem Jingle *Let It Snow Let It Snow*. Sie sah nach, ob das Tor gut geschlossen war, holte Bikos leere Futternäpfe, brachte frisches Leitungswasser und löste die Kette von seinem Halsband. Er schüttelte sich, jaulte und sprang an ihr hoch, rannte zu Großmutter, um gestreichelt zu werden, und tobte noch ein bisschen durch die Zimmer, bevor er zum Muschelsand rannte, um irgendwo ein Loch zu buddeln für seinen Haufen. Bei Mutter Louise hätte er seinen Spaß mit den Hunden in der Nachbarschaft. Bestimmt würde er sich schnell an seine neuen Hausgenossen und an den Garten gewöhnen. Tränen liefen ihr aus den Augen. War sie glücklich und gleichzeitig traurig? Zerstreut räumte Imker das schmutzige Geschirr in eine Schüssel mit schäumendem lauwarmem Wasser: Auf einmal sah die Zukunft genauso aus wie der heutige Tag.

Das Haus ist bewohnbar, Babs. Es muss nur gestrichen werden. Drinnen stehen noch Möbel. Die Küche ist betriebsbereit. Es sind Betten da, sogar die Wiege, in der du gelegen hast. Mit gerunzelter Stirn sieht Boys sie an. Ist es sauber? Er macht dem Kellner ein Zeichen und ruft dabei: Gebt meiner Tochter eine »Pekingente extra spezial« für zu Hause mit, Jungs! Und: Sauber, fragst du? Jedes Jahr an *bigi-krin*, dem »Großreinemachtag-von-Paramaribo«, ist das Haus gründlich geputzt worden, immer von denselben zwei Menschen: einer Mutter und ihrem Sohn. Die Lampen hängen noch, und die Bilder. Wasser und Strom müssen angeschlossen werden, weiter nichts, Babs. Vater Boys steckte die Hand in die Hosentasche und legte einen großen Schlüsselbund auf den Tisch. Sie schaute auf seine Finger, glänzend von Goldstaub. Eilig stand er auf. Er hatte dringende Termine in der Arbeit. Wird es ihn was kosten? Er schüttelte den Kopf, beugte sich zu ihr: Mach einen Mann erst zu deinem Lebenspartner, wenn du auch seine Familie magst. Ich habe deine Mutter verloren, aber nicht meine Gefühle für ihre Familie. Boys eilte zur Tür. Saß sie da ganz alleine und wartete auf die chinesische Spezialität, die Mutter Louise so sehr mochte. Sie betrachtete die Schlüssel. Am Schlüsselring hing ein Schild mit der Adresse, an der sie geboren war. Ob Mutter bereit wäre, sie dorthin zu begleiten, und sei es nur, um herumzugehen, zu schauen und zu schweigen? Zwei Tage später ging sie mit den Jungs hin. Brüderchen Audi, Freund Aram, Umar von Schwester Imker und der Holländer Bram. Das Haus war extra aufgeräumt und aufpoliert worden für die Besichtigung. Aram und Bram riefen aus der Küche, dass alles in Ordnung wäre. Sie ging schauen. Überall roch es nach Lysol, Bleichmittel, auch Flit-Spray. Mücken? Unruhig sah sie sich um. Behutsam führte Aram sie ins Wohnzimmer, in die Schlafzimmer, ins Bad. Sie hatte die Wiege stehen sehen in einem Zimmer, zusammen mit einer rosa Kommode und anderen Babysachen. Man konnte sich fast nicht vorstellen, dass die Zimmer zehn Jahre unbenutzt geblieben waren. Dieses Doppelbett. Mutters Wochenbett? Audi war bei ihr geblieben, während die anderen sich die Elektrik ansahen, den Garten und ihr Geburtshaus von außen. Zu einem Freundschaftspreis kann Bram sofort einziehen, schlug Audi vor. Sie erstarrte: Ich vermiete nicht. Bram braucht nichts zu zahlen, nur für Strom, Gas und Wasser, die er verbraucht! Audi, überrascht: Gehört das Haus dir? Sie hatte genickt und seine Hand genommen. Immobilien, das war das Ding von meinem Urgroßvater Han Hong. Boys will vor allem chinesisch sein auf die surinamische Art, also eine Mischung aus jüdisch, weiß und dazu ein Schuss Blut eines schwarzen Vorfahren. *So what?* Dein Pa will vor allem ein Stadtmann sein ohne Wurzeln, stimmts? Audi ging zu einem geschlossenen Fenster, drehte sich zu ihr um und hörte ihr mit schlaff hängenden Armen zu. In Paramaribo gibt es immer zu wenig heiratsfähige Männer mit ein bisschen Geld für die ganzen fruchtbaren Frauen, verstehst du? Zweifelnd schüttelte er den Kopf und sagte: Bohr Librettis Eltern sind irgendwann geflohen aus ihrem Heimatdorf irgendwo in Südeuropa, mit noch nicht mal sechzehn, Babs, und haben gekocht und gespült auf Frachtern, um zusammen zu bleiben und am Leben, bis seine Mutter unter großen Schwierigkeiten meinen Vater lebend zur Welt brachte, mit Hilfe einer schwarzen Hebamme, im Hafen unserer Stadt, wo ihr Schiff Bohr zufällig vor Anker lag, um es zu reparieren. Bohr und seine Mutter wurden wochenlang versorgt, zu Hause bei der Hebamme. Ihr Schiff hatte abgelegt. Endgültig weg. Die Librettis sind geblieben, um ihrem Sohn eine Zukunft zu geben mit Möglichkeiten, die sie selbst nicht gehabt hatten in ihrem Heimatdorf irgendwo in der Nähe von Neapel? Babs, aggressiv: Die hatten auch keine Ahnung, dass Paramaribo so ein Loch ist, aus dem echt niemand wieder rauskommt, oder, Audi? Aber ihr Bruder fuhr schnell fort: Bohrs Vater ist Hafenarbeiter geworden und hat sich hochgearbeitet zum höheren Beamten beim Zoll; und seine Mutter hatte einen Essenservice für Hafenarbeiter und Seeleute. Jetzt wurden sie gerufen, ob sie kurz in den Garten kommen wollten. Es war Umars Stimme. Babs flüsterte: Umar ist bloß ein Muslim-Volksschullehrer, aber wenn er unsere Imker wirklich behalten will, könnte er noch weiterstudieren und mehr Geld verdienen! Aber er will Maler werden! Sie sprach gehetzt und überzeugend: Komm schon, Audi, gibs zu, du und ich, wir habens echt nicht schlecht getroffen mit unseren Vätern! Und nach draußen gingen sie, um zu hören, ob Bram einziehen wollte, so lange, wie es ihm beliebte. Bram fiel ihr begeistert um den Hals. Er war sogar bereit, auf eigene Kosten das Haus von außen streichen zu lassen. Babs hatte genug gesehen. Nicht mehr lange, dann würde sie volljährig sein und Hausbesitzerin. Sie bat um die Schlüssel und gab sie Bram. Lasst uns Kokoseis essen gehen, Jungs, ich sterbe vor Hitze! Sie hatte eindeutig keine Lust mehr auf die Dinge, die ihnen Umar noch zeigen wollte vom Grundstück, auf dem das Haus stand, und dem Garten drumherum. Für mich lieber ein Bier, bemerkte Bram. Ich bin dabei, sagte Aram. Ich auch, sagte Audi. Nur Umar schwieg. Aufgeregt verließen sie die Immobilie, die Mutter Louise damals hinter sich gelassen hatte. Als sie bei den Autos standen, kam eine Dame mit auffällig viel grauen krausen Haaren aus einem Nachbarhaus angelaufen: Bist du Babs von Louise? Schweigen. Ja, das ist sie, antwortete Aram freundlich. Die Dame trat näher: Ich war die Hebamme deiner Mutter. Wir waren Nachbarinnen. Es war eine gute Hausgeburt. Alle schwiegen. Die Dame wieder: Hier hast du einen Umschlag mit Fotos von dir und deinen beiden Schwestern in eurem rotblühenden *faya lobi*-Hintergarten, bitte sehr. Sie nahm den Umschlag entgegen. Unterdrückte die Tränen. Fast tonlos sagte sie: Danke, vielen Dank! Die Dame hielt ihrem Blick stand, lächelte. Babs fragte: Darf ich Sie auch umarmen?

Die »Peking Ente extra spezial« ihres Vaters. Die Schwarzweißbilder der Hebamme. Die Wiege im Babyzimmer. Das Leben schien kurz durchzudrehen, vorwärts und rückwärts zugleich. Mutter Louise blieb auf der Hut: Sie hatte sich geweigert, die »Pekingente extra spezial« mitzuessen, und gewarnt: Lass dich nicht von Bram verrückt machen, Babs! Es war der freundliche Rat einer besorgten Mutter. Babs hatte es immer noch nicht übers Herz gebracht, Mutters Schwester zu besuchen. Sie hatte keine Ahnung, wie eine Frau mit »verwirrtem Hirn« aussah. Bram hatte ihr versichert, Laura sei nicht verwirrt, sondern »nach innen gekehrt«. Auch dazu konnte sie sich kein bestimmtes Verhalten vorstellen. Wie guckt Laura? Wie spricht Laura? Bram redete ihr beschwichtigend zu: Ich will Laura helfen, wieder ausgelassen zu sein, sich zu erfreuen an kleinen Dingen. Wie denn? Indem ich bei ihr bleibe und ihr wieder einen Platz im täglichen Leben gebe. Und dann? Hatte er denn keine Pflichten in den Niederlanden? Sie war die Einzige, die ihm solche Fragen stellte und auch noch wartete, bis eine verständliche Antwort kam. Er hatte behauptet, freiberuflich zu arbeiten, als »Schreiber und Dichter«, und nach einer gescheiterten, kinderlos gebliebenen Ehe – da könnte er tun und lassen, was er wollte. Aram jedoch hatte er anvertraut, dass er unerwartet sehr viel Geld geerbt hatte von Blutsverwandten, die er nicht kennenlernen konnte wegen der zerstörerischen Gewalt des Krieges. Aram hatte ihn sofort gemocht. Sie fand ihn seltsam. Unter Mutters Fittichen und in ihren eigenen Kreisen, da hatte sie selten Menschen getroffen, die ihren Erwartungen nicht entsprachen. Brams Plan war beunruhigend für die Familie Vanta, aber wohnen durfte er in dem Haus, in dem sie gekrabbelt war und laufen gelernt hatte. Es tat ihr gut, auf diese Weise – etwas tun zu können für Laura, deren Dasein ihr Angst einflößte. Ihre Noten im ersten Halbjahr waren hervorragend. Mutter Louise würde strahlen. Die Schüler an der SKS munkelten, Derik wäre nach Holland gereist, aus persönlichen Gründen. Ihrer Schwester Heli hinterher? Mutter durfte auf keinen Fall davon erfahren. Babs hatte mit keinem Menschen darüber gesprochen. Eine Neujahrskarte hatte sie ihrer Schwester nach Utrecht geschickt mit ganz besonderen Wünschen. In der Firma von Arams Familie gab es immer gegen Ende

Januar einen Neujahrsempfang, zu dem Mutter Louise sie gehen ließ, zum ersten Mal. Könnte sie sich endlich mal all die »Wespentaillen« ansehen, die Aram umschwirrten wie Honigbienen. Das beschäftigte sie mehr, als sie sich eingestehen wollte. Im Januar wurde sie sechzehn. Eigentlich nicht viel mehr als ein Kind, hatte Bram gesagt. Sie fand es unverschämt von ihm, aber es war nicht ganz falsch. Sie war tatsächlich noch im Wachstum, und das hatte ein älterer Mann gut im Blick. Die Wiege, die extra aus dem fernen Ausland kommen musste für ihre Geburt, durfte nicht bei Bram im Haus bleiben. Zusammen mit dem Kinderbett und anderen Babysachen könnte sie einem Waisenhaus gespendet werden. Als erfahrene Hebamme wüsste die Nachbarin bestimmt eine Adresse. So wachte sie jeden Morgen auf, ohne Träume, an die sie sich erinnern konnte, aber den Kopf voller Pläne. Auf dem Wohnzimmertisch lag neben anderen Karten auch eine Grußkarte von Heli mit der Nachricht, dass sie zusammen mit Cate, ihrer Ex-Kollegin von der Fatima-Schule, in den Winterurlaub fahren würde. Wandern im Schnee? Mit diesem rothaarigen Wildfang! Aber die Neuigkeit schien Mutter kaltzulassen. Mutter Louise schwieg lieber über Dinge, die sie tief berührten, so wie Babs.

»Oog in Al«. Der Gong der Haustür. Es ist Cate. Ein dunkelblauer Mercedes auf der Straße. Was ist los? Cate entschuldigt sich: Ich traue mich nicht auf die Schnellstraße nach Schiphol mit meinem kleinen Auto, und wir dürfen das Flugzeug nicht verpassen. Ein Taxi? Ja. So teuer? Macht nichts. Winston nimmt meinen Koffer, gibt ihn dem Fahrer, der neben dem Kofferraum steht, sieht ihm zu. Mantel an, Mütze auf und Bye-Bye. Eine schöne Zeit euch. Winken. Einsteigen. Autotüren schlagen dumpf zu, der Mann im dunklen Anzug am Steuer fährt los. Cate nimmt meine Hand. Was heißt das, Caatje? Sie grinst: Die reine Wahrheit. Ich höre ihr zu, und als wir zur Autobahn kommen, verstehe ich ihre Angst. Es ist furchtbar voll. Und es wird schnell gefahren. Mir wird schwindlig von den vielen Spuren. Ich mache die Handtasche auf und lege Cate mein Geschenk in den Schoß. Schönes Papier, danke Schätzchen, sagt sie. Wir reden kaum. Mein Blick klebt an der Straße. Was kostet mich die Fahrt? Cate seufzt: Heli, schau aufs Taxameter, aber ich habe eine Pauschale vereinbart und ich zahle mit. Ich antworte nicht. Eigentlich ist es eine sagenhaft gute Idee von ihr, nicht selbst zu fahren. Wie kommst du zurück? Sie antwortet nicht, reißt das schöne Papier auf, nimmt den Schal in die Hand, legt ihn als Gesicht: Wunderschön, Heli, Küsschen-Küsschen. Sie rückt etwas näher zu mir. Ich rieche ihre Seife. Nicht schwanger werden, ja? Ich schüttle den Kopf. Dann erst schaue ich wirklich zum Himmel: Strahlendblau, sage ich. Aber um den Gefrierpunkt, junge Damen. Die Stimme unseres Fahrers. Schiphol in Sicht. Ich schlüpfe in die Handschuhe und greife zum Portmonee. Ich bin aufgeregt. Furcht bedrückt mich. Ich habe Angst, flüstere ich. Ich bleibe bei dir, bis er da ist. Ihre Stimme klingt sanfter als sonst. Zur Ankunftshalle, junge Damen? Sie antwortet. Schmetterlinge im Unterleib. Aussteigen. Bezahlen. Die Koffer nehmen. Was für ein Gewusel. Machen die alle Schlittschuhferien? Nein, Niederländer fahren in die Berge. Die Berge? Ich bezahle den freundlichen Fahrer.

Vier Stunden später sitzen Cate und ich auf einem hohen Hocker und trinken Cappuccino. Wir haben eingecheckt. Unsere Koffer aufgegeben. Seine Reise hat Derik meiner Ex-Kollegin geschenkt. Ich sehe noch, wie er ankommt, mich lächelnd in die Arme nimmt, und dann: Sie ist mitgeflogen, mit den Kindern; sie hat die Kinder bei mir im Hotel abgeladen; seither ist sie unauffindbar, unerreichbar; ach, es tut mir so leid. Ich ließ seine Hand los und ging dorthin, wo Cate saß. Beim Wechselschalter war es ruhig. Derik kam zu uns. Kannst du doch nicht mit? Caatjes Stimme: Dann reise ich an deiner Stelle mit Heli. Sie spricht, als hätte sie vorher schon darüber nachgedacht. Gib uns einfach die Reiseunterlagen, Derik, und geh. Er kramt in seinen Innentaschen, holt Papiere heraus. Ich sehe ihn an: meinen schönen, sonst so selbstsicheren Mann! Ich leide mit ihm. Und bewundere ihn. Einen Vater, der sich nie lösen könnte von seinen Kindern und Kindeskindern. Ich gebe ihm einen Kuss: Geh zu deinen Kindern, Derik. Tränen schießen ihm in die Augen. Soll ich noch mitgehen zum Schalter des Reisebüros? Und darf ich noch kurz alleine sein mit Heli? Wir gehen zusammen weg vom Treffpunkt beim Geldschalter. Er und ich. Hinter uns Cate mit zwei Rollkoffern. Ich höre, was Derik alles sagt. Bei der Rückkehr würde er mich erwarten. Selber Ort. Der Wechselschalter. Und auch: Mach es dir schön im Schnee! Der hohe Hocker im Café ist unbequem. Zum ersten Mal trinke ich einen Cappuccino. Cate und ich schauen uns die ganze Zeit an. Nach und nach komme ich wieder zu mir, lächle sogar, lache laut. Ich bestelle noch einen Cappuccino, eine Sirupwaffel dazu. Was hast du in deinem Koffer, Cate? Sie prustet los: Nicht so viel. Solltest du nicht deine Hausgenossen anrufen, Caatje? Sie geht weg und kommt zurück mit zwei Tassen Kaffee auf einem Tablett, das sie auf den runden Tisch abstellt: Heli, außer meinem Vater hat in meinem ganzen Leben noch nie ein Mann etwas für mich bezahlt. Ich nippe am Kaffee, lasse ihn mir schmecken. Derik hat uns auch Taschengeld mitgegeben, damit wir die Ferien zu dem machen können, was er mir nicht geben kann. Wir nehmen unsere Handtaschen und gehen zum Abfluggate. Wir vereinbaren, die nächsten zehn Tage unzertrennlich zu sein. Mir geht es so gut. Als würde ich tanzen. Kaseko, flüstert Cate fassungslos.

Ich greife nicht zur Landkarte. Ich will nicht genau wissen, an welchem roten Punkt wir sind. Das Nachvollziehen der Reiseroute übernimmt Cate, und ich folge ihr brav, bis wir mit unseren Koffern in einer Halle stehen: Ein Mann wartet da mit einem orangefarbenen Schild, auf dem sich in Schwarz mein Name und der von Derik abheben. Zuerst ist er misstrauisch. Unsere Reiseunterlagen geben ihm die Sicherheit, die er braucht, um uns mitsamt Gepäck zu einem völlig eingeschneiten Ort zu fahren. Ich kann es kaum glauben. Bin bestürzt. Wir brauchen eine Sonnenbrille, um die blendende Weiße der Gegend, durch die wir fahren, zu ertragen. Mich überkommt das Gefühl, dass ich alles, was ich in den Tropen erlebt habe, nur geträumt habe, und nun endlich die Realität vor mir erstrahlt. Mir ist vollkommen klar, weshalb Derik mich in diese jungfräuliche Landschaft hoch oben über dem Meeresspiegel entführen wollte. Im Zimmer mit Blick auf die Bergrücken angekommen, weiß ich, dass der Gott von Mutter Louise die Hand im Spiel hat. Cate kommt zu mir und starrt genauso. Wir sind weit oben, sage ich. Sie sieht meine Tränen nicht. Alles steht still. Mit dem Skilift können wir morgen noch höher kommen. Der See in der Nähe ist überwältigend. Plötzlich fragt sie: Heli, wer war der Kerl, mit dem du dich letztens so vertraut unterhalten hast bei uns auf der Post?

Wintersportsachen für Cate. Mittagessen im Hotelrestaurant. Wir haben unseren Schwips ausgeschlafen. Wir müssen irgendwo in der Nähe warme Sachen finden für meine liebe Reisegefährtin mit ihrem Koffer, in dem nur zwei Handtücher sind und gefütterte Stiefeletten, für die Zugfahrt zurück nach Utrecht. Wir wollen am ersten Tag in der Nähe bleiben und herausfinden, wie und wo wir wandern können, ohne Gefahr zu laufen, von Schnee oder anderem Niederschlag überrascht zu werden. Mir fällt fast die Kinnlade runter beim Anblick der Wintersportler, die wir vorbeigehen sehen. Auch Cate schaut stumm. Um noch mehr darüber zu erfahren, wie wohlhabende Europäer den Winter verbringen, wollen wir ausgiebig zu Abend essen in einem namhaften Restaurant. Wir haben beschlossen, uns die Sauna zu gönnen, Massagen, und abends Jazzmusik in einem Nachtclub. Keine Gruppenausflüge. Keine Treffen allein mit potenziellen Ferienflirts. Wir dürfen uns in der Ferienanlage nicht aus den Augen verlieren. Ich will nichts rauslassen über meine Amouren mit dem Sportsmann. Cate hat kundgetan, nicht über ihren SU-Freund sprechen zu wollen. In Schiphol haben wir uns ein Kartenspiel gekauft und zwei dicke Romane, selber Titel, selber Autor. Kein Alkohol und keine Schokolade im Zimmer. Pornofilme aus dem Hotelarchiv nur selten, um den Unterleib zu kitzeln, aber vor allem viel und lange schlafen. Frühstück aufs Zimmer. Wir schlafen so lange und so fest, dass wir uns fragen, ob es an der aufgestauten Müdigkeit liegt in unseren Körpern, die sich noch nicht von der Tropenzeit umgestellt haben. Trotzdem viele und lange Wanderungen. Cate und ich denken uns alle möglichen Lebensregeln aus, besser gesagt Hausregeln, wie um insgeheim zu üben, irgendwann in Zukunft zusammenzuwohnen. Das Zimmermädchen hat uns vier Videos gebracht. Nicht Pornos, sondern Ski- und Langlauflektionen. Wir legen eins nach dem anderen in den Recorder. Holen uns eine Schale Erdnüsse. Wir schauen. Willst du Ski fahren? Nein, du? Ich finde viel Schnee und überall Eis und viel Wind furchterregend. Nächstes Jahr ins Warme? Keine Pläne? Der Weg in freudvolle Ferien ist mit Geldscheinen gepflastert, die ich nicht habe, Cate! Mit Geldscheinen und einem grundehrlichen Ehemann dazu, sagt sie. Obwohl das nur selten Hand in Hand geht?! Lachen. Noch mehr Erdnüsse. Und so necken wir uns gegenseitig in den Schlaf mit »unmöglichen Optionen« zum Liebesglück. Jeder Tag geht herrlich mühelos wieder in einen Abend über, in eine Nacht, einen noch schöneren Morgen in glückseliger Ruhe. Wir lesen uns gegenseitig Passagen vor aus einer Geschichte von Jan Cremer. Auf unseren Wanderungen kommen wir bis zum

See und zurück zum Restaurant, wo wir an einem großen Kaminfeuer Braten essen mit Kartoffeln in Sahnesauce und einen Obstsalat zum Nachtisch, dazu einen Krug warmen Rotwein. Wir waren in der Sauna, ohne Massage, aber zurück im Zimmer cremen wir uns gegenseitig den Rücken ein mit herrlicher Avocadocreme. Wir lackieren uns gegenseitig die Nägel. Reden ein bisschen über unsere Heimat. Und manchmal fängt Cate doch wieder an von meinem »Flirt bei der Post mit dem hübschen Holländer«. Dann schweige ich verbissen, obwohl sie inzwischen mehr ist als eine Kollegin, mit der ich mich in Paramaribo gut verstanden habe. Am letzten Tag bekomme ich meine Regel und bin ziemlich angeschlagen: Ich will nicht zurück nach Holland. Caatje neckt mich, ruft: Aber Heli, meine Kleinen brauchen mich dringend! Sie bekommt einen *tjoeri* als Antwort. Auf die Minute pünktlich werden wir für die Rückreise abgeholt. Ich werde herausgerissen aus meiner Traumlandschaft des sorglosen Genusses. Aber sogar Leichen verändern sich in dieser Welt, sie verwesen, nichts hält unverändert an, auch der Winter wird zum Frühling. Cate, die mich mit einer Weisheit aus einem kürzlich gelesenen Buch tröstet. Ich gebe unsere Zimmerschlüssel ab, wir checken aus. Schöne Zeit gehabt, Damen, fragt der hochblonde Empfangschef freundlich. Wir nicken. Wir lächeln. Wir danken für den Service. Ein Jugendlicher in Livree begleitet uns hinaus. Das Großraumtaxi holt auch andere ab. Genügend Platz für Cate und mich. Wir fahren weg. Langsam kommen wir im neuen Jahr an, nachdem wir losgelöst waren von Uhrzeit und Kalender. Ich will nicht zurück an die Küste.

Meine erste Verabredung mit Derik war sonntags, an einem Laura-Nachmittag. Dann besuchte ich sie mit einem Essensträger voller Leckerbissen, frisch zubereitet von Mutter und bezahlt von meinem Gehalt. Jeden dritten Sonntag im Monat verbrachte ich mindestens zwei Stunden bei Mutters Schwester. Diesmal bin ich nervöser als sonst, weil ich viel später nach Hause käme als sonst und, was noch schlimmer ist: Ich würde Mutter hinters Licht führen. Umar kommt auf seinem schweren Moped an und schlägt vor, mich in die Innenstadt zu fahren. Ich lehne ab: Ich habe die Haare offen und ich will nicht zerzaust in Kòlera ankommen. Er lächelt, geht ein Stück neben mir her, fragt, ob er mich zu einer bestimmten Zeit abholen soll. Kurz ist es mir unangenehm, einen Jungen, neben dem ich drei Jahre lang, fünf Tage die Woche mindestens sechs Stunden am Tag gesessen habe, mit einer Lüge abzuspeisen ... Ich gehe danach meinen Großvater besuchen in der Jakobusrust, stammle ich. Er lächelt und nickt verständnisvoll. Dann winke ich einem Wilden-Bus, dass er bei mir halten soll, und weg bin ich. Aber wo ist der Essensträger? Bei Umar, der ihn mir abgenommen hat. Tränen. Verdammt. Mutter hat sich solche Mühe gegeben, für Laura einen Brotkuchen gebacken und Hackbraten und Erdnusskekse, und ich? Komme mit leeren Händen an. Es ist Sonntag, nur wenige Menschen steigen ein, der Bus rast in die Stadt und der Fahrer würde mich für ein kleines Extra beim Eingang der Krankenanstalt absetzen. Ich denke mir aber, dass Umar mit der Essentrage auf dem Weg zu mir ist. Ich steige aus bei der regulären Endhaltestelle. Warte. Tatsächlich, Umar kommt mit dem Essensträger angeknattert und lächelt mit seinen schönen Zähnen. Ich fühle mich nicht wohl. Ich muss noch ein ganzes Stück zu Fuß gehen und will mich partout nicht hinten aufs Moped setzen. Grußlos mache ich mich auf den Weg. Er versteht, dass ich allein sein will, und ich höre ihn nicht starten, fühle aber seinen Blick in meinem Rücken brennen. Unterwegs kaufe ich Zigaretten und gekühlte Säfte für Laura. Ich bin so nervös. Als Kòlera auftaucht, bleibe ich kurz stehen. Ich habe das Parfum bei mir, das Laura in ihren besseren Jahren immer getragen hat. Ein wunderschönes Fotoporträt von ihr mit ihren Schülern habe ich auch bei mir, falls sie danach fragt. Sie weiß, dass ich unterrichte. Beim Tor macht mir der Pförtner ein Zeichen, ich kann weitergehen, was ich auch mache, und ich höre ihre Freundinnen rufen, ich sei im Anmarsch. Mit ausgebreiteten Armen, wie ein glücklicher Vogel, kommt sie mir entgegen und umarmt mich. Auch den Essensträger nimmt sie und befiehlt: Komm mit! Ich folge ihr in den Besuchersaal und begrüße eine Pflegerin in der Nähe. Ich habe einen Desinfektionsspray bei mir und ein Tuch, wische damit den Tisch sauber. Laura wartet, bis es soweit ist. Sie nimmt den Löffel, den eine freundliche Pflegerin ihr bringt. Ich helfe ihr, die Dosen aufzuklicken, zeige ihr den Inhalt, gebe Erklärungen und stammle: Guten Appetit, liebe Laura. Bei mir schlingt sie nie. Bedächtig nimmt sie einen Bissen nach dem anderen, kaut langsam und genießt das Essen. Sie wirkt zurückhaltender als sonst, und ich weiche ihren eindringlichen Blicken nicht aus. Sie isst solange Hackbraten, bis sie genug hat. Nimmt ein Stück Brotkuchen und lässt ihn sich schmecken. Ich öffne den

Becher Orangensaft und schiebe ihn zu ihr. Hast du auch Zigaretten, fragt sie. Ich nicke. Und dann, als hätte es ihr jemand eingeflüstert, sagt sie: Du bist mit deinem Lover Derik verabredet, oder? Ihre Augen glänzen unruhig. Ich schnappe nach Luft. Ich frage nicht, woher sie das weiß. Nicke. Mein Herzensgeheimnis war in die Stadt gedrungen und durchgesickert bis nach Kòlera. Meine Tante probiert einen Erdnusskeks und trinkt kleine Schlucke Saft. Sie bittet um die Zigaretten, aber bevor sie sie nimmt, steht sie kurz auf, um die Reste mit zwei Frauen, die ihr beim Essen zugesehen haben, zu teilen. Ich gebe ihr Feuer. Sie inhaliert tief und schließt die Augen. Brauchst du sonst noch etwas, frage ich. Ohne die Augen zu öffnen, sagt sie lüstern: Einen Mann, Heli! Ich schaue mich um, sehe überall nur Frauen. Ich schiebe die Schachtel Zigaretten zu ihr und einen zusammengefalteten Geldschein in die freigewordene Stelle in der Schachtel. Sie sieht es und nickt. Du riechst gut, sagt sie, und ich hole das Parfum heraus und sie reicht mir ihre Hand. Ich sprühe ihr etwas aufs Handgelenk. Geh nur zu ihm, sagt sie leise, und: Geh nur, Heli! Ich sammele ein paar Sachen zusammen, Servietten und die Metallbüchsen, die übereinander geschnallt die Essentrage ergeben. Laura wandte sich ab, als ich aufstand. Sie wollte sich nicht verabschieden. Ich war weggegangen. Ich drehte mich nie um. Ich weinte jedes Mal.

In Schiphol wartet Derik. Er kommt auf uns zu. Umarmt mich. Dankt Cate überschwänglich. Wir reden noch eine Weile. Cate verabschiedet sich von mir: Sie will mit dem Zug weiter und gönnt mir noch einen Tag mit Derik. Fast traurig umarmen wir uns. Er will noch eine Übernachtung mit mir in einem Luxushotel in Amsterdam. Ich sträube mich. Er zeigt Verständnis und trägt meinen Koffer zu seinem Mietwagen. Ich folge ihm schweigend. Wir fahren. Ich erzähle nichts. Ich gebe ihm auch kein Geschenk und ich verlange, dass er direkt weiterfährt zu der Stadt, wo ich studiere. Na gut, ein Stopp kurz vor meiner Wohnadresse, um ein bisschen zu reden. Er vermisse mich seit Monaten, sagt er. Ein Restaurant an einer Seitenstraße? Widerwillig steige ich aus. Wir sitzen an einem blitzsauberen Tisch. Es ist nicht Essenszeit, außer uns ist kein Mensch da. Erbsensuppe mit Beilage bei der Kälte? Gut. Ich warte, bis wir unser Essen haben. Und jetzt? Meine Stimme klingt nicht einladend. Er zögert, rührt ruhig in der Suppe, den Blick gesenkt. Du wolltest noch reden, sage ich fordernd. Er sieht auf: Ich habe dich nicht verdient, Heli. Ich unterdrücke die Tränen. Was tue ich in Holland? Meine Stimme. Sein Flennen. Die Suppe wird kalt. Ich stehe auf, gehe zum Kellner, bitte ihn, mir ein Taxi zu bestellen. Jetzt gleich? Ja, es soll sofort kommen. Ich gehe Richtung Toilette, überlege es mir anders, kehre zurück zu Derik. Inzwischen hat er bezahlt. Ich liebe dich, sage ich. Er sitzt. Ich stehe neben ihm. Er nickt. Steht auf. Du bist noch schöner als in Paramaribo. Ich nicke. Nehme seine Hand, streichle seine Finger und wir gehen. Derik nimmt mein Gepäck aus seinem Kofferraum und trägt meinen Koffer und die Reisetasche hinten zu dem dunklen Wagen. Brauchst du noch Geld, fragt er. Nein, sage ich. Ein Kuss auf den Mund. Ich steige ein. Derik bleibt stehen. Der Chauffeur fährt an. Nicht umdrehen, denke ich.

Niemand zu Hause. Mein Geschenk zum Jahresende für den Bruder meiner Mutter und Ehefrau Lya steht ausgepackt im Wohnzimmer. Der Whisky ist angebrochen und glänzt golden in der prächtigen dreieckigen Flasche. In der Küche auf der Anrichte ein großes Blatt Papier, darauf mein Name. HALS ÜBER KOPF NACH PARAMARIBO WEGEN OMA. Ich schaue hoch zur Flasche mit Orgeattrunk. Es ist, als bestünde der Inhalt aus zwei Teilen, einem hellen und einem dunklen. Bei fünf Stunden Zeitunterschied ist es elf Uhr morgens in meiner Heimat. Anrufen. Imker meldet sich sofort. Oma Bee ist ins Koma gefallen im Schlaf aber alle sind bei ihr auch Laura und Bram sogar Roger und seine Frau mit ihrem Babyjungen Johann-Anton und Oma bleibt in ihrem eigenen Haus bei uns allen! Es dauert eine Weile, bis ich herausbringe: Sag Oma, dass ich sie liebe und dass ich sie wiedersehen will, wie auch immer, wann auch immer! Versprochen, sagt Imker, und: Wiedersehen, Heli. Ich stehe da. Lege den Hörer auf. Koffer ins Gästezimmer bringen. Erst noch aufs Klo, Binde wechseln. Ich schaue auf die Blutschleimreste, die meine Gebärmutter jeden Monat abstößt. Nie wird Oma Bee ein Kind von mir sehen. Hände und Gesicht mit Seife und kaltem Wasser waschen. Ein Fenster öffnen, um den Winter reinzulassen. Post auf meinem Schreibtisch. Grob reiße ich einen der Umschläge auf. *Ethel Vanta lebt seit einem Jahr mit ihrem Mann und zwei ihrer vier Kinder in Ghana. Er ist Internist. Sie ist Apothekerin.* Nicht umfallen, denke ich. Vorsichtig die Treppe runter zur Küche. Ich bekomme einen Riesenschreck. Gänsehaut von Kopf bis Fuß. Die Literflasche Mandeltrunk ist geborsten. Über den Küchenschrank und die Anrichte tropft, träge wie schwerer Honig, Omas Sirup auf die Fliesen. Eine Pfütze, gebrochen-weiß, die fest wird. Ich gehe in die Hocke. Tunke meinen Zeigefinger hinein. Lecke und tunke, lecke und tunke. So wunderbar war meine Großmutter immer zu mir. Oma Bee, flüstere ich. Die Flasche ist leer. Überall um mich herum der Duft von Mandeln.

Glossar

baja: surinamisch-niederländische Interjektion, hier etwa: ehrlich, echt wahr.

bakra-Studenten: Der Begriff bakra (auch backra, bakara oder buckra) wird im gesamten karibischen Gebiet verwendet. In Guyana und Suriname bezeichnete er ursprünglich weiße Plantagenbesitzer, dann weiße Niederländer, heute Weiße allgemein.

Balata: Produkt aus dem Saft eines Baumes, der in einem großen Teil des nördlichen Südamerika wächst. In Suriname heißt er Bolletribaum.

Bamboritahemd: Surinamische Variante des Hawaiihemds.

Beekhuizen: ehemalige Plantage, heute einer von zwölf Ressorts, also Stadtteilen, im Distrikt Paramaribo.

bigi-krin: Sranan für Großreinemachtag.

birambi: Früchte des Gurkenbaums (*Averrhoa bilimbi*). Im Fernen Osten, wo der Baum herstammt, wie auch in Suriname werden die Früchte für Currys und Chutneys verwendet.

Bitterblatt: *Cestrum latifolium*

Brüderkirche: Kurzform für die Herrnhuter Brüdergemeine bzw. die Evangelische Brüder-Unität, wie sie heute auch genannt wird.

buru: Sranan für das niederländische Wort *boeroe's*, Abkömmlinge niederländischer Bauern, die sich in der Mitte des 19. Jahrhunderts in Suriname angesiedelt haben. Mittlerweile Bezeichnung für alle weißen Surinamer.

Chinesen: Bevölkerungsgruppe aus dem ehemaligen Chinesischen Kaiserreich in Suriname. Nach Abschaffung der Sklaverei im Jahr 1863 und dem Ablauf der nachfolgenden zehnjährigen Arbeitspflicht für die ehemals versklavten Menschen fürchteten die Niederlande einen Mangel an Arbeitskräften auf den Plantagen und warben Kontraktarbeiter an. Siehe auch: *Hindustanen*, *Javaner*.

Djogo-Bier: lokales Bier, benannt nach der gleichnamigen surinamischen Brauerei.

Dreitin-Trockenzeit-*Baum*: *Triplaris Surinamensis*. In Suriname wird der Baum *dreitin* (Sranan für Trockenzeit) genannt, weil er mit seiner Blüte an den Beginn der Trockenzeit erinnert.

faya lobi: Die rote *faya lobi* ist die Blüte des immergrünen Strauchs *Ixora macrothyrsa* und die Nationalblume von Suriname. Auf Sranan bedeutet ihr Name »heiße Liebe«.

fiado, auch *fiadoe*: sehr süßer Kuchen mit einer Füllung aus Rosinen, Mandeln und Zitronat. Aufwendig zu backen, darf aber bei keinem surinamischen Fest fehlen.

fintjoles: Surinamisch-niederländisch für Bohnenstange, Klappergestell.

grietjebie-Vögel: Sranan-Name für den *Tyrannus dominicensis* oder Grauen Königstyrann, den *Pitangus sulphuratus* oder Schwefeltyrann- bzw. Schwefelmaskentyrann und schließlich den *Conopias parvus* oder Kopfbindentyrann.

Grote Stadskerk: Kirche der Herrnhuter Brüdergemeine in Paramaribo.

Herrnhuter Brüdergemeine: Heute auch Evangelische Brüder-Unität. Missionierte seit 1735 in Suriname und ist bis heute dort stark vertreten.

Hindustanen: Bevölkerungsgruppe indischer Abstammung, die heute noch etwa ein Drittel der Gesamtbevölkerung von Suriname ausmacht. Hindustan bezeichnet das Herkunftsgebiet dieser Bevölkerungsgruppe. Siehe auch *Chinesen*, *Javaner*.

Holi: Auch *Phagwa* genannt. Hinduistisches Fest der Farben, mit dem die Ankunft des Frühlings gefeiert wird. Es kam mit den ostindischen Vorfahren nach Guyana und wird demzufolge auch an der Grenze zu Guyana in Nickerie gefeiert.

Jantjes: Spitzname für die holländischen Matrosen.

Javaner: Bevölkerungsgruppe indonesischer und vor allem javanischer Abstammung, die heute noch, je nach Quelle, 14 bis 18 Prozent der Gesamtbevölkerung von Suriname ausmacht. Wie die Hindustanen und Chinesen ursprünglich als Kontraktarbeiter angeworben.

Kaseko: leitet sich ab vom französischen »casser le corps« (»den Körper brechen«), einem schnellen Tanz aus der Zeit der Sklaverei. Der bekannteste Kaseko-Sänger war Lieve Hugo (1934–1975), von dem auch das hier zitierte Stück *Ma Fu San Ede Mi Musu Dede* stammt.

Katibo: Sranan für Sklave, vom Portugieschen *cautibo* oder dem Spanischen *cautivo*.

KNIL: *Koninklijk Nederlands-Indisch Leger*, wörtlich: Königlich Niederländisch-Indische Armee, niederländische Armee zu Kolonialzeiten.

Kolèra: umgangssprachlich für die Nervenheilanstalt in Paramaribo. Früher wurden dort Cholerakranke untergebracht.

kotomisi-Sträucher: Rosafarbene Catharanthe.

kubi-Fisch: Sranan-Bezeichnung für einen großen, silbernen Umberfisch, den Pacora oder *Plagioscon surinamensis*, der hauptsächlich in Unterläufen von Flüssen lebt.

Kuli: wird heute fast auf der ganzen Welt als abwertend und rassistisch angesehen, aber insbesondere in Südostasien, in der Karibik und in Südafrika unverändert verwendet, nicht selten, wie hier, in einem abwertenden Kontext, und bezieht sich auf Hindustanen oder Chinesen.

Kwikwi, auch *kwie-kwie* oder in zwei Wörtern geschrieben. Sammelbezeichnung für verschiedene Speisefische aus der Familie der Panzerwelse.

Lindas Erste Liebe: wörtliche Übersetzung von *Linda's Eerste Liefde*, eine sehr beliebte surinamische Radiosoapserie, die ab den fünfziger Jahren des 20. Jahrhunderts ausgestrahlt wurde.

mapima: Sranan-Schimpfwort, etwa: Geschlechtsorgan deiner Mutter.

mati: surinamisches Niederländisch, u. a. für Freund, Kumpel.

mi gudu: Sranan für mein Schatz.

Moengo: (Aussprache: Mungo) Ort mit etwas über 10.000 Einwohnern im Nordosten von Suriname, im Distrikt Marowijne. Viertgrößter Ort des Landes.

motyo oder *motjo*: Surinamisch-niederländisch für Hure.

neger, negers: Hier wird das niederländische Wort verwendet, da das deutsche N-Wort auf ganz andere Weise rassistisch belastet ist.

Nickerie: Distrikt an der Grenze zu Guyana. Seit dem Niedergang der Plantagen wird dort vorwiegend Reis angebaut.

pepre-watra-Suppe: Sranan für Pfefferwassersuppe. Eine traditionelle scharfe surinamische Fischsuppe.

Pitjel, auch *Petjel*: Eine in Surinam sehr beliebte javanische Salatmahlzeit mit Erdnusssauce.

Pom-Auflauf: Kreolisch-jüdisches Rezept aus der Tayerknolle, auch Pomtayerknolle genannt. Eines der surinamischen Nationalgerichte.

»*Popi Jopi*«: Popi ist die Abkürzung für populär, Jopi die Koseform von u. a. Johannes, also beliebter Jopi.

Saoto-Suppe, auch Soto-Suppe: Indonesische Hühnersuppe.

Saramacca: Distrikt in Suriname.

sibibusi: Schwerer tropischer Regensturm, begleitet von starken Windböen.

SKS: Surinaamse Kweek School, deutsch: Surinamisches Lehrerseminar.

songo: Ein in Suriname weitverbreitetes Kartenspiel.

sranan, auch *sranan tongo*: Wörtlich Surinamisch, surinamische Sprache. Neben dem Niederländischen als Amtssprache brauchte es eine Sprache, in der sich alle Bevölkerungsgruppen verständigen konnten, es entwickelte sich die Kreolsprache Sranan Tongo. Sie enthält englische, portugiesische und afrikanische Einflüsse sowie niederländische Lehnwörter. Neben Niederländisch heute die zweitwichtigste Sprache in Surinam.

tjoeri (Aussprache: Tjuri): Eine typisch surinamische Geste, sie besteht aus einer Art Schnalzen in Verbindung mit Augenrollen und einem Abwenden des Kopfes. Entstanden in der Zeit der Sklaverei, als versklavte Menschen bei der Arbeit nicht sprechen durften. Extrem respektlos, insbesondere von Jüngeren gegenüber Älteren.

Vanta: Versklavte Menschen hatten keine Nachnamen. Der Familienname Vanta wurde der Mutter von Anton Vanta auf der Plantage gegeben, als sie freigekauft wurde.

Warung: Indonesisch für »Lädelchen«, kleiner Nahrungsmittel-Verkaufsstand auf Rädern.

Wijsman-Butter: Niederländische lange haltbare Butter in der Dose.

Wilde-Busse: Private Kleinbusse, die entlang einer bestimmten Route dort Fahrgäste ein- und aussteigen lassen, wo Menschen warten, und sich nicht an einen offiziellen Fahrplan halten.

Winti: Bezeichnung für Götter und Geister, die Besitz von Menschen ergreifen können.

Winti-Pré: *pré* ist das Sranan-Wort für Spiel, ein *Winti-Pré* ist ein Tanzritual bei kreolischen Surinamern. Oft wird es von der Familie organisiert, um die gestörte Beziehung mit einem *Winti* wiederherzustellen.

Zorg & Hoop: Sorge und Hoffnung, ursprünglich der Name einer Plantage, heute ein Stadtteil von Paramaribo.

Nachwort der Übersetzerin

So blutschänderisch ist die Sprache,
die ich kenne und verwende.

(Astrid H. Roemer)

Astrid H. Roemer, die 1947 in Paramaribo (Suriname) geboren wurde und lange Jahre in den Niederlanden lebte, ist eine Zentralfigur und Pionierin der karibischen Literatur. Sie veröffentlichte zahlreiche Gedichte, Romane und Theaterstücke, darunter »The Purple Blues«, eine Adaptation von Alice Walkers »Color Purple«. Für ihr Werk wurde sie nicht nur mit dem renommierten niederländischen P. C.-Hooft-Preis ausgezeichnet (2016), sondern bekam – als erste surinamische Schriftstellerin – auch den *Prijs der Nederlandse letteren*, den bedeutendsten Literaturpreis des niederländischen Sprachraums (2021), denn, so die Jury, »politisches Engagement und literarisches Experiment gehen bei Roemer Hand in Hand«. Roemer schreibt eine äußerst eigenwillige niederländische Prosa, eine Herausforderung schon für alle, die sie im Original lesen. Für das deutschsprachige Publikum, das mit dem kolonialen Erbe Surinames und seiner multikulturellen, vielsprachigen und multireligiösen Gesellschaft wenig vertraut ist, trifft das umso mehr zu. Der beste Weg, dieser Herausforderung zu begegnen, ist, sich auf Roemers kraftvolle, sinnliche und dichte Sprache einzulassen und die Vieldeutigkeit als Gewinn zu betrachten.

Der Titel des Romans »Gebrochen-Weiß« (2019), dessen Schreibung mit Bindestrich auf den Wunsch der Autorin zurückgeht und zugleich eine surinamische Wortbildungsmöglichkeit aufgreift, verweist unter anderem auf die verschiedenen Hautfarben der Figuren. Auch in Suriname ist der *Colorism*, die Bevorzugung von Menschen mit hellerer Hautfarbe, unter den verschiedenen ethnischen Gruppen verbreitet. Die selten explizit benannten Farbschattierungen stehen in direktem Zusammenhang mit der Kolonialgeschichte eines Gebiets, in dem sich England, Frankreich und die Niederlande jahrhundertelang um die Macht stritten. In Suriname selbst, einem Teil des ehemaligen Niederländisch-Guyana, wurden zunächst versklavte Menschen aus Afrika für die harte Arbeit auf den Plantagen eingesetzt und nach Abschaffung der Sklaverei, ab 1873, Kontraktarbeiter aus Hindustan, Java und China. Die brutale Gewalt, die die Geschichte des Landes bestimmte, hat sich in die Körper seiner Bewohner eingeschrieben und spiegelt sich in ihrer Sprache wider. Jedes Mal, wenn es in Roemers Text um die Familiengeschichte geht, kommen »die Erwachsenen immer wieder zu dem Schluss, dass sie alle, auf welche Weise auch immer, gebrochen-weiß« sind. Niemand ist frei von der kolonialen Vergangenheit.

Der Roman spielt »in einer Welt, die Männer in jeder Hinsicht bevorzugt«, zu Wort kommen allerdings vor allem Frauen (und ein Junge kurz vor der Pubertät). Es gibt sechs Erzählstimmen: Großmutter Bernadette, Mutter Louise, deren Töchter Imker und Babs, sowie der junge Sohn Audi, die alle in der dritten Person erzählen. Daneben kommt eine Ich-Erzählerin zu Wort, Mutter

Louises älteste Tochter Heli. »Gebrochen-Weiß« beginnt mit zwei Umzügen. Heli wird in die Niederlande geschickt, nach Utrecht. Ihre Schwester Imker zieht bei ihrer pflegebedürftigen Großmutter Bernadette ein.

Diese beiden Veränderungen markieren einen Umbruch in der Familie, das Leben aller gerät aus den Fugen, und jede der Figuren macht sich auf ihre Weise auf die Suche nach der eigenen, auch sexuellen Identität, nach ihrer Geschichte, ihrer Herkunft und ihrem Platz in der Gesellschaft. Auch die Gesellschaft an sich – die Handlung spielt in den 1960er Jahren – steckt im Prozess der Loslösung von den Niederlanden, ist also ebenfalls auf der Suche nach einer kollektiven neuen Identität.

Schauplatz ist meist Surinames kreolisch geprägte Hauptstadt Paramaribo, daneben kommt auch die ganz andere Lebensweise im äußersten Westen des Landes zum Tragen, in der Grenzstadt Nieuw-Nickerie, »die englischsprachig blieb und nie holländisch werden würde. Hindustanisch vielleicht, javanisch, sogar chinesisch, aber nicht holländisch.« Und schließlich trägt sich ein Teil des Romans in Utrecht zu, am neuen Wohnort Helis, die zwar nicht freiwillig hingezogen ist, sich aber, einmal dort, mit der jüngeren Geschichte Europas auseinandersetzen will. »Den Niederlanden muss man sich mit allen Sinnen öffnen, Mama«, schreibt sie ihrer Mutter und fragt sich im selben Atemzug: »Ich weiß nicht, wie es Mutter Louise geht mit so einer Postkarte von mir.«

»Gebrochen-Weiß« ist ein permanenter Bruch mit tradierten Erzählkonventionen: Absätze gibt es nicht, die

Figurenperspektive wechselt nach ein bis drei jeweils durch Leerzeilen voneinander getrennten Textblöcken, die selten länger sind als zwei Seiten. Direkte und indirekte Rede sind, ohne kenntlich gemacht zu werden, in den Erzählfluss verwoben. Da bietet das Deutsche Möglichkeiten, die das Niederländische so nicht hat, denn es kann indirekte Rede durch Konjunktivformen erkennbar machen.

Im Original wird immer, wenn die Erzählperspektive wechselt, der jeweilige Name genannt, aber meist nur dann. Ansonsten müssen wir uns mit den Personalpronomen »sie« oder »er« begnügen. Anfangs erschwert es das Lesen etwas, andererseits sind wir dadurch den Figuren näher. Das ist bloß scheinbar paradox: Zwar haben alle Figuren ihre subjektiven Erfahrungen, aber jede Erzählung ist nur eine Facette des Ganzen mit all seinen Widersprüchen. Wenn der Junge als personaler Erzähler auftritt, ist die Sache eindeutig. Sobald man das Prinzip verstanden hat, dass »er« oder »sie« sich zumeist auf die jeweilige Perspektivfigur beziehen, weiß man, dass »er« als Subjekt (fast) immer auf Audi verweist. Bei den weiblichen Erzählstimmen ist das schwieriger als im Niederländischen, weil man dort mithilfe einer betonten und einer unbetonten Form für »sie« eine Orientierungshilfe geben kann. Im Deutschen habe ich deshalb in seltenen Fällen den Namen der Perspektivfigur doch eingefügt.

Roemers Erzählweise kennt zahlreiche weitere stilistische Eigenheiten: eine ungewöhnliche Syntax, aus der oralen Erzähltradition entlehnte Wortwiederholungen, unerwartete und vermeintlich unlogische Tempuswechsel, eine eigenwillige Interpunktion etc. Dennoch ist der Text organisch, weil alles, was zunächst »auffällig«, womöglich »irritierend« wirken mag, im soghaften, musikalischen Rhythmus begründet ist.

Was bedeutet das für die Übersetzung? Ich habe den Roman aus dem Niederländischen übertragen, und dabei denken wir üblicherweise an europäisches, d. h. flämisches oder niederländisches Niederländisch. Das surinamische Niederländisch unterscheidet sich jedoch erheblich vom europäischen, vor allem, was Rhythmus und Satzbau betrifft. Dabei sind Inhalt und Form derart verflochten, dass man dem Text nur gerecht werden kann, wenn man diese Merkmale berücksichtigt. Es ist unmöglich, die Geschichte von »Gebrochen-Weiß« in einer standardisierten »Hoch«-Sprache zu erzählen, die selbst unverbrüchlich mit dem kolonialen Machtgefüge verbunden ist. Die Sprache *muss* »gebrochen« sein, nur so kann sie der Realität angemessen begegnen.

Entscheidend war für mich also, mich von der rhythmisierten Sprache leiten zu lassen. Denn in dem Roman folgen wir inneren Gedankengängen, und die verlaufen nicht in »ordentlich konstruiertem« Satzbau. Außerdem ist der Sprachrhythmus inspiriert von der Kreolsprache *sranan*, Surinames *lingua franca*. Die Syntax des surinamischen Niederländisch unterscheidet sich auch deshalb deutlich von der des europäischen, es ist freier, vor allem, was die Stellung der Satzteile betrifft. Hier bietet die deutsche Sprache Vorteile: Das Subjekt kann problemlos an anderer Stelle stehen als am Satzanfang, und auch das Verb muss nicht unmittelbar darauf folgen:

»Erwartet hatte sie, dass Sohn Roger aufzählte, wie fürsorglich sie immer gewesen war. Aber er war versunken in tiefes Schweigen (…)«

Mit der Zeichensetzung geht Roemer ebenfalls unkonventionell um, sie nutzt sie als rhythmisches Mittel – nicht nach den Regeln, sondern so, wie es für sie dem emotionalen Gehalt der jeweiligen Situation entspricht. Sie setzt viel mehr Kommata als im europäischen Niederländisch, meist an Stellen, an denen wir im Deutschen ebenfalls ein Komma setzen würden, manchmal aber auch da, wo keines stünde, etwa zwischen Subjekt und Verb. Um solche kurzen Pausen beizubehalten, habe ich als eine Art »Zwischenschritt« gelegentlich einen – im Deutschen durchaus üblichen – Artikel hinzugesetzt: »Gebrochen-Weiß, das ist die Farbe (…)« An anderen Stellen sind ungewöhnliche Pausen in der Übersetzung durch einen Gedankenstrich markiert: »Ihre Verwandten waren überzeugt, dass Lauras Hochzeit mit ihrem Verlobten Bram – sie alle heilen würde von unausgesprochenem Leid.« Man hört die Erzählerin förmlich Atem holen, ehe sie den schmerzlichen Gedanken zu Ende führt.

Eine ähnliche Wirkung erzeugt Roemers Spiel mit Wiederholungen. An vielen Stellen scheint es, als würden die Figuren immer wieder von Neuem Anlauf nehmen, ehe sie weiterdenken oder -sprechen. An anderen Stellen wird die Aussage durch die Wiederholung gleichlautender Silben verstärkt: »Sie hatten erschreckt und erstarrt Mutter Louise angestarrt (…)«

Besonders ungewöhnlich ist auch der Umgang mit den Tempusformen, denn Roemer wechselt frei – aber weder beliebig noch willkürlich – zwischen Präsens und Präteritum oder Perfekt und Plusquamperfekt und wieder zurück, manchmal von einem Satz zum nächsten und teilweise sogar innerhalb eines Satzes. Damit bildet sie die Verwobenheit von Gegenwart und Geschichte ab, wie sie sich in den Erzählpassagen der Personen selbst darstellt, wenn diese zwischen Aktualität und Erinnerung hin- und herspringen. »Weshalb sie nie einen der kleinen Wilden-Busse nahm, wusste sie selbst nicht. Sie geht lieber ihren eigenen Weg. Früher hatte sie immer andere Frauen getroffen (…)« Auch dieses Verfahren erzeugt eine große Nähe zur Figur. Ich bin dem Original zwar gefolgt, aber etwas sparsamer als im Ausgangstext – aus Rücksicht darauf, dass derart sprunghafte Tempuswechsel im Niederländischen weniger auffällig sind als im Deutschen.

Über ihr Schreiben sagte Astrid H. Roemer 2004 in »Zolang ik leef ben ik niet dood – een autobiografisch proces« (Solange ich lebe, bin ich nicht tot – ein autobiografischer Prozess): »Schreiben heißt in Bewegung kommen. Bewegt werden. (…) Einen Roman zu schreiben heißt die Sprache, die ich zu kennen glaube, auf ihre Brauchbarkeit hin zu prüfen (…). Und diese Prüfung, die beiläufig geschieht, kann einen genauso erschüttern, wie wenn man zufällig durch eine DNA-Analyse erfährt, dass der Bruder der Mutter der eigene Vater ist und nicht der Mann, den man bisher für seinen Vater gehalten hat. So blutschänderisch ist die Sprache, die ich kenne und verwende. So voller Windungen und Verfehlungen.«

Astrid H. Roemer zu übersetzen ist nicht möglich, ohne gleichermaßen in Bewegung zu kommen, bewegt und manches Mal erschüttert zu werden.

Bei dem Wagnis, auf das ich mich eingelassen habe, konnte ich auf viel Unterstützung und dem Nederlands letterenfonds bauen. Dem Deutschen Übersetzerfonds danke ich für die großzügige Förderung meiner Arbeit. Herrn Erdmann Carstens von der Evangelischen Brüder-Unität in Herrnhut danke ich für alle Auskünfte über das Wirken der Herrnhuter Brüdergemeine in Suriname. Zu danken habe ich auch meinen Freundinnen: Liesbeth van Nes für ihre genauso schnellen wie fundierten Antworten auf meine Fragen an das Original, und den Kolleginnen Pieke Biermann und Marlies Ruß für ihr offenes Ohr und den intensiven Austausch über die Möglichkeiten der deutschen Sprache. *Last, but not least* möchte ich auch Astrid H. Roemer sehr herzlich für ihre Zugewandtheit danken und für die Bereitschaft, surinamische Spezifika zu erläutern, die ich nirgendwo anders finden konnte.

Bettina Bach